平安朝の歳時と文学

北山円正 著

和泉書院

はじめに

一

東アジアの端に位置し、しかも海に囲まれた日本列島は、地形・気候ともに変化に富んでいる。春になると、穏やかな風が吹き渡り徐々に暖かくなる。やがて雨が降って草木が芽吹き、色とりどりの花が咲く。また、長い冬が過ぎて春の陽気に触れると、それまで息を潜めていた動物たちが活気を取り戻し、動き出す。人も、降り注ぐ柔らかい日射しや霞のたなびく中、山野を廻って草木や花を愛で、水辺を歩いて流れに耳を傾ける。春になると何もかもが改まる。やがて心楽しい春が過ぎて夏を迎え、秋・冬へと季節が移りゆく。そしてまた春を迎えることになる。この島国に住む人々は、四季を迎えては送る営みを毎年くり返している。

我々の祖先は、長く農事を生活の基盤として暮らしてきた。四季の変化とうまく付き合いながら、米を中心とした作物を育てつつ生活を営んで来たのである。春を迎えて土を起こし、今年の豊作を祈ることから始まり、稲を刈り収穫に感謝するまで、季節の推移に対応する営みを整然とこなすのである。その時々になすべきことは自ずと決まってくる。特に重要な日、たとえば祈りを捧げたり祭を催す折には、人々が集まり儀式儀礼を行う。その日が一年の中で固定されると、年中行事となる。年中行事はこのようにして始まり、暮らしの中に定着し、晴の日として重んじられて行く。行事はその時の季節とともにあり、彩られる。季節の食が供せられ、酒を飲む。宴も行事における重要な儀礼の一つである。こうして一年を通して何らかの催しを長くつづけてきたのであった。

おもに農事と結びついた行事は、多少の変化があったにせよ、毎年ほぼ同じ営みをつづけきたことであろう。各地で権力者が現れその土地を支配し、その力が庶民の暮らしに影響を与えたとしても、くり返し行事を営んだはずである。月日の進行に合わせた農耕を中心に暮らすのであるから、折り目ごとに催事を執り行うものなのである。これが年中行事の基本なのであろう。

平安時代に到るまでには、これに新たな行事が加わる。大陸文化の一つとしてもたらされたものである。その中に仏教の儀式儀礼がある。灌仏会や盂蘭盆会などがその代表であろう。仏教の信仰が広がり深まるとともに、公私に亙って定着して行く。また、中国の習俗とともに形作られた節日の行事を挙げなければならない。仏教の儀式儀礼や中国由来の節日は、伝来するや在来の行事と共存し、年中行事の一角を占めるに到る。外来の行事を受け入れるに当たっては、日本の在来文化を疎外して普及することはまずない。日本文化と接触して、反発や融合をくり返しながら定着するはずである。そして受容するや日本独自の展開が始まる。この点に眼を向けることは、我が国の文化の特徴を考える上で重要な問題を提供することともなろう。

一年のある日または数日間に行う儀式儀礼等は、その季節と深くかかわる。たとえば、五月五日は、暑さを増す時季に入っており、強い日射しや湿気を感じる頃である。その中にあって、菖蒲や蓬の香が漂うとともに、屋根に葺いた菖蒲の葉は眼に鮮やかであっただろう。また、薬玉を贈ったり室内に飾ったりと楽しいひと時であり、一方では内裏では競馬を行うなど勇壮な催しも行われた。節食として粽が供せられる。この一日の営みには季節の風物が欠かせない。これらの行事や風習は、当時の資料のはしばしに現れる。単調な暮らしの中にあって、節目となる日の催しであったのだろう。これらの営みはほとんどが邪気を払うために行うのであり、無病長寿の願いが込められている。その趣旨を内包しつつ、季節の中の大事な一日として、行事をこなしていたのである。

平安時代の年中行事の研究については、これまで数々の成果がもたらされた。その中でまず挙げなければならないのは、山中裕氏の著『平安朝の年中行事』であり、この分野の先駆をなす。各行事の始発から平安時代に到るまでの変遷を、資料を駆使しつつ概説し、その特質を述べている。資料は歴史資料だけにとどまらず、文学資料にまで及んでおり、日常生活における年中行事のあり方が明らかになっており、行事の息づいている有様がよく伝えられている。斯界の研究に携わろうとするとき、まず繙かねばならない書であり、研究書としての価値は、今もって失われていない。氏はこの書の後も研究成果を披瀝してこられ、研究の進展に貢献してきたと言えよう。ただ、後続の研究はまだ十分な成果を示していないようにも思う。そのあらわれとして、平安時代の年中行事についての専著があまり上梓されていないという状況がある。

今後は一つ一つの行事の内容や特質を詳細に検討した上で、その変遷を明らかにするのはもとより、外来文化との接触によってどのような行事を作り上げたかという問題にも取り組まねばならないであろう。年中行事は日本の文化だけにとどまらず、大陸からの影響を視野に入れなければ、その特質や政治・文化史上における意義を理解することはむつかしい。さいわい昨今の中国における儀式儀礼に関する研究や、中国文学摂取に関する研究の進展によって、年中行事研究の環境は整って来た。中でも、昨今の平安朝漢文学についての研究は、いちじるしく進んでおり、作品の読解を通して、行事の様相や行事に関わる人々の感懐をうかがうことが可能になっている。漢文学資料と史料および仮名文学作品や仏教関連の資料等々を照らし合わせることによって、行事の意義がいっそう闡明になることと思われる。また、文学研究によって歴史研究が深まることがあろうし、その逆もあり得るだろう。研究者はとかく自分の専門分野に籠もりがちになってしまうが、周辺の分野に触れることで活性化する可能性を、年中行事の研究は持っているのではないだろうか。

三

年中行事は一年の特定の日に儀式儀礼や宴を行うものであり、その折々には詩歌が生まれており、その日を素材としたさまざまな作品を生み出してきた。文学創作の一つの契機や場となってきたのである。この点はいつの時代であろうとも変わらない。また、行事は季節の風物と結びつくことが多い。重陽の宴を催すときには、菊の花の鮮やかな色彩がその場を飾り、盃に浮かべた菊の花びらは宴を盛り上げたことであろう。行事とはかかわらないが、鶯や雁はその季節を象徴する鳥であり、その姿や鳴き声は時節を感じさせる。そして自ずと風物を愛でる心が動き、文藻が沸き上がってくる。季節の移り変わりは、詩歌を生み出す重要なきっかけの一つである。暦が普及すると、歳時の中に区切りの日ができる。大晦日は一年の終わりであり、過ぎ去った一年やこれまでの年月、さらには己の老いを思い知る日となる。一方元日は一年が始まる日であり、春の訪れる最初の日でもある。長い冬の眠りから目覚め、あらゆる生き物が動き始めようとする日と捉えられていた。時の流れの中に身を置いていると、その進行に伴う自然や人事などの変化を知ることになり、さまざまな思いが去来するものである。そしてその思いから詩歌が生まれるのである。

本書の概要を述べておきたい。平安朝の年中行事において劃期となるのは、嵯峨天皇を中心に据えた弘仁期と菅原道真を擁した宇多天皇の寛平期とであろう。第一部は、この後者に主要な活動のあった、道真および菅原氏の動向をたどりつつ、その果たした役割を検討した。彼らの私塾菅家廊下が創始した行事は、おもに白居易の詩文を摂取し味読したたまものであり、当時の詩文創作の傾向に添うものであろう。紀伝道を牽引した家学の蓄積、それを継承した道真の才能・発想、その実力を評価した宇多天皇の存在に着目した。

第二部は、平安朝の主要な年中行事のうち四つを取り上げ、その創始からの変遷をたどった。これらはいずれも固定した中身を維持しつづけてはおらず、時代情勢に即応して常ならぬ消長をくり返して定着していった。ただ、定着したと見えてもいつの間にか変貌を遂げるものであり、その様相をうかがっていると行事の特徴が浮かび上がって来る。

本書は、平安時代の行事の内容や意義を明らかにしようとする目的をもって検討した結果を集めたものである。ただ、それだけに関心を向けているのではなく、年中行事や季節の風物が文学作品にどう現れているのか、またそれによって作者が何を描こうとしているのかを知ろうとしている。第三部はその点に注目した結果の報告である。儀式儀礼だけではなく、公私に広がっている風習や、折々の風物が作品に取り上げられているのは、たんにその営みがその時に行われていたというだけではなく、何らかの意図があるからなのであろう。また読者に、それぞれの表現を実感をもって受け入れさせようとしたのであろうし、美しく描こうとしたのでもあろう。微細な問題におよぶ場合も多いであろうが、この取り組みによって、作品の機微に触れることもあろうと考えている。人と年中行事や季節の風物とのかかわりは、文学研究における重要な課題の一つである。また作品が描かれた時の文化を考える上での端緒ともなろう。

本書の論考全篇において取り上げた問題の一つとして、中国文化の影響がある。とりわけ膨大な典籍を糧として得た知識・思想・発想等々が、年中行事やそれを取り上げた文学作品に、さまざまな形で根を下ろしている。為政者・官人・知識人らはこぞって敬意を示しつつ、その偉大な文化の摂取に励んでいた。この点への注目が一篇ごとにある。平安中期に到って国風文化が花開いたと論じられることが多いが、その創成に中国文化受容が大きく関与していることは紛れもない事実である。小論の一つ一つは、中国文化摂取の一面を捉えようとしたささやかな試みの結果でもある。

目次

第二部　年中行事の変遷

第三部　歳時と文学

第一部　菅原氏と年中行事

1　菅原氏と年中行事
――寒食・八月十五夜・九月尽――

一

菅原氏は、平安時代において文章道を担う家柄として活動し、清公以来代々文章博士や式部大輔などの文官を輩出してきた。学問を講授し、政事にかかわる種々の文章を草し、さらには朝廷の催す宴席に陪侍して詩を詠じるのを家業の柱としていた。清公・是善・道真の三代には、それぞれ『菅家集』・『菅相公集』・『菅家文草』『菅家後集』があり、文業の数々が収められている。清公と是善の詩文集は散逸したが、道真のそれは今に伝えられている。この二集によれば、道真および菅原氏の公私にわたる文事の中身を知ることができる。道真はその作品数が多く、学者文人としての動向は細かな部分まで明らかである。現在とりわけ注目を集めているのは漢詩であって、詩人としてのあり方、中国文学受容や仮名文学への影響等々多方面において研究の対象となっており、その成果は着実に蓄積されている。ただ道真の詩文は、文学でのみ語られるべきではなく、広く当時の文化を視野に入れて読む必要がある。その意味で、詩作と深い繋がりを持つ菅原氏主催の年中行事、寒食・八月十五夜・九月尽日の宴を取り上げて、その行事がどのように始まって展開し、いかに当時の貴族・文人社会に波及したのかを述べたい。それは、平安時代の文化において菅原氏の果たした役割を述べることにもなるであろう。

二

寒食は元来中国の行事であり、冬至から数えて百五日目とその前後一日を合わせた三日間、火を一切用いなかった（禁火）。つまり燈火を点さず冷食するのである。この三日間が過ぎた百七日目の清明には禁火を解く。唐の時代、寒食の頃には人々には休暇が与えられ、展墓・踏青（野遊）・闘鶏・打毬（ポロ）・鞦韆（ブランコ）・蹴鞠・宴会などを行った[1]。また帰省することも多かった。

菅原道真とその岳父島田忠臣には寒食の詩が見られる。

1、待来寒食路遙遙、自二一陽生一百五朝。天慭《アハレビテ》二子推一嫌レ挙レ火、柳烟桃焔雨中消（『菅家文草』巻一・33、「陪二寒食宴一、雨中即事、各分二一字一〈得レ朝〉」。貞観十〈八六八〉年の作）

2、「寒食日、花亭宴、同賦二介山古意一、各分二一字一〈探得二交字一〉」（同巻六・457 458。昌泰二〈八九九〉年の作）

3、寒食踏レ青細草頭、歳来今日放二春遊一。平明出レ郭昏応レ去、小樹花前軟脚留（『田氏家集』巻之上・29、「寒食踏レ青行〈得レ遊〉」）

4、「菅家寒食第三晨宴遇レ雨。同賦二煙字一」（同巻之下・184。貞観十年の作か）

5、「菅家寒食、賦三花発満二皇州一」（同巻之下・197）

いずれも寒食の宴において詠じられた作である。菅原氏が寒食の宴を催していたことは、4・5の「菅家寒食」によって明らかであり、道真の作である1・2も「菅家寒食」での詩であろう。3はいかなる場で詠じたかを記していないが、「得レ遊」とあって、探韻で「遊」の韻を得たことを示しており、詩会での作であると分かる。忠臣と菅原氏との関係——忠臣は是善の門人であり、道真の師であった——を顧みれば、これも「菅家寒食」である可能性が高い。詠作年時からして、1は是善、2は道真の主催した宴である。

6、子推子推傀《タマシヒ》若レ霊、聴二我君恩一説丁寧。賢哲応レ知二天命数一、何投二山火一怨二朝庭一（『擲金抄』下・絶句部・天時、菅相公「寒食宴、同賦二神霊不レ聴レ挙レ火一」）

この詩は、菅原氏の「相公」（参議）の作である。道真は参議ではあったが、後年「相公」と呼ばれることはない。また極官は右大臣——薨後は正暦四（九九三）年五月に左大臣、同年閏十月に太政大臣を追贈されている——であるので、この人物には該当しない。菅原氏で「相公」と呼ばれているのは、是善と道真の曾孫輔正である。(2) 両人ともにこの「菅相公」である可能性はあるが、道真歿後は菅家が催す寒食の宴が諸資料に見られなくなるので、時代の下る輔正ではなく是善の方がふさわしいだろう。詠作年時は不明であるが、これも「菅家寒食」における詩と考えられる。

右の1～6には、「宴」や「菅家寒食」の語が見られ、詩題を「同賦二……一」と記し、韻字を「各分二一字一〈得レ朝〉」「同賦二煙字一」などと示している。これは是善や道真はもとより、島田忠臣をはじめとする詩人たちの参加を意味する。例のすべてが詩会での作であり、『白氏文集』の寒食詩のような独詠はない。菅家のこの宴では作文を伴ったのである。参加した詩人は、主催者を除けば島田忠臣以外は明らかにできない。ただ、当時作文の行われた菅原氏の宴には門人の集まったことが、後述する八月十五夜と九月尽日の宴では確かめられるので、寒食も同様と考えてよい。この日は菅原氏の私塾である菅家廊下に門人が集い、詩を詠じていたのである。

宴の中味を述べておきたい。文人が集まって作文を行ったのは明らかであるが、それ以外については資料に乏しく、実態はあまり分からない。今は詩に述べるところによって推測するほかない。

7、寒食者悼亡之祭、重陽者避悪之術。故本二義《ヲ》幽閑《ニ》一、寄二言節候一（『菅家文草』巻七・552、「洞中小集序〈貞観九年、依二雲林院親王命一所レ製〉」）

この常康親王の『洞中小集』に寄せた道真の序は、寒食は「亡きひとを悼む祭」であると述べている。「祭」は、祭祀を中心とした儀式のようなものであろう。「悼亡」は、晉の介子推が失意・不満のうちに綿上山で焼死したことを悼むという意(3)。この故事に因んで禁火冷食の習俗が生まれたのであった。1の「天愍二子推一嫌レ挙レ火、柳烟桃焔雨中消」は、禁火を詠じている。「悼亡之祭」では、燈を点さず、冷たい食べ物を口にしていたのであろうか。詩には、寒食の風習が次のように詠まれている。

2、今朝不レ到二太原郊一、禁火思レ人異代交（禁火）
　請看冷酒又寒肴、応三是良辰不二暗抛一。再拝終無二他礼奠一、落花自与二紙銭一交（禁火・展墓または祭奠）
3、寒食踏レ青細草頭、歳来今日放二春遊一（踏青）
4、雖レ賀二王春一施二恵沢一、猶嫌微雨似二軽煙一（禁火）
　今日雨中楡柳樹、縦雖二鑽過一不レ成レ煙（禁火）
5、晴景踏レ青応レ遍レ地、芳時侵レ黒欲レ帰レ家（踏青）

このうちの踏青は、3の「寒食踏レ青行」のように詩題となっており、詩情を生み出すための一つの契機としたのであろう。詩宴では踏青はできないから、これは題材にとどまる。2には「再拝終無二他礼奠一」とあって、介子推の霊を慰撫する儀礼以外はしないと言っている。また、「紙銭」が見えるので、霊前に供えたのであろうか。したがって菅家の寒食宴では祭奠・冷食・詠詩をする程度だったであろう。6の詩題「神霊不レ聴レ挙レ火」も介子推を祭る儀式の行われたことを想像させるに足る。これは7の「寒食者悼亡之祭」とも符合している。4には「第三晨宴」とあり、宴は朝に催すのが通例だったのであろう。「禁火」しなければならないので、夜には実施できなかったはずである。

5の「明朝更満春遊暇」によれば、中国と同様寒食には官人に休暇が与えられていたかのように見受けるが、実際はそうではあるまい。何となれば、つづく「却恨三晨少二廃衙一」は、寒食の三日目を休みにしている官庁が少ないことを恨めしく思うと言っており、一斉に寒食の期間に休暇が設けられているとは見られないからである。詩の「暇」は、休みが寒食に重なっただけではあるまいか。もとより日本には寒食の休暇はない。元来平安時代の社会に、中国の寒食を受け入れる素地があったのではない。『荊楚歳時記』などの年中行事の書や『芸文類聚』『初学記』などの類書、及び唐代の詩とりわけ『白氏文集』所収の寒食の詩に触発されて、文人らが寒食の宴を行ったのである。是善や道真ら中国文化についての知識を持つ者が、寒食を受容しているのであるから、この分野に馴染みのない人々の間にはまず広がらない。

当時寒食はもっぱら文人たちの行事であり、おもに菅原氏とその門人らが会して開いた宴であったと想定してよいだろう。ただ、7の「洞中小集序」から窺えるように、他の文人らも介子推を祭り、詩を詠じていたようである。序には「言を節候に寄す」とあって、季節の風物を詠む題材の一例として引いているのであるから、ある程度知られた行事だったのであろう。それでも菅原氏らの場合は、他とは意味合いの異なる側面があったと想像できる。菅家廊下では、渡来の行事に興味を持って、詩を詠じ、その始まりに思いを馳せ風情を味わうだけではなかった。くわえて、門弟らが普段の研鑽の成果を発揮するべく詩作に励み、披露しあったことであろう。この私塾は「大学寮の補助機関」[4]の性格を有し、将来の文人官吏を養成していたのであるから、寒食の日の集いは、風趣を求める場として設けるだけではなかったはずである。

日本における寒食の初見は、菅原是善・道真らを溯る。淳和天皇の在位時代天長四（八二七）年成立の勅撰漢詩文集『経国集』（巻十一）に、次のようにある。

8、正是寒食節、共憐鞦韆好。……佳麗鞦韆為二造作一、古来唯惜春光過二清明一。……此節猶伝二禁火一、遂無レ燈月為レ燈（嵯峨天皇、105「雑言鞦韆篇」。詩人名「太上天皇」に「在祚」を付しているので、天皇在位時代（大同四〈八

〇九〉年～弘仁十四〈八二三〉年）の作）

9、寒食節、周旧制、禁火余風猶不レ廃（滋野貞主、106「雑言奉レ和二鞦韆篇一」）

弘仁年間には寒食はすでに詩の題材になっていた。「鞦韆」がその時の遊戯であることも、「禁火」の風習も、知られていたのである。この君唱臣和の詩がどのような場で詠じられたのか不明であり、当時の寒食の実態は分からない。嵯峨天皇と滋野貞主が「鞦韆篇」を詠んだ頃は、菅原是善の父清公が活躍していた時である。清公が右の唱和を知って――詠作が残らぬものの、清公もその場に加わっていたかもしれない――、自家に寒食の宴を持ち込んだ可能性は考えてもよいだろう。かりにそうだとすると、菅家の寒食は弘仁期あたりから始まったと推測できる。ただ弘仁期以降、忠臣・道真の時代まで寒食の詩は見出せない。行事実施の記録も伝わっていない。弘仁年間の二首が残るとは言え、それのみでは宮廷においても菅家でも寒食の行事があったとは即断できない。右の資料から明らかになることは少ない。

下って道真歿後に、寒食の宴が催された形跡は見出せない。詩には、

10、夜遊人欲二尋来把一、寒食家応二折得驚一（『和漢朗詠集』巻上・138・躑躅、源順。『和漢朗詠集私注』によれば、詩題は「山榴艶似レ火」）

11、功成未レ報怨長去、山下空対介子田（『擲金抄』下・絶句部・天時、藤原伊周「清明日」）

があるものの、どちらも行事の実施を認める決め手とはなりがたい。10の後句は、躑躅の花の赤さは、禁火をしている寒食の家の人を驚かすほどだと言うのであって、比喩として「寒食」を引いたまでとも映る。11の詩題「清明日」は、三日間の寒食を終えた翌日であり、後句の「介子」は、7の「寒食者悼亡之祭」で触れた、寒食の起源説話に登場する介子推である――1の第三句と6の第一句の「子推」も同じ。2の詩題の「介山」は関連する語――。そうなると伊周（九七四―一〇一〇）の時代には、寒食の行事を催していたと考えてよさそうではある。し

かし、詩を詠んだ状況がはっきりしない上、同時代に寒食についての史料および詩は一切残っていない。ここは清明の日に因んだ故事を取り上げたと考えるのが、今のところ妥当なのではあるまいか。白詩などは広く読まれていたのであるから、寒食や清明に関する知識を失うことはなかったはずである。にもかかわらず菅原氏にすら行事開催の動きは見えない。平安時代の中後期にこの行事は姿を消したのであろうか。たとえ命脈を保っていたとしても、限られた人たちによるささやかな営みでしかなく、注目を浴びることも殆どなかったのであろう。

もともと寒食は、日本では受け入れにくい行事であった。中国の行事が背後に持つ気候風土などが異なっているので、導入には困難が伴う。なぜ禁火・冷食などを行うのかが納得しがたいのではないか。このような状況の中、菅原氏は、詩宴を中心に据えて寒食を行事として定着させた。それは、ひとえに『白氏文集』への関心に基づくのであろう。白詩には寒食の詩が多く収められており、唐代の他の詩人に比べるとその数は群を抜いている。白居易が重視する行事である寒食[5]に惹かれて、菅家廊下は詩宴の格好の題材として採用したのであろう。

日本へは導入しにくいこの行事を、一部の文人だけが催したのであるから、他へはなかなか広がらない。いったん挫折すると、復活はむつかしい。寒食は、菅家廊下という結束力のある文人集団が推進したために、しばらく続いたようである。道真の左遷によって集団の勢力が衰え、それにともなって行事が衰亡に向かうのは当然だったと言える。

三

八月十五夜[6]の月を詩に詠むのは、盛唐杜甫の「八月十五夜月二首」に始まると言われている[7]。

満目飛㆓明鏡㆒、帰心折㆓大刀㆒。転蓬行㆑地遠、攀桂仰㆑天高（其一）

旅にあって故郷に戻れぬ悲しみとともに、月の明るさを描いている。この詩は、つづく十六夜十七夜の月の詩と一続きである。しかもこの詩群の中では、「旧挹《クム》金波爽、皆伝玉露秋」（「十六夜玩レ月」）と十六夜の月をとうとび愛でており、十五夜の月のみを特別なものと見る意識はないらしい。詩人が八月十五夜の月をことに賞翫し始めるのは、中唐期に入ってからであり、ことに劉禹錫や白居易にその詩が多い。

星辰譲二光彩一、風露発二晶英一。能変二人間世一、翛然是玉京（劉禹錫「八月十五日夜玩レ月」）

人道《イフ》中秋明月好、欲二邀《ムカヘテ》同賞一意如何。華陽洞裏秋壇上、今夜清光此所多（『白氏文集』巻十三・0627「華陽観中、八月十五日夜、招レ友翫レ月」）

月好共伝唯此夜、境閒皆道是東都（同巻六十五・3182「八月十五日夜、同二諸客一翫レ月」）

日本では、八月十五夜の月を賞する詩は、菅原是善・道真の時代に到るまであらわれない。中唐詩特に白詩摂取とともに、にわかに仲秋の明月への関心が高まってくるのである。是善の詩は残っていないが、道真やその周辺の人々による、詩および詩序は多数存している。(8)それらによってその日の宴の様相を窺ってみる。

1、三千之徒、式《モッテ》宴二于三五之日一。……満月光暉、咸陳二中庭之玉帛一。数盃快飲、一曲高吟（『菅家文草』巻一・9、「八月十五夜、厳閤尚書、授二後漢書一畢、各詠レ史、得二黄憲一」序。貞観六年の作。「厳閤尚書」は是善）

右は、製作年時が明らかになる八月十五夜の詩文のうち、最も古い例である。『後漢書』講書の竟宴における催しの一つとして、詠史が行われている。この日は明月賞翫が主眼ではないのだが、八月十五夜に竟宴を設定するところに、興趣を盛り上げようとする是善の配慮があるのだろう。

2、「八月十五夜、月亭遇レ雨待レ月〈探レ韻得レ无〉」（同巻一・12）

3、「戊子之歳、八月十五日夜、陪二月台一、各分二一字一〈探得レ登〉」（同巻一・30。貞観十年の作）

ここに見られる「月亭」「月台」は、「小廊新成、聊以題レ壁」（同巻二・114）の「北偏小戸蔵レ書閣、東向疎窓望レ月亭」や、紀長谷雄「八月十五夜、陪二菅師匠望月亭一、同賦三桂生二三五夕一」（『本朝文粋』巻八・208詩題）の「望月亭」と同じと考えられる。明月を望むためにしつらえた建物であり、この夜の行事への強い思いを察することができる。

4、菅家故事世人知、翫レ月今為二忌月期一（同巻四・298、「八月十五日夜、思レ旧有レ感」。寛平元〈八八九〉年の作）

讃岐守時代の作である。前句は、この日の明月を賞する宴は、自家がかつて催していた行事であり、世間の人にも知られていたと述懐している。独自にこの日の宴を開いていたことへの誇りが見て取れる。他に先駆けて、八月十五夜の月を賞翫する集いを始めていたのである。白居易の詩を十二分に摂取していた、菅原氏の面目躍如たるものがある。

菅原氏のこの日の宴には、門人たちが集まり、詩を詠んでいた。先に引いた紀長谷雄の詩題には「陪二菅師匠望月亭一」とある。後に引く『田氏家集』のこの夜の宴における詩も、菅家での作と見てよいだろう。1の「三千之徒」（『史記』巻四十七・孔子世家にもとづく語）は是善の門弟であり、参会者の多さを示す。この夜は、明月を愛でるのはもとより、寒食の宴がそうであったように、作文によって弟子の学習の成果を試し、互いに競わせる場としたものと思われる。披講の際には、主人である是善や道真による評価が下され、添削にまで及んだのではないだろうか。

是善・道真と同時代の詩人にも、八月十五夜における作がある。

5、夜明如レ昼宴二嘉賓一、老兎寒蟾助二主人一（『田氏家集』巻之上・20、「八月十五夜宴レ月」）

6、「八月十五夜惜レ月」（同巻之上・62）

7、「八月十五夜宴、各言レ志。探二一字一、得レ亭」（同巻之下・187）

右の三首のうち、5・7は宴席での詠。製作年時は不明。5の後句の「主人」を、『田氏家集注』『田氏家集全釈』はともに作者のことと見ており、そうであれば「宴」の主催者は島田忠臣となる。ただ、忠臣が八月十五夜の宴の主人となることは、師である是善の生前には考えにくい。この宴が4「菅家故事」として知れわたっていた状況で、忠臣が独自に宴を開くようなことはまずないからである。「主人」が忠臣だとすれば、詩を詠じたのは、是善の薨じた元慶四（八八〇）年から何年か経ってからだろう。「主人」は是善または道真の可能性もあり、特定は困難かと思う。7についても、宴での作としか分からないが、菅原氏が催した宴での詩と見るべきだろうか。6は、詩題によれば独詠ということになる。いつ頃詠んだかは、手懸かりがなく明らかにできない。4の道真の詩と同じく、菅原氏がこの日の宴を廃してからの作であろうか。

道真と同時代の文人である三善清行の詩序に、

8、「八月十五夜、同賦二映レ池秋月明一」（『本朝文粋』巻八・206）

がある。清行は菅家廊下の一員ではないので、この詩会の場は菅原氏とは関わりがないであろう。どういった人々がいつどこに集まったのか、一切不明である。儒家が派閥を形成して、対立抗争が熾烈であった当時、道真が4「菅家故事世人知」と誇示する八月十五夜の行事に、清行が追随して参加するとは考えがたい。この作文会は、八月十五夜の行事が公的に認知され、道真左遷に伴う菅原氏の没落以降に開かれた公算が大きいのではないか。

菅家一門が催していたこの行事は停廃に到る。元慶四年八月三十日に是善が薨じた（『三代実録』）からである。道真も、

9、仲秋翫レ月之遊、避二家忌一以長廃（『菅家文草』巻二・126、「同二諸才子一、九月卅日、白菊叢辺命レ飲〈同勒二虚余魚一、各加二小序一。不レ過二五十字一〉」序、『本朝文粋』巻十一・333。元慶七年の作）

と述べ、4「翫レ月今為二忌月期一」とも詠じている。八月は「家忌」の期間である。「忌」は門弟にとっても同様であろう。諸事に慎みを要する。したがって、その後菅原廊下は長く八月十五夜の宴を行うことはないはずである。よって紀長谷雄の詩序、

10、「八月十五夜、陪二菅師匠望月亭一、同賦二桂生二三五夕一」序（『本朝文粋』巻八・208）

の製作時期が分かってくる。長谷雄は、「延喜以後詩序」（同巻八・201）に、「故菅丞相在二儒官一之日、復党二同門一」と述べており、菅家廊下への入門は、道真が文章博士（「儒官」）に任じられた元慶元年十月頃と考えられる。[9] そうすると、長谷雄の10の菅家における詩序執筆は、この年から是善が歿するまでに限られる。是善歿後に八月十五夜の宴をすることはありえないからである。

是善薨去後道真は、4・9のように自家の八月十五夜の行事を追懐はしても、「家忌」のゆえをもって、催すことはたえてなかった。ところが、この日の宴は、別の場に再び姿をあらわす。宇多天皇は寛平九（八九七）年七月に退位し、ついで醍醐天皇の治世が始まる。その直後に八月十五夜の詩宴が催されたのである。

11、秋珪一隻度レ天存、下照二千家一不レ定レ門。聖主何憐二三五夜一、欲二将望レ月始臨レ軒（『菅家文草』巻六・441、「八月十五夜、同賦二秋月如レ珪、応レ製〈探得レ門〉」）

「応製」の語が示すように、天皇を中心とした宮廷での公式の宴が催されたのである。詩の内容は次のようなことである。「珪《たま》」のような月の光は、あらゆる家屋を照らして分け隔てはない。[10] その公平さは、天子のあるべき姿に通じている。よって帝は月を愛でるために、「始めて」檻干に向かわれるのである。従前の八月十五夜の詩には詠じられなかった政治色を含んでいる。道真は、宮廷におけるこの日の宴の目的が、即位直後の天子が、政治における万人への平等な姿勢を表明する側面を持つ――醍醐天皇は事前に宴の意義をこのように述べていたのかもしれない――と解釈している。詩の第四句「始」に注目しておきたい。この語は、宮廷における八月十五夜の宴が、始めて行われたことを示しているのではないだろうか。たんに修辞としてだけではなく、この宴の歴史上の位置を明示するために用いたと見るべきであろう。菅原氏が自ら停廃して以降、この日の催しは行っていない。その意味からも、新たな場での始発を記念して、『菅家文草』に書き留めたのではあるまいか。

ひるがえって考えてみれば、先考是善の薨去に伴って廃した行事が、復活した事態を眼前にして、道真は複雑な心境であったろう。宮廷での宴への出席が、自ら「家忌」を破ることになるからである。反面、かつて4「菅家故事世人知」と自負した宴が、私的な催しから公的な宴へと格を上げたことは、あらためて自家の独自性や先見性に対して誇りを抱いたに違いない。詩題の自注には、「自レ此以下十五首、大納言作」とあり、この年の六月十九日に権大納言に任じられている。異例の昇進を遂げるただ中にあって、踵を接するかのように今回の一門の誉れが重なり、得意の絶頂にあったといってよいだろう。

12、「八月十五夜、同賦二天高秋月明一、各分二一字一、応レ製〈探得二水字一〉」（『本朝文粋』巻八・207）は、紀長谷雄の詩序。「応製」とあるので、これも天皇の御前での作文と分かる。年時は、詩題および序の中味に手掛かりがなく不明だが、11の道真の詩を、八月十五夜の宴が始めて宮廷で催された時の作と推測したので、それよりは下る頃と考えておく。

13、「八月十五夜、侍二亭子院一、同賦二月影満二秋池一、応二太上法皇製一」（同巻八・209。道真の四男淳茂の作）この詩序は、『日本紀略』によって、延喜九（九〇九）年閏八月の作と判明する。11の寛平九年以来、短期間でこの宴の公的性格が定着してきたと言えようか。

四

菅原氏独自の宴というべき八月十五夜の詩宴は、是善が歿して廃され、その後十年余を経て、宮廷行事となって新たな方向へと展開していく。菅家廊下は、詩宴をひとつ失ったことになる。この空白を埋めるべく、道真は代替措置として、九月尽日の宴を創始した。

1、仲秋翫レ月之遊、避二家忌一以長廃、九日吹レ花之飲、就二公宴一而未レ遑。蓋白菊孤叢、金風半夜（『菅家文草』巻二・126、「同二諸才子一、九月卅日、白菊叢辺命レ飲〈同勒二虚余魚一、各加二小序一。不レ過二五十字一〉」序。元慶七年の作）

2、秋之云《ココニ》暮、唯菊独残。飲二於叢辺一、惜以賦之（『本朝文粋』巻十一・334、紀長谷雄。右と同題の詩序）

「家忌」のために八月中の宴は控えねばならない。また、九月は重陽節会のために慌ただしい。そこで案出したのが、九月尽日の宴であった。(11) 1の「諸才子」は、菅家廊下の門弟たちである。八月十五夜の詩宴は、明月を愛でる風雅の場であるのみならず、道真の門人を教育する働きをも担っていたのであろう。状況の変化に対応しようとして、九月尽日の詩宴が誕生したと考えられる。

そもそも中国における九月尽日の詩は少なく、平安時代に大いに広まった『白氏文集』には一首もない。(12)

砌蓂霜月尽、庭樹雲雪深（初唐宋之問「上陽宮侍レ宴、応レ制。得二林字一〈一本題上有二九月晦日四字一〉」）

秋尽東行且未レ迴、茅斎寄在二少城隈一。……不レ辞萬里長為レ客、懐抱何時得二好開一（盛唐杜甫「秋尽」）

為レ客無二時了一、悲秋向レ夕終。……年年小揺落、不下与二故園一同上（同「大暦二年九月三十日」）

霜降三旬後、蓂余一葉秋。……潘安過二今夕一、休レ詠二賦中愁一（中唐元稹「賦得二九月尽一〈秋字〉」）

第一例以外は、『楚辞』の「九弁」や晋の潘岳「秋興賦」（『文選』巻十三）以来の、秋の悲哀を詠じる伝統にのっとっている。第一例は、応制詩であり、ある本の詩題には「九月晦日」を冠していること、第四例の題には「賦得」とあることからすると、九月尽日の詩は文人の間に、ある程度広がっていたと認めてよい。これらは、九月尽日に詠じられた悲秋の詩として位置づけるべきであろう。この類の詩趣は、平安時代において受容されており、少数ながら指摘できる。

3、潘岳夜来応二穏睡一、秋過無二復両眉低一（『田氏家集』巻之下・142、「九月晦日、各分二一字一〈得レ迷〉」。寛平元年の作か）

4、嗟乎《アア》潘郎寓直、雖レ緩二愁悩之心一、陶令閑居、難レ堪二凋落之思一（『本朝文粋』巻十一・335、紀長谷雄「九月尽日、惜二残菊一。応レ製」詩序）

ともに、「九弁」「秋興賦」に詠じられた秋の哀しみを踏まえている。ただ、九月尽日の詩におけるこの風情はあまり受け入れられず、3・4以外は当時の例を見出していない。これに対して、他の九月尽日の詩は、行く秋を惜しむ思いを詠むのを専らとしている。九月尽日における惜秋の詩は、『白氏文集』に多い三月尽日での行く春を惜しむ感慨を、九月尽日に導入したと考えてよい。たとえば道真の詩の、

惜レ秋秋不レ駐、思レ菊菊纔残（『菅家文草』巻五・381、「暮秋賦二秋尽翫一レ菊。応レ令」）

非二啻《タダニ》惜一レ花兼《マタ》惜レ老、呑レ声莫レ道《イフコト》歳華闌《タケタリト》（同巻六・461、「九月尽日、題二残菊一。応二太上皇製一」）

などが、

惆悵春帰留不レ得、紫藤花下漸黄昏（巻十三・0631、「三月三十日、題二慈恩寺一」）

留レ春春不レ住《トドマラ》、春帰人寂寞（巻五十一・2240、「落花」）

不二独送一レ春兼送レ老、更嘗二一酌一更聴看（巻五十五・2593、「送レ春」）

といった白居易の惜春の詩をもととしている。平安時代の詩人たちが、『白氏文集』の三月尽日の詩に注目共感して同趣の詩を詠じる中で、その風情を九月尽日に及ぼすのは、自然な成り行きであろう。

このようにして九月尽日の詩が生まれ、この日の詩宴が、菅原氏によって創始されたのであった。そして、わずかな時間をおいて、宴は新たな展開を見せる。まず、寛平二年閏九月二十九日に宇多天皇のもと、密宴が催される（『日本紀略』）。

5、年有二三秋一、秋有二九月一。九月之有二此閏一、閏亦尽二於今宵一矣。夫得而易レ失者時也。感而難レ堪者情也。宜哉睿情惜而又惜。……謹序。

天惜㆓凋年㆒閏在㆑秋、今宵偏感急如㆑流。霜鞭近警衣寒冒、漏箭頻飛老暗投。菊為㆓花芳㆒哀又愛、人因㆓道貴㆒去猶留。明朝縦戴㆓初冬日㆒、豈勝蕭蕭夢裡遊（『菅家文草』巻五・336、「閏九月尽、燈下即事。応㆑製」）

序に「睿情」とあるように、九月尽日に関心を持ったのは宇多天皇であった――道真からの働きかけがあったかもしれない――。この年の春、道真は讃岐守の任を終えて都に戻っている。そして、帰洛に合わせたかのように、新たな試みとして作文を伴う密宴が開かれたのである。詩序を作成するなど、宴を主導する任務を担ったのは、道真であったにちがいない。詩序には「近習者侍臣五六、外来者詩人両三而已」とあって規模は小さいが、菅原氏の詩宴が宮廷に取り入れられた記念すべき催しと言える。周知のように、道真は宇多天皇に重く用いれられて政界の中枢を占め、異例の出世を遂げる。この密宴は、天皇と道真との強い結びつきを象徴する出来事といってよい。その意味で、この詩序と詩が巻五の巻頭に置かれたのは、道真及び菅原氏の矜持を示しているかのようであり、注目してよい。

その後もこの詩宴は、場を変えて催されている。

6、　……于㆑時九月廿七日、孰不㆑謂㆓之尽秋㆒。孤叢両三茎、孰不㆑謂㆓之残菊㆒。謹奉㆓令旨㆒、賦㆓此双関㆒。……云爾。

惜㆑秋秋不㆑駐、思㆑菊菊纔残。物与㆑時相去、誰厭㆓徹㆑夜看㆒（同巻五・381、「暮秋賦㆓秋尽翫㆑菊。応㆑令〈幷序〉」）。寛平六年の作）

7、　蘆簾砌下水辺欄、秋只一朝菊早寒。……非㆓啻惜㆑花兼惜㆑老、呑㆑声莫㆑道歳華闌（同巻六・461、「九月尽日、題㆓残菊㆒。応㆓太上皇製㆒〈同勒㆓寒残看闌㆒〉」）。昌泰二〈八九九〉年の作）

このように、東宮敦仁親王（後の醍醐天皇）や宇多上皇のもとで行われている。詩序や詩の内容から察すると、行く秋を惜しみ、今なお咲きつづける菊花を賞翫するところに、詩宴の趣向があったようである。当時の詩人たちは、すでに三月尽日の詩趣を身に付けていたので、九月尽日の詩への対応はたやすかったことであろう。6は、父帝の影響を受けたのか、東宮が催している。宮廷で徐々に認知されていったようである。ここでも道真は、詩宴の中心となって、運営などを取り仕切っていたのではないか。当代随一の文人として、面目躍如だったであろう。7は、九月尽日の宴を密宴として催した宇多天皇が、退位後も関心を持ち続けていたこと示している。道真は上皇との親昵を保っており、上皇の宴への興味に応える働きをしたのであろう。

昌泰四（九〇一）年正月二十五日、天皇廃立を企てたとの罪科によって、道真は大宰権帥に左遷された。その二年後の延喜三（九〇三）年二月二十五日に、都へ戻る望みも空しく、配所において五十九年の生涯を閉じた。道真が流罪となり、その息子たちも都から追われて、謫所へ四散した。この菅家凋落の情勢にあっても、同家に始まる九月尽日の詩宴までが、一掃されるには到らなかった。

4、秋之云《ココニ》暮、余輝易ㇾ斜、菊之孤芳、残色可ㇾ惜。嗟乎潘郎寓直、雖ㇾ緩二愁悩之心一、陶令閑居、難ㇾ堪二凋落之思一。……故人皆送ㇾ秋、所三以賜二送ㇾ秋之宴一、人皆惜ㇾ菊、所三以降二惜ㇾ菊之恩一（『本朝文粋』巻十一・335、紀長谷雄「九月尽日、惜二残菊一。応ㇾ製」詩序）

この宴については、『日本紀略』延喜二年九月二十八日の条に、「於二御殿一、有二九月尽宴一。以三九月尽惜二残菊一為ㇾ題。左大臣以下陪ㇾ座、奏二糸竹一」と記している。台閣の首班左大臣藤原時平以下が醍醐天皇の下に陪侍して、賦詩奏楽があったのであるから、前掲の5・6・7の詩宴とは格式内容規模が異なる。文字通り宮廷社会において認知されたと言うことができる。それは、菅原道真および菅家の影を感じさせない形で、この日の宴は定着したということになろう。この宴の開催については、菅家廊下の門弟であり、序者となった参議左大弁紀長谷雄の提案はなかっただろうか。蛇足として一言加えておく。

九月尽日の宴は、惜秋の風情が好まれただけで、宮廷に受け入れられたのではない。5の詩序から窺えるように、この日の宴は過ぎゆく秋への哀惜を主題としている。だが、菅家廊下で創始された宴では、2「秋之云暮、唯菊独残。飲㆓於叢辺㆒、惜以賦㆑之」のように、一年最後の花である菊をいとおしむ気持ちが背後にはあった。秋の終わりである九月尽日と残りの菊との結びつきが、宴が親しまれる上で大きな役割を果したのである。6「暮秋賦㆓秋尽翫㆑菊」・7「九月尽日、題㆓残菊㆒」・4「九月尽日、惜㆓残菊㆒」と、いずれの詩も菊（残菊）を題材としており、それを通して九月尽日における思いを詠もうとしている。おそらく漠然と惜秋の感慨を詠じるだけでは、受け入れにくい面があったのであろう。菊という明瞭な哀惜の対象を絡めた結果、この日の宴は人々に馴染んだのである。

菅家廊下でこの宴が始まってから公宴となるに到るまで、二十年足らずの歳月を経ている。創始者である道真は、延喜二年の公宴の翌日、謫所大宰府で苦難の生活を強いられていた中、次の詩を詠じている。

8、今日二年九月尽、此身五十八廻秋。思㆓量何事㆒中庭立、黄菊残花白髪頭（『菅家後集』512、「九月尽」）

第三句「思㆓量何事㆒」は、自ら始めた九月尽日の宴が、都でどうなっているかに思いを馳せることも含んでいるのではないだろうか。都の様子は知るべくもなかったろうが、この日の公宴に合わせたかのような詠である。宮廷での華やかな公宴と、大宰府における苦難の中の独詠を比べてみると、晴の場から隔絶された道真の凋落が際だって来る。

五

以上述べてきたとおり、平安時代に行われた寒食・八月十五夜・九月尽日の年中行事は、まず中国の行事及び詩とりわけ『白氏文集』を受容すること――九月尽日は、白詩の三月尽日の風情を日本化したもの――から始まっている。しかも、ともに菅原氏が私的な詩宴によって先鞭を付け、推進したのであった。三行事が中国から伝わって日本において定着するまでの経過を、それぞれ図示すれば、次のようになる。

寒食

中国（白詩等）
←（弘仁年間の詩宴？。白詩の影響はまずない）
←菅原氏の宴

八月十五夜

中国（白詩等）
←菅原氏の宴
←停廃（元慶五年以降）
←公宴（寛平九年）
←宇多法皇の宴（延喜九年）

九月尽日

中国（白詩の「三月尽」）
←日本での三月尽詩の普及
←菅原氏の「九月尽日」の宴
←宇多天皇の密宴（寛平二年）
←東宮敦仁親王の宴（寛平六年）

宇多上皇の宴（昌泰二年）
↓
公宴（延喜二年）

このうち、寒食は菅原氏を中心とした文人たちの間で行われた程度で、それ以外への波及はあまり認められない。もとより宮廷で催すことはなかった。一方八月十五夜と九月尽日の宴は、一私塾を中心とした催しから始まって、宮廷での宴へと進展するなど、その広がりには瞠目すべきものがある。この二行事は漢詩創作のみならず、後には和歌を詠じる場ともなるなど、当時の文学に新たな題材を提供する結果をも齎した。その意味で、菅原氏や菅家廊下の担った役割は、甚だ大きいと言わねばならない。

山中裕『平安朝の年中行事』（序論）は、平安時代の宮廷行事を、

A　唐行事の輸入のもの
B　日本民間行事が宮廷に採用され歳事となったもの
C　A、B折衷のもの

に分類している。これによれば、八月十五夜の宴はまずAでよいであろう。九月尽日の宴は白詩の三月尽に端を発するものの、いちおうAに属すると考えられる。ただ三月尽は、もともと年中行事だったのではなく、詩の題材である。それが日本に持ち込まれて、独自の変化を遂げた後に宮廷に取り入れられており、右の分類に収まらない側面がある。またこの二行事は、中唐詩人白居易の作品の影響下にあり、そこには平安時代の文人が年中行事形成に大きくかかわったという経緯がある。一詩人の作品が、一国の宮廷行事に深く関与するということがあったのは、当時の文化の特質として、注目に値するであろう。そして、このように行事誕生の背景経過を跡づけうる例は稀有と言えよう。

注

（1）寒食については、平岡武夫「白居易と寒食・清明」（『白居易―生涯と歳時記』所収）、中村喬「寒食清明の風習と行事」（『中国歳時史の研究』所収）、同「三月寒食清明節」（『中国の年中行事』所収）参照。

（2）是善が参議に任じられたのは、貞観十四（八七二）年八月二十五日。「相公」と呼ばれた例には、「菅相公集十巻」（貞享版『菅家後草』巻十三、「献二家集一状」）と「菅相公」（『本朝文粋』巻九・245、「暮春南亜相山庄尚歯会詩」序）がある。『類聚句題抄』の161「尋レ山人不レ遇」は「菅相公」の作であり、つづく同題の162は「紀納言」つまり紀長谷雄の作。長谷雄が詩人として活動した時期からすると、「菅相公」は是善ということになる。なお、輔正とする見解もある（本間洋一『類聚句題抄全注釈』）。是善の生涯については、滝川幸司「菅原是善伝考」（『菅原道真論』所収）が詳しい。輔正については、「吏部大卿相公」（『本朝麗藻』巻下・82、大江以言「三月尽日、陪二吉祥院聖廟一、同賦二古廟春方暮一、各分二一字一詩」序）と「吏部相公」（同・83、高階積善「九月尽日、侍二北野廟一、各分二一字一詩」序）がある。

（3）たとえば、『芸文類聚』（巻四）『初学記』（巻四）の「寒食」には、

范曄後漢書曰、周挙遷二并州刺史一。太原一郡旧俗、以二介子推焚レ骸、有二龍忌之禁一。至二其月一、咸言二神霊不レ楽レ挙レ火。挙移二書於子推廟一云、春中寒食一月、老小不レ堪、今則三日而已。

を引いている。なお、介子推の憤懣については、「或未レ入二班幣之例一、猶懐二介推之恨一」（『古語拾遺』）と用いられている。

（4）久木幸男『日本古代学校の研究』二七一ページ。

（5）平岡氏は、注（1）論考で「白居易はこれについて多くの作品を残している。もし彼に歳時記を編集させたら、最も多くのページをこの日の行事のためにさいたであろう」（「これ」は寒食・清明）と述べている。

（6）この日の行事については、山中裕『平安朝の年中行事』二三一～二三八ページ、大曾根章介「八月十五夜」（『大曾根章介　日本漢文学論集』第一巻、所収）、渡辺秀夫『平安朝文学と漢文世界』一二九～一三三ページ、中村喬「八月十五日中秋節」（『続中国の年中行事』所収）参照。

(7) 吉川幸次郎「杜甫と月」(『吉川幸次郎全集』第十二巻、所収)。

(8) 『本朝文粋』(巻八・210)には、製作年次不明の、都在中「八月十五夜、於二文章院一対レ月、同賦二清光千里同一」序がある。在中(生没年未詳)は良香(八三四—八七九)の子であるので、是善・道真と同じ頃に、「文章院」で八月十五夜に観月の詩会を催していたことが分かる。ただし、これ以外に開催したかどうかは明らかではない。おそらくほとんど催していなかったために、後に道真は、この詩宴を独自の催しと捉えて、「菅家の故事」と呼んだのであろう(後述)。

(9) 柿村重松『本朝文粋註釈』(下)五六・五七ページ、後藤昭雄「紀長谷雄「延喜以後詩序」私注」(『平安朝文人志』所収)参照。

(10) 月光があらゆる物を照らす公平さは、既に『礼記』(孔子間居)に、「天無二私覆一、地無二私載一、日月無二私照一」と述べており、『新撰万葉集』(巻上・96・秋歌)にも、「秋天明月照無レ私、白露庭前似二乱璣一」とある。

(11) 道真は、寛平二年九月頃の作である「感二白菊花一、奉レ呈二尚書平右丞一」(『菅家文草』巻四・331)の第五句「感レ昔三千門下客」に、「予為二博士一、毎レ年季秋、大学諸生、賞二翫此花一」と注する。文章博士に任じられたのは元慶元年であるので、この頃から毎年九月には、白菊の花を愛でる集いを持っていたことが分かる。これが元慶七年の九月尽日の宴に繋がったと考えられる。

(12) 九月尽日の文学作品については、小島憲之「四季語を通して——「尽日」の誕生——」(『国風暗黒時代の文学 補篇』所収)、太田郁子「『和漢朗詠集』の「三月尽」・「九月尽」」(「言語と文芸」第九十一号)参照。

2　是善から道真へ

――菅原氏の年中行事――

一

平安時代を代表する学者・詩人である菅原道真は、他に類を見ない生涯を送った。異例の昇進を遂げ、右大臣にまで到る。ところが突如悲運が襲い、大宰府へ左遷されてその地で生涯を終える。後にその怨霊が災厄をもたらすとして畏れられ、やがて天神として祀られる。これらの事績は常識となっていると言ってよかろう。ほかには遣唐使の廃止を提言して認められたことも広く知られている。ただ、一般の知識になっていないこともかなりある。道真が有名であるにもかかわらず、その一族についてはまず話題に上らないのはその一例である。

道真はひとりで学者・詩人・政治家としての地歩を築いたのではない。それまでに一族が有した、学問分野での蓄積が背景にあったのである。とりわけ父是善から受け継いだものは大きかったようである。学者官人としてのあり方・詩文創作・私塾菅家廊下の経営などについて、伝えられ委ねられたものは道真を支えつづけた。したがって道真の活動・業績の背景を理解するには是善を知る必要がある。しかしながら、是善自身の詩文集が残らなかったために、その人となりや事績が十全には分からない憾みがあり、むしろ道真の詩文集『菅家文草』によって、明らかになるという側面がある。(1)

菅原氏は、独自の年中行事を催していた。寒食・八月十五夜・九月尽日の宴がそれである。(2)これらは『菅家文草』によって、その実施が知られる。ただ、これらの行事はすべてを道真が始めたのではない。むしろ道真は継承者である。父から受け継いでいるのであり、その中には祖父清公に始まるものを含むかもしれない。菅原氏は学問の家柄を築いて行く過程で、年中行事を確立したと考えられ、道真時代が始まる頃にはほぼ完成していたであろう。したがって、菅原氏の年中行事を考える上では、是善の果たした役割を重視する必要がある。さきにも触れたとおり、是善に関する資料、とりわけ文学作品については乏しい。今は主に道真の詩文集によって、是善が年中行事形成に果たした役割を検討し、さらに道真が受け継ぐ様相を述べたい。

二

菅原氏は菅家廊下という私塾を経営しており、文人官吏を目指す人々を教育していた。年中行事を催す時には、この塾生たちが参加して詩を詠じている。たんに儀礼を行い――儀礼を伴わない行事もあるだろう――宴席で酒を飲むだけではなく、日頃培った勉学の成果を発揮するとともに、互いに刺激し合う場としていたことであろう。塾を主宰する是善・道真もその中の一員であり、質の高い作品を作らなければならなかったと想像できる。その意味では厳しい、張りつめた雰囲気を持つ集いであったにちがいない。

さきに挙げた三つの行事のうちまず寒食を取り上げよう。もとは大陸の行事である。冬至から百五日目とその前後一日の三日間、燈火を点さずまた調理に火を用いずに過ごした。そしてこの期間を終えて、冬至から百七日目の清明には禁火を解く。唐の時代の詩文によれば、寒食の頃、人々には休暇が与えられ、展墓・踏青（野遊）・闘鶏・打毬（ポロ）・鞦韆（ブランコ）・蹴鞠・宴会などを行っていたことが分かる。特に白居易にはこの三日間における詩が多く、平安時代の詩人らもその作品に注目したと思われる。白詩の影響下にあった菅家廊下が催すのも故なしとしない。

是善・道真時代の寒食の詩は、あまり残っていない。その詩題をすべて挙げる。[3]

1、「寒食宴、同賦二神霊不レ聴レ挙レ火一」（『擲金抄』下・絶句部・天時、菅相公〈是善〉）

2、「寒食踏レ青行〈得レ遊〉」（『田氏家集』巻之上・29）

3、「菅家寒食第二晨宴遇レ雨。同賦二煙字一」（同巻之下・184）

4、「菅家寒食、賦三花発満二皇州一」（同巻之下・197）

5、「陪二寒食宴一、雨中即事、各分二一字一〈得レ朝〉」（『菅家文草』巻一・33。貞観十〈八六八〉年の作）

6、「寒食日、花亭宴、同賦二介山古意一、各分二一字一〈探得二交字一〉」（同巻六・457 458。昌泰二〈八九九〉年の作）

いずれも宴における詩である。2には宴での作か否かの断りがないが、「得レ遊」と詩人にそれぞれ韻を割り当てたことを記しているので、これも賦詩の集いでの作である。『田氏家集』の詩題3・4には「菅家」と詩宴の行われた場所を示している。2にはそれがないが、作者の島田忠臣は是善の門人であるので、これも「菅家」の宴での作と見るべきであろう。[4]六朝や唐の詩に多い独詠は見えない。

1～6のうち、5は貞観十年の作であり、3はこれと同時に詠んだかとする推測がある。[5]1は是善の作とみたので、その没した元慶四（八八〇）年までに詠じたことになる。2・4は詠作年次不明。6は昌泰二年の作。是善没後の作であることが確実なのは、6のみである。菅家において寒食の行事が、毎年実施されたか否かは明らかではないが、門弟らを集めて詩作の技量を競わせていたのであれば、継続して催したのであろう。そうであれば、道真は是善が主催していたこの行事を受け継いでいたことになる。

日本における寒食の宴がいつ始まったかは明らかではない。『経国集』（巻十一）には、嵯峨天皇の「雑言鞦韆篇」（105）とこれに唱和した滋野貞主の「雑言奉レ和二鞦韆篇一」（106）がある。両詩は、「正是寒食節、共憐鞦韆好」

（嵯峨）・「寒食節、周旧制、……鞦韆好樹一園春」（貞主）と、寒食の風物である鞦韆を詠んでいる。また、「此節猶伝二禁火一、遂無レ燈月為レ燈」（嵯峨）・「禁火余風猶不レ廃」（貞主）は禁火を描き、「昨日烟林採擷人」（貞主）は、野に出て若草を踏みそして摘んで遊ぶ、踏青を詠み込んでいるのであろう。ともに鞦韆を中心とした寒食の風習を詠じている。二人の詩が宴におけるものか、中国の詩についての造詣が深い両者が、たまたま興に乗じて詠んだのかは分からない。それに弘仁天長期に寒食の行事について記す資料は、この二首以外にはなく、実態は知りがたい。今は何らかの催しがなければ詩には詠まないと見て、詩の中だけのことではなかったと推測しておく。『経国集』は天長四（八二七）年の成立であるから、それまでには寒食の行事があったのではないか。

では菅原氏の寒食の宴はいつ頃始まったのであろうか。「鞦韆篇」二首が詠まれた時期には、菅原清公がいる。道真の祖父清公は学問の家柄を確立した人物であり、当時有数の詩人でもある。[6]「鞦韆篇」が寒食の詩宴で詠じられ、清公が参加していたとすれば、この経験をきっかけに自家での宴を企図する可能性はある。日頃親しんでいた六朝・唐の詩や類書の知識から、思いついたとしてもおかしくはない。しかし、これは推測に留まる。寒食をより強く平安時代の詩人に印象づけたのは、白居易であった。清公の最晩年および亡くなった頃である承和年間（八三四—四八）に、まとまって伝来した『白氏文集』には、多くの寒食・清明の詩が収載されており[7]、これに刺激を受けた詩人はかなりいたであろう。その一人が是善だとすれば、菅家廊下に寒食の詩宴を取り入れても不思議ではない。「鞦韆篇」に接した可能性のある清公、存分に白詩を享受しうる時代にいた是善、どちらが寒食の宴を始めたかは分からない。それはともかく是善はこの詩宴によって門人を育成し、その営みを道真に委ねている。道真は安んじて宴の開催を引き継いだのであろう。

三

平安時代における八月十五夜の宴は、中唐の詩人白居易・劉禹錫・元稹らが詠んだ、十五夜の月を愛でる詩に刺激を受けて始まった。とりわけ『白氏文集』に載る十五夜の詩は、強い影響を与えている。この日の詩宴を始めたのは、菅原氏だったようである。道真は後年、「菅家故事世人知、翫レ月今為二忌月期一」（『菅家文草』巻四・298、「八月十五日夜、思レ旧有レ感」。寛平元〈八八九〉年讃岐国での作）とこの詩宴を「菅家の故事」と誇らしげに呼び、世間に知られていたとも述べている。菅家はいち早く白詩を享受し、この日の宴を催して示していたのである[8]。是善・道真時代の十五夜の宴における詩・詩序は次のとおり。

1、「八月十五夜、厳閤尚書、授二後漢書一畢、各詠レ史、得二黄憲一〈幷序〉」（『菅家文草』巻一・9。貞観六〈八六四〉年の作。「厳閤尚書」は是善）
2、「八月十五夜、月亭遇レ雨待レ月〈探レ韻得レ无〉」（同巻一・12）
3、「戊子之歳、八月十五日夜、陪二月台一、各分二一字一〈探得レ登〉」（同巻一・30。貞観十年の作）
4、「八月十五夕待レ月。席上各分二一字一〈得レ疎〉」（同巻一・39）
5、「八月十五夜、月前話レ旧、各分二一字一〈探得レ心〉」（同巻一・64）
6、仲秋翫レ月之遊、避二家忌一以長廃（同巻二・126、「同二諸才子一、九月卅日、白菊叢辺命レ飲〈同勒二虚余魚一、各加二小序一。不レ過二五十字一〉」序。元慶七〈八八三〉年の作）
7、「八月十五日夜、思レ旧有レ感」（同巻四・298、寛平元〈八八九〉年の作）
8、「八月十五夜、同賦二秋月如レ珪、応レ製〈探得レ門〉」（同巻六・441。寛平九年の作）

9、「八月十五夜宴㆑月」（『田氏家集』巻之上・20）
10、「八月十五夜惜㆑月」（同巻之上・62）
11、「八月十五夜宴、各言㆑志。探㆓一字㆒得㆑亭」（同巻之下・187）
12、「八月十五夜、陪㆓菅師匠望月亭㆒、同賦㆔桂生㆓三五夕㆒」序（『本朝文粋』巻八・208、紀長谷雄）

1は、『後漢書』講書の竟宴を主とする催しであり、詠史詩を作るのであるが、「満月光暉、咸陳㆓中庭之玉帛㆒」と明月の賞翫も兼ねていた。八月十五夜にこの企画を持ってきたのは、是善の創意によるのだろう。2「月亭」・3「月台」・12「望月亭」および「東向疎窓望㆑月亭」（『菅家文草』巻二・114、「小廊新成、聊以題㆑壁」）は、十五夜の月を眺めるための建物である。ほかにはない菅家廊下の独自性が遺憾なく発揮されている。早く貞観年間に詠じられた詩に見えるので、建てたのはその頃の主人是善と見てよい。寒食と同様八月十五日にも門人たちが集まって詩作に取り組んでいるので、教育の一環として詩宴が機能しているのだが、それだけには留まらない、是善の明月賞翫への傾倒が窺えるのではないだろうか。逆に十五夜の月への愛着が、門弟が集い詩を詠む原動力となったとも言えよう。

1〜5は、『菅家文草』の配列から、貞観年間（八五九―七七）の作であることが分かる。この間行事を主導したのは是善である。道真にとっては、文章生・文章得業生から対策及第を経て文人官吏として歩き出し、文章博士にまで到る時期である。詩文の力も着実に蓄えていたであろう。文人としての実力を認められ、種々の文章創作を依頼されていた頃でもある。学問の家柄を継承する若者への期待は大きかったであろう。それでも3「陪㆓月台㆒」とあるように、陪席の立場にあった。門弟たちとともに詩作に励むのが、この宴での勤めであったと考えられる。貞観年間は、菅家廊下の主人是善が行事の中心であった。

承和年間に白詩がまとまって将来され、以後幅広い享受が始まる。改めて言うが、その八月十五夜の詩を学び、菅原氏の八月十五夜の宴を創始したのは、時期からすると是善であろう。承和九（八四二）年に没した清公が始める可能性はまずない。右に述べたこの行事への熱の入れようも、発意し創始した是善ならではなのではあるまいか。ただ、いかにも菅家らしい催しである十五夜の宴も、やがて終焉の時を迎える。元慶四年八月三十日に是善が逝去した（『三代実録』『扶桑略記』）ために、八月は忌月となり、行事などは停廃を余儀なくされたのである。6「仲秋翫レ月之遊、避二家忌一以長廃」は、三年後道真がふりかえって記した文章である。是善が始めた行事なのであるが、皮肉なことに自らが終止符を打ったのであった。宴を停廃した年次が分かると、次の推測が可能となる。9～11は、おそらく菅家廊下での詩であろう。他の場所で詠じたのであれば、島田忠臣が地方へ赴任した時期もしくは是善没後に詠んだことになるが、確かめられない。12は、長谷雄が入門したと考えられる元慶元年から同四年までに詠じたことになる。

　少なくとも道真が菅家廊下を主宰する間、八月十五夜の宴の復活はまずない。門人たちも先師を悼む気持ちから、独自に開いたりはしないと思われる。他家も、この宴が7「菅家故事世人知」と世間が認めていることを、承知しているはずであるから、実施しにくいだろう。儒者が学閥を作って、厳しい抗争を繰り広げていた時代に、すでに廃止していたとは言え、他氏の行事に倣うような見識は、誰も持っていなかったのではあるまいか。三善清行（八四七―九一七）には、「八月十五夜、同賦二映レ池秋月明一」序（『本朝文粋』巻八・206）があるが、道真に強い対抗意識を抱いていたことからすると、菅家の宴への参加を潔しとはしないはずである。この詩序は他家で行われた宴での作だろう。その宴は、是善没後かなりの歳月を経た時点で開いたのではあるまいか。おそらく十五夜の宴が宮廷で催されてからだろう。しかも菅原氏一族の四散、道真の没後であるように思う。そうでなければ菅家の色に染まったこの行事は催しがたいからである。

　菅原氏の行事であった八月十五夜の宴は、寛平九（八九七）年閏八月に宮廷において復活を遂げる。是善が没して十七年を経ている。醍醐天皇の治世となって間もなく、道真は政界で重きをなしており、この年の六月には権大納言に任じられている。宮廷での十五夜の宴開催は、とりもなおさず道真重用の表れである。天皇の意向によるのか、道真の提案が取り入れられたのかは明らかではない。いずれにせよ、7「菅家の故事」が公の場に持ち込まれるという事態が生じたのである。当時白詩愛好が風潮としてあり、その絶大な影響を蒙っていた背景を勘案するにせよ、ある一族を中心とする文人たちの私的な宴が、宮廷での宴にまでなるというのは稀有な事態である。道真はこの時の詩8「八月十五夜、同賦㆓秋月如㆒㆑珪、応㆑製」を『菅家文草』に書き留めている。白家の行事が公宴の形をとって復活したことを、誇りをもって収載したのであろう。

八月十五夜の宴は、白詩が文学のみならず文化のあらゆる部面に浸透して行く時代にあって、是善が始めなかったとしても、早晩定着するはずのものであったに違いない。文人たちに受け入れられることを見越した企画であったのだろう。十五夜の明月という従前にはない詩の題材を、いち早く活用する手腕は評価してよい。この宴が宮廷で行われるについては、道真の関与があろうが、当時の好尚のしからしむるところでもあるだろう。是善には、白詩享受がここまで展開するとは思い及ばぬことだったろうが、その発想は当時の文化をも動かしたのである。

四

菅家廊下の八月十五夜の宴は、元慶四年八月三十日の是善の薨去によって幕を閉じた。家忌のために八月の行事は廃せざるを得ない。この状態はしばらく続き、門人たちに研鑽のために提供していた賦詩の場の一つはなくなった。官吏を養成するための私塾にとって、修練の機会が失われるのは痛手である。是善の後を継いだ道真は、この空白を埋めねばならないと考えていたであろう。一方勉学にいそしむ門弟らは、何らかの処置が講じられるようにと願っていたのではあるまいか。そこで道真が案出したのが、九月尽日の宴である。

仲秋翫㆑月之遊、避㆓家忌㆒以長廃、九日吹㆑花之飲、就㆓公宴㆒而未㆑遑。蓋白菊孤叢、金風半夜（『菅家文草』巻二・126、「同㆓諸才子㆒、九月卅日、白菊叢辺命㆑飲」序）

八月十五夜の宴は「家忌」のために廃止し、重陽には宮廷の宴に参加するために多忙である。そこで九月尽日に、菅家廊下に集う「諸才子」とともに宴を催すのだという[9]。元慶七年のことである。諸般の事情によってこの日が選ばれたのであるが、詩作の面においては題材となるまでの経緯背景がある。まず三月尽日の詩があった。道真時代の例を挙げる。

1、春送㆓客行㆒客送㆑春、……花為㆑随㆑時余色尽、……風光今日東帰去（『菅家文草』巻二・188、「途中送㆑春」。仁和二〈八八六〉年の作）

2、就㆑中春尽涙難㆑禁。去年馬上行相送、……花鳥従㆑迎㆓朱景㆒老（同巻三・224、「春尽」。同三年の作）

3、計㆓四年春㆒残日四、逢㆓三月尽㆒客居三。……好去鶯花今已後（同巻四・251、「四年三月廿六日作」。同四年の作）

4、鶯収㆓好語㆒樹凋粧、向㆑老鶯傷過㆓歳芳㆒。……莫㆔肯出㆑郊相㆓送去㆒（『田氏家集』巻之上・31、「三月晦日、送㆑春感題」）

いずれも去り行く春を、惜しみかつ送る風情を詠じている。3だけは三月二十六日の時点で、間もなく三月尽日を迎えると言い、他は三月末日に詠んでいる。これらが詩語・表現・詩心に到るまで白詩の影響下にあることは、すでに指摘がある[10]。さらに三月尽日の詩趣を応用して、日本における九月尽日の詩を生み出したのである[11]。4は詠作年次不明であるが、1～3は、道真の讃岐守赴任途上および在任中の三年間に詠んだものである。この三箇年は、九月尽日の宴を催した元慶七年より後である。菅家廊下の創始したこの宴は、白居易の詩に見える惜春の情をまず享受玩味し、これを九月尽日に置き換える趣向がなければ生まれて来ない。したがって元慶七年以前に、道真が白詩の三月尽日の詩を熟知し受容していたことは明らかである。菅家一門の共有する知識でもあったのだろう。島田忠臣の詠はそれが形となって現れたと見てよい。おそらく菅家廊下には、三月尽日の詩を応用した九月尽日の宴を行う素地は、培われていたのであろう。一門は自然に宴を受け入れたのではあるまいか。詩趣の理解もたやすかったと思われる。ここに至るまでの機運や背景を醸成したのは、是善や道真であろう。是善が没してわずか三年後に始めた九月尽日の宴は、道真の独創とは必ずしも言い切れず、父の余蘊を継承した側面もあるだろう。白詩の模倣から抜け出て独自の展開へ向かうのは、もとより道真の発案であるが、この風趣は是善の生前に萌していたと見るのはどうであろうか。さきに述べた、菅家の年中行事を築き上げる是善の姿にもとづく推測である。

道真が讃岐守の任を終えて都に戻った年から、九月尽日の宴は急転回する。まず、寛平二年閏九月二十九日には、宇多天皇のもとで密宴があった（『菅家文草』巻五・336、「閏九月尽、燈下即事。応レ製」）。小規模ながら天皇膝下の催しである。開催に当たって、道真は指導する立場にあったに違いない。宴の生まれる経緯や詩情などを解説したのではあるまいか。その役割は大きかったことだろう。つづいて、

「暮秋賦二秋尽翫一レ菊。応レ令〈幷序〉」（同巻五・381）

「九月尽日、題二残菊一。応二太上皇製一〈同勒二寒残看闌一〉」（同巻六・461）

と、寛平六年には東宮敦仁親王（後の醍醐天皇）、昌泰二（八九九）年には宇多上皇のもとで九月尽日の宴を行っている。こうしてこの宴は、宮廷における地歩を次第に固めて行くのである。そして、道真左遷後ではあるが、延喜二（九〇二）年九月二十八日には、「於二御殿一、有二九月尽宴一。以三九月尽惜二残菊一為レ題。左大臣以下陪レ座、奏二糸竹一」（『日本紀略』。この時の紀長谷雄の詩序が『本朝文粋』巻十一・335にある）と、公宴としての格を備え定着するに到る。一氏族の宴が公の場に取り入れられる例は、すでに八月十五夜の宴に見た。通常では考えにくい採用のあり方は、道真が宇多天皇の信任を得、政界での実力を蓄えて行くことが背景の一つにある。朝廷における発言権を獲

得するとともに、宮廷行事への提言は徐々に容認されたのではあるまいか。また、施策の一環でもあったろうが、天皇の風流韻事への強い関心が開催へと導いたのでもあろう。もちろん白詩の浸透という風潮も、後押ししていたに違いない。道真は時代の趨勢や人々の興味を読みつつ、巧みに自家を顕示し自己主張を繰り広げていたのではあるまいか。是善の時代には考えられなかった行動である。

五

菅家廊下で九月尽日の宴を創始した元慶七年は、道真にとって苦労の時期であった。父是善はすでになく、一人で一門を率いていかなければならない。文人官僚の要である文章博士として忍耐を強いられる立場にもあった。元慶六年頃の作と思われる「博士難」（『菅家文草』巻二・87）に、同元年に文章博士に任じられて皆から祝福を受けた中、父だけは次のように語ったと述懐する。

……曰悲二汝孤惸《コケイ》一、博士官非レ賤、博士禄非レ軽。吾先経二此職一、慎之畏二人情一。……

道真が一人子であるのを悲しむとともに、官人としての文章博士の重みを考えて慎みある行動を取れと教誨を垂れたという。この職にあることの難しさを知る故の言葉である。父の危惧したとおり、道真の歩みは平坦ではなかった。詩は次のようにつづく。

始自レ聞二慈誨一、履レ氷不二安行一。四年有二朝議一、令三我授二諸生一。南面纔三日、耳聞二誹謗声一。今年修二挙牒一、取捨甚分明。無レ才先捨者、讒口訴二虚名一。教授我無レ失、選挙我有レ平。……

同四年に大学寮の学生を教授するや、三日で誹謗の声が聞こえ、今年文章生から文章得業生を推挙する牒状を出すや、不合格者は、文章博士とは名ばかりで識見がないと訴えて来た。教授に過失なく、推薦が公平であっても、讒言を蒙ったと言う。

容赦ない非難中傷は、以後も相次いで降りかかってくる。儒官の中心に位置する者が味わう苦難とその苦衷は、

「有所思〈元慶六年夏末、有㆓匿詩㆒。誹㆓藤納言㆒。納言見㆓詩意之不㆒㆑凡、疑㆓当時之博士㆒。余甚慙之。命矣天也〉」(98)

「詩情怨〈古調十韻〉呈㆓菅著作㆒、兼視㆓紀秀才㆒」(118)

「余近叙㆓詩情怨一篇㆒、呈㆓菅十一著作郎㆒。長句二首、偶然見㆑誹。更依㆓本韻㆒、重答以謝」(119)

「予作㆓詩情怨㆒之後、再得㆓菅著作長句二篇㆒。解㆓釈予憤㆒、安㆓慰予愁㆒。憤釈愁慰、朗然如㆑醒。予重抒㆓蕪詞㆒、謝㆓其得意㆒〈本韻〉」(120・121、以上『菅家文草』巻二)

「鴻臚贈答詩序〈元慶七年五月、余依㆓朝議㆒、仮称㆓礼部侍郎㆒、接㆓対蕃客㆒。故製㆓此詩序㆒〉」(同巻七・555)

に詳しい。当時儒家は学閥を作って相争い、誹謗中傷を繰り返していた。いつ足下をすくわれるか分からない厳しい状況下、文章博士なればこその気の抜けない日々を送っていたのである。官吏としての職務、菅家廊下の経営など、なすべき勤めが多い中、さまざまな攻撃に耐えまた争わねばならなかった。憤慨し嘆傷しないではいられなかったであろう。元慶年間は、緊張を強いられる苦労続きの時期であり、とりわけその六・七年頃の苦渋に満ちた心情が、右の詩文には託されている。詩にぶつける以外、痛憤を晴らし、傷ついた心を慰撫する術はなかったのではあるまいか(12)。

こうした辛い時期に当たる元慶七年に、九月尽日の宴創始となった。是善の逝去によって停廃を余儀なくされた八月十五夜の宴に替わる催しである。おそらく門弟らが待望し、周囲からは注目される中での新しい試みである。期待を寄せるばかりではなく、批判の種にしようと冷ややかな目を向ける他家の儒者もいたであろう。文人としての技量が問われる局面での挙行だったのではあるまいか。それまで誰も思いつかなかった文事に、門人らは満足し、

鵜の目鷹の目だった人々は驚いたにちがいない。白居易の三月尽日の詩を応用した手腕を示して、面目を施したことであろう。父の後を承けて私塾を運営し、名実ともに主宰者になったと言いうる新事業と評してよい。菅家廊下だけにとどまらず、儒者・文人たちの間でも、道真は菅家廊下の主人としての重みを知らしめたに違いあるまい。(13) 面目躍如と言えよう。

六

菅原是善は、文章博士・大学頭や式部大輔などを勤める文人官吏であり、長く紀伝道を歩み、またその中心人物でもあった。『菅相公集』（十巻）を残す詩人でもある。さらに、「上卿良吏、儒士詞人、多是門弟子也」（『扶桑略記』元慶四年八月三十日・是善薨伝）と、多くの門弟を世に送り出した教育者でもあった。道真は、政治家としての側面を除けばおおむね父の後を追ったと言ってよい。是善は、作品のほとんどが失われたために、その評価や文学史上の位置づけができない。それに息子の存在があまりに大きいために、どうも影が薄い。詳しくは知り得ないが、詩文の分野では中心に位置していたはずである。(14) 白詩摂取においても、先頭に立って範を垂れていたのではあるまいか。菅家廊下での寒食や八月十五夜の詩宴開催は、その明らかな例の一つである。道真は、この二つの宴を受け継ぎ、さらに展開させたということになる。九月尽日の宴は、是善の築いた基礎から生みだしたものである。詩作にとどまらず、新たな文化活動にまで広がる営みの始めに立つ是善は、注目されねばならないし、評価されるべきだと思う。そして道真については、父のよき後継者として見直す必要が、さまざまな面で出てくるのではないだろうか。

注

（1）是善の事績については、林陸朗「大江音人と菅原是善――貞観期の政界と学界――」（『上代政治社会の研究』所収）、滝川幸司「菅原是善伝考」（『菅原道真論』所収）が詳しい。

（2）拙稿「菅原氏と年中行事――寒食・八月十五夜・九月尽――」（本書第一部・1）・「菅原道真と九月尽日の宴」（本書第一部・4）参照。

（3）「菅相公」は是善と考えられることは、前記拙稿において述べた。なお、1の詩題は、『芸文類聚』（巻四・寒食）の「范曄後漢書曰、周挙遷二并州刺史一。太原一郡旧俗、以二介子推焚レ骸、有二龍忌之禁一。至二其月一、咸言二神霊不レ楽レ挙レ火」による（『初学記』巻四・寒食にも収む）。

（4）1～6はすべて菅原氏の宴での作であろう。それでは当時の寒食の詩を、菅家廊下に集う人々以外は詠まなかったのかと言うと、そうではなかったらしい。『菅家文草』（巻七・552）「洞中小集序〈貞観九年、依二雲林院親王命一所レ製〉」（「雲林院親王」は、常康親王）には、「寒食者悼亡之祭、重陽者避悪之術。故本二義幽閑一、寄二言節候一」とあり、失意のうちに綿上山で焼死した晋の介子推を祭る儀式が行われていたようである。また「言を節候に寄す」は、その折に詩を詠んでいたことを示しているのであろう。

（5）甲田利雄「『菅家文草』の巻五の含む問題について――『日本紀略』の誤謬及び島田忠臣の没年に及ぶ――」（『高橋隆三先生喜寿記念論集 古記録の研究』所収）、蔵中スミ「島田忠臣年譜覚え書」（小島憲之監修『田氏家集注 巻之上』所収）参照。ただ、5の自注には、「各分二一字一〈得レ朝〉」と、各詩人に異なる韻字が当たったのに対して、3には「同賦二煙字一」と、参加者全員に「煙」の韻字が与えられている。韻字によれば5と3は同時に詠まれた詩ではない。

（6）清公については、滝川幸司「菅原清公伝考」（『菅原道真論』所収）参照。

（7）白居易の寒食と清明については、平岡武夫「白居易と寒食・清明」（『白居易―生涯と歳時記』所収）が詳しい。

（8）注（2）の拙稿「菅原氏と年中行事」参照。

（9）菅家廊下の九月尽日の宴については、注（2）の拙稿二編参照。

(10) 小島憲之「四季語を通して――「尽日」の誕生――」（『国風暗黒時代の文学 補篇』所収）、新間一美「白居易と菅原道真の三月尽詩について――「送春」の表現――」（「女子大国文」第一四八号）参照。

(11) 九月尽日の詩は、白居易以前の唐詩にすでに見られるが、それらは、

為レ客無二時了一、悲秋向レ夕終。……年年小揺落、不下与二故園一同上（盛唐杜甫「大暦二年九月三十日」）

霜降三旬後、蓂余一葉秋。……潘安過二今夕一、休レ詠二賦中愁一（中唐元稹「賦得二九月尽一〈秋字〉」）

などのように、『楚辞』の「九弁」や晋の潘岳「秋興賦」（『文選』巻十三）に描く秋の悲哀が、この日をもって終わると詠じるのが普通であり、惜秋を題材としたものはない。白居易には九月尽日の詩自体がない。

(12) 後藤昭雄「平安期の楽府と菅原道真の〈新楽府〉」（『平安朝漢文学史論考』所収）は、右に挙げた「博士難」「有所思」「詩情怨」を、楽府の受容という観点から捉えつつ、元慶六、七年頃の道真の心境を読み解いた論考である。参照されたい。

(13) 注（2）の拙稿「菅原道真と九月尽日の宴」において、道真が九月尽日の宴を催すために、徐々に準備を進めていたであろうことを述べた。菅家廊下主人の存在を示そうとする意欲がよく現れていると言えよう。

(14) 是善の散文についての、近時の研究成果に、後藤昭雄「貞観三年東大寺大仏供養呪願文」（「成城文藝」第二四〇号）・「同（承前）」（同第二四一号）・「菅原是善の願文と王勃の文章」（「成城国文学」第三十四号）がある。

3　寛平期の年中行事の一面

一

仁和三（八八七）年十一月から寛平九（八九七）年七月まで在位した宇多天皇には、日記つまり宸記「宇多天皇御記」があった。ただし一書として残るのではなく、記事の断片が諸書に引かれて伝わったのである。断片とは言え、その数は少なくはない。それぞれの書が記事を引用するのは、引用するに値する意味を御記に認めたからである。もとより天皇の記録したものであるから尊重したという理由もあろう。天皇が書きとめた記事の中に次の一文がある。

御記云、寛平二年二月卅日丙戌、仰㆑善曰、正月十五日七種粥、三月三日桃花餅、五月五日五色粽、七月七日索麪、十月初亥餅等、俗間行来、以為㆓歳事㆒。自㆑今以後、毎㆑色弁調、宜㆓供奉㆒之。于㆑時善為㆓後院別当㆒。故有㆓此仰㆒（『年中行事秘抄』正月・七種粥）

正月十五日の七種粥から十月初亥の餅にいたるまで、季節の順に五つの行事における食について述べている。この記事を重視された山中裕氏は、

「正月十五日の七種粥、三月三日桃花餅、五月五日五色粽、七月七日索麪、十月初亥餅などは、それまで民間で行なっていたが、これを改めて歳事となし、ととのえてそなえたてまつるべし」

と、後院の別当源善に命じたと解し、

　こうして宇多天皇によってわが国の民間行事が宮廷に採用され、渡来の行事と結合し宮廷行事の発展をうなが
　してゆくのであった。

と、天皇の仰せによって、民間行事を宮廷行事に取り込み、年中行事が新たな展開を遂げたと見ておられる[1]。年中行事の歴史においては、重要な転換点を指摘したことになり、意義ある成果と言えよう。山中氏以後の研究においても、この見解は継承されており、定説と見なしてよいようである。

　ただ、山中氏の意見をそのまま受け入れてよいかどうかは、検討しておく必要があるだろう。と言うのは、「俗間に行なひ来る」という各行事日の食は、中国伝来の風習を取り入れたと考えられるからである。それにそもそも民間において暦日と食とが、このように密接に結びついていたのかどうかも検証する必要があるだろう。とは言え、民間の食に関する資料は乏しく、その確認はまずできない。そこで本稿では、まず右の「宇多天皇御記」に挙げている食の由来を検討し、同じく年中行事と食との関わりについて言及した菅原道真の文章を取り上げて、その意義について考えを述べたいと思う。

二

　まず「正月十五日七種粥」から始める。正月十五日に「七種粥」を食する習慣は古くからあり、直木孝次郎氏は正倉院文書によって、「奈良後期において、朝廷特に皇室の風習となっていたこと」を明らかにしておられる[2]。「七種粥」については、『延喜式』（巻四十・主水司）に、

　正月十五日供御七種粥料〈中宮亦同〉

米一斗五升、粟、黍子、薭子、葟子、胡麻子、小豆各五升。……

と、その七種の食材を挙げており、正月十五日に天皇・中宮に供すると規定している。また、『小野宮年中行事』（正月・同日（十五日）主水司献二七種御粥一事）には、

弘仁主水式云、中宮又同二聖神寺常住寺料一煮備。早旦令二水部送一、早朝主水司、供二七種御粥一、付二女房一伝供之。御器納二蔵人所一。当日請申之（『新撰年中行事』上・正月にも一部を引く）

とあり、弘仁年間には行っていたことが分かる。『年中行事秘抄』（正月・十五日主水司献二御粥一事）に、次のような説話を引いている。

(3)十節云、高辛氏之女、性甚暴悪。正月十五日巷中死、其霊為二悪神一、於二道路一憂吟。過レ路人相逢、即失レ神。人々令二盗火一。此人性好レ粥。故以レ此祭二其霊一、無二咎害一。凡作レ屋産レ子、移徙有レ怪、則以レ粥灑二於四方一、災禍自消除矣。

高辛氏の女は暴悪で、死後人に災いをもたらした。そこでこの人の好物であった粥を供えてその霊を祭り、四方に注いだところ、災禍は消えたとのことであった。この行事の起源説話と呼ぶべき一話である。古代中国に始まる行事であることを伝えている。また『荊楚歳時記』にも、「正月十五日、作二豆糜一、(4)加二油膏其上ヲ一、以祠二門戸一」と、「豆の糜」を作って「門戸を祠る」とある。これへの杜公瞻の注は「斉諧記」と「続斉諧記」とを引いており、養蚕の豊作を期して蚕神を祭る行事だとある。(5)『土左日記』の正月十五日条には、「今日小豆粥煮ず」とある。『延喜式』のように七種の穀物を煮るのではなく、簡略化してこの風習が広がっていたらしい。『枕草子』（ころは正月、三月）には、「十五日、節供まゐり据ゑ、粥の木ひき隠して、家の御達、女房などのうかがふを、打たれじと用意して」とある。「粥の木」は望粥《もちがゆ》を煮る時に用いる木。一年の息災を願って望粥《もちがゆ》を食べる習慣があった。次の『順集』(184)の歌は、このことをよく示した例であろう。

藤原のとほかずの御四十五日の忌み違へに、家にまうできて住むあひだに、正月十五日、子の日に当たるあした、粥の上に小松をおきてつけてはべる

時しまれ今日にしあへる望粥は松の千年に君もによとか

「とほかず」の長寿を祈る気持ちを詠んでいる。なお中国の蚕神を祭る行事は、日本では実施していない。『土左日記』『枕草子』の注釈書の中には、「宇多天皇御記」の記事にもとづいて、中国での正月十五日に、粥で高辛氏の女の霊を祭る風習を日本の民間が取り入れ、それを宮廷の「歳事」としたと説明しているが、それでよいだろうか。風習の実態を把握した上での検討が必要であろう。

次の「三月三日桃花餅」はどうであろうか。「桃花餅」については所見がなく、どのようなものであるのか不明である。実態をつかめないが、これに類似するかもしれないものに、三月三日の草餅《くさもちひ》がある。

此間田野有レ草、俗名二母子草一。二月始生、茎葉白脆。毎レ属二三月三日一、婦女採之、蒸擣以為レ餻。伝為二歳事一(6)
(『文徳実録』嘉祥三〈八五〇〉年五月五日)

餻　考声切韻云、餻〈古労反、字亦作レ餹。久佐毛知比〉蒸二米屑一為之。文徳実録云、嘉祥三年訛言曰、今兹三日不レ可レ造レ餻、以レ無二母子一也(『和名抄』巻十六・飯餅類)

世俗の風習として、女性が母子草を摘んで蒸し、餅とともに擣いて作るものであった。後に触れるように、『皇太神宮儀式帳』(年中行事幷月記事・三月例)と『止由気宮儀式帳』(三節祭等幷年中行事月記事・三月例)に、「新草餅」を作って供えるとある。和歌にも、

東宮の、大后宮女房におほせたまふことありき。いづれの年にかはべりけむ、三月三日、草もちひして、法師のかたを作

り、これに室《むろ》作りてまゐらせよと、仰せごとはべりしかば、

……

都には待つ人あらんほととぎすさめぬ草の宿にしもなく（『長能集』3）

とあり、三月三日と結びついており、当時の風習の広がりを思わせる。また、

石蔵《いはくら》より野老《ところ》おこせたる手箱に、くさもちひ入れてたてまつるとて

花の里心も知らず春の野にいろいろ摘める母子餅《もちひ》ぞ（『和泉式部集』517）

三条太政大臣のもとにはべりける人の娘をしのびて語らひけるを、女の親はしたなく腹だちて、娘をいとあさましくなんつみけるなど言ひはべりけるに、三月三日かの北の方、三日《みか》の夜《よ》の餅食《もちひ》へとて、出してはべりけるに　藤原実方

三日の夜の餅は食はじわづらはし聞けばよどのに母子つむなり（『後拾遺集』巻二十・1203・雑六）

の、和泉式部の和歌は、その詞書に「草餅」とあり、和歌では「母子餅」と言い換えている。『文徳実録』の言うところと一致する。実方の歌は、草餅とは言わないが、「母子摘む」とあり、しかも「三日の夜の餅」が三月三日に重なっているので、この餅は草餅であろう。『うつほ物語』（吹上上）には、源仲頼・藤原仲忠らが紀州の神南備種松を訪れ、もてなしを受ける。その中に、

種松、三月三日の節供なんど、かばかり仕うまつれり。……乾物・果物・餅など調じたるさま、めづらかなり。

とある。三月三日の餅が描かれている。物語とは言え、風習の定着は確認できよう。ただ、どのような餅かは不明。

草餅については、『年中行事秘抄』（三月・三月三日草餅事）が次の説話を引いている。

昔周王淫乱、群臣愁苦。于レ時設二河上《ニ》曲水宴《ヲ》一。或人作二草餅一奉二于王一。王嘗二其味一為レ美也。王曰、此餅珍物也。可レ献二宗廟一。周世大治、遂致二太平一。後人相伝、以作二草餅一。三月三日、進二于祖霊一、其心矣。心悦無レ咎。草餅之興従レ此始（『掌中歴』歳時歴・節日由緒・三月三日草餅にも同様の説話を挙げている）

周王の代に曲水の宴を催した時、ある者が王に草餅を献上した。王はこれを気に入って、宗廟に奉らせたところ太平となり、以後三月三日に祖霊にこの餅を捧げることになったという。この説話によれば、三月三日の節食としての草餅は、古代中国の文化を取り入れたことになる。ただし「桃花餅」がいかなるものであるかが不明であるため、「宇多天皇御記」の記述とどう関わっているかは分からない。

「五月五日五色粽」の「粽」は、

糉　風土記云、糉〈作弄反、字亦作レ粽。和名知万木〉以二菰葉一裹《ツツミ》レ米、以二灰汁一煮之、令二爛熟一也。五月五日啖《クラフ》(7)之（『和名抄』巻十六・飯餅類）

と説明される、五月五日の食物である。その由来として次の説話を引くことが多い。

昔高辛氏悪子、乗レ船渡レ海。逢二暴風一、五月五日没死。成二水神一令三漂二失船一。或人五月五日、以二五色糸一、筌二纏菖蒲一、投二海中一。筌纏変化、為二五色蛟龍海神一、惶隠敢不レ成レ害。後人相伝(8)（『年中行事秘抄』五月・御節供事）

続斉諧記曰、屈原五月五日投二汨羅《べきら》一而死。楚人哀之、毎レ至二此日一、竹筒貯レ米、投レ水祭之。漢建武中、長沙《ノ》欧回、白日忽見二一人一。自称二三閭大夫一、謂曰、君当レ見レ祭甚善。但常所レ遺、苦二蛟龍所一レ窃。今若有レ恵、可下以二楝樹葉一塞二其上一、以二五采糸一縛上レ之。此二物蛟龍所レ憚也。回依二其言一。世人作レ粽、并帯二五色糸及楝葉一。皆汨羅之遺風也（『芸文類聚』巻四・五月五日）

前者は、五月五日に水死した高辛氏の子が、「水神」となって船を漂流させるので、五月五日に「以二五色糸一、筌二纏菖蒲一」して海に投じたところ、「筌纏（ちまき）」が「五色蛟龍」となった。これを恐れた「水神」が害をなさなくなったというもの。後者は、五月五日に汨羅に身を投げて水死した屈原を悼んで、楚人が竹筒の中に米を入れて祭った。後に欧回の前に屈原の霊が現れて、捧げ物が蛟龍に盗まれてしまうと訴え、竹筒を楝の葉で覆い、五色の糸を結び付けてほしいと頼んできた。欧回がその求めに応じたことから、粽に五色の糸と楝の葉を付けるようになったとある。

『延喜式』（巻三十三・大膳下）に、「五月五日節料」として、

粽料　糯米〈参議已上別八合、五位已上別四合〉、大角豆〈五位已上一合〉、搗栗子〈参議已上四合、五位已上二合〉……

と、調理に用いる物品についての規定があり、節会における食としての位置づけが明確である。古くは『伊勢物語』（五十二段）に、

昔、男ありけり。人のもとより、飾り粽おこせたりける返りごとに、

あやめ刈り君は沼にぞまどひける我は野に出でて狩るぞわびしき

とて、雉をなむやりける。

とある。五月五日の贈答とはことわっていないが、「あやめ刈り」を併せて考えると、その日と見るのがよい。『拾遺集』（巻十八・1172・雑賀）に、

五月五日、小さき飾り粽を山菅の籠《こ》に入れて、為雅の朝臣の女にこころざすとて　東宮大夫道綱母

こころざし深き汀に刈る菰《こも》は千歳の五月《さつき》いつか忘れん

とあるのは、時代は下るものの、貴族の間における五月五日の雅びな風習を伝える貴重な資料である。なお、「宇多天皇御記」の「五色粽」は、粽が五色であるようにも思えるが、引用した『年中行事秘抄』『芸文類聚』によれ

ば、五色の糸を結んだ粽のことであろう。

「七月七日索麪」を取り上げる。「索麪」は、「索餅」と同じであり、

索餅　釈名云、蝎餅髄餅金餅索餅〈和名無木奈波。大膳式云、手束索餅多都加〉、皆随レ形而名（『和名抄』巻十六・飯餅類）

索餅料　小麦卅石〈御并中宮料、各十五斛〉、粉米九斛〈同料各四斛五斗〉、紀伊塩二斛七斗、……（『延喜式』巻三十三・大膳下）

手束索餅料　小麦十七斛七斗〈御并中宮各八石八斗五升〉、粉米五石三斗一升、紀伊塩八斗九升、……

右起二三月一日一尽二八月卅日一供御料……（同）

凡応レ供二大嘗会一竹器、熬笥七十二口、煠籠七十二口〈料篦竹口別六株〉、乾二索餅一籠廿四口〈口別十三株〉、籮六口〈口別十五株〉、預前造備送二宮内省一（同巻二十八・隼人司）

などに拠ると、小麦粉・米粉および塩などを練って縄状に綯《な》い、これを茹でて乾燥させたもののようである。[9]「索麪」ではないが、『年中行事秘抄』（七月・七日御節供事）に「麦餅」にまつわる一話を引いている。

昔高辛氏小子、以二七月七日一死。其霊為下無二一足一鬼神上致二瘧病一。其存日常湌二麦餅一。故当二死日一、以二麦餅一祭レ霊。後人此日食二麦餅一、年中除二瘧病之悩一。後世流二其祭一矣。

「高辛氏の小子」が七月七日に死んで鬼神となり、「瘧病」を起こした。そこで日頃食していたという「麦餅」を命日に供えて祭り、人々も食べたところ、病がなくなったとある。なお、この引用の典拠は不明。「索麪」は、七月七日の食物ということになってはいるが、そのことを記した例が見出せない。

小麦壱斛伍斗〈七月一日請〉

用五斗〈索餅一百卅六藁作料〉

残一斛（『大日本古文書』巻之六、神護景雲四〈七七〇〉年九月二十九日、奉写一切経所告朔解）

諸大夫有レ情者五六人、為レ補二細工等疲一、送二索餅酒肴一（『菅家文草』巻七・527、「左相撲司標所記」）

は、七月における例だが、七日のことかどうかは不明。道真の記の場合は、作業を行う工人の労をねぎらうために差し入れており、節日の食とはかかわりがない。先に引いた『延喜式』（大膳下）に見える「御幷中宮料」は、天皇と中宮が食するためのものということではあるが、それがどの日のためのものかは分からない。結局七月七日と「索麪（餅）」との関わりが、どれほどのものであったのかを明らかにすることはできない。

最後に「十月初亥餅」について述べる。

蔵人式云、初亥日内蔵寮進二殿上男女房料餅一〈各一折櫃〉。

蔵寮所レ進餅、已見二人給料一。但又大炊寮出二渡糯米一、内膳司備二調供御一。雖レ不レ載二式文一、寮司供来尚矣《ヒサシ》。

群忌隆集曰、十月亥日、食レ餅除二万病一。雑五行書云、十月亥日、食レ餅令二人無一レ病也〈亥日之餅本縁如レ此。愛敬之詞、未レ詳二其説一〉（『政事要略』巻二十五・亥日餅事）

右の「蔵人式」は、橘広相の撰したもの（寛平蔵人式）ではなく、「天暦蔵人式」と呼ばれている、やや時代が下る頃の式である。「雖レ不レ載二式文一、寮司供来尚矣」は、『延喜式』に「初亥餅」についての規定を記していないが、「内蔵寮」が天皇に供することは長らくつづいていると述べている。この逸文は「天暦蔵人式」であるが、「初亥餅」を食べる行事は、寛平期以前に催していた可能性があるだろう。『年中行事秘抄』（十月・亥子餅事）には、

或記云、盛二朱漆盤〈立紙〉四枚一、居二御台一本上一。女房取之供二朝餉一。次召二蔵人所一、鉄臼入二其上一分擣、令レ為二猪子形一、以レ錦裹之、挿二於夜御殿帳畳四角一。但台盤所殿上料、内蔵寮進。

と、餅を作る次第や担当者およびどこへ供するかを記している。ただ、公式の儀式儀礼に組み込まれた亥子餅についての資料がなく、この風習の実態はこれ以上は分からない。『政事要略』所引の「群忌隆集」「雑五行書」による

と、この餅を食せば万病を除くとあり、これが「本縁」であると言う。この行事は「正月十五日」から「七月七日」とは異なり、中国由来の起源説話が残っていない。『年中行事秘抄』は、「済（斉）民要術云、十月亥日食レ餅令二人無レ病」を引いており、中国伝来の行事であることを示しているが、その謂われなどは伝えていない。

　文学作品における例を挙げておく。

　天元二年十月初めの亥の日、右大臣殿の女御、火桶ども調じて、内裏《うち》の女房につかはすついでに、御前に火桶一つたてまつらせたまふ。白銀《しろがね》の亥の子・亀のかたなど作りて、据ゑさせたまへるに加はれる歌

わたつ海の浮きたる島を負ふよりは動きなき世をいただけや亀（『順集』273、天元二年は九七九年）

餅とは言わないが、宮廷において亥の子の「かた」（作り物）の贈答が行われていたことが分かる。神仙境を想像しながら世の平安や長生への願いを込めていたようである。

　当帝《たうだい》の御五十日《いか》に、亥の子のかたを作りたりけるに

よろづ代を呼ばふ山辺の亥の子こそ君が仕ふるよはひなるべし（『道綱母集』10）

後の天皇の五十日の祝として詠じた一首。「よろづ代を呼ばふ山辺」には、漢の武帝が緱氏に行幸して太室山に登ったところ、山から万歳と呼ぶ声が聞こえてきたという故事[10]にちなんで、御子の長寿への願いを込めている。「亥の子のかた」は何でできているか不明だが、誕生をことほぐための像（置物）である。

　ゐのこのもちゐ

　群忌隆集曰、十月亥日、作レ餅食之、令二人無レ病也。

掌中歴曰、亥子餅七種粉〈大豆・小豆・大角豆・胡麻・栗・柿・糖[11]〉

此もちゐ、かうかすかすに所せきさまにはあらて、あすのくれにまゐらせよ。けふはいまいましき日なりけり
と

亥子餅は色々也。三日夜餅は白一色なれは、かすかすにはあらてと也。いまいましき日とは、重日を忌也。

（『河海抄』巻五・葵）

『源氏物語』（葵）の光源氏と紫の上との三日夜餅についての注である。その日がちょうど亥の日に当たっていたのである。右の『掌中歴』は、素材の穀類・果物の名を挙げている。

三

以上のように、五つの節食の概略を述べた。節日ごとに取り入れられていたようである。ただ山中氏の言われる、庶民の風習を採用するようなことがあったのかどうかは明らかではない。これに対して、外来の節食を受け入れた可能性は、それぞれにおいて引いた文献から分かるように、あり得るのではないだろうか。このことを示唆するのが次の『唐六典』である。

凡諸王已上、皆有㆓小食料㆒。午時粥料各有㆑差。復有㆓設食料、設会料㆒。毎事皆加㆓常食料㆒。又有㆓節日食料㆒〈謂、寒食麦粥、正月七日・三月三日煎餅、正月十五日・晦日膏糜、五月五日粽䊦、七月七日斫餅、九月九日麻葛糕、十月一日黍臛、皆有㆓等差㆒。各有㆓配食料㆒〉（巻四・尚書礼部・膳部）

凡朝会燕饗、九品已上、並供㆓其膳食㆒。凡供㆓祭祀致斎之官㆒、則依㆓其品秩㆒、為㆓之差降㆒。若国子監春秋二分釈奠百官之観礼、亦如㆑之〈左右廂南衙、文武職事、五品已上、及員外郎、供饌百盤余供、中書門下、供奉官及監察御史、毎日常供、具㆓三羊㆒。六参之日、加㆓一羊㆒焉。行奉従官、供㆓六羊㆒、釈奠観礼、具㆓五羊㆒。冬月則加㆓造

湯餅及黍臛一、夏月加二冷淘粉粥一、寒食加二餳粥一、正月七日・三月三日、加二煎餅一、正月十五日・晦日、加二糕糜一、五月五日、加二粽糧一、七月七日加二斫餅一、九月九日加レ糕、十月一日加二黍臛一、並於二常食之外一而加焉〉（巻十五・光禄寺・太官署）

節日に出仕する官人らには、その日の節食が供せられたのである。

「宇多天皇御記」と『唐六典』（巻四）に記す節食を挙げてみると、表のようになる。「御記」の節日は『唐六典』のそれより少なく、両者の食物が必ずしも同一ではないようだが、おおむね重なっていると見てよい。この一致からすれば、日本の節食は唐王朝の規定にのっとったと考えてよいだろう。

「御記」	『唐六典』
	正月七日煎餅
正月十五日七種粥	正月十五日膏糜
	正月晦日膏糜
	寒食麦粥
三月三日桃花餅	三月三日煎餅
五月五日五色粽	五月五日粽糧
七月七日索麪	七月七日斫餅
	九月九日麻葛糕
十月初亥餅等	十月一日黍臛

また、延暦二十三年奏進の『皇太神宮儀式帳』『止由気宮儀式帳』にも節食の記事がある。

七日、新菜御羹作奉、大神宮幷荒祭宮供奉。

十五日、御粥作奉、大神宮幷荒祭宮供奉（年中行事幷月記事・正月例。『止由気宮儀式帳』・三節祭等幷年中行事月記事もほぼ同文）

三日節、新草餅作奉〈弖〉、大神宮幷荒祭宮供奉（同・三月例）

と、節日に神前に供えるべき食を定めている。これも中国の宮廷での行事にならったのであろう。以上の比較からすれば、節食は唐王朝を参考にして設けたことは間違いないだろう。そうすると、「宇多天皇御記」に言う、「俗間行来、以為二歳事一」をどう解するかが問題となる。これは、まず唐王朝の規定を受容した宮廷での節食が、民間にまで及んで変化を遂げて新たな食を生み出し、それを宮廷が取り入れたと考えてよいように思う[12]。ただ、民間への普及がいつごろどのようにして行われたのかは不明である。節食というものが、歳時についての理解を前提としていることからすると、民間がどれほどその知識を有していたかは分からず、宮廷貴族のような歳時把握はむつかしかったのではあるまいか。そもそも宇多天皇の言う「民間」とはどの範囲を指すのかも問われねばならない。これらの問題は別途検討するべき事柄であろうから、ここではこれ以上立ち入らないでおく。次には、民間で行われていた風習が、どれほど宮廷で受け入れられたのかを考えておきたい。

四

実は民間から歳事を取り入れた例はほとんど見られない。三月三日の草餅はそれに当たるだろうか。前引の『文徳実録』嘉祥三年五月五日条の、

此間田野有レ草、俗名二母子草一。二月始生、茎葉白脆。毎レ属二三月三日一、婦女採之、蒸擣以為レ餻。伝為二歳事一。

「母子草」を婦女が摘んで作る「餻」（草餅）が伝わり、「歳事」となったとある。ただこれは嘉祥三年の時点ですでにそうであったということであり、寛平年間を四十年溯る。これより古く、『皇太神宮儀式帳』には、「三日節、新草餅作奉」とある。これとの関わりがどうなのかを考えてみなければならず、風習の採用がいつのことなのかを明らかにするのは容易ではない。

もう一つ挙げてみよう。節食ではないのだが、宮廷の年中行事である子の日の催しは注目してよい。正月の子の日に、若菜を摘んで羹を作って食べる、小松を引くなどの風習がある。(13) この行事については、寛平五（八九三）年正月の密宴において、菅原道真が詩序の中で言及している。

野中乇《トル》レ菜、世事推二之蕙心一、爐下和レ羹、俗人属二之荑指一（『菅家文草』巻五・365、「早春観レ賜二宴《ヲ》宮人《ニ》一、同賦レ催レ

粧。応レ製」序、『本朝文粋』巻九・244。『和漢朗詠集』巻上・34・若菜）

この隔句対の後半によれば、「俗人」つまり庶民は、若菜を「羹」にする役割を若い女性の手に委ねていると述べ(14)ている。そうすると、対句の前半に記す、野原で菜を摘むのを、女性に任せている(15)とあるのも、民間での習わしと解さねばならない。これからただちに、子の日の行事である若菜摘みと羹の調理を、俗間から宮廷に取り入れたとは言いにくい。しかし、この時の宴は、宮廷の女性たちのために宇多天皇が催しており、それは女性の役割の大きさを認めたからであった。その例として民間での子の日の行事を挙げていることからすると、宮廷でこの日の行事は認知されており、民間での習わしとの関わりを宮廷の人々は承知していると見てよい。それは民間の風習を取り入れたことを意味するのではないだろうか。

子の日の行事について、道真はもう一度述べている。

予亦嘗聞二于故老一。曰、「上陽子日、野遊厭《フサグハ》レ老、其事如何、其儀如何」。「倚二松樹一以摩レ腰、習二風霜之難レ犯也、和二菜羹一而啜レ口、期二気味之克調一也」（『菅家文草』巻六・431、「扈二従雲林院一、不レ勝二感歎一、聊叙レ所レ観」序、『本朝文粋』巻九・235。「倚二松樹一」以下の四句は、『和漢朗詠集』巻上・29・子日に収載）

これは、寛平八年閏正月六日に、宇多天皇が行幸遊覧した折の詩序。「故老」に正月の子の日に「野遊」をすることの意義を問い、松の木に腰をすり付けるのは、松が風霜に害せられないことにならうのであり、若菜の羹を食べるのは、体調を整えようとするからだという回答を得ている。「故老」は素性不明であるが、おそらく右の「催粧」の序に見えるような「俗人」の一人なのであろう。「故老」または「古老」は、

土地沃塉、山川原野名号所由、又古老相伝旧聞異事、載二于史籍一言上（『続日本紀』和銅六年五月二日）

近江国得レ魚。形似二獮猴一。異而献之。故老皆云、此椒魚也。昔時見レ有二此物一（『文徳実録』仁寿二年三月七日）

仰二観山峰一、有二白衣美女二人一、双二舞山巓上一、去レ巓一尺余、土人共見。古老伝云、山名二富士一、取二郡名一也

（『本朝文粋』巻十二・371、都良香「富士山記」）

と、その土地の昔の出来事などを知っており、またそれを語ってくれるような老人である。道真の詩序の「故老」についてもこれは言えるであろう。このような庶民に教えられて、俗間で行われてきた風習が宮廷にもたらされることもあったようである。もとより道真がその始まりであると言い切れるのではない。道真はこれまで行ってきた風習・行事を顧みて、そのいわれに興味を抱き、今に到る経緯を述べようとしたのであろう。

五

「宇多天皇御記」が挙げる節食は、中国唐王朝におけるそれを取り入れたものであり、それを日本風に変えた部分があるようである。その風習は庶民にも伝わり、民間において独自の展開を遂げたことであろう。それがやがて反対に宮廷へもたらされるという段階を経て、「御記」に記す節食に到ったようである。ただ、子の日の羹のように、庶民の間で独自に行われていた風習が、宮廷・貴族社会へ持ち込まれる場合もあったようであり、その様相は単純には把握できない。時間をかけて一つ一つの風習が徐々に形作られたのである。宇多天皇と菅原道真は、ほぼ時を同じくして、年中行事における食をとおして、民間の風習と宮廷行事とのかかわりに目を向けたようである。その結果、宮廷行事に新たな側面を加味する端緒を開くことになったと見てよいのではあるまいか。

注

（1）山中裕『平安朝の年中行事』六一・六二ページ。

（2）直木孝次郎「正月十五日の七種粥」（『日本歴史』第一一五号）。

（3）『十節記（録）』については、山中裕「十節記考」（『日本歴史』第六十八号）、大島幸雄「十節録（補遺・覚書）」（『国書逸文研究』第九号）参照。

（4）「糜」は粥のこと。『新撰字鏡』（巻十二・諸食物調饌章）に、「粥糜……〈五字加由〉」とある。また、魏の武帝「苦寒行」（『文選』巻二十七）に「檐《ニナヒテ》レ囊行取レ薪、斧《キリテ》レ氷持作レ糜」（呂向注「天寒水凍。故斫レ氷以作二糜粥一也」）と見える。

（5）中村喬「十五日の風習と燃燈の俗」（『中国歳時史の研究』所収）は、門戸を祀ると解する説を否定して、蚕桑を祀るのが本義と述べている。

（6）『文徳実録』の引用について付言しておく。三月三日に草餅を作ってはならない、母と子が亡くなるからだという「民間訛言」があった。同書は、識者がこの訛言を憎んでいたところ、嘉祥三年三月二十一日に仁明天皇が崩御し、つづいてその母である橘嘉智子（嵯峨天皇の太皇太后）が五月四日に崩じて、訛言のとおりとなった事態を記す。この次に「此間田野有レ草」云々を引き、「今年此草非レ不レ繁。生民訛言、天仮二其口一」と結んでいる。

（7）この「風土記」は『芸文類聚』（巻四・五月五日）にも引かれており、「仲夏端五、亯二鶩角黍一。端《ハ》始也。謂二五月初五日一也」の後、『年中行事秘抄』とほぼ同文がつづく。

（8）ほぼ同文が、「十節記」として『年中行事抄』に見える。

（9）関根真隆『奈良朝食生活の研究』第六章「奈良時代の食生活と調理」参照。

（10）『史記』（巻十二・孝武本紀）に、「三月遂東幸二緱氏一、礼登二中嶽太室一。従官在二山下一、聞レ若レ有レ言二万歳一云。問レ上。上不レ言。問レ下。下不レ言。於レ是以二三百戸一封二太室一奉祠。命曰二崇高邑一」とある（『漢書』巻二十五上・郊祀志上にほぼ同文がある）。この故事を用いた表現は多い。鈴木徳男・北山「源師房「初冬扈従行幸、遊覧大井河。応製和歌」序注（中）」（『相愛大学研究論集』第二十二巻）参照。

（11）『二中歴』（八・供膳歴）にも同文が見える。

（12）すでに丸山裕美子「唐と日本の年中行事」（『日本古代の医療制度』所収）に言及がある。

（13）本書第二部・1「子の日の行事の変遷」参照。

（14）「荑指」の例に、『毛詩』（衛風・「碩人」）の「手如二柔荑一、膚如二凝脂一」（毛伝「如二荑之新生一」）がある。草の新芽を女性の美しい手に喩えている。

（15）「蕙心」は心の美しいさま、または女性のこと。南朝宋の鮑昭「蕪城賦」（『文選』巻十一）の「東都妙姫、南国麗人、蕙心紈質、玉貌絳脣」は、その例。

4　菅原道真と九月尽日の宴

一

仁和五（八八九）年春、四十五歳の讃岐守菅原道真は、菊の苗を植えるに際して詠んだ詩に、次のように言う。

少年愛菊老逾加　少年にして菊を愛で 老いて逾いよ加はれり、
公館堂前数畝斜　公館の堂前 数畝斜めなり。
（『菅家文草』巻四・288、「官舎前播二菊苗一」）

道真には、菊を詠み込んだ詩がかなりあり、菊愛好は推測されるところである。それが少年からであったことは、右の詩句によって明らかになる。また実際、十六歳の時の作には、

愛看寒暑急　愛で看る 寒暑の急なるときに、
秉燭豈春遊　燭を秉ること 豈《あに》春遊のみならむや。
（巻一・3、「残菊詩〈十韻、于レ時年十六〉」）

とあり、愛玩の様子が見て取れる。花の咲き誇る秋ではなく、寒気の厳しい十月における残菊を燭火のもとに賞翫するのは、当時としてはかなり珍しい振る舞いと言えよう。「残菊」を詩に詠じるのは、初唐太宗「山閣晩秋」の「疎蘭尚染レ煙、残菊猶承レ露」からであり、以来唐詩において少しずつ見られるようになる。道真がこの語に着目して題材にするのは、中唐元稹・白居易の詩の受容が直接の契機であろう[1]。

晩籬喧闘雀、残菊半枯荄（元稹「痁臥聞二幕中諸公徴楽会飲一、因有二戯呈一三十韻一」）

花開残菊傍㆓疎籬㆒、葉下衰桐落㆓寒井㆒（『白氏文集』巻十二・0742、「晩秋夜」）

ただ、元白の詩はその場の景物として描かれており、賞翫の対象にはなっていない。この点右の「残菊詩」は、「愛」でるものとして描かれている。道真の独自性がここに現れており、若年にして新奇な表現を生み出したと言えよう。

菊を愛好する気持ちからは、開花の時節が終わりに近づくにつれて、自ずと愛惜が生まれるものだろう。寒さの厳しい十月に「燭を秉」(2)りまでして「愛で看る」のは、凋残に向かう菊の花を惜しむゆえである。道真の菊に寄せる思いは、先に引いた仁和五年春の詩にいうとおり長く維持された。その後も同様であったと考えてよい。そして時を経て、去り行く秋をいとおしむ惜秋と結び付き、九月尽日の宴ならびに詠詩を生み出すまでに至る。その誕生には道真の意思が強く働き、その進展に深く関与したと考えられる。本章では、菊花との関連に注意を向けながら、九月尽日の宴が生まれ発展していく過程を述べ、あわせて道真の人生におけるこの宴の意義について考えてみることとする(3)。

二

九月尽日の宴は、菅原氏の私塾である菅家廊下で始まった詩宴である。元慶七（八八三）年に創始したときの道真の詩序には、その経緯を次のように述べている。

仲秋翫㆑月之遊、避㆓家忌㆒以長廃、九日吹㆑花之飲、就㆓公宴㆒而未㆑遑（『菅家文草』巻二　126、「同㆓諸才子㆒、九月卅日、白菊叢辺命㆑飲〈同勒㆓虚余魚㆒、各加㆓小序㆒。不㆑過㆓五十字㆒〉」）

それまで菅家廊下が恒例行事として来た八月十五夜の宴は、元慶四年八月三十日に父是善が薨去したために、それ以後停廃しなければならない。代わりとなる宴を催そうとしても、八月は「家忌」があり、九月は重陽節会のために何かと忙しい。そこで九月尽日に、八月十五夜の宴に準じるものとして設けるのだという。宴の内容は、詩題にあるように、菊の花の辺で酒杯を挙げ、詩を賦すというものであった。道真は次のように詠む。

白菊生於我室虚　　白菊 我が室虚に生ひ、
残秋一夕又閑余　　残秋一夕 又閑余あり。
浅深淵酔花鰓下　　浅深の淵酔 花鰓の下、
取楽何求在藻魚　　楽しみを取るに 何ぞ藻に在る魚を求めむ。

秋の終わりののどかな一夜、門人らとともに白菊の下の酔い心地を楽しむ様子が窺える。(4) 惜秋の思いを詠み込むことは、必須ではなかったようである。(5) ただおなじ宴に参加した紀長谷雄の同題の詩序には、

秋之云《ココニ》暮、唯菊独残、飲二於叢辺一、惜以賦之（『本朝文粋』巻十一・334）

と記し、惜秋を深く滲ませる。他の門下生がどのような詩と序を作ったのかは、作品が残らず不明であるが、長谷雄以外にも眼前にある衰残の白菊を取り上げつつ、惜秋を詠じた者があったのだろう。九月尽日の宴は、始発から残菊との結びつきを含み持っていたのである。

元慶七年の時点において、九月尽日の宴の創始にはどのような背景があったのだろうか。父是善没後三年、その死に伴って停廃した八月十五夜の宴の代わりとして、そろそろ何らかの催しを行う必要を道真は感じていたであろう。それまで恒例としてきた宴を引き継ぐ形での企画は、ほかならぬ菅家廊下の門人らも待望していたに違いない。『菅家文草』（巻二）のこの年の詩を見ると、夏から秋にかけての作であろう、「小廊新成、聊以題レ壁」(114) がある。詩には、「数歩新廊壁也《マタ》釘」とあって、「小廊」は新たに設けたものである。「廊」は、道真の書斎に通じる廊下であり、菅家廊下の名のもとになった建物である。これ以前にも「侍二廊下一、吟詠送レ日」（巻一・19詩題）とある

ので、増築もしくは新築したと分かる。門弟たちはここで勉学に励んで実力を蓄え、大学寮からさらには官界へと雄飛したのである。この詩には、「北偏小戸蔵レ書閣、東向疎窓望レ月亭」とも詠み、廊下の一部は書庫であるとともに、月を眺める建物をも兼ねていた。従前八月十五夜の観月の折には、この廊下に門人らが集ったのであり、「八月十五夜、月亭遇レ雨待レ月」（巻一・12詩題）・「戊子之歳、八月十五日夜、陪二月台一、各分二一字一」（同・30詩題。貞観十〈八六八〉年の作）の「月亭」「月台」は、その一角であった。八月十五夜に月を愛でるために「新廊」を利用することはもはやかなわぬが、落成を機に新たな活用の方法を道真は案出しようとしたのではないだろうか。

　元慶七年の詩をさらに見てゆくと、重陽節会の詩「九日侍レ宴、観レ賜二群臣菊花一、応レ製」（124）と件の九月尽日の詩に挟まれて、「題二白菊花一〈去春天台明上人、分二寄種苗一〉」（125）がある。詩題の注には、先だっての春ごろ叡山の明上人から白菊の種が寄せられたと述べている。詩中にも「本是天台山上種、今為二吏部侍郎花一」と述べ[6]、開花した白菊を詠じている。以後この菊は我が家の花として道真の心をとらえる。『菅家文草』において、自邸の白菊を詠んだ詩は、元慶七年まで見られない。おそらく白菊の花を咲かせたのは初めてなのだろう。白い菊は、誰かに譲り受けるということがなければ、容易には入手しえなかったのではあるまいか。讃岐国にいた寛平元（八八九）年の春、「官舎前播二菊苗一」（巻四・288）に「去歳占レ黄移二野種一、此春問レ白乞二僧家一」と詠んでおり、寺院の僧侶に頼んで白い菊の苗をもらって植えている。先の比叡山の明上人もそうであったが、寺家と白菊とは何らかの関わりがあるのだろうか。それはともかくとして、都でも地方でも、身近にあるというものではなかったらしい。野生種が存在した黄色の場合とは、かなり状況が異なる。邸内で咲いた白菊を眺めながら、道真は満足していたことであろう。すでに恒例の八月十五夜の詩宴を廃して三年、門人らにはこれに代わる集いの創出が待たれる頃である。そして、菅家廊下を増改築し、庭には菊の白い花が咲き誇っている。九月尽日の宴を催す状況はすべて整ったと言ってよい。偶然都合のよい条件が重なったのではなく、事前にこの時に合わせて計画し準備を進めていたと見る方がよいかもしれない。父是善の薨後、私塾を継承するとともに、独自の路線を生み出して歩もうとする主宰者の清新で力強い姿がよく出ている。

　このようにして始まった九月尽日の宴は、それ以後も菅原氏によって行われたと考えてよいだろう。のちに宮廷での行事へと進展するのであるから、一度限りの催しだったとは思えない。道真が讃岐守であった寛平元年の詩に、「菅家故事世人知、翫レ月今為二忌月期一」（巻四・298、「八月十五日夜、思レ旧有レ感」）とあり、八月十五夜の宴を「菅家の故事」と誇らしげに言う。その代替として設けた九月尽日の宴を一度開いて、その後廃することはまずない。門人たちも新たな行事を支持したのではあるまいか。

　菅家廊下における開催は、『菅家文草』によって推測が可能である。寛平二年に都に戻ってきた道真は、邸内の白菊に託して今後の決意抱負を詩に詠み、右中弁平季長に示している（巻四・331、「感二白菊花一、奉レ呈二尚書平右丞一」）。この「白菊花」は先に触れたように、元慶七年の春に比叡山の明上人から種を分けてもらって育て、秋には開花した菊である（巻二・125、「題二白菊花一〈去春天台明上人、分二寄種苗一〉」）。季長に送った詩において、この白菊にまつわる往時の出来事を振り返っており、「感レ昔三千門下客」とある。これには説明のために自注「予為二博士一、毎レ年季秋、大学諸生、賞二翫此花一」を付す。道真が文章博士であった時、「三千門下客」「大学諸生[7]」つまり菅家廊下の人々と毎年九月に白菊を愛でたと言う。文章博士の任にあったのは、元慶元（八七七）年十月から仁和二（八八六）年正月に讃岐守に任じられるまでであり、さらには「白菊花」が邸の庭に咲いてからのことであるから、元慶七年から仁和元年までの三年間に限られる。『菅家文草』（巻二）は、元慶七年の詩である「題二白菊花一」（125）の次に、門弟たちと白菊の花を愛でる詩「同二諸才子一、九月卅日、白菊叢辺命レ飲」（126）を配列している。つまりこの「賞二翫此花一」する催しは、九月尽日の宴なのである。国守の四年間を隔てた今、白菊をとおして、かつて自分たちがこの宴を催していたことに感慨を覚えているのである。自注に言うとおり、「毎年」の恒例行事だったのである。

ただ、『菅家文草』には、元慶八年・仁和元年の菅家廊下におけるこの日の催しを伝える作品を収めていない。その後の讃岐守となって都を離れていた四年間も同様である。主人不在の菅家廊下は、この状況にどう対処したのであろうか。道真と一緒に詩を詠じることはかなわないが、残された人々が宴を催すのは無理ではなかっただろう。島田忠臣の『田氏家集』（巻之下・142）には、次の詩がある。

遑遑不息又悽悽　　遑遑として息はず 又悽悽たり、
風転飛蓬客意迷　　風は飛蓬を転らして 客意迷ふ。
潘岳夜来応穏睡　　潘岳 夜来応に穏やかに睡るべく、
秋過無復両眉低　　秋過ぎて 復た両眉の垂るること無からむ。
（「九月晦日、各分二一字一〈得レ迷〉」）

この詩は、寛平元年の作と考えられる。『田氏家集』のこの前後は年次に順って配列していると見られる。[8] その頃の詩の題を挙げ、詠作時期と関連する資料名を挙げておく。

「奉レ酬乙讃州菅使君、聞下群臣侍二内宴一、賦中花鳥共逢上レ春、見レ寄什甲〈次押〉」（133、寛平元年四月、『日本紀略』『菅家文草』巻四・285。内宴は正月二十一日に催している）
「菅讃州重答二拙詩一、頻叙二花鳥逢レ春之意一。四月晦先使去、五月望後使来。不レ遠二千里一、交馳二尺題一。更亦抽レ懐、押韻報上」（135、五月、『菅家文草』291）
「禁中瞿麦花詩三十韻」（136、夏、『菅家文草』302）
「重奉レ題二禁中瞿麦花一。応レ詔」（138、夏、『菅家文草』302）
「九日侍レ宴、同賦二鐘声応レ霜。応レ制」（140、九月、『日本紀略』『菅家文草』303、「同二諸小郎一、客中九日、対レ菊書レ懐」）
「九日後朝、同賦二秋字一」（141）

「九月晦日、各分㆓一字㆒〈得㆑迷〉」（142）
「冬初過㆓藤波州㆒、翫㆓林池景物㆒〈同用㆓寒字㆒〉」（143）
「春風歌〈八韻成㆑篇。陪㆓寛平二年内宴㆒、応㆑制作〉」（145、寛平二年一月、『日本紀略』）
「仲春釈奠、聴㆓講論語㆒、同賦㆓為㆑政以㆑徳㆒」（146、『菅家文草』382。寛平三年の作(9)）
「拝官之後、謝㆓労問者㆒」（147、寛平二年二月、典薬頭に任じられたか(10)）
「三月三日、侍㆓於雅院㆒、賜㆓侍臣曲水之飲㆒。応㆑製」（148、三月、『日本紀略』『菅家文草』324）

『菅家文草』もほぼ年次のとおり配列しているので、『田氏家集』と相補って製作の時期を知ることができる。これによれば、右に引いた忠臣の詩（142）が寛平元年九月晦日の作であるのは明らかである。それでは、どういう場で詠じたのであろうか。手懸かりは詩題の「各分㆓一字㆒」である。これは詩会に参加した人々が、くじなどによって一字ずつ韻字を分け合うこと、つまり探韻による詠詩であることを示す。忠臣は「迷」を引き当てている。したがって、この詩は独詠ではなく、詩人たちが集まった詩会での作である。寛平元年の時点で「九月晦日」（九月尽日）の詩会ができるのは、一門の行事を催すべき場所である菅家廊下以外には考えられない。その場が宮廷や他家であれば、それを断わる文言を詩題に付するのが普通であろう。九月尽日の宴がその頃どれくらい広まっていたかは明らかにできないが、元慶七年に始まって六年経過しているので、菅家独自の催しとして知られていたと考えてよいのではないか。意識されていたはずである。そうすると他家で開くようなことはまずない。よしんば誰かが開いたとしても、菅原氏側の一員である忠臣が参加するとは考えにくい。『田氏家集』のこの詩は、留守を預かる門弟らが催した、九月尽日の宴における一首と見るべきである。主人不在であっても、研鑽の成果を発揮するべく詩想を凝らすとともに、一門結束の機会としたのであろう。

忠臣の詩は、前半の二句で秋の愁い惑いを詠み、転句で「秋興賦」（『文選』巻十三）に秋の夜の愁い・悲哀を描いた晉の潘岳を登場させて、その想いも九月尽日で終わりを告げ、「夜来応二穏睡一」これで安らかな眠りに就くことになると想像する。そして、秋が過ぎ去って潘岳と同様自分も、「無二復両眉低一」もう眉を垂れて愁いに沈まないですむと結ぶ。この詩は、「九月晦日」を境に、秋の愁いと訣別すると詠むところに主題がある。そもそも悲秋を詩に描くのは、さきの「秋興賦」とともに戦国時代楚の宋玉「九弁」（『楚辞』）が魁であり、以後長く受け継がれてきた。日本でもすでに『懐風藻』や平安時代初頭の詩にその受容がある。忠臣の場合は、悲秋そのものを細やかに詠じるのではなく、愁いをもたらす時期が過ぎて、心のうちがどうなるのかに注目している。これには先蹤がある。中唐元稹「賦得二九月尽一」の「潘安過二今夕一、休レ詠二賦中愁一」がそれであり、忠臣はこれにならったのである[11]。同様の例には、紀長谷雄「九月尽日、惜二残菊一、応レ製」序（『本朝文粋』巻十一・335。延喜二〈九〇二〉年の作）の「潘郎寓直、雖レ緩二愁悩之心一、陶令閑居、難レ堪二凋落之思一」がある。ただ九月尽日で秋の愁いが終わると述べる例はほとんど見出せず、まれな表現である。当時の秋の終わりの詩では、行く秋を惜しむ心情を詠むのが主流となるのだが、道真の「同二諸才子一、九月卅日、白菊叢辺命レ飲」（巻二・126）がそうであったように、一つの内容に固定されるものではなかったのである。同座した他の門人たちにも、惜秋を主題としない詩を詠じる者のあった可能性があろう。特に九月尽日の宴が始まって間もない頃には、この傾向があったのではないだろうか。

寛平元年に九月尽日の宴は菅家廊下で行われていたのであり、道真が讃岐にあった間残された門弟たちは、この催しを守っていたのである。忠臣がこの詩を詠んだその翌年、道真は都に戻って来た。

三

道真が帰京した寛平二年には閏九月があった。秋の終わりはこの月の末日である。『菅家文草』巻五は、その日に宇多天皇が開いた閏九月尽日の宴での序と詩で始まっている。『日本紀略』の同日の条には、「有二密宴一。題云、閏九月尽、燈下即事詩」とある。「密宴」は、うちうちの限られた人々が行う宴であり、道真の序には、「近習者侍臣五六、外来者詩人両三而已」とある。天皇を含めて十人程度の小規模な催しであった。天皇は、詩文への独自の興趣から、公事として行う内宴・重陽宴の詩宴以外に、蔵人や近親者ら限られた人々を召してしばしば詩宴を催している。寛平二年の閏九月尽日の宴もまた、天皇主導のもとに行われたのである(12)。道真の序には次のように言う。

年有二三秋一、秋有二九月一。九月之有二此閏一、閏亦尽二於今宵一矣。夫得而易レ失者時也。感而難レ堪者情也。宜哉睿情惜而又惜（336「閏九月尽、燈下即事。応レ製」）

秋の終わる閏九月尽日に、宇多天皇がことのほか愛惜を深めるのを、「宜哉」と感歎している。元慶七年に菅原氏が創始して七年、この宴及び風情は宮廷にまで及んだのである。讃岐の国から戻って間もない道真は、まだ新たな官職に補任されておらず、散位の状態にあった。したがって「詩人両三」の一人として召されたことになる。詩人の中から選ばれて参上しているのである。作詩の力量を評価した上での人選であり、九月尽日の宴を始めた人物だからではないか。菅家廊下での行事をそのまま採り入れたかどうかは不明であるが、惜秋の風情や詩趣などについては意見を求められたであろう。行事の成立に到る経緯や以後の変遷も説明しなければならなかったと思われる。元慶七年に始まって行事は徐々に知られ、聞き及んだ宇多天皇は関心を持ったかもしれないが、肝心の創始者が不在では宮中での開催は難しい。そこで道真の帰京を待って実施の運びとなったのではあるまいか。寛平二年のこの密宴は、おそらく宮廷での始発であろう。

道真が都に戻ってきた寛平二年の春以降の詩は、「春日感二故右丞相旧宅一」（巻四・323）に始まって、時間の順に配列している。この詩の自注には、「自レ此以下十三首、罷レ秩帰レ京之作」とあり、「十三首」をもって一つの区切りとしている。右の一首につづく十二首は次のとおり。括弧内は、その行事などを記録する他の資料及び実施した日付。

「三月三日、侍二於雅院一、賜二侍臣曲水之飲一。応レ製」（324、『日本紀略』『田氏家集』148）

「依レ病閑居、聊述レ所レ懐、奉レ寄二大学士一」（325）

「感レ秋」（326）

「書レ懐奉レ呈二諸詩友一〈予州秩已満、被レ符在レ京。分付之間、不レ接二朝士一。故作之〉」（327）

「九日侍レ宴、同賦二仙潭菊一。各分二一字一。応レ製〈探得二祉字一〉」（328、九月。『日本紀略』）

「奉レ謝三源納言移二種家竹一」（329）

「近以二拙詩一首一、奉レ謝三源納言移二種家竹一。前越州巨刺史、忝見二酬和一。不レ勝二吟賞一、更次二本韻一」（330）

「感二白菊花一、奉レ呈二尚書平右丞一」（331）

「霜菊詩」（332、閏九月十二日。『日本紀略』『菅家文草』巻七・516、「未レ旦求レ衣賦」）

「北溟章」（333、以下三首は、『荘子』逍遙遊篇の三章を詠じている）

「小知章」（334）

「堯譲章」（335）

十三首を詠じた時期は、春（三月三日まで）から閏九月十二日以降同二十九日以前に亙る。これらは、独詠・知人に宛てたもの・『荘子』を題材としたもののほか、宮廷の行事に参加して詠んだものである。朝廷の詩宴に召された時の作が三首ある。散位にあって閑居の時期ではあるものの、当代有数の文人としての評価が下されていたと言えよう。この十三首で巻四は閉じられ、巻五は今問題としている「閏九月尽、燈下即事。応レ製」（336）で始まる。巻頭にこの詩を置くのは、前後の詩の配列からすると不自然な印象がある。詩に自注を記さないので、理由は判然とはしないが、何らかの意味が道真にはあったのだろう。この詩のあと「隔レ壁聴レ楽」（337）を置き、「絶句為レ体。

時侍二雅院一」と注する。つづいて「和下田大夫感三喜勅賜二白馬一、上二呈諸侍中一之詩上」（338）を置き、「次韻。自レ此以下三首、散位初、聴二昇殿一之作」と注する。さらにこの三首（338～340）の次に「就二花枝一。応レ製」（341、『田氏家集』170、詩序は『本朝文粋』巻十・294）を置き、「自レ此以下廿五首、左中弁之作」[13]と注する。注は、どういう時期に詠じたのかを明らかにしている。こういった詩の配列からすると、「閏九月尽」の詩は巻四の末尾に置いてもよかったはずである。この詩にのみ自注がないのも、不審と言わざるをえない。注がないのは、序があるので説明はできていると判断した結果なのかもしれない。ただそれでも前後の詩群との均衡はとれておらず、違和感は払拭できない。そもそも帰洛後の詩は、巻四ではなく巻五に収載する方が、構成上は詩群の区別が明確で自然なのではあるまいか。ここには、道真の特別な配慮があると見るべきではないかと思う。道真が宇多天皇に召されたことの意味を考えてみる必要がある。

　天皇の御前で詩を詠むという点では、さきの巻四末尾十三首中の三首（324・328・332）とは特に違いがあるのではない。ただこの詩は、道真にとっては大きな意味がある。九月尽日の宴という自家の行事が、密宴ではあるが宮廷に採り入れられる名誉を得たのである。序者となって詩宴の中心に位置する誇りも味わったであろう。こういう状況を道真にもたらすについては、宇多天皇の引き立てに依るところが大きい。詩人としての力量を認めたのはもとより、官吏としての活躍に期待する気持ちが強かったに違いない。とりわけ後者はこれ以降のめざましい昇進に照らしても明らかである。讃岐守在任中の仁和三年十一月二十一日のこと、即位間もない宇多天皇は、藤原基経を太政大臣に任じる詔書を下す（『政事要略』巻三十・阿衡事、橘広相「賜下摂政太政大臣関二白萬機一詔上」）。基経はこれを辞退する表を上る（閏十一月廿六日。同、「太政大臣辞二摂政一第一表〈紀〉」。「紀」は紀長谷雄）。上表文に対して翌日勅答が下って、「所レ謂社稷之臣、非二朕之臣一、宜下以二阿衡之任一、為中卿之任上」（同、「答三太政大臣辞二関白一勅〈橘納言作〉」。「橘納言」は橘広相）とあり、その解釈を巡って論議が巻き起こる。「阿衡」は位のみであって職掌はないと主張する基経は政務を見なくなってしまった。この異常事態は一年の長きに及ぶ。阿衡の紛議である。これを憂慮した道真は、上京して基経に「奉㆓昭宣公㆒書」（同）を呈出し、紛争の終結を促したのである。この上書が功を奏したか否かは定かではないのだが、やがて事態は終息に向かう。そして、このたびの学者としての識見やその行動力によって宇多天皇の信任を得、京の官界に復帰して異例の栄達へと到るのである。寛平二年の閏九月尽日の宴は、「密宴」の語が表すとおり、「侍臣」を中心とした、限られた人々が集う詩宴であった。そこへ召されるというのは、道真にとっては、宇多天皇への近侍の始まりを告げる出来事でもあったのである。自分にとっても菅原氏にとってもこの上ない慶事として、心に深く喜びを刻み込んだであろう。このことから言えば、『菅家文草』巻五の巻頭に336「閏九月尽、燈下即事。応㆑製」が位置するのは十分納得がいく。この詩は、後半生における栄進の始まりを示す記念碑として位置づけられたと言えよう。

道真の「閏九月尽、燈下即事。応㆑製」を一瞥しておく。

天惜凋年閏在秋　　天凋年を惜しみて 閏秋に在り、
今宵偏感急如流　　今宵偏へに感ず 急なること流れの如きを。
霜鞭近警衣寒冐　　霜鞭近く警めて 衣に寒く冐す、
漏箭頻飛老暗投　　漏箭頻りに飛びて 老いの暗に投《いた》る。
菊為花芳衰又愛　　菊は花の芳しきが為に 衰ふるも又愛でられ、
人因道貴去猶留　　人は道の貴きに因りて 去《い》ぬるも猶し留まる。
臣自外吏、入侍重闈　　臣外吏より、入りて重闈に侍り。
明朝縦戴初冬日　　明朝 縦ひ初冬の日を戴くも、
豈勝蕭蕭夢裡遊　　豈に蕭蕭たる夢裡の遊びに勝《た》へむや。

第一句は、天が一年が終わろうとするのを惜しむために、閏が秋にあると言う。宴の主題である惜秋はほぼここに尽きているとも考えられるが、時が過ぎて今年も終わろうとすることへの感慨に主眼があって、行く秋を惜しむとは言っていない。第二句「急如レ流」・第四句「漏箭頻飛」も同じ方向の詩句であって、時間の経過の速さを喩えている。頸聯には、道真の自負がよく現れている。文道が尊ばれたために讃岐守から都への復帰を果たしたことを、衰えても香しさのために愛される菊に準えている。内輪の詩宴とはいえ、思い切った物言いである。尾聯では、今後への緊張感のある気構えがよく出ている。「初冬日」は、「杜預注左伝曰、冬日可レ愛、夏日可レ畏」（『初学記』巻三・冬）に基づく語で、冬の暖かい日差しを言い、天子の慈愛恩寵に喩える。『田氏家集』（巻之上・28）の「冬日可レ愛」もこの理解を踏まえた上での内容を持つ詩である。「初冬日」は宇多天皇の慈しみであり、その日差しを戴いてもと述べる。「夢裡遊」は、「舞袖飄颻棹容与、忽疑身是夢中遊」（『白氏文集』巻五十八・2878、「府中夜賞」）とあるように、現実にはありえない夢のような遊び。ここでは、天皇の恩沢に恵まれているありがたい状態を言う。

これにかかる「蕭蕭」には問題がある。

風蕭蕭兮易水寒、壮士一去不二復還一（『文選』巻二十八、戦国時代燕の荊軻「歌一首」。『史記』巻八十六・刺客列伝）

耿耿残燈背レ壁影、蕭蕭暗雨打レ窓声（『白氏文集』巻三・0131「上陽白髪人」）

庭有二蕭蕭竹一、門有二闐闐騎一（中唐元稹「郵竹」）

この語は風雨や草木のたてる音を言い、その時の状況によって寂しさや悲哀感などを含む。「夢裡遊」のような人の営みについてこの語を用いるのは異例である。日本古典文学大系の頭注には「閑暇があって徒然となすこともないさま」とあり、解釈としては正しいであろう。おそらくは『毛詩』（小雅・「車攻」）の「蕭蕭馬鳴、悠悠旆旌」を踏まえた上での解と思われる。これにしても「馬鳴」の様子を示すのであって、道真の詩の用法とは異なる。結局いかなる先行例にもとづくのかは分からず、特異な表現と言えよう。疑問のある語を含むものの、ここは天皇の恩寵を蒙って、夢の中に遊んでいるような穏やかで和やかな状況にはあるが、どうしてそれに安んじておられようかと解せよう。慈しみに甘んじることなく、厳しく職務に精励しなければならないと、これからの姿勢を標榜しているのである。天皇の期待に応えようとする意気込みが見て取れる。閏九月尽日の宴ではあるが、道真の詩には惜秋の風情は乏しい。九月尽詩詠作の先人としてこの日の詩趣を十分に描き出すよりも、決意表明に重点があったようである。

四

九月尽日の宴は、寛平二（八九〇）年以降宮廷行事として、記録や文学作品にあらわれるようになる。『菅家文草』では次の二回が確認できる。

「暮秋賦二秋尽翫レ菊。応レ令」（巻五・381。寛平六年九月二十七日）

「九月尽日、題二残菊一。応二太上皇製一」（巻六・461。昌泰二〈八九九〉年）

前者は東宮敦仁親王（のちの醍醐天皇）、後者は宇多上皇が催している。寛平五年四月以降東宮亮として敦仁親王に仕えているので、この関係から詩宴に参加したのであろう。宇多上皇への近侍は言うまでもないことであり、昌泰二年以外の年にも催されたかもしれない。次第にこの宴が認知され、宮廷に地歩を築きつつある様相が窺える。

寛平六年の宴は九月二十七日に行われている。尽日の宴であるから三十日に催すのがふつうで、この場合は異例である。ただ、尽日ではない日に行う九月尽日の宴は、この年だけではない。延喜二（九〇二）年には、『日本紀略』の九月二十八日の条に、「於二御殿一、有二九月尽宴一。以三九月尽惜二残菊一為レ題。左大臣以下陪レ座、奏二糸竹一」とある。この時の詩序にも、「秋之云《ココニ》暮、余輝易レ斜、……人皆送レ秋、所以《ユヱニ》賜二送レ秋之宴一」（『本朝文粋』巻十一・335、紀長谷雄「九月尽日、惜二残菊一。応レ製」）とあって、尽日のこととして述べている。九月尽日ではないものの、秋を惜しみ秋を送る風情を味わいつつ、詩を詠じたのである。日付よりも尽日の風趣が優先している。

道真の二つの詩には、白居易の三月尽日の詩に基づく表現が見える。「惜レ秋秋不レ駐、思レ菊菊纔残」（巻五・381）の前句については、

惆悵春帰留不レ得、紫藤花下漸黄昏（巻三・0631、「三月三十日、題二慈恩寺一」）

留レ春春不レ住、春帰人寂寞（巻五十一・2240、「落花」）

などを、「非二啻《タダニ》惜レ花兼《マタ》惜レ老、呑レ声莫レ道《イフコト》歳華闌《タケタリト》」（巻六・461）の前句については、

不二独送レ春兼送レ老、更嘗二一酌一更聴看（巻五十五・2593、「送レ春」）

の受容が明瞭である。[14] 白詩における三月尽日を十分学んだ成果を応用したのである。右にあげた寛平六年の「暮秋賦二秋尽翫レ菊。応レ令」以下の九月尽日の宴は、詩作において菊（残菊）の賞翫愛惜を題材に含むようになる。これによって漠然と惜秋を詠じるのではなく、菊花を素材の中心に位置づけることが定着したようである。この日に詠むべき詩の輪郭が鮮明に浮かび上がって来たと言えるのではあるまいか。九月尽日の宴やその時に詠む詩のなんたるかは、こうして大方の知るところとなったはずである。

この宴は、九月の末日か場合によってはその数日前に催し、九月尽日に去り行く秋への愛惜を、おもに菊花に託して詠じるのを中核とする。道真の頃にはほぼこの枠組みができあがっている。これに対して、開催が九月で、作る詩の内容もよく似ている宴が当時行われている。

「惜レ秋翫二残菊一。応レ製」（『雑言奉和』。紀長谷雄の詩序を『本朝文粋』巻十一・331に収む）

「惜二残菊一。各分二一字一。応レ製」（『菅家文草』巻五・356）

がそれである。前者は寛平元年九月二十五日に催している[15]。『日本紀略』に「其日[16]、公宴。題云、惜レ秋翫二残菊一詩」（九月二十五日）と「公宴」であり、宇多天皇以下十五人の詩が残るなど規模も大きい。後者は寛平四年の開催。道真の詩と序以外に中身を知る手懸かりはないが、天皇主催である点には注目される。それぞれの詩・序の内容を検討して九月尽日の宴との相違を明らかにしておきたい。「惜レ秋翫二残菊一」は、「三秋已尽変二冬律一」（源湛）のように秋が終わったと描いている詩が一首あるほかは、「清商欲レ晩時」（小野滋陰）、「晩秋欲レ尽景将レ斜」（藤原直方）、「九月秋将レ尽」（橘公緒）、「三秋已晩千花尽」（藤原孝快）と、秋が終わろうとしていると詠む程度であって、その時を尽日としては捉えていない。長谷雄の詩序には「晩秋九月」とあるくらいで、秋が終わりに近づいているとも言わない。道真の「惜二残菊一」の方は、詩序に「三秋已暮」と記しはするものの、尽日にまつわる語句は見えない。詩の内容も尽日とは関係がない。二つの詩の題からすると、ともに行く秋を惜しみ残菊を賞翫する趣旨の宴であるとは分かる。しかし、詩に見える愛惜は尽日とは結びついていない。この点は尽日の宴での詩とは大きく異なる。同じ愛惜ではあるが、描く内容には相違が認められる。

　先に挙げた延喜二年の「九月尽宴」は、醍醐天皇のもとに左大臣藤原時平以下が控える中、賦詩奏楽を行っている。この宴としてはかつてない規模である。元慶七年に菅家廊下で始まって以来、寛平二年宇多天皇の密宴、寛平六年東宮敦仁親王の宴、昌泰二年宇多上皇の宴へと漸次宮廷社会に浸透し、格式ある形態にまで高められたのである。ちょうどその延喜二年九月尽日に、宴の創始者である道真は大宰府にあって次の詩を詠じている。

今日二年九月尽　　今日二年九月尽、
此身五十八廻秋　　此の身 五十八廻の秋。
思量何事中庭立　　何事を思量してか 中庭に立つ、
黄菊残花白髪頭　　黄菊残花 白髪の頭。

（『菅家後集』512、「九月尽」）

五十八歳の秋が終わるこの日、残菊を見ながら庭に佇む道真は、何を「思量」していたのであろうか。それについて語るところはない。宮廷での盛儀となった九月尽日の宴と謫所での同日の独詠、この差はあまりに大きい。これが道真には生涯最後の九月尽日であった。

五

元慶七年にはじめて九月尽日の宴を催したことは、道真にとって一つの節目であった。父是善が薨じて三年、職務においても門弟の教育に関しても、責任の重さを感じる時だったであろう。菅家廊下の主人として、独自の色を出す必要に迫られる時だったかと思われる。そういった折りでの宴創始であった。停廃した八月十五夜の宴に代わる、新企画である。道真の存在を知らしめる催しになったのではあるまいか。当時、白居易の三月尽日の詩が、受け入れられている。これを素地として生まれた九月尽日の風情詩趣は支持を得て、ほどなく宮廷の詩宴に取り入れられる。その推進者は宇多天皇であり、寛平二年閏九月の密宴開催へと到った。この出来事は道真にとって大きな意味を持った。一つは自家の詩宴が宮廷行事になるという名誉を得たこと。もう一つは天皇に近侍し政務に深く関わる契機となり、以後の栄進がここに始まったことである。その後この宴は漸次宮廷に根を下ろし、ついに延喜二年九月には高い格を獲得する。折しも道真は大宰府の謫所にあって「九月尽」を詠じた。天皇の御前で繰り広げられる、自ら作り上げた宴の姿を知るべくもない、寂しい最後の九月尽日である。こうして概観すると、この宴は道真の人生における幾たびかの転機となる催しであったとも言えよう。

注

（1）「残菊」については、小島憲之「漢語享受の一面――嵯峨御製を中心として――」（『国風暗黒時代の文学 補篇』所収）、本間洋一「菊の賦詩歌の成立――菊花詠の小文学史――」（『王朝漢文学表現論考』所収）、菅野禮行『平安初期における日本漢詩の比較文学的研究』四六一～五〇一ページ、参照。

（2）この句は、『文選』（巻十九）の「古詩十九首」ノ十五に詠じる、「昼夜苦二夜長一、何不二秉レ燭遊一」人の生は限りがあるのだから、その時を逃さず夜もなお遊ぶべきであるという考えを踏まえている。道真の詩には、「此時天縦含レ毫詠、何処人遑秉レ燭遊」（巻五・354、「雨晴対レ月、韻用二流字一、応レ製」）もある。

（3）九月尽日の宴と菅原氏との関わりについては、拙稿「菅原氏と年中行事――寒食・八月十五夜・九月尽――」（本書第一部・1）で述べており、本章と重なるところがある。

（4）波戸岡旭「重陽宴詩考」（『宮廷詩人 菅原道真―『菅家文草』・『菅家後集』の世界』所収）は、起句については「今自邸の白菊を賞翫して、ゆくりなくもここに安心の場のあることをしかと実感しているのである」と述べる（この句は『荘子』人間世篇の「瞻二彼闋《ムナシキヲ》一者、虚室生レ白、吉祥止レ止《トドマルニ》」を典拠としており、道真が繙いていることが明らかな郭象注と成玄英注を踏まえた上での見解と言う）。また結句を「君臣唱和の詩宴以外にも、このようにうちとけて楽しい自邸の宴もあるぞ」と解している。

（5）第二句の「残秋」は、中唐韓翃「送二江陵元司録一」の「片雨三江道、残秋五葉湖」、中唐権徳輿「舟行夜泊」の「蕭蕭落葉送二残秋一、寂寞寒波急二暝流一」のように、衰残、凋落の秋を意味するので、ここでも秋の悲哀を込めた語と解してよいであろう。道真の「晩秋二十詠」ノ「黄葉」（巻二・155）の「残秋皆壊レ色、万木浅深黄」、「石泉」（160）の「未レ飽残秋賞、応レ驚五夜眠」も同じ意である。ただいずれも行く秋を哀惜する思いを詠じてはいない。

（6）明上人から種をもらったことは、讃岐守であった仁和四（八八八）年に、自邸の白菊を思い起こして詠じた「寄二白菊一四十韻」（巻四・269）にも、「苗従二台嶺一得、種在二侍郎一存」と見える。

（7）大学寮の学生がすべて菅家廊下の門人なのではないが、この宴に参加した門弟の多くが学生だったので、その人々を「大学諸生」と呼んだのであろう。

(8) 蔵中スミ「島田忠臣年譜覚え書」(小島憲之監修『田氏家集注 巻之上』所収)参照。

(9) 弥永貞三「古代の釈奠について」(『日本古代の政治と史料』所収)参照。

(10) 注(8)論考参照。

(11) 小島憲之監修『田氏家集注 巻之下』124詩注参照。盛唐杜甫「大暦二年九月三十日」の「為レ客無二時了一、悲秋向レ夕終」も同想の例。

(12) 滝川幸司「宇多・醍醐朝の文壇」(『天皇と文壇 平安初期の公的文学』所収)参照。

(13) 道真が左中弁に任じられたのは寛平三年四月十一日(『公卿補任』)。なお、この詩群を寛平四年の作と見る説(甲田利雄「『菅家文草』巻五の含む問題について――『日本紀略』の誤謬及び島田忠臣の没年に及ぶ――」(『高橋隆三先生喜寿記念論集 古記録の研究』所収)、注(8)論考、矢野貫一「寛平四年忠臣歿す」(『論集日本文学・日本語2 中古』所収))があるが、ここではこのことは取り上げない。

(14) 小島憲之「四季語を通して――「尽日」の誕生――」(『国風暗黒時代の文学 補篇』所収)に出典の指摘がある。

(15) 注(8)論考は、各詩人がその姓名に付せられた官位にあった期間を検討して、詩を詠じたのは仁和四年九月であろうかと言う。

(16) 石井正敏「日本紀略」(『国史大系書目解題 下』所収)によれば、『日本紀略』における「其日」は某日の意である。そうであれば、「其日」の「公宴」は、九月二十五日の開催とは限らないことになる。

第二部　年中行事の変遷

1　子の日の行事の変遷

一

寛平五（八九三）年正月十一日、宇多天皇は、宮廷の女性たち「宮人」のために宴を催した。この時の詩会の序の冒頭において、菅原道真は次のように述べている。

聖主命二小臣一、分二類旧史一之次、見レ有下上月子日、賜二菜羹一之宴上（『菅家文草』巻五・365、「早春観二賜二宴宮人一、同賦レ催《ウナガス》レ粧。応レ製」序。『本朝文粋』巻九・244にも収む）

『類聚国史』編纂を手掛けていた時、子の日に若菜の羹を賜う宴の記事を見たという。これにつづいて元日の朝賀から内宴までの二十日余りの間、儀式に参加して皆が歓びをともにし、「言志」ができるのは男性だけであり、女性にはそんな場が与えられていないと述べる。そして、「夫陰者助レ陽之道、柔者成レ剛之義也」と、女あっての男と、女の支えを言挙げする。さらに、

況亦野中芼《エラブ》レ菜、世事推二之《ヲ》蕙心《ニ》一矣、爐下和レ羹、俗人属二之荑指《テイシ》一（「野中」以下は『和漢朗詠集』巻上・34・若菜にも収む）

若菜を摘むのはやさしい心にゆだね、羹を調理するのはたおやかな手にまかされていると、子の日における世俗の習わしを挙げている。こういう女性らの働きに意義を認める天皇は、とくに「宮人」のために宴を開いたのである。

正月は男性のみの行事がつづいているので、宮廷の女性にも宴に参加する機会を与えようという配慮である。

宜哉、我君特分二斯宴一、独楽二宮人一矣。

「斯宴」はおそらく子の日の宴。これを「分」つとは、男性らとは別に行うということであろう。そして「宮人」を「楽」しませようとしたのであった(1)。道真は、それを「宜哉」と天皇の発案に納得している。

この宴は、『日本紀略』には、「正月十一日辛亥、……其日(2)、密宴。賦二宮人催レ粧之詩一」とあり、子の日の実施ではない。それに『菅家文草』の直前の詩364「早春侍二内宴一、同賦二開春楽一。応レ製」は、正月二十一日に実施した内宴での作である（『日本紀略』）。おおむね時間の流れに沿って作品を配列していることからすると、子の日二十四日が相応しいということになる(3)。詩序に「羞《ススメ》レ膳行レ酒」「奏レ舞唱レ歌」とあるので、宴には飲酒奏楽があり、天皇と宮人らとの華やいだ和やかな宴が繰り広げられたようである。また、道真の詩序には、「或辞以レ不レ任二羅綺一、或訴以レ不レ暇二脂粉一」女人らは着物の重さが耐えがたいので宴に出たくないと言い、化粧に時間がかかるとぼやき、「於レ是昼漏頻転、新粧未レ成」昼になっても化粧が終わらなかったりと、宮人らしい一齣を描いている。ただ、若菜を摘んで羹を食し、小松を引くなど、この日に行うはずの風習が、道真の詩序・詩からは窺えない。

女性が若菜を摘んで羹を調理するのは、道真の詩序によれば世俗の習わしである。宮廷や貴族社会ではどれ位浸透していたのだろうか。詩序の「況亦野中芼レ菜」云々のくだりは、女性の働きや特性を述べるための一例として記すにとどまらず、その日が子の日であることとその日の風習とを意識して書いている。宮廷貴族はこの日の行事をよく承知しているようである。子の日の遊びは、後に若菜を摘み小松を引く行事として貴族たちの間に広がっていく。では世俗の風習を貴族たちが受け入れるようになるのはいつ頃なのであろうか。遡ればこの日には、奈良時代に短期間ではあったが、天皇による平安時代のものとは異なる行事があった。これが廃せられ、子の日の遊び宴が貴族社会に定着するまでには、どのような変遷があったのであろうか。この行事の歴史を辿りながら変化の様相をうかがってみたい(4)。

二

『万葉集』（巻二十・4493）に、次の大伴家持の歌がある。

二年正月三日、召二侍従豎子王臣等一、令レ侍二於内裏之東屋垣下一、即賜二玉箒一肆宴。于レ時内相藤原朝臣奉レ勅宣、諸王卿等、随レ堪任レ意、作レ歌幷賦レ詩。仍応二詔旨一、各陳二心緒一、作レ歌賦レ詩〈未レ得二諸人之賦詩幷作歌一也〉

初春の初子のけふの玉箒《たまばはき》手に取るからに揺らく玉の緒

右一首、右中弁大伴宿禰家持作。但依二大蔵政一、不レ堪レ奏之。

「二年」は、天平宝字二（七五八）年。この正月三日が上子（初子）の日に当たる。内裏で「玉箒」を賜って宴が催され、藤原仲麻呂が孝謙天皇の仰せを承けて詩歌を詠むように命じた。「玉箒」は蚕の床を掃くためのものであり、皇后が親蚕の儀を行う時に用いる。皇后自ら蚕室を掃うことによって、養蚕を奨励しその豊穣を願ったのである(5)。その時の「玉箒」一対およびこれに付属する覆・褥・帯が、正倉院に蔵せられている。覆には、「子日目利箒机覆　天平宝字二年正月」と墨書銘がある。この年の正月三日には、天子が土地を耕して豊作を祈る親耕の儀式も行われたようであり、その時に用いた手辛鋤一対も正倉院に伝わっている。手辛鋤には、「東大寺　子日献　天平宝字二年正月」の墨書銘がある。内裏で親耕親蚕の儀式があり、そのあと「肆宴」が行われ、家持は右の歌を詠じたのであった。ただし奏上には到っていない。「玉箒」を「侍従豎子王臣等」に下賜しているので、数多く作っていたのであろう。「玉」は美称であるとともに、実際に「箒」の先端に通した「玉」でもある。歌は手にとった「箒」の

「玉」が触れ合って音を立てるさまを詠んでいる。

一連の儀式を主導したのは、和歌の題詞から察せられるように藤原仲麻呂であった。この中国伝来の儀式は、井上薫氏によれば、時の権力者仲麻呂の唐風文化への傾倒によるものであると言う(6)。またこの儀式は、天平宝字二年から、仲麻呂の権勢が弱まる同四年まで行われたであろうとも述べておられる(7)。したがって実施の期間の短い、実力者の浮沈に左右された行事と言わねばならない。農耕・養蚕を振興推進しようとする意図があったものの、以後受け継がれることなく宮廷からは姿を消してしまったのである。

子の日の宴が天平宝字二年の儀式に先んじて、天平十五（七四三）年正月十一日（壬子）に催されている。『続日本紀』には、

御二石原宮楼一〈在二城東北一〉、賜二饗於百官及有位人等一。有レ勅賜レ琴。任二其弾レ歌五位已上、賜二摺衣一。六位已下禄各有レ差。

とあって、官人らに宴を賜っている。この宴にいかなる意義があったのかは記事からは分からないが、正月子の日の行事として恒例となっていたとも考えられよう。そこへ仲麻呂が親耕親蚕の儀式を持ち込んで、両者を融合させたのかもしれない。ただし農事奨励の儀式は短期間で終わらざるを得なかった。それでは奈良時代に催していた子の日の行事は、先に触れた道真が『類聚国史』編纂の途中で「旧史」において見たと記す、「上月子日、賜二菜羹一之宴」と同じものだったのだろうか。右の二例には「菜羹」と関わる内容はなく、平安時代におけるこの日の行事とは結び付きそうにない。また井上氏は、「正月の上の子の日に丘にのぼって四方を望む行事は、宮廷での親耕親蚕の儀とは別ものであるから、切りはなして考えるべきだと思う」と言われる(8)。登高して四方を望むのを子の日の行事と見るのは後述のように問題があるが、親耕親蚕の儀式とは一線を画するべきであるとする見解には従うべきである。では貴族社会における風雅な催しとして、野辺の菜を摘み、これを煮て食べるのを子の日の行事とするよ

うになったのはいつ頃なのであろうか。次に資料によって考えてみたい。

三

奈良時代における子の日の行事は、ほとんど記録に残っておらず、先の二例を見るのみである。次に平安時代におけるこの日の行事を取り上げる。その古いものは『類聚国史』（巻七十二・子日曲宴）の次の記事である。


平城天皇大同三年正月戊子《六》、曲宴。賜㆓五位已上衣被㆒。庚子《十八》、曲宴。賜㆓侍臣衣被㆒。

嵯峨天皇弘仁四年正月丙子《廿二》、曲㆓宴後殿㆒。令㆓文人賦㆑詩。賜㆑禄有㆑差。

五年正月甲子《十六》、宴㆓侍臣㆒。賜㆑綿有㆑差。

八年正月甲子《四》、曲㆓宴後庭㆒。

淳和天皇天長八年正月壬子《十三》、天皇曲㆓讌仁寿殿㆒。参議以上預焉。賜㆑禄有㆑差。

文徳天皇斉衡四年正月乙丑《廿六》、禁中有㆓曲宴㆒。預之者、不㆑過㆓公卿近侍数十人㆒。昔者上月之中、必有㆓此事㆒。時謂㆓之《ヲ》子日態㆒也。今日之宴、脩㆓旧迹㆒也。


ここではさきに取り上げた『続日本紀』と『万葉集』に記す子の日については触れていない。[9] 大同三（八〇八）年以降この日の宴は、弘仁五（八一四）年以外は「曲宴」と称されているので、宴の中身が異なると判断して、奈良時代の例は除外したのであろうか。「曲宴」とは、

嘉賓塡㆓城闕㆒、豊膳出㆓中廚㆒。吾与㆓二三子㆒、曲㆓宴此城隅㆒（『文選』巻二十四、魏の曹植「贈㆓丁翼㆒」）

染㆑翰良友、数《ハ》不㆑過㆓於竹林㆒。為㆑弟為㆑兄、包㆓心中之四海㆒（『懐風藻』88、藤原宇合「暮春曲㆓宴南池㆒」序）

とあるように、臨時に行う内輪の小規模な宴であるから、奈良時代における百官を召す大がかりな宴とは性格が異

なる。その点においてこの日の宴は、平安時代に入って変貌を遂げたと言えよう。大同三年正月には子の日の曲宴が二度あった。これは、「平城天皇大同二年十一月丙申、停二正月七日十六日二節一」（『類聚国史』巻七十一・七日節会）と、前年に正月七日と踏歌の節会を停廃すると決めたことに伴う代替措置として、宴を開催したと考えられる(10)。この宴を先蹤としてであろうか、弘仁（八一〇―八二四）・天長（八二四―八三四）年間には子の日の曲宴があった。あまり記録に残っていないところからすると、恒例と言えるほどの行事ではなかったらしい。ただ斉衡四（八五七）年の記事には、「曲宴」は「昔者上月之中、必有二此事一」と必ず催した行事であり、それを「子日態《わざ》」と言うと述べている。いつの頃かを明示していないが、昔は恒例の行事であった。「昔」はそうだったのだろうが、その期間はあまり長くはなかったのではあるまいか。残った史料の少なさから窺えるところである。恒例であった「昔」を除く時期に、子の日が節会と重なったり他の行事を優先したりすると、催さない場合もあったのだろう。必ず行う必要性がなかったとすれば、毎年催さないのはもとより、次第に間遠になってしまう。やがて過去の行事とならざるをえない。さまざまな制約を受けて恒例行事ではなくなっていったのだすると、行事としての重要度はそれほど高くなかったと推測できよう。斉衡四（八五七）年正月の記事は、子の日の宴がすでに廃絶していたことを示している。乙丑（廿六日）の宴は子の日の行事として催したのではなく、子の日の「旧迹に脩《なら》」っているのである。この宴の中身は子の日のそれに倣ったのであって、これを以てこの行事が復活したとは言えない。子の日の宴と関わりが深い記事であるから、『類聚国史』の「子日曲宴」の項に収載したのである。これ以降子の日の行事が行われたかどうかは、資料がなく明らかにできない。そもそも大同三年以降、子の日の宴の中身はいかなるものだったのであろうか。子の日に宴を催す意義は何だったのであろうか。『類聚国史』所収の史料に説明がないので不明とするほかない。

菅原道真は『類聚国史』の編纂過程で、史料に「上月子日、賜二菜羹一之宴」があったのを見たと、先の詩序で述べている。ところが『類聚国史』に収載する子の日の行事には、菜を炊いて食べると記したものはない。道真は何らかの誤認をして、「上月子日、賜㆓菜羹㆒之宴」があったと書いたのであろうか。想像めぐらせば、子の日の行事には「賜㆓菜羹㆒之宴」があるという認識を持っていたために、現在の宴と過去の宴との明確な区別をせずに、詩序を執筆したということなのかもしれない。あるいは、いつ頃であるかを明らかにはできないが、子の日の宴は「賜㆓菜羹㆒之宴」となって復活していたのであろうか。子の日の宴が再興したのだとすれば、それを働きかけたのは道真であろう。宇多天皇の側近であり、重用されていたのであるから、その知識をもとに、進言していた可能性はあるように思う(11)。

　宇多天皇の時代の年中行事は、民間行事を宮廷に採用しつつ、「美的感覚を重んじた平安貴族や女房たちの生活とよくマッチした、みやびやかな年中行事が生まれてくるのであった」と評価されている(12)。「菜羹」の宴はそういった行事の典型でもあることからすると、この子の日の宴の開催は、天皇が即位した仁和三（八八七）年以降とも考えられよう。ただこの宴が宮廷行事として催されていたのであれば、記録に残っていてもよいのだが、何の痕跡もとどめていない。『古今集』（巻一・21・春上）の詞書には、「仁和の帝、親王におましましける時に、人に若菜賜ひける御歌」とあり、光孝天皇は、践祚する元慶八（八八四）年二月までのある早春に、人に若菜を与えたという。子の日に与えたとまでは断わっていないが、すでに正月子の日の「賜㆓菜羹㆒之宴」の萌芽とも言うべき習俗を、この時宮廷や貴族社会は取り入れていたのかもしれない。

四

「菜羹」は、野菜を煮た吸い物である。「菜」は野に出て摘む。たとえば『万葉集』巻一の巻頭歌（1）の、籠もよみ籠持ちふくしもよみぶくし持ちこの岡に菜摘ます児家聞かな名告《なの》らさね……

は、若菜を摘む乙女に詠みかけている。菜摘は民衆の春の営みである。『万葉集』にはほかにも、

難波辺に人の行ければおくれ居て春菜摘む児を見るが悲しさ（巻八・1442）

春日野に煙立つ見ゆ娘子らし春野のうはぎ摘みて煮らしも（巻十・1879）

などがある。また菜を煮て羹とするのも、右の1879番歌以外に、

於レ是為レ煮二大御羹一、採二其地之菘《アヲ》菜一時、天皇到二坐其孃子之採レ菘処一、歌曰、

山県に蒔ける菘菜も吉備人とともにし摘めば楽しくもあるか（『古事記』下巻・仁徳天皇）

昔有二老翁一、号曰二竹取翁一也。此翁季春之月、登レ丘遠望。忽値《アフ》二煮レ羹之九箇女子一也（『万葉集』巻十六・3791題詞）

などの例がある。平安時代に入ってからも、

駒なべてめも春の野に交じりなむ若菜摘み来る人もありやと

駒犢累々趁二苜蓿一、春孃採レ蕨又盈レ嚢（『新撰万葉集』巻上・13、14・春歌）

題知らず　よみ人知らず

深山には松の雪だに消えなくに都は野辺の若菜摘みけり（『古今集』巻一・18・春上）

寛平御時后宮歌合の歌　藤原興風

春霞たなびく野辺の若菜にもなりみてしがな人も摘むやと（同巻十九・1031・雑体）

と、春の若菜摘みを詠んでいる。

重餐《クラフモ》二松脯一応レ嫌未、再啜二藜羹一肯記無（『田氏家集』巻之上・3、「春日到二田大夫荘一」）

は、あかざの羹を啜ると詠じている。春のある日、「荘」の近くに生えていた「藜」を摘んで「羹」としたのであ

る。

若菜を摘んで羹を調理するのは、子の日だけではない。古くは『皇太神宮儀式帳』（年中行事并月記事・正月例）に、「七日、新菜御羹作奉、大神宮幷荒祭宮供奉」とあり、『止由気宮儀式帳』（三節祭等幷年中行事月記事・正月例）にも同様の記載が見える。下って『師光年中行事』（正月上）には、「醍醐天皇延喜十八年正月七日辛巳、後院進二七種若菜一」がある。『土左日記』（承平五〈九三五〉年正月）にも、「七日になりぬ。……若菜ぞ今日をば知らせたる。歌あり。その歌、浅茅生の野辺にしあれば水もなき池に摘みつる若菜なりけり」とある。これは『荊楚歳時記』（『芸文類聚』巻四・人日）に「正月七日為二人日一。以二七種菜一為レ羹」とあるように、中国伝来の正月七日（人日）の行事である。日本の民衆が行っていた春の若菜摘みは、一つは正月の子の日の行事に、もう一つは中国の行事と融合する形で正月七日の宮廷行事へ取り入れられたと、おおまかに理解してよいだろう。

五

寛平五年に、宇多天皇が「宮人」のために催した子の日の宴は、野外に出て若菜を摘んだとは述べていない。後に恒例となる小松引きについてもふれていない。つまり子の日の遊びは行っていないようなのである。ただ、道真がこの日の風習に触れつつ、女人の特性などを強調しているところなどからすると、この行事の本来の姿は念頭にあったはずである。また、詩序の「我君特分二斯宴一、独楽二宮人一矣」からすると、天皇の意向を反映した、内々の宴であることを示している。関連する資料に乏しく、行酒・奏舞・賦詩以外の内容については不明である。それに宮人らのために催した宴で、なぜ詩を詠じるのかが分からない。

その後宇多天皇は、寛平八年閏正月六日に子の日の野遊を行っている。この催しは古来の習俗をどのように受け継ぎ、中国の行事をどれほど取り入れているのであろうか。次には野遊の模様を記録した資料を読んで、この問題について検討したい。

この子の日の野遊については、『日本紀略』に記録がある。

天皇為二遊覧一、幸二北野一。午刻先御二各流《（ママ）》一、幸二雲林院一。皇太子以下王卿陪云々。以二院主大法師由性一、為二権律師一。未時更幸二船岡一、放二鷹犬一追二鳥獣一（「各流」は、「斎院」の誤りか）

斎院・雲林院への行幸、さらに船岡山に登って狩猟を眺めているが、子の日の遊びについては触れていない。この行幸の模様は紀長谷雄も記録している。『紀家集』（巻十四）所収の「寛平八年閏正月雲林院子日行幸記」と仮題が付けられた記がそれである。ただし宮内庁書陵部蔵のこの本はかなりの部分が破損しており、意を取りがたい箇所が少なからず存する。子の日の遊びに関する部分を引く。

以二未一刻一、乗輿幸二船岡最高之頂一。皇太子以下、騎馬相従。其儀如レ初。嶋中菓菜、遺猶□積。令三人留守、更《マタ》俟二後召一。未四剋許、令三内竪□二菓菜一。仍即奉献。

これによれば天皇は輿に乗って船岡山の頂上に向かい、皇太子以下の人々も馬に乗って従った。これを承けて「其の儀初めの如し」とある。「其儀」が何であるかは、引用箇所の前に欠損があって明らかにできない。あるいは天皇が輿に乗り、皇太子以下が騎乗して随従することを言うのであろうか。次の「嶋中」云々は、山頂でのことではない。これからは下山後の記事であろう。「菓菜」は野で摘んだ若菜の類であろう。周辺の山野で採取していたのである。これが「遺りて猶ほ□積」してあったという。これ以前に積み上げてあったという意である。「□積」してあった「菓菜」は「留守」つまり見張らせておき、「後の召し」のために取り置いていた。「菓菜」は「内竪」に持って来させたのであろうか、天皇に「奉献」したとある。

記によれば、この子の日の行事は、船岡山に登ったことと天皇への若菜の奉献である。この正月子の日の野遊びはこの時以前に所見がない。寛平八年がその始まりなのであろう。右の二点を中心にその意義について考えてみたい。

宇多天皇ら一行が船岡山の頂きに登ったことは、中国の人日の習俗である登高に通じると見られる。『荊楚歳時記』には、「正月七日為二人日一、以二七種菜一為レ羹。……登レ高賦レ詩」[13]とあり、「登高」を行っていたことが知られる。これに対する隋の杜公瞻の注には、

郭縁生述征記云、魏東平王翕、七日登二寿張県安仁山一、鑿《ヒラキテ》二山頂一為二会望処一、刻二銘於壁一。文字猶在。銘云、正月七日、厥《ソノ》日為レ人。策《ムチウチ》二我良駟一、陟《ノボル》二彼安仁一[14]。……桓温参軍張望、亦有二正月七日登高詩一。

と、正月七日の登高と賦詩の例を挙げている。また谷口氏は、隋の陽休之「人日登レ高侍レ宴」(『芸文類聚』巻四・人日)をもとに、隋代から人日登高の公宴があったこと、初唐には李嶠「人日侍二宴大明宮一、恩二賜綵縷人勝一。応レ制」などがあるように、都城の北東部の小高い龍首原上にある大明宮で人勝(人の形に切ったあや絹)を下賜する盛儀になっていたと言われる[15]。他の例を加えておく。『太平御覧』(巻三十・時序部五・人日)には、

談藪　北斉高祖、七日升レ高宴二群臣一。問曰、何故名二人日一。魏収対《コタフルニ》以二董勛正月一日為レ雞、七日為レ人。

とあり、これによれば北斉には正月人日における登高の宴のあったことが分かる。李嶠にはほかに、「奉レ和下人日清暉閣宴二群臣一遇上雪。応レ制」もあり、「行レ慶伝二方蟻一、升レ高綴二綵人一」と公宴における登高と人勝を詠んでいる。

日本でも、次のように見える。

官曹部類云、宝亀六年正月七日、天皇御二楊梅従安殿[16]一、設二宴於五位已上一、中納言石上朝臣、就二皈位[17]一宣命、其詞曰、今詔、今日正月の七日豊明聞食日在。是以岡小登[18]羮具遊いとも思[19]云々。明の庭遊御座諸今日羮御酒常青馬見退為被賜宣(『袖中抄』第五・とよのあかり。「官曹部類」は、「官曹事類」に同じ。弁官の曹司で行う執務の事例を集めた書。逸書。「宝亀六年」は七七五年)

「今日正月」以下は、学習院大学本に付せられた訓を参考にすれば[20]、

今日は正月の七日の豊明《とよのあかり》聞こし召す日に在り。是を以て岡に登り羹を具する遊びとも思ふと云々。明りの庭に遊び御座《ましま》す諸《もろもろ》に、今日羹・御酒、常青《とこあを》の馬見退《まか》でむと為《し》て被《ふすま》賜へと宣《の》る。

と読むであろうか。本文に乱れがあり本文を私意によって改めたものの、それでも意を取りにくい。宣命には、この日は岡に登って羹を食するとある。寛平八年閏正月子の日の行幸における船岡山での登高と同様、中国でも日本でも人日の行事に登高があった。しかし、右の日本と中国の先例は子の日における登高ではない。これらを直ちに宇多天皇の野遊の先蹤というわけにはいかないだろう。子の日の行事と人日のそれとは別個のものと考える必要がある。ただ、『年中行事秘抄』（正月・上子日内蔵司供㆓若菜㆒事）によれば、子の日の登高が行事であったと言えるかもしれない。

金谷云、正月七日、以㆓七種菜㆒作㆑羹食之、令㆔人無㆓万病㆒。
十節云、採㆓七種㆒作㆑羹嘗味何《イカニ》。是除㆓邪気㆒之術也。
同云、正月子日《セイ》、登㆑岳遙望㆓四方㆒、得㆓陰陽静気㆒。触㆓其目㆒、除㆓憂悩㆒之術也[21]。

「金谷」は盛唐李邕の『金谷園記』。「十節」は『十節記』[22]（『十節録』）。まず右の前二者は七種の菜の羹の効用を説き、正月七日のこの行事が子の日の菜羹を食べる習俗のもとになっていると言わんとするのであろう。最後の引用では、子の日に登高して四方を眺めると、「陰陽の静気」を得、「憂悩」を「除」くと説明している。この記述は登高が正月子の日の行事であることを語っている[23]。これは宇多天皇の船岡山登頂と符合する。天皇や臣下は、登高によって「陰陽の静気」を得、「憂悩」を「除」く効用があるという知識を持っていたはずである[24]。そうであれば、先に引いた例に見える、中国における人日の風習を応用したことになるだろう。

しかし、宇多天皇の登高のみによって、平安時代には子の日における登高が風習となっていたと見るべきではな

いと思う。長谷雄の記はこの模様を、「以㆓未一刻㆒、乗輿幸㆓船岡最高之頂㆒。皇太子以下、騎馬相従。其儀如㆑初」とかなり簡略化して記す以外、この登山の事情等については何も語っていないことが、その理由の一つである。それに、正月子の日の登高は、今のところ宇多天皇の例以外は見受けない。ただし類似の行事はある。その二三を取り上げて、この日に登高の風習があったかどうかを検討しておきたい。

応和四（九六四）年二月五日、為平親王が子の日の遊びを行っている。「今日第四為平親王、自㆓禁中㆒出㆓北野㆒、有㆓子日之興㆒。中納言師氏以下、多以陪従、供㆓鷹犬等㆒」（『日本紀略』）と狩もあった。『大鏡裏書』（式部卿為平親王子日事）には、「召㆓覧陪従殿上侍臣鷹飼等㆒、……未刻許為平親王、使㆔蔵人所雑色藤原為信献㆓鮮雉一翼㆒。助信朝臣所㆓捕獲㆒云々」とあって、狩の記事が続いており、若菜を摘み小松を引く遊びや登高に関する内容は含んでいない。同日の遊びを記す『栄花物語』（月の宴）の、「船岡にて乱れたはぶれたまひしこそ、いみじき見物なりしか」も、狩の模様を語っているのであろう。そして、「船岡の松の緑も色濃く、行く末はるかにめでたかりしことぞや」は、親王の将来を松の常緑に託して寿いでいる。このように子の日の遊びはあったようだが、眺望のために船岡山の頂きに向かったとは述べていない。

寛和元（九八五）年二月十三日に行った円融院の子の日の遊びは名高く、藤原実資の『小右記』に詳しい記事があるほか、『今昔物語集』（巻二十八）・『古事談』（第一・王道后宮）にはこの日の曾禰好忠に纏わる説話があり、『兼盛集』の冒頭にはその折に催した歌会の序と詠歌を収めている。『小右記』によれば、「御㆓御車㆒令㆑向㆓紫野㆒給」とあって、行く先は洛北紫野である。「太上皇於㆓野口㆒乗㆓御御馬㆒」と紫野での遊びであった。その時詠じた和歌の題にも、「於㆓紫野㆒翫㆓子日松㆒」と紫野の名前が出て来る。『大鏡裏書』（紫野子日事）には、「巳時許著㆓御御在所㆒〈在㆓紫野栗林西辺㆒〉」とあり、「幔内当㆓御前㆒、切㆓小松㆒敷㆓満白砂㆒。為㆑備㆓勝遊之叡覧㆒、強学㆓自然之風流㆒」といった「御在所」の位置とその設えを述べている。遊びは紫野の一隅で行われたのである。山の頂きには登っていないらしい。ただ『今昔物語集』には、「船岳ト云フ所ニ出デサセ給ヒケルニ」「紫野ニ御シマシ着キタレバ、船岳ノ北面ニ小松所々ニ群レ生ヒタル中ニ、遣水ヲ遣リ、石ヲ立テ、砂ヲ敷キテ、……」と、向かったところが船岡山であり、その「北面」を円融院の御在所として整備し飾り立てている。また「歌読」として召されていない好忠が追い立てられて、「片岳ノアルニ走リ登リ立チテ」と逃げ出している。円融院らは船岡山の山腹で、松を愛でるなどの遊びをしているのであり、登高して四方を望んだ様子は窺えない。

『後拾遺集』の次の歌は、船岡山へ向かおうとした時に詠じたものである。

　三条院御時に、上達部殿上人など子の日せむとしはべりけるに、斎院女房、船岡にもの見むとしはべりけるを、とどまりにければ、そのつとめて斎院にたてまつれはべりける

堀川右大臣

とまりにし子の日の松のけふよりは引かぬためしにひかるべきかな（巻一・29・春上）

「三条院御時」は、寛弘八（一〇一一）年六月から長和五（一〇一六）年正月まで。「堀川右大臣」は、藤原頼宗。「斎院」（選子内親王）の女房らが船岡山で見ようとしていたのは、『年中行事秘抄』所引の『十節記』に記す、山頂からの四方の風景であろうか。先に引いた二例からも察せられるように、それは松の緑だったのだろう。頼宗が小松引きを詠み込んでいるのも、見るべきものが松であったことを示唆している。「もの見むと」したのが眺望だったとは述べていないし、そうであったとは思えない。

以上の検討によれば、寛平八年閏正月六日に行われた子の日の野遊における「船岡最高之頂」への登山は、他に例はないようである、正月人日の登高とは意義を異にするものと見なさなければならない[25]。それでは宇多天皇一行はなぜ「船岡最高之頂」へ向かったのであろうか。『日本紀略』によれば雲林院への行幸の後、「未時更幸二船岡一

放二鷹犬一追二鳥獣一」とあるように狩が行われている。「菓菜」の「奉献」があったと長谷雄の記にはあるが、中心は狩猟であった。鷹や犬を放って鳥獣を捕らえる様子を見るには、山頂はうってつけの場所である。天皇らは雄壮な狩の模様に目を凝らしたと思われる。『新儀式』（第四・臨時上・野行幸事）は、野への行幸と天皇が鷹狩りを観覧する模様を記している。

　更亦御輿入二御野中一覧レ猟。此間猟徒有下献二獲物一者上。又或上レ岡御二覧四方一、所司立二御倚子於岡上一。随レ便敷二縁道一属二軽幄一。

「野中」から「岡」の上へ移って、狩猟を見ている。『西宮記』（臨時四・人々装束）にも、

　延喜十八年十月十九日、幸二北野一。……騎馬始並猟二船岡北野一。鷹飼及小鷹等相随入レ野。于レ時乗二腰輿一、就二西岡上一、望二見猟一云云。(26)

とある。これも山上で狩の模様を眺めるとある。『続日本後紀』には、「授二双丘東墳ニ従五位下ヲ一。此墳在二双丘東一。天皇遊猟之時、駐二蹕於墳上一、以為二四望地一。故有二此恩一」（承和十四年十月十九日条）と、仁明天皇が遊猟の時に双丘の上で、四方を望見するとある。翌日には、「鶬隼」を放ってふもとの池にいる「水鳥」を「払」っている。これらの例からすると、宇多天皇の場合も、まず鷹狩りを見るのが主な目的であったと理解するのが妥当である。(27)なお、若菜を天皇に供するのは、子の日でもあるその日の遊びに興を添えたということなのであろう。これまでになかった試みによって新たな興趣が加わったと推測してよかろう。

六

宇多天皇の催した寛平八年の子の日の行事は、どうやら狩が主であり若菜摘みおよびその奉献は従であったらし

い。これ以後天皇が野外に出て子の日の遊びをすることはまずないが、この日の遊びは、風趣に富んだ催しとして認知されたようである。以後公私における模様を伝える資料が豊かになる。(28)

亭子院位におましましける時、いまだみこにて正月初子の日、破籠《わりご》調じて后の宮の御方にたてまつらせたまふとて、書き付けさせたまうける　　延喜御製

二葉より今日をまつとは引かるるともひとしきほどを比べても見よ（『続後撰集』巻二十・1337・賀歌）

敦仁親王（醍醐天皇）が東宮となった寛平五（八九三）年までの歌であり、宇多天皇の紫野・船岡山行幸以前の正月子の日の小松引きを詠んでいる。子の日の歌としては古いものであり、さきに引いた道真の詩序とともに、この日の野遊びの宮廷社会における広がりを推測させる資料と言えよう。ただ、この歌は『朱雀院御集』（1）にも見え、朱雀院が詠じたのであれば寛平八年以降の作ということになる。(29) 宇多天皇は退位以後も子の日の遊びに関心を持っていたようである。

廿九日戊子。法皇幸二大覚寺一、命下採二野菜一之遊上。左大臣以下扈従。喚二詩臣一賦二即事一云々（『日本紀略』延喜五年正月）

嵯峨野で若菜を摘み、詩を詠じるという風雅な一日を過ごしている。さらに『古今和歌集目録』（素性）は、その詩序（藤原菅根の作）を引いている。

或人裏書云、寛平法皇幸二嵯峨院一〈大覚寺〉(30)。菅根序云、于レ時左丞相藤公談二前言往行一、兵部尚書奏二糸竹管絃一、権律師由性献二風流艶藻一、左尚書発昭奏二瓊章玉韻一。是皆当時之最、各尽二其能一也云々。

は、奏楽・賦詩もあった華やかな模様を描いている。左丞相藤原時平が語ったという「前言往行」は、これまでの子の日における野遊についてであろう。

子の日の遊びは貴族たちの間に風雅な行事として広がって行く。その様子を窺うことができる資料の一つとして『元輔集』を取り上げてみたい。この歌集には子の日の歌群十八首があり、行事のさまざまなあり方をよく伝えている。このほかにも子の日の和歌が五首ある。

安和二年二月五日、一条大まうちぎみ、白河の院にて子の日しはべりしに（25）

在衡の左大臣八十賀、按察使の更衣しはべりしに、若菜の歌（26）

大将の子の五十日《いか》、子の日にあたりてはべりしに（27）

など、貴顕の遊びの折りに詠じた歌が多い。26と27は、それぞれ賀宴と産養が重なっている。内裏の女房子の日せむとはべりしに、中宮悩ませたまふとて俄にとまりたれば、してはべりける破籠《わりご》つかはすとて（29）

と宮中の女性たちが行うこともあった。この「子の日せむ」は、後の「してはべりける破籠つかはすとて」つまり摘んだ若菜を入れた籠を贈っているので、野外での遊びである。

太上天皇の子の日したまひしに、紫野に出でさせたまひしにつかまつりし（195）

は、すでに触れた寛和二年二月十三日に円融院が紫野へ行幸して催した遊びである。元輔自身が行うこともあった。

周防にはべりしほどに、岩に生ひたる松を岩ながら持ちてまうで来たりしを（40・41）

周防にはべる勝間の駅《むまや》といふ所にて子の日しはべるとて（42）

は、ともに周防守在任中の作。地方で行うのも珍しくなかったのであろう。天皇から受領・女房に到るまで、また都はもとより地方においても行っており、貴族社会では相当な広がりを持っていたことが分かる。

この遊びの貴族社会における普及は、残った資料から推測すると、宇多天皇の北野・船岡山への行幸が端緒であったと見なしてよいかも知れない。ただそれ以前に子の日の遊びはよく知られていたであろうし、一部では行っていたのであろう。むしろ宇多天皇の行幸は、この遊びを風雅な催しとして仕立て上げたところに意義を認めるべきなのではあるまいか。世俗の習慣に風趣を認めて徐々に貴族社会が取り入れ、やがて自らの優雅な行事にまで高めたと言えよう。

この行事は宮廷で毎年行っていたのではないし、この日の行幸は稀であった。これは菅原道真が詩序で、「野中芼レ菜」「爐下和レ羹」（『菅家文草』巻五・365、「早春観三賜二宴宮人一、同賦レ催レ粧。応レ製」序）するのは女性のつとめであると言うとおり、元来女性の行事であった。男性が中心である宮廷には根付きにくい。定まった次第にもとづいて催すものでもないようである。小松を引き、若菜を摘んで羹にして食べることによって、「習二風霜之難一レ犯也」「期二気味之克《ヨク》調一也」（同巻六・431、「扈二従雲林院一、不レ勝二感歎一、聊叙レ所レ観」序）という意義を有しており、儀礼の目的としてもよいはずである。しかし、遊びとしての面が強い以上、宮中での行事にはなりにくいのであろう。

これまで見てきたように、奈良時代に始まる子の日の行事は、幾度かの変化を遂げている。中でも九世紀末期に庶民の風習を取り込んだことは、後世におけるこの行事のあり方を決めたと言ってよく、その意味で宇多天皇らの果たした役割は大きかったのである。

注

（1）この宴は、次に引く『日本紀略』に記すように、「密宴」内々の催しであった。「宮人」のための宴とは言え、官人が加わって賦詩を行っている。類例があるとは思えない、特異な宴と言えよう。

（2）石井正敏「日本紀略」（『国史大系書目解題 下』所収）によれば、『日本紀略』における「其日」は某日の意である。そうであれば、「其日」の「密宴」は、「正月十一日辛亥」のこととは限らないことになる。

（3）谷口孝介「宇多天皇の風雅――雲林院子日行幸をめぐって――」（『菅原道真の詩と学問』所収）参照。

（4）正月の子の日については、山中裕『平安朝の年中行事』一二二〜一三二・三一五〜三一八ページ、倉林正次「子日の遊び」（『饗宴の研究 文学編』所収）、福田智子「二月の子の日考――『能宣集』諸本の詞書をめぐって――」（『平安中期私家集論』所収）、田島智子「古今集時代から後撰集への屛風歌の変化――子日をめぐって――」（『屛風歌の研究 論考篇』所収）、および前掲注（3）の谷口氏論考などの先行研究がある。

（5）『日本書紀』（継体天皇元年三月）に、次の詔がある。

詔曰、朕聞、士有二当レ年而不レ耕者、則天下或《アリ》レ受二其飢一矣。女有二当レ年而不レ績者、天下或レ受二其寒一矣。故帝王躬《ミヅカラ》耕而勧二農業一、后妃親蚕而勉《ススム》二桑序一。況厥《ソノ》百寮曁《イタルマデ》二于万族一、廃二棄農績一、而至二殷富一者乎。有司普告二天下一、令レ識二朕懐一。

帝王・后妃がみずから農耕・養蚕をしてその振興につとめると述べている。なおこの箇所は、『芸文類聚』（巻十一・神農氏）所引の『呂氏春秋』にもとづく述作である。

（6）井上薫「子日目利箒小考」（『龍谷史壇』第七十三・七十四合併号）。

（7）井上薫「子日親耕親蚕儀式と藤原仲麻呂」（橿原考古学研究所編『橿原考古学研究所論集』第十所収）。親耕の儀式については、

礼記曰、孟春之月、天子乃以二元日一、祈二穀于上帝一。天子親載二耒耜一、帥《ヒキヰテ》二三公九卿、諸侯大夫一、躬耕二帝籍一。天子三推、三公五推、卿諸侯九推、庶人終レ畝。反《カヘリテ》乃執二爵于太寝一。命曰二労酒一、……又曰、天子耕二於南郊一、諸侯於二東郊一（『芸文類聚』巻三十九・籍田。引用の前者は月令篇、後者は祭統篇）

などとある。月令篇に記す儀式後に酒をたまわるのは、『万葉集』の「肆宴」（4493題詞）に同じ。

伊《コレ》晉之四年正月丁未、皇帝親率二群后一、藉二于千畝之甸一。礼也（『文選』巻七、晉の潘岳「藉田賦」）

とも見える。「未」の日の親耕である。子の日に行った奈良時代の場合とはどのように結び付くのだろうか。親耕をどのように取り入れたかを検討するのはこれからの課題であろう。親蚕については、

礼記、……祭統曰、王后蚕二於北郊一、以供二純服一。夫人蚕二於北郊一、以供二冕服一（『芸文類聚』巻三十九・親蚕）

と、「王后」「夫人」が養蚕をし、得られた糸でそれぞれ天子と国君のために「純服」「冕服」を製して供するのだと

いう。蚕業奨励については言及していないが、当然その意義は込めていたであろう。このほか、

漢書曰、孝元王皇后為二太后一、幸二蚕館一、率二皇后及列侯夫人一桑二北郊一（同右）

などとある。なお「玉箒」で蚕の床を掃くことについては触れていない。一連の儀式の中には含まれていたのであろうか。右の『礼記』（祭統篇）からは、親耕と親蚕とを一対の儀式と理解していたことが分かる。ほかにも、

天子親耕、以共二粢盛一、王后親蚕、以共二祭服一（『春秋穀梁伝』桓公十四年。「共」は「供」の意）

詔曰、朕親率二天下農耕一、以供二粢盛一、皇后親桑、以奉二祭服一。其具二礼儀一（『漢書』文帝紀十三年二月）

などとある。両儀式のあり方はそのまま奈良朝に受け継がれたのである。なお、この日の行事の政治上の意義については、米田雄介「天平宝字二年正月の年中行事」（『日本歴史』第六三二号）参照。

（8）井上氏の注（6）論文。

（9）坂本太郎『六国史』は、『続日本紀』の年中行事についての記録は、記事がないからその事実がなかったとは言えないとされ、この点を踏まえた清水潔「『続日本紀』と年中行事」（『創設十周年記念 皇學館大学史料編纂所論集』所収）は、記載されている記事は特筆するべき内容を含むからであり、記事がないのは取り立てて記すべき内容がないだけである、実施の事実がなかったとは限らないと述べておられる。この所説によれば、『万葉集』（4493）の記事は特筆するべき内容を持っていなかっのであろうし、『続日本紀』天平十五年正月の子の日の記載は、書き記すべきであると認められたのであろう。後者が『類聚国史』に載せられなかったのは、その編者の判断に依るのであろう。

（10）谷口氏の注（3）論文参照。

（11）醍醐天皇は、寛平九（八九七）年の八月十五夜に、月をながめ詩を詠ませている（『菅家文草』巻六・441、「八月十五夜、同賦二秋月如レ珪。応レ製」）。この夜に月を愛でて詩を賦すのは、もとは菅原氏恒例の催しであった。それが天皇のもとで行われるのは、道真が関与しているからであろう。東宮時代から、東宮学士であった道真からの教えがあったのかも知れない。ここまで明確ではないが、子の日の宴についても道真からの示唆や提案を想定してもよいのではあるまいか。八月十五夜の宴と道真との関わりについては、拙稿「菅原氏と年中行事――寒食・八月十五夜・九月尽――」（本書第一部・1）参照。

(12) 山中裕『平安朝の年中行事』第一章・三 年中行事の変遷、参照。
(13) 「登高賦詩」の部分は、守屋美都雄『中国古歳時記の研究』（資料篇）によれば、「古本の面目を伝えていると思われる宝顔堂秘笈広集本」のみの本文である。
(14) この銘は『芸文類聚』（巻四・人日）・『初学記』（同）に、「李充登二安仁峯一銘」として収載する。なお「為人」を「惟人」に作る。
(15) 谷口氏の注（3）論文参照。李嶠の当該詩には、「愧下奉二登高一揺中彩翰上、欣レ逢三御気上二丹霄一」と「登高」を詠み込んでいる。
(16) 「楊梅宮」の誤りであろうか。『続日本紀』宝亀四（七七三）年二月二十七日条に、この離宮完成の記事がある。「従安殿」については不明。
(17) 「皈」は帰の異体字。ここでは「版」の誤まり。「版位」は、儀式の時に官人らの立つ位置を示した板。
(18) 「尓」の誤りと見るべきであろう。
(19) 「ひ」の誤りと考えておく。
(20) 『袖中抄』の本文は、高松宮本を底本とする、橋本不美男・後藤祥子『袖中抄の校本と研究』を用いた。ただ引用箇所は高松宮本にはなく、同書は学習院大学本によって補っている。
(21) 『年中行事抄』（正月・上子日、内蔵寮内膳司等、供二若菜一事〈十二種〉）は、『年中行事秘抄』所引の前二者を挙げているが、三つ目の文章は引いていない。
(22) 山中裕「十節記考」（『日本歴史』第六十八号）は、この書を日本の書と述べている。
(23) 『明文抄』（一・天象部）には、「正月子日登レ岳何。伝去、正月七日、登レ岳遠望二四方一、……〈十節記〉」とあり、子の日の登高についての問答を載せている。登高が風習であるという認識があったようである。
(24) 重陽には、登高を行う風習がある。これについては、中村喬氏が、丘の上には祓禳の場としての意味があり、高爽のところには浄化作用があると考えられたのであろうと、その意義を述べておられる（「九日重陽節」、『中国歳時史の研究』所収）。この点を平安時代の文人たちは承知していたであろう。

(25) あるいは、

大見山、所㆔以名㆓大見㆒者、品太天皇、登㆓此山嶺㆒、望㆓覧四方㆒。故曰㆓大見㆒（『播磨国風土記』揖保郡）

天皇登㆓香具山㆒、望㆑国之時御製歌

大和には群山あれどとりよろふ天の香具山登り立ち国見をすれば国原は煙立ち立つ……（『万葉集』巻一・2）

などの、国見の遺風であるのかも知れないが、当時同種の例はないようであり、これもありえない。

(26) この時に凡河内躬恒の詠じた和歌がある。

同じ年十月十九日、船岡に行幸ありしときに、御乳母の命婦前に召して、紅葉折りてたてまつれとあり、一枝折りてこの歌を結びつけてたてまつる

今日の日のさして照らせば船岡の紅葉はいとどあかくぞありける（『躬恒集』192）

(27) 榎村寛之「野行幸の成立――古代の王権儀礼としての狩猟の変質――」（「ヒストリア」第一四一号）参照。この論考では、野行幸で高所に登って四周を望見するのは国見儀礼であり、この行幸の狩猟には支配者としての天皇を民衆に見せるという側面があると論じている。宇多天皇の行幸についても同様に考えるべきであろう。

(28) 注（4）の田島氏論考は、宇多朝から一条朝に到る子の日の精緻な年表を付載しており、行事の推移が分かる。

(29) 『寛平御集』はこの歌を収載していない。なお同集には、寛平八年閏正月六日の野遊の折り、遍昭の子由性が雲林院への行幸を促す歌を殿上の人に送り、天皇が後年これに応えて行幸した時の歌が収めてある（1・2）。1の詞書「雲林院におましますべしとありけるが、さもあらざりければ」によれば、行幸はなかったことになるが、『日本紀略』には「幸㆓雲林院㆒」とある。

(30) 「左尚書発昭」は、左大弁紀長谷雄のこと。「発昭」は中国風の名である。

2　寛平期の三月三日の宴

一

寛平二（八九〇）年春、讃岐守の任を終えた菅原道真が都に戻って来た。『菅家文草』（巻四・323）の「春日感二故右丞相旧宅一」に、「自レ此以下十三首、罷レ秩帰レ京之作」の自注を付す。またこの巻末には、「寛平二年、不二交替一入レ京」とある。任期満了とは言え、新任の国守からの交替解由を待たぬままの帰京である[1]。慌ただしく都に向かったようである。一刻も早く帰京したかったのであろう。右の詩の次に、「三月三日、侍二於雅院一、賜二侍臣曲水之飲一、応レ製」がある。おそらく宮廷詩宴への復帰第一作であろう。三月三日の宴は長く廃絶していた。帰洛の様子を勘案すると、この開催は道真が戻ってくるのを待っていたかのようでもある。

三月三日の宴は、大同三（八〇八）年二月の停廃の詔があって以来、催されることはなかった。宇多朝になって新たな宮廷行事が相次いで始まっており、その開催に当たって道真が深く関与しているようである[2]。どういう事情があって復活したのかは明らかではないが、三月三日の宴についても道真は大きい役割を果たしたのかもしれない。こう考えれば、忙しげにうつる帰京も、それから間もない頃の三月三日の宴復活も、了解できるように思う。

宇多朝を通じてこの宴は行われ、毎年ではないのだが、それ以後宮廷はもとより、親王・貴族たちも行うようになる。寛平二年の復活以降、広範な実施を見るに到ったと言えよう。この宴は、中国伝来の行事であり、水辺での禊ぎが主たる内容である。ところが宇多朝ではこの性格はほとんど影を潜めてしまう。遊宴としての色彩が濃く、おもに詩宴として催していた。宇多朝は平安時代の年中行事における一つの画期である。三月三日の宴の特徴を検討しつつ、この期における年中行事の性格を考えてみたい。[3]

二

今のところ実施を知りうる寛平期における三月三日の宴は次のとおり。

1、「三月三日、侍二於雅院一、賜二侍臣曲水之飲一。応レ製」（寛平二年、田氏148・文草324・紀略）
2、「上巳日、対レ雨翫レ花、応レ製」（寛平三年、田氏165・文草340）
3、「三月三日、同賦二花時天似レ酔。応レ製」（寛平三年、田氏171・文草342・紀略）
4、「有レ勅賜レ視二上巳桜下御製之詩一、敬奉レ謝二恩旨一」（寛平六年、文草377）
5、「神泉苑三日宴、同賦二煙花曲水紅一。応レ製」（文草383）
6、「三月三日、侍二朱雀院柏梁殿一、惜二残春一。各分二一字一。応二太上皇製一〈探得二浮字一。并レ序。以下十三首、右丞相作〉」（昌泰二〈八九九〉年、文草456・紀略）

＊「田氏」は『田氏家集』、「文草」は『菅家文草』、「紀略」は『日本紀略』。

詩題に「三月三日」または「三日」とあれば、三月三日の宴が催されたことは明らかである。2・4には「上巳」とあるので、三月三日の宴での作とは限らない。2の『菅家文草』には、「暮春尤物雨中花、何況流觴酔眼斜」（首聯）と曲水の宴にちなむ語である「流觴」が見えるので、三日の作であることが分かる。[4]ただし、3も同じく寛平三年の宴での詩であり、宴では二首詠んだのかという疑問が生じる。[5]また4は、『菅家文草』の配列から寛平六年の詩であることが分かる。この年の上巳は三日であり、この日の宴での作であると言える。なお製作年次不明の和歌序がある。大江千里の作である、

7、「三月三日、吏部王池亭会〈十四首并序〉」（『扶桑古文集』）

は、その活躍期間からして、寛平年間に行われた歌会での作である可能性がある。この日の歌会としては、最も古い時代のものであろう。ひとまず寛平期の作に準じて扱う。

また、曲水の宴における歌会の記録に『紀師匠曲水宴和歌』がある。『古今集』の撰者ら八人の歌を収めており、昌泰年間または延喜初年頃の成立と言われている。寛平期につづく時期の記録のようであり、注目してよいだろう。ただ、後代の偽作と見る説もあり、まだ真偽いずれであるかは明らかではない。よって本章では検討の対象とはしない。

右の宴がそれぞれどのような性格を有するかを検討しておく。1は、さきに述べたように大同三年に停廃となって以来の開催であり、それを『田氏家集』（巻之上）では、「大皇歳久廃二良辰一、聖主初臨元巳新」（第一・二句）と詠じ、長年の断絶を経て、再興した宴に宇多天皇がはじめて臨んだと述べている。第三句には「宮水自流為二曲洛一」とあって、宮殿の庭に流れる曲水で何らかの儀礼が行われたかのようであるが、『日本紀略』には、「太政大臣、於二殿上一命二飲宴一」とあり、「殿上」での飲酒が宴の中心であるように受け取れる。結句の「明時還侍泛レ觴春」にある、流れに杯を浮かべるというのも、実際に行われたのであろうが、この行事の意義をどれほど踏まえているのかは定かではない。それは「禊」「祓」など曲水の宴の詩によく見られる語がないことからも察せられる。

一方道真の詩では、「廻流水」（第三句）に「仙盞」（第五句）を浮かべる曲水の宴が詠み込まれ、「遙想蘭亭晩景春」（第四句）と、晉の永和九（三五三）年に会稽山陰の蘭亭で王羲之らが行った禊事（『芸文類聚』巻四・三月三日、王羲之「三日蘭亭詩序」）に思いを馳せるとある。ただ王羲之の詩序に言う「脩二禊事一也」に類する語は見られず、

遊興の性格が強いと言わねばならない。禊飲を行うという意識は希薄だったようである。この日の宴の本義がいかなるものであったかを忘れるはずはなかろうが、詩の内容からは伺えない。

1の詩を詠じた場所である「雅院」は宇多天皇の居所であり、寛平三年二月十九日に清涼殿へ遷御する（『日本紀略』）までいつづけた殿舎である。その日の宴に参加したことが明らかなのは、島田忠臣・道真と詩の序を書いた橘広相、そして太政大臣の藤原基経である。『日本紀略』には、

太政大臣、於二殿上一命二飲宴一。令レ賦下三月三日於二雅院一、賜二侍臣曲水飲一之詩上矣。参議橘朝臣広相作レ序。

とあって、基経が宴を主催したことになっている。関与しているのは明らかだが、詩題に「応製」とあることから分かるように催したのは宇多天皇である。参加者は『年中行事抄』（三月三日）によれば、「被レ召二文人一」「殿上蔵人堪レ文之者」とあるように、「文人」と近臣である「蔵人」であった。同書によれば、「太政大臣参入」と基経は急に加わったと思われ、あらかじめ召されていなかったのかも知れない。この宴は天皇を中心とした規模の小さい催しであった。また、内宴や重陽宴のような公事として行う恒例の行事なのではなく、臨時に催す私的な宴である。天皇の意向を反映した天皇主導の詩宴であり、その興趣にもとづいて三月三日の宴が選ばれたのであった[6]。久しく途絶えていたこの日の宴を復活させるには、文人たちの助力が必要であったろう。広相・忠臣・道真らは、詩を賦するのみならず、行事の意義・次第や詩趣を説いたりして、運営万般にわたって深く関わったかと思われる。さきに寛平二年の三月三日の宴開催は、道真の帰洛を待ち受けたかのようであると述べたのも、この意味で納得できよう。宇多天皇の催した私宴は、すでに、仁和四（八八八）年十月二日の、雅院における侍臣の賦詩（『日本紀略』）、翌寛平元年七夕の、侍臣による乞巧の賦詩（同）、同年九月の「公宴」での「惜レ秋翫二残菊一」詩（同、『雑言奉和』）などがあり、即位後間もなく詩作への強い関心を示していた。以後も賦詩への意欲を持ちつづけており、道真の帰京はその意欲に拍車を掛けたことだろう。三月三日の宴を復活させたとは言え、禊祓の形跡は詩から伺えない。そ

れは天皇が、詩の風趣への興味を強く打ち出し、この日の行事が本来持っていた他の要素を薄めたからであろう。この宴を詠詩中心の場として明確に位置づけたのである。こうして三月三日の行事は、天皇の意向を反映した詩宴として再興したのである。

三

以後催された三月三日の宴がいかなる性質のものであったかを、引きつづき先に示した2以下の詩から読み取って行きたい。残っている詩の数は少ないが、その場の様相は反映しているように思われる。手懸かりとなる語句・表現等を取り上げて検討していくこととする。2の『菅家文草』（巻五）には、「何況流觴酔眼斜」（第二句）とあって酒杯を流れに浮かべているので、曲水の宴が行われたと見てよい。『田氏家集』（巻之下）の「宮溝水剤少二雷声一」（第四句）は、盃を浮かべた前庭の遺水を詠んでいる。忠臣は、つづく「臥槐欲レ起添二膏液一、寒草応レ蘇見二挺生一」で、恵みの雨によって「槐」と「草」が新たな命を生むと述べている。これを承けて尾聯では、「此夕更知皇沢遠、迎レ朝定出薬園《ニ》行《カム》」と恵みの雨を天皇の恩沢と見、それが広く及んでいることが分かり、自分が勤務している「薬園」(7)にまで慈雨が降って草木を成長させるであろうと詠む。天皇を讃美した応製詩らしい結びである。

一方道真は、「暮春尤物」である「雨中花」（第一句）を詠んでいる。雨に濡れた花を「蜀錦」「呉娃」（頷聯）に喩えて、色彩の鮮やかさを強調する。さらに「且憐」「偏愛」（頸聯）と花の美しさへの思いを述べる。結びの「温樹莫レ知多又少、応レ言夢到二仙家一」では、宮廷の「温樹」がどれほどあるのか分からない(8)、夢の中で神仙の家にやって来たかのようだと言おうと、雨に打たれる花々の中で繰り広げられる曲水の宴を、神仙界での遊びと見ている。一貫して雨に濡れた花を詠み上げており、応製詩でありながら天皇の徳を讃えるような内容は見えない。

3の詩題「花時天似㆑酔」は、花の咲く頃はその色に映えて、空が酒に酔ったかのようであるの意。花の色が映って酔顔のように見えるのであるから、色は赤い。道真の詩序と詩に「桃李盛也」（序）「桃李浅深似㆓勧盃㆒」（第四句）とあるので、天に映えるのは赤い桃・李の花。この題意に添って詠じている。忠臣の詩では、「歩㆑暦艱難如㆓酩酊㆒、廻㆑杓指顧似㆓婆娑㆒」（頷聯）は、太陽が行きづらそうにしているのを、酔っぱらっているかのようだと見、北斗七星が柄を廻らして指し示す様子を、酒を注ぐ杓子を持ってふらついている動作に喩えている。頷聯の二句は、ともに花の赤い色に映える天空を、酒に酔った姿に見立てている。また第六句でも、「雲出㆓酡顔㆒破㆓碧紗㆒」と青空に浮かぶ雲が花に映えて赤いのは、緑のうすぎぬを破って酒で赤くなった顔が出て来たようなものだと喩えている。句ごとに花の赤い色を映した空を詠じている。第七句「此日絳霄陪㆓曲水㆒」の「絳霄」は、花の色が反映した赤い空の意。ここでは宮廷のことでもある。そしてその宮廷で、「陪㆓曲水㆒」曲水の宴に連なったことを述べる。さらに第八句「来時疑是乗㆓浮槎㆒」では、宴に加わるや、いかだで黄河を遡行して天の川を尋ねた[9]かのような感覚だったという。流れを漂う盃を「浮槎」と見なしているのである。頸聯まで赤い花の映える天空を描いていたところから転じて、赤い花の咲く宮中を天空あるいは仙界と捉えている。

道真の場合も、題意を踏まえ、花の赤い色が空に映えるのを、酔っているかのようだと描き出している。「煙霞遠近応㆓同戸㆒、桃李浅深似㆓勧盃㆒」（頷聯、『和漢朗詠集』巻上・40・三月三日）は、煙霞が赤く染まって酔ったかのようであり、桃李の赤い色が浅く深く空に映えているのは、盃を勧めて酔わせたようだと、花の赤い色が映る空を酔ったと捉えている。「乗㆑酔和音風口緩、銷㆑憂晩景月眉開」（頸聯）も、酔ったかのような天空から想像を巡らす。空を渡る風は緩やかとなり、憂いを消して愁眉を開いた（「月眉開」は、三日月が出たことの比喩）と見ている。尾聯は宇多天皇（「帝堯姑射」）の顔に言及して結びとする。若々しい顔には、赤い花が映えて輝きを加える必要などないと述べ、容貌を讃えている。詩題にかなう内容を盛り込むからでもあるのだが、禊祓には全く触れていない。忠臣の場合もそうであるから、水辺での「祓二除疾病一」（『芸文類聚』巻四・三月三日所引の応劭『風俗通』）・「払二除不祥一」（同所引の『韓詩』）は、ほとんど意識していなかったようである。この行事は詩を賦す遊宴を主たる性格としたと言えよう。また、詩序には、「我君一日之沢、万機之余」とあり、天皇が執る政務の余閑に宴を賜るとあるので、恒例の行事として催すとは考えられておらず、臨時に行う宴と位置づけられていると言えようか。この日の行事が遊宴としての性格を濃厚に打ち出す側面は、寛平期を通じて変わらない。

4の「有レ勅賜レ視二上巳桜下御製之詩一、敬奉レ謝二恩旨一」（『菅家文草』巻五・377）は、宇多天皇の御製「上巳桜下」を見ることを許され、それを感謝して詠んだ詩である。ここで注目したいのは、起句の「不啻看桜也惜春」（啻《ただ》に桜を看るのみにあらず 也《また》春を惜しむなり）である。桜の花を看るだけではなく、春を惜しむのでもあると言う。この一句は、

不二独送一レ春兼送レ老、更嘗二一酌一更聴看（『白氏文集』巻五十五・2593、「送レ春」）

にもとづく。前句は行く春を見送るとともに我が老いをも送ると述べている。白居易が繰り返し詠む、春の終わりを哀惜する詩である。[10] この措辞は、後に昌泰二年にも、

非二啻惜一レ花兼惜レ老、呑レ声莫レ道《イフコト》　歳華闌《タケタリト》（『菅家文草』巻六・461、「九月尽日、題二残菊一。応二太上皇製一」）

と用いている。道真が好んだ表現と言えようか。「九月尽日」の詩にも活かしているところからすると、季節の終わりを惜しむ心情を描くのに相応しい句法として選んだようである。4の詩は、上巳の御製詩を踏まえて詠みつつ、桜の花を眺めて春を哀惜する気分を描き出している。晩春に入って早くも季節の終わりを意識したのである。承句の「紅粧写得玉章新」によれば、「玉章」つまり御製は桜を「紅粧」と描いており、そしてその詩を「新」と評している。天皇や詩宴に集う人々は、花の色彩やあでやかさを中心に詠じていたのであろうか。だとすれば、道真のように惜春を盛り込む作はなかったのかも知れない。ただ、結句「当有花前腸断人」（当に花前に腸の断ゆる人有る

べし）の「腸断」の理由が、桜の花を見ながら春を哀惜することにあるので、惜春はその場の詩趣の一つであったと言えるだろう。行く春を惜しむ風情は、白居易の詩の数々が示すとおり、おもに三月尽日に現れるものであり、それを三月三日に描くのは異例である。散る花を惜しむ思いにこの風情を重ね合わせるのは、詩人たちには自然であったのだろうか。三月三日の詩宴に、惜春の思いを持ち込む趣向が生まれたようである。

5の「神泉苑三日宴、同賦二煙花曲水紅一。応レ製」は、神泉苑の曲水の辺に咲く赤い花を詠んでいる。[11]「水上煙花表裏紅、流盃欲レ把酔顔同」（起・承句）は、水辺の花の赤さと、流盃を手に取る人の酔った顔色とが同じであると描いている。景と人を取り上げたあと、転・結句では、「動レ枝動レ浪皆《トモニ》応レ惜、所以《ユヱニ》慇懃恐二暮風一」と、夕暮に吹く風が、花の枝と盃の浮かぶ浪を揺らすのを心配している。散る花を惜しむ気持ちがよく現れている。落花を詩に詠むのは、次に挙げる白詩のように晩春であることが多い。

　東坡春向レ暮、樹木今如何。漠漠花落尽、翳翳葉生初（巻十一・0549、「東坡種レ花二首」ノ一）

　落花無限雪、両鬢幾多糸（巻六十六・3261、「残春詠レ懐、贈二楊慕巣侍郎一」）

しかも、春の末の落花を惜しむ詩も白詩に見られる。

　悵望慈恩三月尽、紫桐花落鳥関関（巻十六・0990、「酬二元員外三月三十日慈恩寺相憶見レ寄」）

　可レ惜鶯啼落花処、一壺濁酒送二残春一（巻五十六・2684、「快活」）

　枝上三分落、園中一寸深。日斜啼鳥思、春尽老人心（同・2687、「惜二落花一」）

結句の「慇懃に暮風を恐」れる気持ちも、春が去る時に花を散らす風を厭うと詠んだ、次の白詩と相通じるところがあるだろう。

　留レ春春不レ住、春帰人寂寞。厭レ風風不レ定、風起花蕭索（巻五十一・2240、「落花」）

右の「慇懃」は、三月尽日に去り行く春を見送る時の気持ちを託した、次の白詩にもとづくのではあるまいか。

四十六時三月尽、送レ春争得レ不二慇懃一（巻十七・1022、「潯陽春三首」ノ「春去」）

これら白居易の詩を参看すれば、この道真の詩は、三月三日の作であるとは言え、内容や詩情は春の終わり頃のものであると言えるだろう。上巳の詩を範とはせず、春末の頃や三月尽日の詩を念頭に置いて詠じたと考えられるのである。これはおそらく道真だけのことではなく、詩宴に集う人々が共有する詩趣ではなかったか。たとえ道真のみの詠みぶりであったとしても、その場で受け入れられないような趣向ではなかったはずである。

6の「三月三日、侍二朱雀院柏梁殿一、惜二残春一。各分二一字一。応二太上皇製一」は、昌泰二年の朱雀院での宴における作。寛平期の宴ではないが、寛平二年以来この日の宴を開いてきた宇多上皇が自分の居所で催しているので、寛平期の宴に準じて扱う。天皇と上皇との違いはあるが、引き続き近臣と詩人を集めて開いた規模の小さい私的な宴であることには変わりはないようであり、曲水での流觴・賦詩・飲酒などの内容にも大きな変更はないらしい。「朱雀院」は、宇多天皇退位後の後院であり、風雅な催しは上皇となってからも続けていたのである。催す場所は、1の東宮雅院に始まって、5の「神泉苑」、6の「朱雀院」へと移って行く。2・3・4は不明だが、清涼殿であろう。場所を定めずに開かれており、その時々の事情や宇多天皇（上皇）の意向に従って変えているのではないか。場所を固定していないところからは、決めごとのあまりない行事の方針・内容を見て取ってよいだろう。大同二年までは節会であったとは言え、今は文事を中心とした宇多天皇の私的な宴なのである。

6の詩題「惜二残春一」は、5に同じく惜春を主題とする。内容も題意に添う。詩序と詩に、「将レ惜二残春一」（詩序）「惜レ春」（第一句）とある。春のどのような状態を惜しむのかと言えば、一つは「花已凋零鶯又老」（第三句）つまり花が散り鶯が老いることであった。落花については、5で引いた白詩「可レ惜鶯啼落花処、一壺濁酒送二残春一」（「快活」）と「枝上三分落、園中一寸深。日斜啼鳥思、春尽老人心」（「惜二落花一」）が想起される。春が終わる頃の詩趣をここでも活かしている。「快活」では「鶯啼」をも「惜しむべし」と言い、第三句に似る。「鶯」が

「老」いるとは、鶯が老いたような声で啼くことを言う[12]。

樹花半落林鶯老、春宴宜レ開春浅時（『田氏家集』巻之中・70、「残春宴集」）

風景之最好、嫌三曲水之老二鶯花一（『菅家文草』巻二・148、「早春内宴、侍二仁寿殿一、同賦三春娃無二気力一。応レ製」序）

老鶯舌饒《ユタカニシテ》、語入二歌児之曲一、残花踏 断《ウテナタエ》、影乱二舞人之衣一（『本朝文粋』巻九・262、紀長谷雄「後漢書竟宴、各詠レ史、得二龐公一」序）

は、その例。忠臣の詩は「残春」の落花と取り合わせて詠じている。道真の場合は正月に行う内宴の詩であり、鶯は曲水の宴を催す時に老い声で啼くのではなく、よき時季である今啼けばよいのにと不平を述べている。長谷雄の詩序は、「残花踏《ふ》み断《た》え」とあるので、晩春を描いており、その頃「老鶯」がよく啼くとある。「老鶯」は春が終わる頃の風物であった。道真の「春娃無二気力一」序からは、曲水の宴と老鶯が時を同じくすることがあると分かる。そうすると「惜二残春一」の第三句は春が終わる頃の情景を描いていると言えよう。次に第四句「風光不二肯為レ人留一」は、春は人のために留まりはしないと詠んでいる。春の「風光」が留まらないと描くのは、5で引いた、白居易の「留レ春春不レ住」（「落花」）および、

惆悵春帰留不レ得、紫藤花下漸黄昏（『白氏文集』巻十三・0631、「三月三十日、題二慈恩寺一」）

強来便住無レ禁レ老、暗去難レ留不レ奈《イカムトモセ》レ春（『千載佳句』上・109・送春、白居易「対レ酒当レ歌」。この二句は『白氏文集』には見えない）

などの春の終わりを惜しむ詩にもとづいている。また、道真の詩の第四句に込めた、春の「風光」への哀惜は、

晩来林鳥語殷勤、似下惜二風光一説向ム人（『白氏文集』巻六十四・3131、「三月晦日、晩聞二鳥声一」）

に近い。この惜春の風情は、右の例に見るように、ことに三月尽日に顕著である。白詩を学んだ結果であろう。この6の詩も、三月三日の作ではあるが、その詩情は春末および三月尽日のそれを持ち込んでいると言ってよい。

4・5・6の道真詠には、白詩に見える、春が終わろうとする頃や春の終わる日の風情および措辞を取り入れている。なぜ三月三日の詩に春の終わりの風情である惜春を詠じるのであろうか。六朝から盛唐にかけて上巳の詩はかなり詠まれているし、白居易にもこの日の詩はある。[13] 日本でもやや溯るが、奈良時代の『懐風藻』や平安時代初頭の『凌雲集』『経国集』にこの日の詩を収めており、あえて白居易の春末・三月尽日の詩に詩想や表現を求める必要はないはずである。さまざまな見方があり得るだろうが、三月尽日の詩の側から考えておきたい。おもに惜春の思いを詠むこの日の詩は、白居易にかなり見られる。それまでの詩人は取り上げておらず、居易の友人たちも関心を示していない。『白氏文集』の将来以降、この日の詩が平安朝詩人に知られ受容するところとなる。島田忠臣には、「三月晦日、送レ春感題」(『田氏家集』巻之上・31)、道真には、「中途送レ春」(『菅家文草』巻三・188)・「春尽」(同・224)・「四年三月廿六日作」[14](同巻四・251)がある。忠臣の詩は詠作年次不明で、道真の詩は仁和二(八八六)年から毎年の作。二人が詠じてから、三月尽日の詩は見られない。詩宴が催されたようでもない。ただし別の形で詩趣や表現が活かされている。

「同二諸才子一、九月卅日、白菊叢辺命レ飲」(『菅家文草』巻二・126)
「九月晦日、各分二一字一」(『田氏家集』巻之下・142)
「閏九月尽、燈下即事。応レ製」(『菅家文草』巻五・336)
「九月尽日、惜二残菊一。応レ製」(『本朝文粋』巻十一・335、紀長谷雄)

この九月尽日の詩は、三月尽日の詩を応用している。惜春を惜秋に置き換えて新たな詩想を生み出したのである。さらには菅原氏の私塾である菅家廊下では、九月尽日の詩宴を催し、やがて宮廷の密宴・公宴にまで進展して行くのである。[15] 表現面においても、

惜レ秋秋不レ駐、思レ菊菊纔残(『菅家文草』巻五・381、「暮秋賦二秋尽翫一レ菊。応レ令」)

非二啻《タダニ》惜レ花兼惜レ老、呑レ声莫レ道《イフコト》　歳華闌（同巻六・461、「九月尽日、題二残菊一。応二太上皇製一」）

などは、前引の「惆悵春帰留不レ得」（「三月三十日、題二慈恩寺一」）・「留レ春春不レ住」（「落花」）・「不二独送レ春兼送レ老」（「送レ春」）といった白居易の三月尽日・惜春の詩を用いている。このように春末・三月尽の詩は、平安朝において外貌を変えて当時の詩心に根付いていたのであった。これは三月尽を詠まなくなってから、代替措置として考案されたという意味があるのではあるまいか。この点は、三月三日の詩についても言えるように思う。春の終わりを惜しむ心を詠じる場がない状況下、その欠を補うために、復活した三月三日の詩宴を活かしたのではあるまいか。惜春の詩は、それほど詩人の創作意欲を揺さぶる詩想を内包していたのであろう。この日の詩が持っていた表現に割り込むほどの影響力に注目するべきであり、詩人の愛着を思うべきである。その先駆をなしたのはおそらく道真であろう。寛平期に三月三日の詩宴が催されてから、この日の詩は新たな風趣を獲得した言ってよいであろう。

7の大江千里「三月三日、吏部王池亭会」は、式部卿である親王の池亭で催された上巳の歌会での序。この親王は、元慶八（八八四）年二月九日に式部卿に任じられ（『三代実録』）、この官職のまま延喜元（九〇一）年十二月十四日に薨じた本康親王（『日本紀略』）であり、歌会はこの間に催されたとする推測がある。[16] 親王は千里と同じ時期の人物であり、歌会の主催者である可能性は考えられる。序は、「晩春」における親王邸の庭の景物や、そこでの遊びの模様を描いている。その時は、「寓直」「松月」とあるので夜間であった。参加した人々は、「寓二直吏部大王池亭一者、趙姫呉娃」「即無二一男子一、唯有二数女郎一」とあって、女性ばかりであった。上巳の宴でありながら、詩会ではなく歌会を催した理由の一つがここにあろう。この日の宴では、「池」に「飛二龍頭之船一」とはあるが、曲水に酒杯を浮かべたとは記していない。「紫藤」「紅桜」「款冬」などの花や、「鶯」「蝶」などの動物が序に見えるので、晩春に催されたことは確かであるが、禊祓を思わせる様子はない。船遊びは曲水の代わりなのであろうか。夜間の開催も例を見ない。三月三日の宴ではあるが、曲水の宴とは関係のない催しのようである。さきに取り上げた1～6の宴とは同列に扱うべきではないだろう。三月三日に催した点に、何らかの趣向があったろうが、たんなる遊宴として扱うしかないのではあるまいか。序に宴を開く経緯を述べていないので詳細は不明とするほかない。

四

寛平二年に復活して、おもに宇多天皇の在位期間に行われた三月三日の宴の特徴は、ほぼ次のようにまとめられよう。

ア、宇多天皇主導による、近臣・文人を召した私的な宴であった。

イ、曲水で流觴を行っているが、主眼であるべき禊祓の意義は薄れており、遊興を目的とした宴であった。

ウ、詩は三月尽日の詩趣を取り入れており、菅原道真には惜春を詠み込んでいるものがある。

このうちイについて、中国の六朝以降における上巳の宴の様相を参看しつつ、補足を加えておきたい。

まず、有名な晋の王羲之「三日蘭亭詩序」に記すところを取り上げる。

会二于会稽山陰之蘭亭一、脩二禊事一也。……有二清流激湍一、映二帯左右一。引以為レ流、流二觴曲水ニ一（『芸文類聚』巻四・三月三日）

「禊事」を行うこと、そして「曲水」での「流觴」を書き留めているが、これらを催すだけの宴であったとは言えないようである。すなわち「天朗気清、恵風和暢」のこの日、「宇宙之大」「品類之盛」を観察し、「遊レ目騁レ懐、足三以極二視聴之娯一、信足レ楽也」と天地を存分に眺め楽しみを極めようとしている。「一觴一詠」もあり、遊興にも重きを置く集いであった。禊祓を忘却してはいないが、これのみに終始したわけではないようである。公的な儀礼ではなく、私人の集う遊宴なのであるからなおさらであろう。この傾向は時代が下っても変わらない。

白居易の詩にも三月三日の詩が多数ある。たとえば、「上巳日、恩賜曲江宴会即事」（巻十四・0747）は、長安の曲江で恩賜の宴会があった時の作。まず、「賜レ歓仍許レ酔、此会興如何」と此の会の興趣はどれほどかと、宴の良さに言及しようとする。「花低羞二艶妓一、鶯散譲二清歌一」は、妓女の美しさと楽人の澄んだ歌声を褒め上げている。そして、「共道《イフ》昇平楽、元和勝二永和一」と、参会者は、この元和年間の曲水の宴(17)は、永和九（三五三）年に王羲之らが会稽の蘭亭で催した宴に勝ると称賛していると詠じて詩を結ぶ。皇帝の恩沢を謝し、治世を讃美する必要があるからでもあるが、禊事については触れていない。重要なのは宴の中身だったようである。もう一つ挙げる。「開成二年三月三日、河南尹李待価、以二人和歳稔一、将レ禊二於洛浜一、……」（巻六十六・3312）は、白居易らが洛水を舟行遊覧する模様を中心に描いている(18)。題の「前水嬉而後妓楽、左筆硯而右壺觴、……尽二風光之賞一、極二遊泛之娯一。美景良辰、賞心楽事、尽得二於今日一矣」は、川遊びをして風光を愛でる楽しみは今日に極まると、嘉会のすばらしさを述べている。さらに詩の「禊事修初畢、遊人到欲レ斉」（第五・六句）は、禊ぎが終わるや行楽の人々がやって来てともに遊ぼうとする様子が窺える。人々は修禊よりも遊宴が目当てであったらしい。この後には、「水引春心蕩、花牽酔眼迷」（第十七・十八句）と、川の水や花に心惹かれながらの遊びが繰り広げられている。禊ぎを等閑にはしていないが、これに付随した遊興により関心があるのは明らかである。当時の人々は、春ののどかな一日を満喫しようとつとめており、詩からもそれは読み取ることができる。

中国でのこうした傾向は、日本においても変わらない。大同三年二月の節会停廃以前に多くの詩が詠まれており、行事の模様を伝えている。節会が早く廃せられたために、儀式書・故実書に儀礼の内容・次第等が記されず、往時の詳細についてはほとんど分からない。それだけに詩を通じて知りうる中身は貴重である。

竹葉禊庭満、桃花曲浦軽（『懐風藻』61、肖奈行文「上巳禊飲、応詔」）

問レ春開二曲水一、乗レ節施二陽煦一（『凌雲集』37、賀陽豊年「三月三日、侍宴応詔三首」ノ一）

曲水での儀礼である禊事は行われているが、これのみではなく、行文の詩には、「皇慈被二萬国一、帝道沾二群生一」と、儀式が帝徳を称える場として機能したことが分かる。豊年の詩にも、「献寿千祥溢、合歓萬国附」と天皇に寿言を捧げ君臣が喜びをともにするなど、上下の関係を確認する働きも有していた。

なお、

錦巌飛瀑激、春岫曄桃開（『懐風藻』54、山田三方「三月三日、曲水宴」）

青糸柳陌鶯歌足、紅蕊桃渓蝶舞新（『経国集』巻十66、石上宅嗣「三月三日、於二西大寺一、侍宴応詔」）

看レ花前後落、聴レ鳥短長吟（『凌雲集』79、高丘弟越「三月三日、侍二宴神泉苑一。応詔」）

など矚目の景を叙してはいるが、自然への感懐を述べていない。この点は、寛平期の詩が去り行く春の風光や景物を惜しむ情を語っていたのとは異なる。

また、節会という厳粛な場での儀式だからであろう、季節の風物を楽しみ謳歌する様子は窺えない。島田忠臣・菅原道真らが存分に春を満喫したり、行く春を惜しんだりはしていない。遊興を追求する姿勢は乏しいと言えよう。[19]宇多天皇らのうちうちの宴と朝廷を挙げて催す節会との雰囲気の違いが、詩の内容に反映しているのである。

三月三日の宴は、長い停廃の期間を隔てて、寛平二年に再興を見た。宴の姿は、大規模な節会から、近臣や文人を集めた規模の小さい私的な催しへと変貌していた。また、形態の変化に伴って宴の醸す気分は、より遊楽を主体としたものへと変わっていたのである。その状況は詠じられた詩に如実にあらわれていると言ってよい。これは、中国に由来する文化の、一種の和風化と評してよいのではあるまいか。

注

（1）『撰集秘記』（巻十七・九日節会事）に、

寛平二年、巨勢文雄・安倍興行、雖レ進二本任放還一、依二新格旨一、未レ下二諸司一。前讃岐介菅原道《ママ》ー、未二放還一間入レ京。件三人、式部有レ不レ載二文人簿一。仍有レ勅召之。

とあり、道真が「放還」せぬうちに帰京したと述べ、式部省の「文人簿」に記載がないにもかかわらず重陽節会の詩宴（『菅家文草』巻四・328、「九日侍レ宴、同賦二仙潭菊一。各分二一字一、応レ製」。『日本紀略』）に召されたのは、「勅」によるとする。同じ年に都に戻って間もない頃に行われた三月三日の宴に喚ばれたのも、宇多天皇の計らいがあったからであろう。

（2）拙稿「菅原氏と年中行事――寒食・八月十五夜・九月尽――」（本書第一部・1）、「是善から道真へ――菅原氏の年中行事――」（本書第一部・2）、「菅原道真と九月尽日の宴」（本書第一部・4）参照。

（3）三月三日の行事等については、平岡武夫「三月三日　上巳　洛濱修禊――白氏歳時記――」（『白居易―生涯と歳時記』所収）、中村喬「上巳の風習と行事」（『中国歳時史の研究』所収）・「三月三日」（『中国の年中行事』所収）、山中裕『平安朝の年中行事』一七三～一八二ページ、倉林正次「三月三日節」（『饗宴の研究　文学編』所収）、吉川美春「三月上巳の祓について」（『神道史研究』第五十一巻三・四合併号）、滝川幸司「曲水宴」（『天皇と文壇　平安前期の公的文学』所収）など参照。

（4）小島憲之監修『田氏家集注　巻之下』165詩注による。なお2は、この年の「上巳」である三月七日の作と見る説もある（甲田利雄「『菅家文草』巻五の含む問題について――『日本紀略』の誤謬及び島田忠臣の没年に及ぶ――」、『高橋隆三先生喜寿記念論集　古記録の研究』所収）。

（5）甲田氏は、寛平四年の作と見ている。注（4）の同氏論考参照。

（6）宇多朝において私的な詩宴が頻繁に催行されたのは、天皇の意向によるとの指摘がある（滝川幸司「宇多朝の文壇」、『天皇と文壇』所収）。寛平二年に復活した三月三日の宴についても同様に考えられよう。

（7）忠臣は寛平二年に典薬頭に任じられているので、このように詠じたのである。その職掌には、「薬園事」がある

『令義解』職員令）。

（8）「温樹」は、前漢の孔光が、「温室省中樹」はどんなものかと尋ねられて、黙って答えなかった故事を踏まえた語（『蒙求』・孔光温樹）。三善清行「元日賜レ宴」（『新撰朗詠集』巻上・9・早春）の「不レ酔争辞温樹下、建春門外雪埋レ春」は、その例。第七句の「温樹莫レ知多又少」は、孔光にならって宮廷内のことは漏らさないとの見識を示したもの。

（9）小島憲之監修『田氏家集注　巻之下』171詩注参照。

（10）平岡武夫「三月尽――白氏歳時記――」（前掲書所収）、小島憲之「四季語を通して――「尽日」の誕生――」（『国風暗黒時代の文学　補篇』所収）、太田郁子「『和漢朗詠集』の「三月尽」・「九月尽」」（『言語と文芸』第九十一号）など参照。

（11）『日本紀略』の同日条には、「天皇幸二神泉苑一。臨二覧池水一、令三鸕鷀喫二遊魚一。観二騎射走馬一」とあって、賦詩についての記録がない。

（12）忠臣・道真の頃は、老鶯の何が老いているのかを明らかにはしていなかったが、

流鶯声老、落桜影軽（『本朝文粋』巻九・239、菅原文時「北堂文選竟宴、各詠レ句、得三遠念二賢士風一」序）

林霧校レ声鶯不レ老、岸風論レ力柳猶強（『和漢朗詠集』巻下・729・老人、菅原文時「尚歯会」）

のように、文時以後は、その鳴き声について言うことがはっきりする。このことについては、拙稿「老鶯と鶯の老い声」（本書第三部・4）参照。

（13）注（3）の平岡氏論考参照。

（14）詩題には「三月廿六日作」とあって、尽日の作ではないのだが、詩には、

計二四年春一残日四、逢二三月尽一客居三……好去鶯花今已後

とあって、三月尽日を念頭に置いた内容であるので、準じて扱うこととする。

（15）注（2）の拙稿参照。

（16）蔵中さやか『題詠に関する本文の研究　大江千里集　和歌一字抄』第一章「『大江千里集』をめぐって」、山本真由子

「大江千里の和歌序と源氏物語胡蝶巻——初期和歌序の様相と物語文学への影響——」（『国語国文』第八十三巻六号）参照。

(17) 何年の開催であるかは不明。なお、白居易は元和二（八〇七）年に、盩厔県から長安に呼びもどされて、翰林学士を授けられ、六年四月に母が没して、喪に服するために、下邽に退去する。この間のことである。

(18) 注（3）の平岡氏論考に詳細な注解がある。

(19) 奈良時代の詩であっても、友人同士が気ままに逍遙して上巳の一日を過ごす場合、

余春媚日宜㆓怜賞㆒、上巳風光足㆓覧遊㆒（『万葉集』巻十七・3973の前の詩、大伴池主「晩春三日遊覧」）

と、景物風光を楽しもうとしているし、実際、

縦酔陶心忘㆓彼我㆒、酩酊無㆔処不㆓淹留㆒（同）

と、放埒な一日を送って満喫している。応詔詩を詠じるに当たっては、かなり場の制約が働いていたのである。

3　五月五日とあやめ草

一

十世紀末期の宮廷を中心とした人々の生活や心の内を綴った『枕草子』は、五月五日の行事(1)を優美な催しとして
ことのほか尊んでいる。

節は、五月にしく月はなし。菖蒲、よもぎなどの香りあひたる、いみじうをかし。九重の御殿の上をはじめて、
いひ知らぬ民の住みかまで、いかで我がもとに繁く葺かんと葺きわたしたる、なほいとめづらし。いつかはこ
と折りにさはしたりし。……（節は）

五月の節のあやめの蔵人、菖蒲のかづら、赤紐の色にはあらぬを、領布《ひれ》、裙帯《くたい》などして、薬玉、親王たち上達
部の立ち並みたまへるに奉れる、いみじうなまめかし。……（なまめかしきもの）

五月こそ、世に知らずなまめかしきものなりけれ。されど、この世に絶えにたることなめれば、いと口惜し。
昔語りに人の言ふを聞き、思ひ合はするに、げにいかなりけん。……（見物は）

この日の模様を繰り返し描き、あやめ草やよもぎの芳香、あやめ草を屋根に葺くのを賞美し、天皇から親王・上達部らに薬玉をたまわる模様を優雅と捉えている。暑さと湿気が苦痛となる時期ではあるが、それには全く触れず、みやびな行事が繰り広げられることに喜びを感じており、「節は、五月にしく月はなし」と言い切る。王朝人にい

かに浸透し、親しまれていたかがよく理解できよう(2)。

ただ、右の「見物は」の段にあるとおり、清少納言が宮廷で暮らしていた頃、この日の行事である五月の節会はすでに停廃となっていた。

右大臣参㆓仗座㆒、停㆓五月五日節㆒。依㆓先皇忌月㆒也。正月十六日踏歌、十七日射礼、九月九日節会等、依㆑旧之由有㆑詔。成忠作之（『日本紀略』安和元〈九六八〉年八月二十二日）(3)

五月が亡き村上天皇の忌月であることをもって、冷泉朝以降は実施していない(4)。しかし、節会としての儀礼は廃せられていたものの、従来の風習は存続している。右の「なまめかしきもの」に記す、天皇が親王・上達部に薬玉を下賜するのなどは、その一つである。

五月五日の節会は、四月二十八日の駒牽、五月五日に行う菖蒲草の献上・薬玉（続命縷・長命縷）の下賜・騎射・走馬、六日の走馬・騎射を主要な催事とする。節会の停廃以降は、個々の行事として、形を変えながら存続していた。この行事に用いる菖蒲草と薬玉は、季節の風物として人々の生活に浸透しており、愛好されていたのである。本章では、当時の行事における菖蒲草や薬玉に関わる問題について検討したい。

二

延喜十九（九一九）年、紀貫之は醍醐天皇の召しをこうむって、春宮保明親王の母である御息所藤原穏子の屏風絵のために、和歌を十二首詠んでいる。その中の「五月五日」と題のある歌は次のとおり。

あやめ草根長き命つげばこそ今日としなれば人の引くらめ（『貫之集』131）

あやめ草の根は長命を受け継いでいるので、五月五日になれば引くのだろうの意。あやめ草を長寿の草と見なす歌

は、『貫之集』にはほかにも、

　五月雨に会ひくることはあやめ草根長き命あればなりけり（509「同五年亭子院御屛風の料に歌二十一首」。「同五年」は天慶五〈九四二〉年）

　菖蒲《さうぶ》とれるところ、またかざせるもあり

あやめ草根長きとれば沢水の深き心は知りぬべらなり（227「延喜の御時、内裏御屛風の歌二十六首」）

　　五月あやめ草

五月てふ五月にあへるあやめ草むべも根長く生ひそめにけり（402「同年閏七月、右衛門督殿屛風の料十五首」。「同年」は天慶二年）

年ごとに今日にし会へばあやめ草むべも根長く生ひそめにけり（528「同じ年四月の、内侍の屛風の歌十二首」。「同じ年」は天慶六年）

とある。諸注は、これらの表現の典拠を示していないが、五月五日の行事であること、この日の風物である「五綵糸（長命縷・続命縷）」が長寿に繋がることなどが共通している点からして、『荊楚歳時記』（五月）の、「以二五綵糸一繫レ臂、名曰二辟兵一。令二人不レ病レ瘟」に付せられた杜公瞻の注、

　按《ズルニ》孝経援神契曰、仲夏蠒《マユ》始出。婦人染レ練、咸有二作務一。日月星辰、鳥獣之状、文繡金鏤、貢二献所レ尊。一名長命縷、一名続命縷、一名辟兵繒、一名五色糸、一名朱索、名擬《ノニタル》甚多。赤青白黒、以為二四方一、黄居二中央一。名曰二襞方一。

の、「五綵糸」つまり「長命縷」「続命縷」が、「根長き命つ（続）げばこそ」（131）・「根長き命あればなりけり」（509）などのもとになったと言えよう。

貫之が歌人として活躍した時代には、五月の節会が催されており、[5]「続命縷（薬玉）」が下賜されていた。

女蔵人等、執二続命縷一〈此間謂二薬玉一〉、賜二皇太子已下参議已上一〈女蔵人当二太子倚子一、西面而立。太子起、至二初謝座処一、北面跪受。女蔵人跪授即還。次授二親王已下一。即随レ賜受取、下レ自二南階一、出二東南庭一、北上西面。立定太子佩之、拝舞著レ座。次親王以下倶佩、拝舞上レ殿〉（『内裏式』中・五月五日観二馬射一式、『儀式』巻八・五月五日節儀）

女蔵人を通じて、天皇から皇太子以下参議以上の人々に「続命縷」が与えられている。五月五日に催す儀礼の一つとして、広く知れ渡っていたことであろう。『西宮記』（恒例第二・五月・菖蒲事）には、

賜二続命縷一〈内侍執之、直度二御前一、当二太子倚子西南一立。太子起レ座、北面跪受。内侍跪授之。太子小拝立。内侍還入。女蔵人等又取之、進二御前東庇西面一列立。王卿以下一々進、共跪挿レ笏受。小拝左廻、下レ自二南面東階一、共出二東南庭一一列〈西面北上〉。太子先佩拝、着レ座、懸二右肩一垂二左腋一、即相二分其緒一、結レ腰。次王卿共佩拝舞、畢復レ座、……〉。

とあって、『内裏式』『儀式』と次第や内容は変わりないが、皇太子・王卿らに「続命縷」を授けるのが、「女蔵人」から「内侍」に代わっているところが異なる。これら儀式書には、そろって「続命縷」の語が見える。また、元慶七〈八八三〉年五月五日の節会では、折から来朝していた渤海使を喚んで、

賜二親王公卿ニ続命縷一。伊勢守従五位上安倍朝臣興行、引レ客就レ座供レ食。別勅賜二大使已下録事已上ニ続命縷、品官已下ニ菖蒲縵一（『三代実録』）

と、親王公卿に加えて、渤海大使らにも続命縷を賜っている。この年は渤海国の使節が都にいたため、異例の記事が残ったのであるが、例年儀式の次第にのっとって、天皇から与えられていたのである。儀式の模様や「続命縷」を下賜する意義を踏まえて、貫之は右の歌を詠じたのである。屏風絵に付せられた和歌を読む人も、さきの表現の由来を理解したことであろう。貫之以後において、

中納言の児におはしけるとき、薬玉を奉りたまふとて、女御の御

命をぞつぐといふなるいときなき袂にかかる今日のあやめは（『公任集』69）

にも、「続命縷」を踏まえた表現が見える。このほか、

為親がはらからの為正《ためくに》、頭《かみ》なり。五月五日に参りて、宮の御前の遣水を、みかはの池となむ言ふなる、大盤所にて

今年生ひのみかはの池のあやめ草長きためしに人の引かなむ（『斎宮女御集』129）

小一条殿の女御一宮生まれたまうて、三日の夜、五月五日になむありける

いはの上のあやめや千代を重ぬらむ今日も五月の五日と思へば（『実方集』283）

あやめ草なべてにまら《ママ》す長き根の千代までかけんためしとは見よ（『成通集』90）

あやめ、人にかはりて

今日引ける君がよどののあやめ草長き八千代のためしなるらん（『江帥集』456）

永久四年四月、於二鳥羽殿北面一和歌ありしに、菖蒲

今日ごとに袂にかかるあやめ草千代の五月は君がまにまに（『六条修理大夫集』178）

などもまた、長生を願って腕に掛けた「続命縷（長命縷）」を念頭に置いて詠じたと言えるであろう。

右に述べたとおり、「続命縷（長命縷）」は、「五綵糸」つまり五色の糸であり（『荊楚歳時記』・五月）、平安初期の儀式書に、「女蔵人等、執二続命縷一（此間謂二薬玉一）」（『内裏式』・五月五日観二馬射一式、『儀式』・五月五日節儀）とあるように、「薬玉」とも呼ばれていた。「続命縷」「薬玉」は、

蔵司　五月五日、続命縷料、糸五十絇、紅花大三斤。……（『延喜式』巻十二・中務省）

凡五月五日薬玉料、菖蒲・艾〈惣盛二一輿一〉・雑花十捧〈盛レ瓫居レ台〉。……（同巻四十五・左右近衛府）

昨日の雲かへす風うち吹きたれば、あやめの香、はやうかかへていとをかし。簀子に助と二人ゐて、天下《てんげ》の木草を取り集めて、「めづらかなる薬玉せむ」など言ひて、そそくりゐたるほどに（『蜻蛉日記』巻下・天延二〈九七五〉年五月五日）

今朝自二或所一給二薬玉一旒一。作以二百草之花一、貫以二五色之縷一。……（『雲州往来』巻上・二十三往状）

と、「菖蒲（あやめ草）」がその素材の一部ではあるが、「菖蒲」そのものではない。多くの草や花によってできており糸を垂らしている。両者は異なるものである。しかし、右の『公任集』（69）には、女御諟子が定頼に贈った「薬玉」を、和歌では「あやめ」と呼んでいる。ほかにも、

五月五日、かたらふ人のもとより薬玉おこすとて

いつとても恋ひぬにはなし今日はいとどかくとばかりのあやめにも見よ（『赤染衛門集』309）

五月五日、実能卿のもとへ薬玉つかはすとて　内大臣

あやめ草ねたくも君は訪はぬかな今日は心にかかれと思ふに（『金葉集』巻二・127・夏部。「内大臣」は源有仁）

若君の、播磨守俊綱のもとに渡りて、五月五日薬玉やりたまふとて、菖蒲に書きつけられし

隠れ沼《ぬ》を忘れざらなんあやめ草花の袂に今日かかるとも（『経信集』59）

などがあり、この言い換えはあり得たのである。(6) ともに五月五日に息災長寿を願って授受を行い、糸と根がともに長いという類似点があることから同一と見ているのであろう。または、薬玉があやめ草を中心の素材として作るものであったからかも知れない。

これに関連して、考えておくべきことがある。『内裏式』『儀式』によれば、五月の節会において、中務省が内薬司を、宮内省が典薬寮を率いて、それぞれ菖蒲を献上する。この「菖蒲草」の実態については問題がある。この問題を取り上げるに当たって、まず菖蒲草献上に到るまでの模様を述べておく。

中務率二内薬一、宮内率二典薬一、舁下盛二菖蒲一机上、自二埒東馳道一進。未レ到二埒東門一八許丈留候。闈司二人、経二右近東陣南頭一、分二立埒西門南北掖一。大舎人一人、進二埒東門南辺一、北向立叫レ門。闈司就二版位一、奏云、菖蒲草〈此間謂二漢女草一〉進牟止、中務省官姓名等〈謂二輔已上一〉叫レ門故爾申。勅曰、令レ申。闈司伝宣。大舎人進、共称唯退出。両省率二寮・司一、舁下盛二菖蒲一机上置二庭中一。二省輔各一人留二机後一、自余皆退出。頃之中務輔就レ版、奏曰、中務省申久、内薬司乃供奉礼流、五月乃五日乃菖蒲草進楽久乎申賜久止申、訖退出。次宮内輔奏曰、宮内省奏久、典薬寮乃奉礼留、五月乃五日乃人給乃菖蒲草進楽久乎申賜久止申〈並無二勅答一〉、退出。闈司還入、両近衛将曹各一人、率二近衛各一人一、令レ閉二埒西門一〈通蹕之時已被レ開。仍今閉之〉。大臣喚二内豎一。一声。内豎〈各著二当色一〉称唯、当二左近東陣西一立。大臣宣、喚二内蔵寮一、称唯出喚。允以上一人、入二立前処一。大臣宣。進礼留菖蒲草収之。称唯退出、率二寮舎人等一、従二大舎人幕北一、経二左近東陣南辺一参入。各就二机処一、即揷《ハサミ》レ笏取二菖蒲机一退出（『内裏式』・五月五日観二馬射一式）

二つの省は、菖蒲を盛った机を武徳殿前の庭中に置き、両省の輔が、おのおの「内薬司乃供奉礼流、五月乃五日乃菖蒲草進楽久乎申賜久止申」「典薬寮乃奉礼流、五月乃五日乃人給乃菖蒲草進楽久乎申賜久止申」と奏する。このあと大臣が「菖蒲草」の収受を命じ、内蔵寮の「允以上一人」が「寮舎人等」を率いて[7]、菖蒲の机を取って退出する。その後、

女蔵人等、執二続命縷一〈此間謂二薬玉一〉、賜二皇太子已下参議已上一〈女蔵人当二太子倚子一、西面而立、太子起、至二初謝座処一、北面跪受、女蔵人跪授。即還次授二親王已下一。即随レ賜受取、下レ自二東面南階一、出二東南庭一、北上西面、立定太子佩之、拝舞著レ座。次親王以下倶佩、拝舞上レ殿〉（同右）

と、武徳殿内において、「女蔵人」を通じて「皇太子已下参議已上」に「続命縷」を下賜する、といった次第へと進む。それではここに見える、献上された「菖蒲草」は、内蔵寮が引き取ってからどうなったのであろうか。『西宮記』（菖蒲事）には、「四日夜、主殿寮、内裏殿舎葺二菖蒲一〈見レ式〉」とあり、節会前夜に菖蒲を内裏に運び入れて殿舎の屋根に葺いている。節会においてさらに菖蒲を献るのは、いかなる理由によるのだろうか。何に用いるのかなどを、考えて見なければならない。宮内省が献上するのは、「人給《ひとだまひ》の菖蒲草」(8)である。天皇はこれをいつ皇太子や臣下に下賜するのか、儀式書の次第には見当たらない。また、天皇から賜る「続命縷」がいつ武徳殿にもたらされたのかについては、儀式書に述べるところがない。「人給の菖蒲草」と「続命縷」とは、何らかの関連があるのだろうか。このあたりの儀式の流れはどう理解すればよいのか、明らかにするべき点が多い。

三

『延喜式』（巻十五・内蔵寮）を中心に、六衛府の薬玉の料献上から続命縷下賜に到るまでの儀式の流れを辿っていこう。同式には、「造二五月五日菖蒲珮《オモノ》一所」と、五月の節会で用いる「菖蒲珮」(9)の素材として、支子《くちなし》・橡《つるばみ》・黄《き》蘗《はだ》・紫草・茜などを挙げ、さらに製作に必要な材料を列挙している。このあと、

右料物送二糸所一造備。但件菖蒲珮、供御《クゴ》并人給料外十五条、内豎《ヲ》為レ使供二諸寺一〈東・西・梵釈……宝皇〉。

と素材等を糸所(10)に搬送して、「菖蒲珮」を造らせると記し、天皇への献上ならびに人給の品とするほか、東寺・西寺以下の十五箇寺に一つずつ供えると、その用途を示している。この十五箇寺に供えるというのは、『西宮記』（菖蒲事）の「糸所献二薬玉二琉一〈又差二内豎一送二諸寺一〉」と対応する。製作するのは糸所であり、諸寺へ送るのは内豎というところが共通しているからである。これによれば、「菖蒲珮」は「薬玉」ということになる。

さらに内蔵寮式には、

凡諸衛府所レ献菖蒲幷雑彩時花、寮官率二史生蔵部《くらべ》等一、検収附二糸所一。

と、六衛府が献上した菖蒲や時花を、内蔵寮の官人が受け取って、糸所に渡すと規定している。言うところは、内蔵寮式の「右料物送二糸所一造備」と同じ。またこれは、左右近衛府式（巻四十五）の、

凡五月五日薬玉料、菖蒲・艾〈惣盛二一輿一〉・雑花十捧〈盛レ瓫居レ台〉、三日平旦、申二内侍司一、列二設南殿前一〈諸府准レ此〉。

や、『西宮記』（菖蒲事）の、

三日、六府立二菖蒲輿瓫花《ヲ》〈各一荷、花十捧〉南庭《ニ》一〈見二近衛府式一也。先申二内侍一〉。内蔵寮官人行事蔵人等、給二糸所女官一。

など、一連の職務についての定めである。五月三日早朝、六衛府が菖蒲・艾などの薬玉の料を、内侍を使って武徳殿前の南庭に列べる。そして内蔵寮（『西宮記』によれば、行事蔵人も）がこれを糸所に送って薬玉を作らせる。ここまでは、「菖蒲草」献上以前の「菖蒲珮（薬玉）」製作についての記事である。なお、『内裏式』『儀式』にこの記事はない。

内蔵寮式はさらに、

凡典薬寮所レ献菖蒲幷艾、奏進之後、寮允已下、参入撤《トレ》之。若官人已下不レ足者、召二加内豎一。

と、五月五日武徳殿の前庭で典薬寮が菖蒲と艾を奏進した後、内蔵寮の官人らがこれを撤収すると規定している。

また、典薬寮式（巻三十七）には、同じ内容について、

凡五月五日、進二菖蒲生蒋《ナマコモ》一〈寮家充之〉。黒木案四脚〈二脚《ハ》供御、二脚《ハ》人給、並寮儲之〉……省輔已下、寮頭已下、共執入進、訖即退出。輔留奏之〈詞見二省式一〉。

とあって、宮内輔・典薬頭以下が「菖蒲生蒋」を進上してから、宮内輔がその場に留まって奏上するまでの次第を記している。『内裏式』『儀式』でも、宮内省とともに内蔵寮が「人給乃菖蒲草」を献ると述べている。その撤収についても、「各就二机処一、即揷《ハサミ》レ笏取二菖蒲机一退出」（『内裏式』）したとあり、内蔵寮式に言う所と同じである。

右に見る奏進と撤収の後、菖蒲などはどうなるのであろうか。この点については、春宮坊式（巻四十三）に、宮内省と典薬寮が武徳殿の前庭に「菖蒲案」を置いて退出した後のこととして、

主蔵官人舎人惣八人、入昇レ案退出、附二蔵人所一。雑給料附二坊官一。

菖蒲を据えた机を移動して、蔵人所に渡し、「雑給料」を春宮坊の官人に託すとある。右の引用の前に、「典薬官人以下、舁二供料雑給料案各一脚一、進立二殿庭一退出」とあるので、「供料」は「供御」であって、蔵人所を経て天皇の手に渡る。「雑給料」とは「人給の菖蒲草」であろう。これを春宮坊の官人が受け取るのである。この菖蒲には供御と人給の二種類がある（『内裏式』）。供御は天皇に献上し、人給はその名のとおり、天皇から臣下に賜う。供御の菖蒲はこのあと天皇の元へ届けるのであろう。一方人給の菖蒲草は、いつ天皇が臣下に与えるかについては規定がない。『内裏式』『儀式』によれば、菖蒲を撤去した後、儀式は続命縷下賜へと移る。

女蔵人等、執二続命縷一〈此間謂二薬玉一〉、賜二皇太子已下参議已上一（『内裏式』『儀式』）

「続命縷」は、注にあるとおり「薬玉」のことである。これを女蔵人を介して皇太子以下参議以上に賜る。『西宮記』によれば、皇太子には内侍から、王卿には女蔵人から授けている。文字どおりの「人給ひ」である。この日の儀式において、「人給ひ」を行うのはここのみである。そこで思い当たるのは、『内裏式』『儀式』に記す記述である。

宮内輔奏曰、宮内省奏久、典薬寮乃奉礼留、五月乃五日乃人給乃菖蒲草進楽久乎申賜久止申。

宮内輔が菖蒲草を献る時の詞である。「人給」、人に賜るとある。つまりこの「人給ひの菖蒲草」は、呼称は異なる

ものの「続命縷」として皇太子以下参議以上に下賜するのである。つまり、『内裏式』『儀式』・「典薬寮式」の「菖蒲（菖蒲草）」は、内蔵寮式の「菖蒲珮」であり、「薬玉」でもあって、そして「続命縷」のことだったのである。『内裏式』『儀式』によれば、中務省が内薬司を、宮内省が典薬寮を率いて、武徳殿の前庭に菖蒲を置き、両省の輔が献上の口上を述べる。そして大臣の指示によって、内蔵寮の允が舎人らとともに菖蒲の机を撤去する。次に両書では、武徳殿での続命縷賜与がつづく。続命縷つまりここでの菖蒲草は、儀式書に記述はないものの、「春宮坊式」にあるとおり、蔵人所と春宮坊の官人らによって武徳殿の殿上に搬入されていたのである。

「薬玉」と「続命縷」とが同じものであることは、次の史料によっても明らかである。その前に、「薬玉」と「長命縷」が同じものであることを示す史料を引いておく。嘉祥二（八四九）年の五月節会に、折から来朝していた渤海使が召された。その時の詔が記録されている。

　天皇我詔旨良万止宣布勅命乎、使人等聞給止宣久、五月五日尓薬玉乎佩天飲レ酒人波、命長久福在止奈毛聞食須。故是以薬玉賜比、御酒賜波久止宣（『続日本後紀』）

仁明天皇は、五月五日に薬玉を帯びて酒を飲む人は、長命で幸いがあると聞いているので、薬玉と酒を賜うと下賜の理由を述べている。この年の五月節会における薬玉は、後に藤原衛卒伝に次のように記している。

　嘉祥二年春、渤海客入朝。五月五日、皇帝幸二武徳殿一、賜二宴於賓客一。有レ勅、択下侍臣之善二辞令一者上、以為二応対之中使一。其日、賜二長命縷一佩之。使者賓客、歎二其儀範一（『文徳実録』天安元（八五七）年十一月五日）

同じ節会で賜るものは同一のはずであり、一方では薬玉、もう一方では長命縷と呼んでいるのである。

そして、元慶七（八八三）年の五月節会にも、都に滞在していた渤海使が召された。騎射・貢馬を観覧した後に、

　賜二親王公卿続命縷一。伊勢守従五位上安倍朝臣興行、引レ客就レ座供レ食。別勅賜二大使已下録事以上続命縷、品官已下菖蒲縵一（『三代実録』）

とある。「続命縷」は五月五日に下賜されるので、右の薬玉・長命縷と同じである。(11)記録する時期や状況の違いによって用いる語が異なっているのである。下賜されるものが変わることはない。

薬玉の製作から節会における下賜に到るまでの、諸司の職務の次第をまとめれば、次のとおりである。

1、五月三日の平旦、六衛府がそれぞれ薬玉の料（菖蒲・艾・雑花）を内侍を使って武徳殿の南庭に並べる。

2、これを内蔵寮が引き取り、糸所に渡して薬玉を作らせる。

3、五月五日、中務省と内薬司、宮内省と典薬寮が武徳殿前に参上し、両省の輔が糸所が製作した薬玉（供御と人給）を献ると奏上。これとは別に糸所は蔵人所と諸寺に薬玉を送っている。

4、内蔵寮が薬玉を撤収して、供御は蔵人所に、人給は春宮坊に渡す。

5、両官司は、薬玉を武徳殿内に運び入れる。

6、武徳殿で皇太子以下参議以上に薬玉を下賜。

また、五月の節会の薬玉は、

ア、十五箇寺に供えるもの。

イ、儀式の前に天皇が受け取り昼の御座に結びつけるもの。(12)

ウ、儀式において天皇に奉るもの。これには供御と人給の二種類があり、人給の方はエの薬玉となる。

エ、皇太子以下参議以上の人々に賜るもの。

と、合わせて四種類がある。これらは時と場合によって呼称が異なるものの、すべて同一のものである。いずれも、六衛府が五月三日に武徳殿の前庭に列ねた菖蒲・艾などの素材を、内蔵寮が糸所に移送し、そこで製作したものである。

ところで、同一の物品であるにもかかわらず、官司ごとにその呼び名は異なっている。同じ物品になぜ複数の呼称があるだろうか。続命縷は、「五月五日、続命縷料、糸五十絇、紅花大三斤。……」（『延喜式』巻十二・中務省）、薬玉は、「凡五月五日薬玉料、菖蒲・艾〈惣盛二一輿一〉・雑花十捧〈盛レ瓫居レ台〉。……」（同巻四十五・左右近衛府）、菖蒲珮は、「造二五月五日菖蒲珮一所、支子一斗七升、橡一斗七升、黄蘗八斤、紫草五十斤、茜五十斤。……」（同巻十五・内蔵寮）と、それぞれの素材はかなり異なる。[13] それらをともに「菖蒲草」とも呼ぶのは、菖蒲がその中心素材だったからなのであろう。それにしても紛らわしい。官司ごとに呼称があって、統一は容易ではなかったのかも知れない。諸司独自の呼び名が協調することなく保持されていたのである。多様な呼称の存在する理由については別途考えてみるべきであろう。

四

さきに和歌において、薬玉をあやめ草と同一のものとして詠じていると述べた。その背景には、右に述べたような、儀式書等の記述に基づく知識があったのだろう。儀式書を知る人や儀式に携わる官人らには、この表現は納得できたはずである。その節会を行った武徳殿の前庭には、競馬や薬玉下賜を見物する人々がいた。『蜻蛉日記』（康保三〈九六六〉年五月）には、この年久々に節会が催されというので騒ぎになっていたと言う。作者は見たいと思うものの、見物する席がない。それを夫藤原兼家が用意してくれて、「宮の御桟敷の一つづきにて、二間ありけるを分けて、めでたうしつらひて見せつ」と桟敷での見物がかなったとある。また、『枕草子』には、すでに停廃していた節会の模様に触れて、「もとの有様、所々の御桟敷どもに、菖蒲葺き渡し、よろづの人ども菖蒲かづらして」（見物は）と、観覧用に桟敷を設けてその屋根に菖蒲を葺き、人々は菖蒲の縵を付けていたと聞き伝えている。この場にいた人々は、薬玉の殿庭への搬入・献上、武徳殿内での下賜を目の当たりにして、薬玉が「菖蒲草」とも呼

ばれているのを知ったであろう。薬玉を奏進する折りの、

中務省申久、内薬司乃供奉礼流、五月乃五日乃菖蒲草進楽久乎申賜久止申。

宮内省奏久、典薬寮乃奉礼留、五月乃五日乃人給乃菖蒲草進楽久乎申賜久止申。（『内裏式』・五月五日観二馬射一式）

という言い換えは、観衆を介して徐々に外部へ広がるものでもあろう。晴儀での呼称は普及しやすいと思われる。

それに、『枕草子』では、

五月の節のあやめの蔵人、菖蒲のかづら、赤紐の色にはあらぬを、領布《ひれ》、裙帯《くたい》などして、薬玉、親王たち上達部の立ち並みたまへるに奉れる、いみじうなまめかし（なまめかしきもの）

よろづの人ども菖蒲かづらして、あやめの蔵人、かたちよきが限り選りて出だされて、薬玉たまはすれば、拝して腰に付けなどしけんほど、いかなりけん（見物は）

と、親王・上達部に薬玉を賜う役割の女性を「あやめの蔵人」と呼んでいる。一方儀式書には、「女蔵人等、執二続命縷一、賜二皇太子已下参議已上一」（『内裏式』『儀式』）とあり、「女蔵人」と見える（『西宮記』では、皇太子に与えるのは「内侍」、王卿以下には「女蔵人」とある）。儀式の場に集う人々はことごとく「菖蒲のかづら」を付けており、「あやめの蔵人」は、女蔵人の特徴を際立たせる別称ではないようだが、「菖蒲草」が薬玉の異称であることがこの呼び名を生んだのではないか。あやめ草が薬玉の重要な素材であることが、この言い換えの背景にある。儀式・儀式書における呼称、薬玉を下賜する女官の別称、和歌における言い換えなどは、「菖蒲草」が儀式における中心に位置していたことを伺わせる。

五

五月の節会は、四月二十八日の駒牽に始まり、五月五日の薬玉献上・賜与と騎射・走馬、六日の走馬・騎射へとつづく。このほか奏楽・雑芸・供饌が挟み込まれるものの、右が主要な行事である。薬玉に関する行事は、一連の儀式にあって異質と言えよう。馬芸・武芸などの激しく勇壮な催しに対して、色鮮やかな薬玉の献上と下賜という優美な一齣は際立って映る。走馬・騎射が武威を示そうとする催しであるのに対して、薬玉を皇太子以下の人々に賜うのは、息災・長命を期してのことである。ここは、天皇が臣下の安寧・長生を図ろうとして、恩沢を施す場面である。武徳殿内で、皇太子・親王さらに参議らが跪いて薬玉を拝受し、殿庭へ降りてそれを帯び、謝意を表するべく拝舞する。この儀式の流れは、天皇の徳が人々に及んでいること、天皇のもとに築かれた身分秩序を、参会する人々に、毎年同じように認識させる政事そのものであった(14)。内裏の殿舎に葺いた菖蒲、どの人も付けた菖蒲縵、薬玉の献上と下賜、そして佩帯・拝舞。そのあやめ草の青さと芳香、これまた香りを放つ彩り豊かな薬玉は、儀式全体を華やかに荘厳していると言えよう。

注

(1)　五月五日の行事については、倉林正次「五月五日節」(『饗宴の研究 文学編』所収)、山中裕『平安朝の年中行事』一九六〜二〇七・三三一〜三四二ページ、同「『枕草子』と五月五日」(『風俗史学』第十一号)、後藤祥子「五月五日」(山中裕・今井源衛編『年中行事の文芸学』所収)、中村喬「端午節における飾物の系譜」(『中国歳時史の研究』所収)、同「五月五日」(『中国の年中行事』所収)、大日向克己「五月五日節――律令国家と弓馬の儀礼――」(『古代国家と年中行事』所収)などを参照。

(2)　『うつほ物語』(内侍のかみ)に、節会についての好尚を描いた箇所がある。帝と東宮の御前に親王・上達部らが参上した折り、東宮から、「年の内に出で来る節会の中に、いづれいとせちに労ある、定め申されよや」と、最も情趣に富む節会はどれかという下問があった。これに対して、源正頼は、朝拝・内宴・三月節会　七夕・九月節会を挙げる中、「あやしくなまめきてあはれに思ほゆるは、五月五日なむある」と述べ、暁にほととぎすが鳴き、五月雨の降る早朝に軒に葺いた菖蒲が香るのは、「あやしく興まさりて思ほゆる」と答える。そして帝は、「いとやう定めたまふなり。思ひしごとなり。さらに年の内の節会見るに、五月五日にます節なしとなむ思ふ」と同意する。貴顕が五月節会を愛好していたことをよく伝えるやり取りである。また、ここからは節会を政事として重んじるよりも、風情ある行事として楽しもうとする傾向が見て取れるであろう。

（3）「右大臣」は藤原師尹、「成忠」は高階成忠。村上天皇の崩御については、

　依㆓天皇不予㆒、詔大㆓赦天下㆒。但常赦所不免者不㆑赦。巳刻天皇崩㆓于清涼殿㆒。春秋四十二。在位廿一年（『日本紀略』康保四〈九六七〉年五月二十五日）

とある。また、『政事要略』（巻二十四・九月節会事）に、成忠が書いた冷泉天皇の詔があり、

　五月者、先帝昇遐之月也。端午之遊、縦在㆓閲武㆒、胤子之思、何同臨之。五月之節、一切之吏、尋㆓良辰㆒而設㆑宴、託㆓美景㆒而命㆑觴。豈夫君上以楽之期、誠是臣下布思之処。

と、父村上天皇の崩じた月に、騎射や走馬などの武技は観閲できないと、子としての心情を述べている。

（4）『日本紀略』の寛和二（九八六）年五月二十六日条に、「天皇行㆓幸武徳殿㆒。有㆓節会㆒」とある。武徳殿での節会であるから、五月の節会であろう。安和元年の詔以後の開催である。ただ、なぜこの日に催したのかは分からない。

（5）延喜年間における五月節会の開催状況を、『日本紀略』で見ると次のとおり。

　二年　御㆓武徳殿㆒、駒牽（三日）、節会（五日）
　六年　天皇幸㆓武徳殿㆒（五日）、又幸（六日）
　七年　無㆓節会㆒（五日）
　十年　天皇御㆓武徳殿㆒。節会如㆑常（五日）、又幸㆓同殿㆒（六日）
　十二年　節会（五日）
　十六年　無㆓節会㆒（五日）
　十七年　天皇幸㆓武徳殿㆒。有㆓駒引事㆒（四月二十八日）、天皇幸㆓武徳殿㆒（五日）、又幸㆓武徳殿㆒（六日）

（6）もちろん薬玉をあやめと言い換えるだけではなく、赤染衛門詠のような、ものごとの文目・筋道・条理の意である「あやめ」を掛けている和歌も多い。

（7）『内裏式』では、内蔵寮の允以上の一人が「寮の舎人等」を率いるのに対して、『儀式』では、「蔵部等」を率いるとある。

（8）「人給」とは、高位にある者・主君が下位の人々・臣下に物品等をあたえること。二十巻本『和名類聚抄』（巻十一・車類）に、「副車　漢書注云、副車〈曾閉久流萬。俗云、比度大萬比〉、後乗也」とあるように、主人の後に付き従う車の意であることが多い。

早朝参レ殿。亥時姫君入内〈乗二金作車一〉。人給車十両（『小右記』永観二〈九八四〉年十二月十五日）

所もなく立ち重なりたるに、よき所の御車、人給ひ引きつづきて多く来るを、いづこに立たむとすらむ（『枕草子』・よろづの事よりも）

方々のひとだまひ、上の御方の五つ、女御殿の五つ、明石の御あかれの三つ、目もあやに飾りたる装束ありさま言へばさらなり（『源氏物語』・若菜下）

は、その例であり、随従する人々の乗る車である。『小右記』の例は、入内する藤原頼忠女諟子に従う供の者が乗るために、朝廷から供せられた車であり、これが本来の意味のようである。

いかで人給ひならむ御几帳たまはらむ。にはかに里へ取りにつかはすがなむ（『うつほ物語』・内侍のかみ）

内裏・宇多院、有二御養事一。……又御膳物・人給食各巨多（『御産部類記』巻二・「朱雀院」所引『貞信公記』延長元〈九二三〉年八月一日）

は、車以外についての例。前者は几帳の借用を依頼しているようであり、所有者が貸す行為を、借りる側が「人給ひ」と敬意を込めて表現したのであろう。後者は、醍醐天皇と宇多院が主催する産養に参上した臣下らに振る舞われた饗膳であり、「人給乃菖蒲草」（『内裏式』）とは臣下に与える点では同じである。この用法での「人給」はあまりないのではないか。

（9）「珮」は、観智院本『類聚名義抄』（法中）に「オムモ《フ》ノ」の訓がある。「珮」は、帯玉、身に付けるの意。

（10）糸所については、所京子「「所」の成立と展開」（『平安朝「所・後院・俗別当」の研究』所収）参照。

（11）『荊楚歳時記』（五月）には、「以二五綵糸一繫レ臂、名曰二辟兵一。令二人不レ病レ瘟」とあり、「五綵糸」に対して杜公瞻注には、「一名長命縷、一名続命縷」とあり、この二つが同じものであることが分かる。史書の記者たちも知るところであっただろう。

（12）『西宮記』に、「糸所献二薬玉一琉一〈又差二内豎一送二諸寺一〉。蔵人取之、結二付昼御座母屋南北柱一」とある。なお、『内裏式』『儀式』にはこの記述がない。平安時代初頭にはこの習わしはまだなかったのかも知れない。

（13）『蜻蛉日記』には、

簀子に助と二人ゐて、天下の木草を取り集めて、「めづらかなる薬玉せむ」など言ひて、そそくりゐたるほどに

（天延二年五月）

とあって、薬玉の素材に決まりはなかったようである。

（14）喜田新六「王朝の儀式の源流とその意義」（『令制下における君臣上下の秩序について』所収）参照。

4　重陽節会の変遷
——節会の詔勅・奏類をめぐって——

一

平安時代の年中行事の中で、最も盛んに行われたものの一つは重陽節会であった。この節会は、菊花の賞翫や賦詩を伴い、風雅な雰囲気を漂わせていた。だが、詩を詠じる文人たちにとっては実力を示す時であり、のんびりとはしていられない機会だったらしい。『源氏物語』（帚木）の雨夜の品定めにおける、左馬頭の女性論の中に、

九日の宴にまづかたき詩の心を思ひめぐらし暇なき折りに、菊の露をかこち寄せなどやうに、つきなき営みにあはせ、

と、詩宴のために趣向を凝らして落ち着かない時、歌を詠み掛けてくる気の利かない女性がいたと語る。あらかじめ題の知らされる場合もあったのだろうか。ある程度予想できたのかも知れない。晴の場で文名を馳せるために、腐心する文人の表情が髣髴としてくる。『河海抄』は、右の箇所について、「寛平遺誡」の「五月五日、九月九日、文人武士、行事繁多。不レ可レ怠不レ可レ緩」を引いている。宇多天皇は、臣下が多忙を極める両節会では、天子も気を引き締めよと訓戒している。重陽節会の一面を語っており興味深い。菊の香が漂う中で繰り広げる華やかな行事ではあるが、天皇・官人ともに緊張を強いられる一日だったようである。

この節会の定着ぶりを推し量る資料に、天暦四（九五〇）年九月二十六日付の、大江朝綱「停九日宴十月行詔

〈世号二残菊宴一〉」（『本朝文粋』巻二・46）がある。これによれば、醍醐天皇の「昇霞」（崩御）が九月であったため(1)、長く節会が停廃せられており、村上天皇は、「朕之長恨、千秋無レ窮」と言い、「人心不レ楽」「詞人才子、漸呑二吟詠之声一、詩境文場、已為二寂寞之地一」と、人は寂しく思い、賦詩の場は「寂寞」としていたという。そこで、十月初めに重陽の儀式に準じた宴を行う詔勅が下ったのである。君臣ともに、いかにこの節会に愛着を感じていたかが分かるであろう。

　このように、重陽節会は平安貴族に十分浸透した重要な行事であった。ところが、令の規定には、

　凡正月一日・七日・十六日・三月三日・五月五日・七月七日・十一月大嘗日、皆為二節日一。其普賜、臨時聴レ勅

（『令義解』巻十・雑令）

とあって、もともと節日とは定められてはいなかった。では、九月九日が節日となったのはいつか、またそうなる前はどういう性格の日であったのかといった点は、明らかではない。そこで、本章では、おもに当時の詔勅や奏を取り上げ、出典に留意しながら訓み、右の問題やこの日の行事の変遷について、私見を述べてみたい(2)。

二

まず、奈良時代及びそれ以前における、九月九日の行事の移り変わりを概観しておく。『日本書紀』によれば、最初の記述は、天武天皇十四（六八五）年の、

　九月甲辰朔壬子（九日）、天皇宴二于旧安殿之庭一。是日、皇太子以下、至二忍壁皇子一、賜レ布各有レ差（『類聚国史』巻七十四・九月九日）

である。これは、宴が催され賜禄があったと分かるのみで、その中身が後代の重陽の宴とどれほどの差異があるの

かは不明である。ただ、中国の年中行事についての知識にもとづいて、意義ある日という認識はあったのではないか。

当時の重陽の宴に関する記録は乏しい。その中にあって、天平宝字二（七五八）年三月の孝謙天皇の詔は、「重陽」という呼称の古い例が見える点からも貴重である。全文を引用して注解を試み、重陽の宴の様相を伺ってみたい。

三月辛巳（十日）、詔曰、朕聞、孝子思レ親、終レ身罔レ極。言編二竹帛一、千古不レ刊。去天平勝宝八歳五月、先帝昇遐。朕自レ遘二凶閔一、雖レ懐二感傷一、為レ礼所レ防、俯従二吉事一。但毎レ臨二端五一、風樹驚レ心、設レ席行レ觴、所レ不レ忍レ為也。自レ今已後、率土公私、一准二重陽一、永停二此節一（『続日本紀』、『類聚国史』巻七十三・五月五日）

三月辛巳、詔して曰《のたま》はく、「朕聞く、「孝子の親を思ふこと、身を終ふるまで極まり罔《な》し。言を竹帛に編み、千古刊《けづ》らず」ときく。去《い》にし天平勝宝八歳五月、先帝昇遐したまへり。朕 凶閔に遘《あ》ひて自り、感傷を懐くと雖ども、礼の為に防《さまた》げられ、俯して吉事に従へり。但だ端五に臨む毎に、風樹心を驚かし、席を設け觴《さかづき》を行ふこと、為すに忍びざる所なり。今自り已後、率土の公私、一《ひとへ》に重陽に准《なら》ひて、永《とは》に此の節を停めよ」とのたまふ。

「朕聞」から「千古不レ刊」までは、孝子の親を思う心がいかに深いかを説き、天皇も同様であることを述べるための前置きとする。「終レ身罔レ極」の「罔レ極」は、『毛詩』（小雅・「蓼莪」）の、「父兮生レ我、母兮鞠《ヤシナフ》レ我。……欲レ報二之徳一、昊天罔レ極」にもとづく語で、父母の徳に報いようとする思いの強さを言う。詔の場合は、父聖武天皇を慕う心の深さを言う。「千古不レ刊」の「不レ刊」は、削ることのできない、滅ぶことのないの意。その例には、

左丘明受二経於仲尼一、以為《オモヘラク》経者不レ刊之書也（『文選』巻四十五、晉の杜預「春秋左氏伝序」）

先入二秀麗一者、即不レ刊之書也（滋野貞主『経国集』序）

がある。「言編二竹帛一」以下の二句は、古来書き残された孝子の心情は、不滅であることを言う。

「去天平勝宝八（七五六）歳五月」以下は、先帝聖武の忌月である五月に行っている端五（午）節会を、重陽に準じて長く停止せよと命じている。「朕自レ遘二凶閔一」は、孝謙天皇が父を亡くす不幸に見舞われて以来の意で、後漢の潘勗「冊二魏公九錫一文」（『文選』巻三十五）の「朕以二不徳一、少遭二閔凶一」によるかと思われる。「凶閔」は「閔凶」に同じく、親を失う不幸のこと。天皇は悲しみを懐きながらも、亡き父の忌月である五月に、端午節会に臨まねばならず、そのたびに「風樹驚レ心」であるという。「風樹」は、「風樹の悲しみ」のことで、孝養を尽くそうとしても、親がすでにない嘆きを言う。この語は、『韓詩外伝』（巻九）の、「樹欲レ静而風不レ止、子欲レ養而親不レ待也、往而不レ可レ得レ見者親也」にもとづく。また、ほかには次の例がある。

梁武帝孝子賦曰、……仲由念二枯魚一而永慕、吾丘感二風樹一而長悲（『芸文類聚』巻二十・孝、『初学記』巻十七・孝）

悵二雲花於遽落一、嗟二風樹於俄衰一（『凌雲集』・88、桑原宮作「伏沈吟」）

この詔は「孝」に関する語を用いながら、亡父追慕の念の強さを描き、天皇の孝心によって節会を停止することを強調している。

「一准二重陽一」とあるように、重陽にならって端午節会は停廃せよと「率土公私」に命じている。このように言われるのであるから、重陽の宴の実施は、広範に知られていたのであろう。しかし、先に引いた天武十四年の宴以後、この時までに重陽宴実施を確認しうる記録はない。それでは、天武十四年から天平宝字二年までの七十三年間、この日にどういう出来事があったのかを、明らかになる範囲内で述べてみよう。

重陽宴の初見である天武十四年の翌年朱鳥元（六八六）年九月九日に、天武天皇が崩御する。宴は以後停止となる。(2) 明くる持統天皇元年九月九日には、「設二国忌斎《ヲ》於京師諸寺《ニ》一」（持統紀）とあり、(3) 同二年二月十六日の詔に、「詔曰、自レ今以後、毎レ取《アタル》二国忌日一、要《カナラズ》須レ斎也」（同）とあり、この日は国忌と定められ御斎会が恒例となる。(4) 次の文武天皇の大宝二（七〇二）年十二月の勅に、「九月九日、十二月三日、先帝忌日也。諸司当二是日一、宜レ為二廃務一焉」（『続日本紀』）とあり、持統文武の二代には、重陽宴は停止されていたであろう。以後の諸天皇も両帝の遺志を受け継いだはずである。

そうなると、詔の「自レ今已後、率土[5]公私、一准二重陽一、永停二此節一」をどう見るかが問題となる。詔の下った天平宝字二年以前に停止となっていた「重陽」とは何であろうか。九月九日は国忌と定められており、廃務するべき日であった。それに朱鳥元年からこれまでの間に九月九日の行事を記録した史料は存在しないようである。この「重陽」は、天武十四年の行事を指すと見るほかない。天武天皇の崩御以来、重陽の行事は長く停廃となっていたのである。

三

朱鳥元年から天平宝字二年まで、重陽の宴は催されておらず、それ以後も長くそうであった。ただ文学作品には、中国の重陽における詩文の影響がうかがえる。漢詩集『懐風藻』には、この日の風物である「菊」を含む熟語が散見する。その用法を検討して、詩文において重陽が受容されているのかどうかを見ておきたい。まず「菊」を用いた詩句を取り上げる。[6]

対レ峰傾二菊酒一、臨レ水拍二桐琴一（51、境部王「秋夜宴二山池一」）

菊風披二夕霧一、桂月照二蘭洲一（55、吉智首「七夕」）

水底遊鱗戯、巌前菊気芳（66、田中浄足「晩秋於二長王宅一宴」）

桂山余景下、菊浦落霞鮮（68、長屋王「於二宝宅一宴二新羅客一」）

傾二斯浮菊酒一、願慰二転蓬憂一（70、安倍広庭「秋日於二長王宅一宴二新羅客一」）

霑レ蘭白露未レ催レ臭、泛レ菊丹霞自有レ芳（71、藤原宇合「秋日於二左僕射長王宅一宴」）

詠作時からすると、いずれも重陽における詩ではない。(7) この詩語の用例を中国の詩に求めると、多くの場合九月九日を主題とした作品に見えており、『懐風藻』の詩人らには、重陽の詩語であることが分かっていただろう。中でも「菊酒」は、重陽の詩の専用語と見なしうる。この語は、

続斉諧記曰、汝南桓景、随二費長房一遊学累レ年。長房謂之曰、九月九日、汝家当レ有二災厄一。急宜レ去。令下家人各作二絳嚢一盛二茱萸一以繋レ臂、登レ高飲中菊酒上、此禍可レ消。景如レ言、挙レ家登レ山。夕還レ家、見二雞狗牛羊、一時暴死一。長房聞之曰、代之矣。今世人毎レ至二九日一、登レ山飲二菊酒一、婦人帯二茱萸一、是也（『芸文類聚』『初学記』・九月九日）(8)

と、九月九日の風習の起源を伝える説話に見え、不可分の繋がりを持つ。詩においても同様であり、詩題には、

「九日酌二菊花酒一」（梁の劉孝威、『芸文類聚』『初学記』・九月九日）

「九月九日、上幸二慈恩寺一登二浮図一、群臣上二菊花寿酒一」（初唐上官昭容）

などがある。(9)『懐風藻』詩人らが繙いた類書や詩集にもとづけば、「菊酒」とあれば、九月九日の詩であると判断するべきであろう。そうであれば「菊酒」と同類の「浮菊酒」「泛菊」も重陽の詩語と見なしうる。中国の詩の場合には若干の例外(10)はあるものの、大略その結びつきは強い。たとえば、

菊泛延レ齢酒、蘭吹解レ慍風（初唐崔日用「奉レ和二九月九日、慈恩寺浮図一。応レ制」）

仙杯還泛レ菊、宝饌且調レ蘭（初唐宋之問「奉レ和下九日幸二臨渭亭一登上レ高。応レ制、得二歓字一」。初唐李嶠「九日応レ制、得二歓字一」は同じ詩）

などがその例である。用例によれば、『懐風藻』の「菊」を詠み込む詩には、九月九日重陽を題材とした作とも映

るものがあるということになる。(11) 九月九日の宴ではないにもかかわらず、「菊酒」等の詩語を作中に用いているのであって、中国の詩に詠み込んでいる、重陽と菊酒との深い結びつきを、『懐風藻』の詩人たちは捉えていない。中国の詩における「菊」の性格を十分理解せずに自らの詩に用いているのであるから、詩語を手掛かりにして奈良時代の重陽の宴について云々することは無理である。

四

奈良時代には、史料・文学作品に重陽宴に関する記述が残らない。天武天皇の崩御後、この日が国忌となったために宴は催さなかったのである。

ところで、今まで九月九日を重陽節会（宴）との関連において考察を行って来たが、ここで視点を変えて、本来この日がどんな意義を持っていたのかを、史書の記述をもとにして検討してみたい。

『類聚国史』が九月九日の宴の初出として掲げる、天武天皇十四年をわずかに溯った九年の同日には、次の『日本書紀』の記事がある。

　幸二于朝嬬《アサツマ》一、因以看二大山位以下之馬於長柄杜一、乃俾《シム》二馬的射一之。

「馬的射」とは、馬を走らせながら的に向かって矢を射ることであろう。また、『日本書紀』清寧天皇四年九月一日の条には、

　天皇御二射殿一、詔二百寮及海表使者一射、賜レ物各有レ差。

とあり、九月九日に限らないが、古くから九月には、弓射や騎馬に関わる行事が催されていたらしい。また、弓馬と軍事との結び付きよりすれば、次の天武紀の記載にも注目してよかろう。

王卿遣《ヲ》二京及畿内一、校二人別兵一（五年九月十日）

遣二宮処王・広瀬王・難波王・竹田王・弥努王於京及畿内一、各令レ校二人夫之兵一（十四年九月十一日）

天武朝においては、「詔曰、諸王以下初位以上、毎レ人備レ兵」（四年十月二十日）と、軍事力強化のため、つとめて官人らに兵器を整えさせている。右もその一環としての武具校閲であろう。十四年九月の校閲は、前年閏四月五日の詔に、「来年九月、必閲之。因以教二百寮之進止威儀一」とあるのを承けている。この時期しばしば武備の拡充策を実施する中、ことさら九月を選んで行おうとするところに注意したい。詔はつづいて、「凡政要者軍事也」とし、「文武官諸人」に、「務習二用レ兵、及乗レ馬。則馬兵幷当身装束之物、務具儲《ソナヘタセ》足」と、兵器の使用と乗馬を習い、馬・武具・軍用の装束を点検して補えと指示する。そして、「若忤二詔旨一、有レ不レ便二馬兵一、亦装束有レ闕者、親王以下、逮二于諸臣一、並罰之」と、詔に背いて馬・武器・装束に支障があれば処罰すると、厳しい命令が下っている。

また、少し時代が下って、文武天皇三（六九九）年九月二十日には、

詔、令下正大弐已下無位已上者、人別備二弓矢甲桙《ホコ》及兵馬一、各有上レ差。又勅、京畿同亦儲之（『続日本紀』）

さらに、同四年二月二十七日には、「累《カサネテ》勅二王臣京畿一、令レ備二戎具一」のような勅もあり、天武朝の軍備充実の政策を継承していると言えよう。このほか、和銅四（七一一）年九月二日の詔には、衛士について、「非常之設、不虞之備。必須《モチヰル》二勇健応レ堪レ為レ兵」と、不時の場合に備えて設けておくべきであり、勇健な兵でなければならないとする。にもかかわらず、

而悉皆尩弱、亦不レ習二武芸一。徒有二其名一、而不レ能レ為レ益。如《モシ》臨二大事一、何堪二機要一。

と、弱体無能の有様であり、大事に臨んで務めは果たせぬであろうと憂慮している。そこで、長官に委ねて、「簡二点勇敢便レ武之人一、毎レ年代易焉」と、勇敢で武に通じた者に毎年交代させよと命じている。この詔の「不レ習二武芸一」とは、天武十三年閏四月の詔に言う、「務習二用レ兵、及乗レ馬」を怠っているということなのであろう。この

場合も、軍事と九月とは結びついている。

以上のように、軍備の重要性が強調され、朝廷が政策を打ち出すのは、多くの場合九月である(12)。天武九年九月九日の「馬的射」も、官人の兵馬の備えと、それに伴う技能修得を目的とした施策の一環のように思われる。それでは、九月九日は朝廷の方針に則って、「馬的射」を行う日と定められていたのかというと、背景には兵器の装備や武術奨励の気運はあったものの、天武九年の一例のみでは断定しがたい。

そこで、平安時代の史料に目を転じると、九月九日に関して次のような記事を見出す。

平城天皇大同二年九月癸己、幸二神泉苑一観レ射。

嵯峨天皇大同四年九月壬子、幸二神泉苑一観レ射（『類聚国史』巻七十四・九月九日）

この「観射」は、九月九日に催しており、天武朝以来の軍備充実や武芸修得を推し進める政策に沿う行事であると見られる。この二例を傍証とすれば、天武九年九月九日の「馬的射」は、その日に実施するべく定められていたと考えてよいのではないか。ひいては定例となっていたとも推測できよう。

しかしながら、今挙げた大同年間の記事のみでは、資料としては十分ではない。この記事には問題がある。大同二（八〇七）年の記事につづく詔によれば、「弓射都可波須事」（弓射つかはす事）すなわち「観射」の催しはもともと正月の行事であるという(13)。この弓射が九月九日に移った事情は、正月は「三節豊楽」が行われ多忙な月であること、また九月は涼しい時候であり、弓射に相応しいことによるという。つまり観射の実施は他の行事に影響された結果なのであった。また、「菊花豊楽」を「忌避所」によって、「比年之間(14)」つまり近ごろ、年来、年ごろ停止してきたともあって、従来菊花賞翫を中心とした重陽宴として定着していたのであり、武芸を行う日とは考えられていなかったらしい。天武紀九年の「馬的射」と大同年間の「観射」とは、武芸を披露する点では一致しても、実施に到る経緯は別であり、相互の関連はあまりないようである。九月九日を「馬的射」の日と想定してみても、その例が天武九年のみでは根拠に乏しい。

九月九日が元来どういう日として位置づけされていたかを明らかにするのは、以上の諸資料に拠る限りでは困難であると言わざるを得ない。そこで次節では、従来注意されていない史料によって、重陽宴となる以前の九月九日の様相を伺ってみることとする。

五

平安時代に入って、淳和天皇の天長元（八二四）年三月八日に、五月五日の節会停廃をめぐる詔が下り、同二十六日にはそれに対して公卿らが覆奏している。その覆奏では、九月九日の行事の現状及び過去の様相に触れている。ことに「古之王者」が催していた行事は、その日の行事の溯りうる最も古い形態と考えられ、注目に値する。以下詔と覆奏とを読み進めて、本来九月九日に付与されていた意義について考察を行うこととする。なお詔と覆奏は長文であるため、適宜区分し、段落ごとに本文を引用して訓読注解を施す。本文は、『類聚国史』（巻七十三・五月五日）による。

詔曰、朕以不天、幼罹哀疾。(15)
（未奉懐袖之教、已違勤斯之思。（歳月峥嶸其積久、音塵眇邈不能逮。（瞻紫極以摧屠、望白雲而殞越。（雖慎終之道、礼制有限、而追遠之悲、胸襟无洩。

詔に曰はく、朕不天を以て、幼くして哀疾に罹《かか》れり。未だ懐袖の教へを奉ぜざるに、已に勤斯《きんし》の思ひに違へり。歳月峥嶸《さうくわう》にして其の積れること久しく、音塵眇邈《べうばく》にして逮《およ》ぶこと能はず。紫極を瞻《みや》りて以て摧屠《さいと》し、白雲を望みて殞越《ゐんえつ》す。終はりを慎しむ道、礼制に限り有りと雖も、遠きを追ふ悲しみ、胸襟を洩るること无からむや。

「詔」は、『文心雕龍』（詔策）によれば、古代に「命」と言われ、秦代には「制」と改められ、漢代に到って

「四品」に区分され、「漢初定レ儀、則有二四品一。……三曰詔書、……詔誥《ツゲ》二百官一、……詔者告也」とある。「詔」は告げるの意で、皇帝の命令を官吏に告げる文書の文体の名称である。「朕」は、淳和天皇のこと。「不天」は、天の助けが得られないこと。

孤不天、不レ能レ事レ君（『春秋左氏伝』宣公十二年。杜預注「不天《ハ》不レ為二天所一レ佑也」）

我不天、久離《カカリ》二篤疾一、不レ能二歩行一（『日本書紀』允恭天皇即位前紀）

は、その例。「詔」は、天皇が自らの不幸な生い立ちを語るところから始まる。

「懐袖之教」は、母の懐に抱かれて聞く教えのこと。「懐袖」の例には、

方《マサニ》年沖藐、懐袖靡《ナシ》レ依（『文選』巻五十八、斉の謝朓「斉敬皇后哀策文」。劉良注「言、方年幼小、而皇后遂崩。有レ不レ得下依二懐袖一之恩上也」）

婉二孌懐袖一、極レ願尽レ歓（『芸文類聚』巻二十・孝、晉の孫綽「表哀詩」）

などがある。これと対をなす「勤斯之思」は、母親が我が子を慈しみいたわる心。「勤斯」は、『毛詩』（豳風・「鴟鴞」）の「恩斯勤斯、鬻子之閔斯」にもとづく。(16)この二句は、母の早い死によって、その情愛を受けられなかった悲しみを回顧する。淳和天皇の母藤原旅子は、延暦五（七八六）年に大伴親王（淳和）を産み、その二年後に三十歳で薨去。三歳とまだ物心つかぬうちの母の死は、天皇に強い追慕の念を抱かせたものと思われる。それがこの詔の背景にはある。(17)

つづく二句の「歳月峥嶸」の「峥嶸」は、山が高く聳える意に用いる場合が多いが、ここは、年月が慌ただしく過ぎる意。その一例に、『文選』（巻十四）南朝宋の鮑昭「舞鶴賦」に、「歳峥嶸而愁レ暮、心惆悵而哀レ離」（李善注「広雅曰、峥嶸《ハ》高貌。歳之将レ尽、猶物之高」）がある。「音塵」は、便り・消息のこと。『文選』（巻十三）南朝宋の謝荘「月賦」の「美人邁兮音塵闕、隔二千里一兮共二明月一」（張銑注「君子行去、音信復闕。隔二絶千里一、共二此明月一而已」）

は、その一例。ここでは、声・音声と考える方が文意にかなう。「眇邈」は、遙かに隔たった状態を言う。『文選』序には、「自二姫漢一以来、眇焉悠邈」（李周翰注「眇焉悠邈言《ハ》レ遠也」）とある。二句は、母の亡き後歳月は慌ただしく過ぎ行き、その声は遠ざかってしまって、もはや及びもつかないの意。

次の二句の「紫極」は、王者の住む宮廷。その例には、『文選』（巻十）晉の潘岳「西征賦」の「厭二紫極之閑敞一、甘二微行以遊盤一」（李善注「紫極星名《ハ》、王者為レ宮。以象《カタドル》之」）がある。「瞻二紫極一」で、宮廷を見る、つまり皇位に即くことをいう。「摧層」は用例を検出できないが、砕かれ押しつぶれるの意であろう。前句は、天皇は、亡き母を慕う心を、帝位にあるために打ち消さねばならないと解しておく。後句の「白雲」は、仙界を象徴する景物である。

夫聖人鶉居而鷇食《コウショク》、鳥行而無レ彰。天下有レ道、則与レ物皆昌、天下無レ道、則修レ徳就レ間、千歳厭レ世、去而上僊、乗二彼白雲一、至二于帝郷一（『荘子』・天地）

周穆天子、觴二西王母于瑤池之上一。西王母為二天子一謡曰、白雲在レ天、山陵自出。道里悠遠、山川間《ヘダツ》之。将子無レ死、尚《コヒネガハクハ》能復来（『芸文類聚』巻四十三・歌）

白雲自二帝郷一、氛氳屢迴没（同巻一・雲、梁の沈約「和二王中書白雲一」）

などによる語であろう。「望二白雲一」つまり聖人が到り、また神仙がいるという仙境——亡母の居所と見なしている——への憧憬には、薨去した母を慕う思いが寓されている。「殞越」は、高いところから落ちる、墜落の意。梁の任昉「為二斉明帝一、譲二宣城郡公一第一表」（『文選』巻三十八）の「殞越為レ期、不二敢聞一レ命」（李善注「左伝、斉侯対二宰孔一曰、小白恐殞二越于下一」、張銑注「隕没《ハ》[18]、越《ハ》墜也」）は、その一例。ここは、天皇の願いの虚しさを描き出しているのであろう。

つづく四句も二句ずつの対をなす。「慎終」は、亡き親を手厚く葬ること。「追遠」は、遠い祖先を丁寧に祭る意。ともに『論語』（学而）の「曾子曰、慎レ終追レ遠、民徳帰レ厚矣」による。「礼制」は、国家の礼法を定めた制度のこと。『礼記』（楽記）に「天高地下、万物散殊、而礼制行矣」とある。これは人の行う礼法・礼式の意。『続日本紀』延暦元（七八二）年十二月二十四日の「礼制有レ限、周忌云《ココニ》畢」は、桓武天皇が父光仁天皇の周忌斎会を終えたものの、なお追慕の念は深いと述べるところであり、淳和天皇と思いが重なる。ここでは、天皇が母を供養する場合の決まりを言う。その制度に妨げられて、存分に追弔できない苦衷が現れている。

次に詔の主眼である、五月の節会の停廃に言及している。

其五月四日者、皇太后昇遐之日也。何隣忌景、遑恣良遊。五月之節、宜従停廃。

其れ五月四日は、皇太后昇遐の日なり。何ぞ忌景に隣《となり》して、良遊を恣《ほしきまま》にする遑《いとま》あらむ。五月の節、宜しく停廃に従ふべし。

「五月四日」は、天皇の生母夫人従二位藤原旅子薨去の日（『続日本紀』延暦七年）。同日に妃と正一位が贈られ、弘仁十四（八二三）年五月一日には、「皇太后」が追贈された（『日本紀略』）。「忌景」は忌日・命日。『続日本紀』延暦九年十一月十六日の、「忌景俄臨、弥切二罔極之痛一、元正肇慶、何受二惟新之歓一」はその例。「何隣」以下の二句は、母の命日に隣接する五月五日に、「良遊」（節会）などできようかと訴えている。そして、後の二句で、母の命日の翌日に行う、五月節会の「停廃」を命じている。

つづいて詔は軍事に話題を転じる。

夫（[19]拉絶窺覦、理資武備、防閑奸宄、実属戎昭。国之大事、不可為闕[20]。思欲依旧事、以閲人徒。是則居安慮危之道也。卿等宜議奏聞。

夫れ窺覦《きゆ》を拉絶《らうぜつ》するは、理《まこと》に武備に資《よ》り、奸宄《かんき》を防閑するは、実に戎昭に属《あた》る。国の大事にして、闕を為すべからず。旧事に依りて、以て人徒を閲《けみ》せむと思欲《おも》ふ。是れ則ち安きに居て危ふきを慮《おもひはか》る道なり。卿等宜しく議して奏聞すべし。

「窺覦」は、下位の者が上位を望む、隙をうかがうことを言う。晉の劉琨「勧進表」（『文選』巻三十七）の、

狡寇窺窬、伺㆓国瑕隙㆒（李善注「左氏伝、師服曰、民服㆓其上㆒、下无㆓覬覦㆒。杜預曰、下不㆔冀㆓望上位㆒也。窬与㆑覦同。……説文曰、窺《ハ》小視也。又曰、覦《ハ》欲也」、劉良注「窺覦《ハ》欲㆓伺候㆒」）

は、その一例。「拉絶」は用例を検出していないが、くだき絶やすの意であろう。隔句対の前二句は、朝廷をうかがう外敵を叩きつぶすのは、武器の備えによると解しておく。後の二句の「奸宄」は、後漢の張衡「西京賦」（『文選』巻二）に、

重門襲固、姦宄是防（薛綜注「姦《ハ》邪也。窃㆑宝曰㆑宄」、李善注「淮南子曰、闉門重襲、以避㆓姦賊㆒。……孔安国尚書伝曰、寇賊在㆑外曰㆑姦、在㆑内曰㆑宄」）

とあるように、寇賊・姦賊などの外敵のこと。「防閑」は、災いや外敵を防ぐこと。

雖㆓御㆑己有㆒㆑度、而防閑未㆑篤（『文選』巻四十九、南朝宋の范曄「後漢書皇后紀論」）

宜㆔以㆑礼防閑、早従㆓返却㆒（『続日本後紀』承和八年二月二十七日）

と見える。「戎昭」は、他の例を検出していないが、「武備」と対をなしており、「戎」にいくさ・武人・武器の意味があるので、兵士や武具の備えと考えておく。後句は、寇賊などの侵入を防ぐのは、武力の備えに委ねられていると解しておく。そして、軍事力は国に不可欠の「大事」であると強調する。

詔がここで軍事問題を取り上げるのは、五月五日の節会を停廃すると国家の軍備に影響を及ぼすからである。この節会には、古来武術奨励の意義があり、「騎射」が儀礼の一環に組み込まれていた。(21) 娯楽性も幾分あろうが、天長十年四月の五月五日節会再興の詔に、「但事在㆑練㆑武、不㆑可㆓闕如㆒」（『類聚国史』・五月五日）と述べるように、武芸の鍛錬を促進することに主眼があった。その意味で、節会の停廃は軍事面に影を落としかねない。国家経営の柱の一つとしての重要性は、天皇官人ともに十分認識するところであった。

そこで、古くから行われて来た事柄（「旧事」）に則って、騎射等の武芸を披露する人々（「人徒」）の閲兵は実施したいと述べている。さらに、この軍事政策に気を配ることが、平穏な世にあっても、油断せず危急の事態に思いを致す道であると言う。「居レ安慮レ危」は、『春秋左氏伝』（襄公十一年）に、「書曰、居レ安思レ危」と引く、『尚書』にもとづく語である。(22)『貞観政要』（君道）にも、「聖人所二以居レ安思一レ危、正為レ此也」と見える。そして詔の結びとして、臣下らに、以上を踏まえてどう対処するべきかについて、協議の上奏聞するよう求めている。

淳和天皇は、亡き母の忌日に隣接する五月の節会を停廃したい私的な感情と、軍事の一環として重視するべき公的儀式との調和を模索し、臣下にその対応策を諮ったのである。天皇ゆえの苦悩が滲み出ていると言えよう。

六

つづいて、詔に対する臣下からの奏を読みすすめる。

乙亥、公卿覆奏言、

乙亥、公卿覆奏して言《まう》さく、

「乙亥」は、三月二十六日にあたる。「覆奏」は、詔の下問への返答。「奏」は、『文心雕龍』（奏啓）に、

秦漢之臣、上書称レ奏。陳二政事一、献二典儀一、上二急変一、劾《キハム》二愆謬一、総謂二之奏一。奏者進也。

とあり、臣下が天子に、政事・火急の事件過失等について、報告提案を行う文書の文体の名称である。(23)

（玄功播気、群生莫貴乎人、
紫極提衡、聖徳詎加於孝。

玄功の気を播《ほどこ》す、群生に人より貴きはなく、紫極の衡を提《ささ》ぐ、聖徳詎《なに》ぞ孝を加へむ。

この四句は難解である。「玄功」は、奥深い功業、深く大きい功業といった意で、ここは天皇のそれを指す。

徒勤㆓日用㆒、誰器㆓玄功㆒（『芸文類聚』巻四・三月三日、斉の謝朓「為㆑人作三日侍㆓華光殿曲水宴㆒」）

世闡《ヒラキ》㆓玄功㆒、時流㆓至徳㆒（『日本書紀』崇神天皇四年十月）

は、その例。「播気」は、晉の陸機「演連珠五十首」ノ一（『文選』巻五十五）に、

山盈川沖《ムナシキハ》、后土所㆓以播㆑気、（劉孝標注「在㆑山則実《ミチ》、在㆑地則化、所㆔以散㆓剛柔之気㆒也」、李善注「国語、太子晉曰、山《ハ》土之聚也。川《ハ》気之通也。天地成而聚㆓於高㆒、帰㆓物於下㆒、疏為㆓川谷㆒、以導㆓其気㆒也。……鄭玄考工記注曰、……播《ハ》散也」、呂向注「言《ハ》布㆑気以成㆓生物㆒」）

とあり、気をちらす、気を及ぼすの意。「群生」は、人民・大衆の意もありうるが、「莫㆑貴㆓乎人㆒」とつづき、また、後漢の王延寿「魯霊光殿賦」（『文選』巻十一）に、「図㆓画天地㆒、品㆓類群生㆒」とあるように、ここは、さまざまな生き物、生きとし生けるものの意ととっておく。前の二句は、天子がその深遠なる功業の気をほどこすに際しては、あらゆる生き物の中で人が最も重んじられるのであるの意。後の二句の「紫極」は、先の詔では天子の住まいの意であったが、ここは天子自身を指す。「提衡」は、梁の任昉「王文憲集序」（『文選』巻四十六）に、

公《ハ》提衡惟允、一㆓紀《タリ》于茲《ココニ》㆒（李善注「漢書曰、衡《ハ》平也。所㆔以平㆓軽重㆒也。言《ハ》選曹以㆑材授㆑官、似㆓衡之平㆑物。故取以喩焉」）

とあり、はかりによって公平に計量する、平等なはかり事を行うの意。「聖徳」は、天子の徳を称える語であり、ここでは天子を指す。後の二句は、天子は物事を公平に扱わねばならないが、聖徳の君である陛下はなぜ孝を判断の基準になさるのでしょうかと解しておく。

ここは、天子が公の問題を考えるにあたって、何故に私事にわたる孝にもとづくのか、という疑問を呈している。公の問題とは、淳和天皇が提案する五月五日の節会停廃である。公卿らは、天皇の生母の忌日がこの節会の前日と

は言え、停廃とするのは公平ではなく、聖徳の君のなすべき行いではないと批判するのである。

ただ、天皇の意向に賛同しがたいとしながらも、以下、天皇・臣下それぞれの立場を取り上げて、両者の妥協点を探ろうとする。まず、天皇の人の子としての心情を思いやる。

　伏惟、皇帝陛下、情深罔極、事切終身。対凱風以无忘、瞻寒泉而永慕。

伏して惟《おもひみ》るに、皇帝陛下、情は罔極に深く、事は終身に切なり。凱風に対《むか》ひて忘るること无く、寒泉を瞻《みや》りて永《とは》に慕ひたまふ。

「情深二罔極一」以下の四句は二組の対句からなり、淳和天皇が母旅子に寄せる子としての思いを、公卿らは推測する。そこには、孝や母の愛に関係する語句を鏤めている。前の対句に見られる「罔極」については、すでに触れた孝謙天皇の詔勅にある「終レ身罔レ極」（『類聚国史』巻七十三）の説明参照。この二句は、天皇の母を慕う情がこの上なく深く、生涯にわたって痛切であるとする。後の対句の「凱風」は、温かい南風のことで、晉の木華「海賦」（『文選』巻十二）に、「颺《アゲテ》二凱風一而南逝、広莫至而北征」と見え、李善注に「呂氏春秋曰、南方曰二凱風一、北方曰二広莫風一」を引く。また、万物を成長させることから、子を育む母の慈愛に喩え、その場合は、『毛詩』（邶風・「凱風」）の「凱風自レ南、吹二彼棘心一。棘心夭夭、母氏劬労」にもとづく。「寒泉」は、冷たい泉を言うが、人々を潤し養うことから、母の愛になぞらえる。これも『毛詩』の「凱風」に、「爰有二寒泉一、在二浚之下一。有二子七人一、母氏劬労」とある。南風に吹かれては、慈しんでくれた母を忘れることなく、また、寒泉を見やれば母を慕う思いが募ってくると、天皇の亡母追懐の念の強さを忖度する。臣下として、天皇の哀切な心情を人情の自然として理解する姿勢を示している。

とは言え、覆奏は、次に天皇の希望を尊重する結果として生じる問題を指摘する。

爰臻忌月、停此娯遊、凡厥群臣、不任悽感。但馬射之道、於武尤要。（冀北龍駒、不調則難馭、山西猨臂、資習而増気。）

爰に忌月に臻《いた》りて、此の娯遊を停む、凡そ厥の群臣、悽感に任《た》へざらむ。但だ馬射の道、武に尤も要なり。冀北の龍駒も、調へざれば則ち馭し難く、山西の猨臂も、習ふことに資《よ》りて気を増す。

「忌月」は、旅子が薨去した月で、五月。「娯遊」は、楽しみ遊ぶの意であり、ここでは五月五日の節会のこと。「悽感」は、いたみ悲しむこと、さびしい思いの意。南朝宋の傅亮（『文選』巻三十八）の「為二宋公一至二洛陽一謁二五陵一表」にある「故老掩レ涕、三軍悽感」は、その例。初めの四句は、贈皇太后旅子の忌月にいたって、五月の節会が停廃されれば、群臣一同寂しい思いをするであろう、の意。節会停廃がもたらす臣下の心情への影響を説いている。

つづく六句は、節会停廃に伴う軍事面での問題点を指摘する。初めの二句は、乗馬と弓射は武術に肝要であるという。後の四句は、「馬」「射」両方において、不都合の生じることを述べる。「冀北」は、冀州の北部の意で、河北省に相当し、良馬の産地である。晉の左思「魏都賦」（『文選』巻六）に、「燕弧盈レ庫而委勁、冀馬塡レ廐而駔駿」と見え、劉淵林注に、「春秋左伝曰、冀之北土、馬之所レ生」を引く。(24)「龍駒」は、「龍馬」に同じで、名馬・良馬の意。梁の江淹「別賦」（『文選』巻十六）に、「龍馬銀鞍、朱軒繡軸」とあり、その李善注に、

周礼曰、馬八尺已上為レ龍。後漢書明徳馬皇后曰。前過二濯龍門上一、見二外家一、問二起居一者、車如二流水一、馬如二遊龍一。

と見える。(25)二句の意は、冀北地方から産出される良馬も、調教しなければ扱いにくい。

後の二句の「山西」は、陝西省華山以西の地を言う。梁の王巾「頭陀寺碑文」（『文選』巻五十九）に、「澄汁結二轍於山西一、林遠肩二随乎江左一矣」とあり、その李善注に、「班固漢書賛曰、秦漢以来、山東出レ相、山西出レ将」を

引く。「山西」は、将軍を輩出する地であるという。ここは、「猨臂」との関係からすると、匈奴を討って「飛将軍」（『史記』巻一〇九・李将軍列伝）と恐れられた李広を念頭に置いていよう。「頭陀寺碑文」の李善注に引く、『漢書』（巻六十九・趙充国辛慶忌伝賛）は、「秦時将軍、……漢興、郁郅王囲、……成紀李広、……皆以二勇武一顕聞」とつづき、李広は勇武の将軍に数えられていた。また、『史記』（巻一〇九）・『漢書』（巻五十四・李広伝）によれば、李広は「隴西成紀」の人とあり、『史記正義』は、「成紀《ハ》秦州県」と注する。「秦州県」は甘粛省に属し、「山西」に含まれる。さらに、「猨臂」は猿のように長い肱のことであり、弓射に好都合とされる。李広は、「広為レ人長猨臂、其善レ射。亦天性也」（『史記』）と言われる弓の名手であった(26)。これらによれば、「山西猨臂」には、漢の名将李広の事績を込めていると考えられる。「資習」は、用例を検出していないが、練習を行うことによって、と解してみる。「増気」は、気を奮い立たせる、勢いを増すの意で、晋の袁宏「三国名臣序賛」（『文選』巻四十七）の「後生撃レ節、懦夫増レ気」は、その一例。この二句は、山西地方出身の弓の名手李広も、鍛練によってこそその力を増すことができると読めよう。

この四句は、名馬・弓の名手といえども、訓練を怠ればその力を発揮できないと言う。つまり、五月の節会を停廃して武術の鍛練が不足すれば、または訓練の機会を持っていなければ、軍事力の低下を招くに到るであろうと訴えるのである。

なお、対をなす「冀北」と「山西」は、『芸文類聚』（巻四）と『初学記』（巻四）の「九月九日」の項に見える、梁の庾肩吾「侍讌九日」の「飲羽山西射、浮雲冀北驄」を参考にしている。この対が案出されるのは、この後に続く九月九日の節会についての記述を、あらかじめ考慮しているからなのであろう。

次には、右に取り上げている、おもに軍事面での問題を解決する方策を提案する。

奇哉。夫九月九日者、所謂重陽也。（龍沙広宴之辰、馬台高賞之節。（風至時涼、馬肥人暇。古之王者、多以茲日、有観馬射。

奇《く》しきかな。夫れ九月九日は、謂はゆる重陽なり。龍沙広宴の辰《とき》にして、馬台高賞の節《とき》なり。風至りて時に涼しく、馬肥えて人暇《いとま》あり。古の王者、多く茲の日を以て、馬射を観ること有り。

まず、「奇哉」、よきことと称える。「奇哉」は、引用末尾の「有レ観二馬射一」まで掛かると見ておく。ここから重陽の行事に話題を転じている。「龍沙」以下の二句は対をなす。その意は、重陽九月九日は、龍沙や戯馬台で盛大な宴が催される日である、となる。「龍沙」は、江西省南昌県の地名で、唐詩において「重陽」と結ばれることが多く、

龍沙即此地、旧俗坐為レ隣（初唐杜審言「重九日宴二江陰一」）

龍沙伝二往事一、[27] 菊酒対二今秋一（中唐銭起「九日登二玉山一」）

は、その例。「馬台」は、「戯馬台」の約で、江蘇省銅山県にあり、秦末に項羽が築いた。南朝宋の謝瞻及び謝霊運に「九日従二宋公戯馬台集一、送二孔令一詩」（『文選』巻二十）と題する詩があり、前者の李善注には、「蕭子顕斉書曰、宋武帝為二宋公一、在二彭城一、九日出二項羽戯馬台一。至レ今相承、以為二旧準一」と見え、戯馬台での宴が恒例となっていたという。[28] そして、本来の意義を明らかにするために「古」を振り返る。

つづく二句も対をなし、九月九日における時候人事を記す。前句の「風至時涼」に類似した表現は、

風至授二寒服一、霜降休二百工一（『文選』巻二十、南朝宋の謝瞻「九日従二宋公戯馬台集一、送二孔令一詩」）

涼風比起、高雁南翻（『芸文類聚』巻四・九月九日、梁の沈約「為二臨川王一、九日侍二太子宴一」）

など、九月九日の詩によく見える。後句の「馬肥」は、秋に馬が肥え太ることで、

窮秋辺馬肥、向レ塞甚思レ帰（『芸文類聚』『初学記』・馬、陳の沈炯「賦得三辺馬有二帰心一」）

高秋馬肥健、挟㆑矢射㆓漢月㆒（盛唐杜甫「留㆓花門㆒」）

は、その例。「人暇」は、収穫を終えた人々に余暇の生じること。『礼記』（月令）の「是月也、霜始降、則百工休」や、右に引いた謝瞻の詩の「霜降休㆓百工㆒」あたりにもとづくのであろうか。そして、この二句を前提として、あとの三句が導かれる。

「古之王者」は、昔の天子の意。魏の李康「運命論」（『文選』巻五十三）に「古之王者、蓋以㆓一人㆒治㆓天下㆒、不㆘以㆓天下㆒奉㆗一人㆖也」とあるように、特定の一人を指すのではなく、代々の「王者」らと考えるべきであろう。その昔、天子は「茲日」九月九日に、しばしば「馬射」を観覧していたのである。「多」とあるので、この日の馬射は恒例化していたと判断できよう。冷涼な時候、成長した馬、人々の余暇等の条件の下、馬射が行われていたのである。つまり、「古之王者」の時代、「九月九日」に「馬射」を観覧することが恒例となっていたのである。

なお、中国においても九月九日に馬射が行われており、先に引いた梁の庾肩吾「侍讌九日」のほか、『芸文類聚』『初学記』の「九月九日」には、

立乗争㆓飲羽㆒、倒騎競㆓紛馳㆒（梁の劉苞「九日侍宴、楽遊宴㆓正陽堂㆒」）

射馬垂㆓双帯㆒、豊貂佩㆓両璜㆒（周の王褒「九日従駕」）

などがある。おそらく中国での行事を取り入れたのであろう。

伏望、乗此良節、以臨射宮。臣等請、奉詔、付外施行。

伏して望むらくは、此の良節に乗じて、以て射宮に臨まむことを。臣等請ふ、詔を奉じて、外に付して施行せむことを。

覆奏の末尾である。「良節」は、よい時節、よい折りの意で、よい節会のことではなかろう。「射宮」は、弓射を行い、それを観覧する殿舎。正月十七日の射礼における例が、

天長元年正月丁卯、御㆓射宮㆒、観㆑射（『類聚国史』巻七十二・射礼）

五年甲戌、皇帝御㆓射宮㆒、観㆓射礼㆒（同）

と見える。公卿らの願いは、九月九日という良き時に、射宮に出御あって、従来五月五日の催しであった馬射を行うことである。結局、公卿らは天皇の意思を尊重して、五月五日の節会を停廃するものの、代替措置として、馬射を「古」の習慣どおり九月九日に実施するよう提案している。

覆奏は、九月九日は「古之王者」が「馬射」を実施する日であったと明言している。しかも、重陽宴が定着する以前の行事であったことを示唆している。これによって、九月九日が本来いかなる意義を持つ日であったかが明らかになったと言えよう[29]。

すなわち、まず、天武九年九月九日の「馬的射」は、この日に実施されるべき理由があったのである。また、覆奏に言う「古之王者」の一人に天武天皇を数えてよいだろう。そして、大同二年と四年の九月九日に、神泉苑において「観射」（弓射を観る・射礼を観るの意）が行われているのも、他の行事の影響を蒙ってはいるが、やはりこの日が古来恒例の武芸鍛練の日であったために、必然的に選ばれたと判断するべきであろう[30]。律令国家体制が変質していったと言われる時代ではあっても、古代の伝統は根強く受け継がれていたと考えてよいのではあるまいか。

七

重陽の宴の停止がつづいていたことは、天平宝字二（七五八）年に、孝謙天皇が五月五日の節会停止を命じるに当たって、「一准㆓重陽㆒、永停㆓此節㆒焉」重陽の宴に準じるものであると述べることから明らかである。その後も停止はつづいていた。そして変化の時を迎える。それは、さきに触れた大同二（八〇七）年九月九日の詔の次の箇所からうかがえる。

又九月九日者、菊花豊楽聞食日爾在止毛、忌避所有爾依弖、比年之間停支止奈毛聞行須。然時節止云物者、不レ可二虚擲一止、自レ昔云来留事毛在依天奈毛、此乃豊楽聞食之始賜布。故是以御酒賜倍恵良支退止之弖奈毛、酒幣乃大物賜久止宣。賜二親王已下文人已上《ニ》物《ヲ》一有レ差（『類聚国史』巻七十四・九月九日）

平城天皇は、九月九日は「菊花の豊楽聞こし食す日」であるが、「忌避所」があるために、「比年之間」つまり近年は停止していたと振り返っている。「忌避所」については、天武天皇の崩御による国忌・廃務とする見解がある。しかし、延暦十（七九一）年三月二十三日に太政官が、国忌の数が多くなっている現状を踏まえて、「親尽之忌、一従二省除一」遠い祖先の国忌を除くよう要請して認可されたこと（『続日本紀』）で、天武天皇の国忌は廃せられたと考えられる[31]。そうなると九月九日は「忌避」するべき日ではなくなり、重陽の宴を催す上での支障はなくなる。ただ明らかに開催と見るべき史料はない。それでは開催には到らなかったのかというと、そうでもないようである。

国忌省除を行った延暦十年から大同二年までの九月九日およびその前の数日の記事には、

延暦十一年九月三日　曲宴。賜二五位已上物一有レ差（『類聚国史』巻三十二・天皇遊宴）
　九月九日　遊二猟于大原野一（同・天皇遊猟、『日本紀略』）
十二年九月七日　遊二猟于大原野一（同）
十四年九月四日　幸二東院一（『日本紀略』）
十六年九月四日　曲宴。賜二五位已上衣一（『類聚国史』巻三十二・天皇遊宴）
　九月七日　遊二猟于北野一、賜二五位以上衣一（同・天皇遊猟、『日本紀略』）
　九月八日　曲宴。賜二五位以上綿一有レ差（同・天皇遊宴）
十七年九月九日　遊二猟於北野一（同・天皇遊猟、『日本紀略』）

二十年九月六日　遊㆓猟于的野㆒（同・天皇遊猟、『日本紀略』）
同　九月八日　幸㆓神泉苑㆒（『日本紀略』）
二十一年九月四日　遊㆓猟于芹川野㆒（同）
二十二年九月四日　曲宴。侍臣及近衛賜㆑綿有㆑差（『類聚国史』・天皇遊宴）
　九月五日　幸㆓神泉㆒（『日本紀略』）
　九月九日　幸㆓西八条院㆒（同）
二十三年九月四日　幸㆓大堰㆒（『日本後紀』、『日本紀略』）
　九月八日　幸㆓神泉苑㆒（『日本後紀』）
二十四年九月五日　曲宴。賜㆓親王以上衣㆒（同、『類聚国史』・天皇遊宴）
　九月七日　曲宴。賜㆓五位已上綿㆒有㆑差（『類聚国史』・天皇遊宴、『日本後紀』は「曲宴」を欠く）
大同二年九月九日　幸㆓神泉苑㆒観㆑射（同）

のように、遊宴または遊猟を行っている。なお、行幸については、宴を伴うとは限らないが、その場合もあると考えて挙げておいた。桓武天皇は頻繁に遊猟を行っており、九月九日と直接関連がないようにも映る。しかしこれまで述べてきたように、軍事面を強化するために、九月とりわけ九月九日に訓練を実施してきた伝統を引き継いでいると見るべきであろう。また遊宴は、正式とは行かぬまでも、朝儀としての重陽の宴を念頭に置いて催したのではないか。その流れを承けて、平城天皇は大同二年に重陽の宴を開いたのであろう。まだ明確に規定されたのではないものの、重陽宴に擬した行事と考えられよう。それでは詔に記す「忌避所」とは何であるかだが、これは、和銅二（七〇九）年九月十四日に崩じた紀橡姫（『類聚三代格』巻十七・国諱追号幷改姓名事・宝亀二年五月八日勅）の国忌を指すのであろう。橡姫は、天智天皇の皇子施基の妃であり、光仁天皇の生母である。『続日本紀』宝亀二（七七二）年十二月十五日条の勅に「先妣紀氏、未三追二尊号一。自レ今以後、宜レ奉レ称二皇太后一。御墓者称二山陵一、其忌日者、亦入二国忌例一、設レ斎如レ式」とあり、九月に崩じているので、重陽の宴を公式には実施できなかったのであろう。天武天皇の国忌を省除してから、重陽の宴を催すことが可能となり、復興の気運も起こっていたのであろうが、橡姫の国忌があるために、公式の行事として宴は催さず、曲宴や古来の軍事訓練を兼ねた遊猟などを行う程度にとどまったのではないだろうか。そして、ようやく大同二年九月九日に重陽の宴を開くに到る。しかし、節会となるまでにはまだ時間を要したのであった。

その後の重陽の宴の変遷を辿っておきたい。平安朝第一代の桓武天皇治世における、重陽宴実施を明示する史料は見当たらない。ただ、実施を推測しうる記録が残る。弘仁五年三月の右大臣従二位兼皇太弟傅藤原朝臣園人の奏がそれである。奏は、財政難のために九月の節会の規模縮小を求める内容である。その中で、延暦・大同・弘仁にかけての年中行事を概観しており、重要な史料である。そこで、必要箇所を引用して、重陽宴の様相を窺うこととする。

去大同二年、停二正月二節一、迄二于三年一、又廃二三月節一。大概為レ省レ費也。今正月二節、復二于旧例一、九月節准二三月一。去弘仁三年已来、更加二花宴一。准二之延暦一、花宴独余。比二之大同一、四節更起、顧二彼禄賜一、庫貯罄乏。伏望、九日者不レ入二節会之例一、須丙臨時択下定堪二文藻一者上、下乙知所司甲。庶《コヒネガハクハ》絶二他人之望一、省二大蔵之損一（『類聚国史』巻七十四・九月九日）

まず、大同二年に停止された「正月二節」とは、七日と十六日の節会である。『類聚国史』の「七日節会」（巻七十二）と「十六日踏歌」（巻七十二）は、ともに「平城天皇大同二年十一月丙申、停二正月七日十六日二節一」を引いており、奏の記述が確認できる。

翌大同三年に、「三月節」廃止とある。それは、同年二月二十九日の詔、

夫三月者、先皇帝及皇太后登遐之月也。在二於感慕一、最似レ不レ堪。三日之節、宜レ従二停廃一（『類聚国史』巻七十三・三月三日）

と照応する。「先皇帝」は桓武天皇で、延暦二十五年三月十七日崩御（『日本後紀』）。「皇太后」は藤原乙牟漏で、延暦九年三月十日崩御（『続日本紀』）。廃止は、詔によれば平城天皇の孝心にもとづくが、右の園人の奏は国費節約によると言う。平城天皇は、国民の窮状にかんがみ、負担軽減を配慮して年中行事のいくつかを停廃としたのである。

次の「今正月二節、復二于旧例一」は、「今」弘仁五年の時点で、「正月二節」は復活していたことを言う。つづく「九月節准二三月一」は、後で取り上げるが、要するに九月九日の宴が節会の扱いを受けるようになったの意である。つづく「去弘仁三年已来、更加二花宴一」は、弘仁三年から「花宴」が年中行事に加わったことを言う。これは、『日本後紀』の同年二月十二日条の、

幸二神泉苑一、覧二花樹一、命二文人一賦レ詩。賜レ綿有レ差。花宴之節、始二於此一矣。

によって確認できる。

そして、奏は、以上の年中行事の変遷を踏まえて、弘仁五年時点と延暦・大同年間それぞれの年中行事とを比較し、弘仁の世は前二代よりも行事が増加し、その結果臣下への賜禄が増大して、国庫は窮乏の状態にあると指摘している。

比較の中身を検討する。延暦と弘仁とでは、「花宴独余」であるという。つまり、弘仁五年時点での、正月七日・十六日・花宴・九月九日のうち、花宴のみが延暦年間にはなかったことになる。そうすると、延暦年間には、九月九日に公的な行事を実施していたと考え得る。先に触れた大同二年九月九日の詔（『類聚国史』・九月九日）によれば、延暦年間の九月九日にあった行事は、「比年之間」「忌避所」であったために「停」めたとある。ところが、園人の奏によれば、延暦年間に催していたと理解しなければならない。両者の言うところには齟齬がある。

次に、大同年間と弘仁五年とを比較すると、弘仁五年は「四節更起」であったという。「四節」は、奏によれば、正月の二節・花宴・九月節を指し、これらの行事が弘仁期には増えたことになる。そうすると、延暦年間の九月九日の行事は、大同二年の平城天皇の詔によれば実施しておらず、弘仁五年の藤原園人の奏によれば、催していたことになる。両者の見解が異なっている。これは、延暦年間の九月九日の行事をどう捉えるかの相違にもとづく。詔は、九月九日およびその前の数日の行事を、重陽とは見なさなかったのであり、それはさきに触れた橡姫の国忌を憚った故であろう。一方園人の奏は、九月九日にのみ行っていたのではないものの、その内実を重陽の宴と捉えたからであろう。いずれの理解が正しいかという問題ではないであろう。延暦年間という過渡期を経て大同二年に到り、弘仁期以降の重陽節会に繋がる宴が設けられたということになるのである。なお、園人の奏は、大同二・四年の催しを重陽節会とは認めていない。これはその中身が観射・賦詩のみだからであろう。ただ、その点は延暦年間も同様であり、延暦年間に重陽節会を催したとする見解には疑問がある。これは、「九日者不レ入二節会之例一」を訴えるために、あえて史実に反したのであろうか。

八

延暦・大同期につづく弘仁年間に、九月九日の行事はその性格を大きく変える。もともとこの日は令の規定する節日ではない。ところが、弘仁五年の園人の奏には、「九日者不レ入二節会之例一」節会には含めないでいただきたいと求めている。つまりこの頃は節日であったのである。では、九月九日はいつ節日となったのであろうか。これを明らかにする史料として、『政事要略』の次の記述を挙げうる。

天長格抄云、太政官符、宮内省、応三九月九日節准二三月三日一事。右被二右大臣宣一偁、九月九日節、毎事准二三

月三日節一者《テヘリ》。省宜二承知之、自レ今以後、依レ例永行一〈弘仁三年九月九日〉（巻二十四・九月節会事）

これは、三月三日節会（大同三年に廃止）に準拠して、今後九月九日の節会を行えという指示である。日付の弘仁三年九月九日をもって、九月九日を節日と規定したのである。従来この日は、宴が催される程度の日であったが、今や行事としての格を一挙に引き上げることになったのである。さらに、節会となったことを証する史料を挙げる。右の『政事要略』につづいて、同じく『天長格抄』に、

太政官符、五畿内志摩近江若狭紀伊淡路等国司、応レ進二九月九日節御贄一事、右被二右大臣宣一偁、件節御贄、准二廃三月三日節一、令レ進之。諸国承知、自レ今以後、依レ件進之〈弘仁三年九月十六日〉。

と、節会に際して諸国からの「御贄」の進上は、三月三日の節会に準拠して行えと国司に指示している。これによって、周辺諸国にも九月九日は節日であるとの認識が浸透していったと考えられる。三月節を廃止した代替措置として九月九日を節日としたのだろうが、この日は弘仁三年を境として一変し、官吏文人たちにとって重要な意味を持つ日となったのである。

節日という新たな意義を担う九月九日は、同時に国庫を圧迫する代物であった。この財政上の問題を乗り切るため、右大臣藤原園人は、前掲の奏において次のように要望する。九月九日は節会の例に入れず、「臨時」に「堪二文藻一者」つまり文人を選んで作文を行うようにと言う。弘仁三年のように（『類聚国史』・九月九日）、侍従以上に宴を賜り、妓女を召し、五位以上と文人に賜禄があれば、その出費は膨大であろう。文人を喚んで詩会程度にとどめれば、経費は少なくてすむ。「臨時」が毎年の詩会を意味しないとすれば、一層の節減となる。思い切った縮小策となる。

さて、この園人の奏が認められたかどうかを述べておく。この奏の後には、さらにもう一つの奏を引いている。

又奏。去延暦十年、車駕幸二交野一。此時禁二畿内国司献物一。而《シカルニ》 比年間、曾無二遵行一。国郡官司、非二必其人一、

寄二言《ヲ》貢献《ニ》一、還煩二百姓一。不穏之議、相続無レ息。伏望、自レ今以後、一切禁断。但臣下之志、私有二供進一者、不レ在二禁限一者《テヘリ》。許之（『類聚国史』巻七十八・献物にも引く）

延暦十年に畿内の国司からの献物を禁じたが、いっこうに遵守せず庶民にとって煩いとなるので、これからは一切禁止するというものである。この奏に対する勅答は、「許之」であった。この許可は、この奏の前の、重陽を節会とはしないことを求める奏への答えでもあろうから、藤原園人の要望は叶えられたのである。以後重陽の宴は節会ではなくなる。ただ宴は引きつづき催している。弘仁五年は「幸二神泉苑一。令二文人賦レ詩一」（『類聚国史』・九月九日）と、文人の賦詩はあったが、賜禄についての記事はない。経費の削減となる。そして八年には「宴二侍臣一、命二文人一賦レ詩。賜レ禄有レ差」と、「賜禄」があった。園人の求めた「堪二文藻一者」つまり文人への賜禄である。ところが九年は「宴二侍臣一」、十一年は「宴二五位已上一」と、次第に規模が大きくなっている。文人にのみ禄を賜ったのであろうが、参加者が増えれば、出費はかさむはずである。節約になったのであろうか。天長七年に到って、「賜二文人已上《ニ》禄《ヲ》一」と詩を詠じなかった参加者にも禄が与えられている。この期間は節会ではなかったのであろうが、園人が臨んだ経費の節減はあまり叶えられていないようである。翌八年の記事には、「為二重陽節一也」とあるので、それ以前に節会に戻っていたということになる。なお付け加えておけば、弘仁年間に到って、九月九日はすでに武芸の鍛練を促進する日ではなくなり、賜宴と賦詩を行う節日として定着したと言うことができよう。

九

前節までに述べたとおり、溯りうる限りでは、九月九日は、律令国家体制が形成される途上、政策の一つとして、軍事面の増強をねらった、「馬射」（「馬的射」）を行う日であった。また、天武天皇の十四年に催した後、重陽宴は長く停廃となる。そして平安時代に入って徐々に宴や軍事訓練を行うようになる。やがて大同二年の重陽宴復活を経て、弘仁三年にはついに節会にまでなったのである。そして、規模の縮小や経費節減を目指した期間を挟んで、天長八年頃には、改めて重陽節と位置づけられたのであった。その後、平安時代を通して重きをなす節日として定着したのであった。

ところで、このような検討に際しては、『日本書紀』をはじめとする史書が不可欠であり、その訓みには慎重であらねばならない。そこで本章では訓みに重点を置いてきた。読解から感じるのは、孝謙天皇の詔や、淳和天皇の詔とこれへの覆奏などには、対句に配慮した上での故事や典拠のある語句をちりばめて、技巧を凝らしている点であり、それへの注目の必要性である。史実を追究するだけであれば、これらの文飾を顧みるには及ばない。ただ、訓みによって創作過程を明らかにできれば、その意図趣旨もいっそう鮮明にしうるのではあるまいか。淳和天皇の詔と公卿らの覆奏は、種々の文飾によって成り立っているために、難解と感ぜられたのか、従来九月九日の行事に言及されても、訓みや典拠等の問題になった例しがなかった。史料も、故事を踏まえた表現やさまざまな修辞および豊富な語彙等によって制作されている。これも文学作品の一つである。述作者は、事実や主義主張を伝えようとしただけではなかったはずである。技巧を凝らし、典拠ある表現や語彙をちりばめて美文を作り出そうとしたに違いない。我々はその一つ一つを読み解き、作者の意図を探り出すべきであると思う。

注

（1）醍醐天皇の崩御は、延長八（九三〇）年九月二十九日（『日本紀略』）。以後重陽節会は停廃となり、天暦四年の村上天皇の詔勅によってこの年から残菊宴が始まる。そして、

右大臣参二仗座一。停二五月五日節一。依二先皇忌月一也。正月十六日踏歌、十七日射礼、九月九日節会等、依レ旧之由

有レ詔。成忠作之（『日本紀略』安和元〈九六八〉年八月二十二日）

と、村上天皇の忌月が五月であるために端午節会を停止し、正月の踏歌・射礼と重陽節会を復旧する冷泉天皇の詔があり、この年から重陽節会が再開された（『日本紀略』）。ただし、この年以降はほとんど天皇の出御がない平座であった。

（2）重陽の行事については、倉林正次「九月九日節」（『饗宴の研究 文学編』所収）、山中裕『平安朝の年中行事』二三八〜二四九ページ、後藤昭雄「重陽」（山中裕・今井源衛編『年中行事の文芸学』所収）、清水潔「重陽節の起源」（『皇學館大学史料編纂所報』第七十五号）、滝川幸司「重陽宴」（『天皇と文壇 平安前期の公的文学』所収）、吉川美春「重陽節の停廃と復旧について」（金沢工業大学「日本学研究」第七号）、二星祐哉「平安初期における重陽節の復興」（『日本歴史』第七七一号）などを参照した。とくに断ってはいないが、改稿に当たって諸論考の見解を参看した。学恩に感謝申し上げる。

（3）『令義解』（巻六・儀制令・太陽虧条）は、「国忌日」について、「謂、先皇崩日、依二別式一合二廃務一者」と述べており、「廃務」するべき日であった。

（4）持統天皇七年の御斎会の折りの御製が、『万葉集』（巻二・162）にある。その題詞に、「天皇崩之後八年九月九日、奉レ為二御斎会一之夜、夢裏習賜御歌一首〈古歌集中出〉」とある。なお、その翌日には、「丙申、為二清御原天皇一設二無遮大会於内裏一。繋囚悉原遣《ユルシヤル》」（『日本書紀』。「清御原天皇」は天武天皇）と、「無遮大会」を催している。干支に誤りがあるか否か議論があるが、御斎会とともにこの法会も行われたのである。

（5）「率土」は、陸地の果てまでも、天下。『毛詩』（小雅・谷風之什・「北山」）の「溥天之下、莫レ非二王土一。率土之浜、莫レ非二王臣一」による語であり、天子の統治する領土の意として用いる例が多い。

（6）『万葉集』に菊花は全く詠まれていない。この問題に関しては、小島憲之『国風暗黒時代の文学 上』三九九〜四〇二ページ参照。なお、『続古今集』（巻二十・1881・賀歌）に、

九月ばかり菊花を　聖武天皇御歌

ももしきにうつろひわたる菊の花にほひぞまさる万代の秋

とある。これについて本居宣長は、後代の詠みぶりであると述べており（『玉勝間』四の巻）、奈良時代の歌とは考えられない。

（7）村田正博「上代の詩苑――長王宅における新羅使饗応の宴――」（『人文研究』第三十六巻八分冊）参照。

（8）『初学記』（九月九日）は、他に菊酒を飲む風習の見られる、「西京雑記曰、漢武帝宮人賈佩蘭、九月九日、佩二茱萸一、食レ餌、飲二菊花酒一、云レ令二人長寿一。蓋相二伝自レ古、莫レ知二其由一」を引いている。

（9）「辟レ悪茱萸嚢、延レ年菊花酒」（初唐郭震「秋歌」）は、「菊酒」が九月九日と結びつかない珍しい例である。しかし、この詩の「茱萸嚢」「菊花酒」はともに九月九日の風習そのものであり、これも重陽との関連は強いと言うべきである。

（10）菊泛金枝下、峯断玉山前（陳の張正見「賦得二白雲臨レ酒一」）

相二将菌閣一臥二青渓一、且用二藤杯一泛二黄菊一（初唐駱賓王「疇昔篇」）

などは例外である。

（11）「菊気」は、

秋来菊花気、深山客重尋（初唐崔善為「答二王無功九日一」）

菊気先薫レ酒、萸香更襲レ衣（初唐蘇瓌「奉レ和下九日幸二臨渭亭一登上高、応レ制。得二暉字一」）

のような例もあるが、

荷香銷二晩夏一、菊気入二新秋一（初唐駱賓王「晩泊二江鎮一」）

と、初秋の場合もあり、必ずしも重陽の詩語とは言いがたい。「菊浦」は、次の一例を見出すのみで、重陽との関わりはない。

菊浦香随二鸚鵡一泛、簫楼韻逐二鳳凰一吟（初唐盧蔵用「奉レ和レ幸二安楽公主山荘一。応レ制」）。なお、『全唐詩』（巻九十三）は「浦」に「一作レ酒」と注する）

「菊風」は用例未見。

（12）軍備についての政策実施は、九月に限定されていたのではない。例えば、天武紀八年八月の泊瀬行幸の際に、馬が叡覧に供せられたり、持統紀七年十月の詔では、臣下に武具を備えるよう命じたりしている。とは言え、九月にこの種の記事が他の月よりも多く見られる傾向よりすれば、特に軍事との関連が強いと考えるべきであろう。

(13) この条は、『類聚国史』（巻七十二・射礼）によれば、「射礼」の初出と見なされている。

(14) 「比年」意について述べておく。魏の鍾会「檄㆑蜀文」（『文選』巻四十四）に「比年已来、曾無㆓寧歳㆒」（張銑注「比《ハ》近也」。慶安版の訓に「トシコロヨリコノカタ」とある）は、ここ数年来安らかな年はないと言うのであり、近年とほぼ等しい。『礼記』（王制）の「諸侯之於㆓天子㆒也、比年一小聘、三年一大聘、五年一朝」（鄭玄注「比年《ハ》毎歳也」）。毎年使者を遣わしてご機嫌うかがいをするの意）と毎年の意に解する場合もあるが、基本は年ごろの意である。

太政官処分、凡寺家買㆑地、律令所㆑禁。比年之間、占買繁多（『続日本紀』天平十八〈七四六〉年三月十六日）

去延暦十年、車駕幸㆓交野㆒。此時禁㆓畿内国司献物㆒。而比年間、曾無㆓遵行㆒（『類聚国史』巻七十四・九月九日）

是故比年、為㆘抜㆓済四恩㆒、具㆗足二利㆖、於㆓金剛峯寺㆒、奉㆑建㆓毘盧遮那法界体性塔二基、及胎藏金剛界両部曼荼羅㆒（『性霊集』巻八・86、「勧進奉㆑造㆓佛塔㆒知識書」）

など、期間を限る場合はまず年来の意に取らねばならない。

(15) 「衰」は、国史大系に「裹」に作るが、頭注に「恐当㆑作㆑衰」とあるのに従った。

(16) 「勤斯」の「斯」は助字。釈大典『文語解』（巻四・「斯」）に、「句中句末虚字ノ下、実字ノ下トモニ助辞トナスコト詩経ニ多シ」と説明し、「乃求㆓千斯倉㆒、乃求㆓万斯箱㆒」（『毛詩』小雅・甫田之什「甫田」）ほかの例を挙げている。

(17) 即位後間もなく天皇は、「詔、云々。皇妣云々。降年不㆑永、早従㆓昇天㆒。朕在㆓幼稚㆒、已違㆓慈顧㆒。追上㆓徽号㆒、為㆓皇太后㆒」（『日本紀略』弘仁十四年五月一日）と、詔勅を下し、皇太后を追贈している。

(18) 「殞」は、五臣注本では「隕」に作る。ただしともに落ちるの意。

(19) 「拉」を、『類聚国史』は欠字とするので、『政事要略』（巻二十四・九月節会事）によって補った。

(20) 「為」を、『類聚国史』は「而」に作るのを、『政事要略』（九月節会事）によって改めた。

(21) 『類聚国史』（巻七十三・五月五日）によれば、大宝元（七〇一）年に「走馬」、神亀元（七二四）年「猟騎」、同四年「餝騎射」などを行っており、以後「騎射」は中心行事となっている。ことに延暦十四年からは、馬埒殿（武徳殿）での実施が恒例となっている。

（22）現行の『尚書』はこの部分を逸する。

（23）『文体明弁』（巻二十八・奏疏）には、「按、奏疏者群臣論諫之総名也」とあり、臣下が天子に対して論じ諫めることとする。また、晋の陸機「文賦」（『文選』巻十七）には、「奏《ハ》平徹以閑雅」つまり奏は平明で上品であるべきだと説く。

（24）『芸文類聚』（巻九十三・馬）にも、「梁劉孝儀謝二予章王賜一レ馬啓曰、出レ自二北冀一、来レ自二東道一」とある。

（25）『芸文類聚』（馬）にも、「魯国黄伯仁為レ龍馬頌曰、夫龍馬之所レ出、丁《アタル》二太蒙之荒域一」とある。

（26）『芸文類聚』（巻九十五・猨）は、「漢書曰、李広猨臂善レ射」を引く。なお、『漢書』の如淳注は、「猨臂」に「臂如レ猨通レ肩也」と注する。

（27）この句は、滋野善永「九日翫二菊花一篇。応レ製」（『経国集』巻十三・140）の「影入二三秋一□宛浦、人伝二往事一旧龍沙」に受容された。なお、銭起詩の将来については、小島憲之『国風暗黒時代の文学 中下Ⅰ』二〇三三〜二〇三五ページ参照。

（28）盛唐杜甫の「九日登二梓州城一」にも、「共賞重陽節、言《ココニ》尋戯馬遊」とある。なお、初唐張均にも、同じ詩が、「九日巴丘登レ高」と題して見える。

（29）詔で淳和天皇が命じた五月の節会の停廃と、覆奏において公卿らが求めた九月九日の馬射が、どう行われたかを述べておく。

五月の節会は、淳和天皇の治世下では停止されていたが、次の仁明天皇の時代に復活した。一方、九月九日は、馬射を行う日とはならず、重陽節会のままである。では、馬射はどうなったかと言えば、『類聚国史』（五月五日）の仁明天皇天長十年四月の条に、

天長元年有レ詔、廃二五月五日節一。為レ隣二近皇太后昇遐之日一也。但事在レ練レ武、不レ可二闕如一。所以《ユヱニ》改用二四月廿七日一。至レ是、太政官論奏、停二彼権制一、仍レ旧宴遊、許之。

とあり、四月二十七日に権《かり》に行うよう定められていた。『類聚国史』によれば、天長五年から九年までは、四月二十

七日もしくはその前後に馬射が実施されている。公卿らが覆奏において求めたようにはならなかったのである。

（30）『日本紀略』には、

辛酉、遊㆓猟大原野㆒（延暦十一年九月九日）

乙卯、遊㆓猟北野㆒（同十七年九月九日）

とあり、古に行っていた武芸鍛錬の名残とも見られよう。ただ、この頃桓武天皇は頻繁に都の近郊で遊猟を行っており、軍事訓練の一環とは異なる側面もある。

（31）堀一郎「国忌の廃置について」（「書陵部紀要」第二号）参照。

第三部　歳時と文学

1　『土左日記』の正月行事

――「屠蘇・白散」をめぐって――

一

承平四（九三四）年十二月二十一日、土佐守の任満ちた紀貫之とその一行は、都への帰途についた。旅の途中、彼らの乗った舟は十二月二十九日に土佐の国の大湊に停泊し、翌日承平五年の元日を迎える。その両日を、『土左日記』は次のように記す。

二十九日、大湊《おほみなと》に泊れり。医師《くすし》ふりはへて、屠蘇《とうそ》・白散《びやくさん》、酒加へて持て来れり。志あるに似たり。

元日、なほ同じ泊まりなり。白散を、ある者、夜の間とて、船屋形にさしはさめりければ、風に吹きならさせて、海に入れて、え飲まずなりぬ。芋茎《いもし》・荒布《あらめ》も、歯固《はがため》もなし。かうやうの物なき国なり。求めしもおかず。ただ押鮎《おしあゆ》の口をのみぞ吸ふ。この吸ふ人々の口を、押鮎もし思ふやうあらむや。「今日は都のみぞ思ひやらるる。小家《こへ》の門の注連縄《しりくべなは》の鯔《なよし》の頭《かしら》・柊《ひひらぎ》らいかにぞ」とぞいひあへなる。

大晦日の二十九日、土佐の国の医師[1]が屠蘇・白散・酒を持参してきた。元日を迎える貫之らに、医師らしい気遣いを見せている。現在も行っている、元旦に屠蘇酒を飲む習慣は、『延喜式』（巻三十七・典薬寮・元日御薬）に、

白散一剤〈白散歳旦以㆓温酒㆒、服㆓五分匕㆒。一家有㆑薬、則一里無㆑病。帯㆓是散㆒、病気皆消。若他人有㆑得㆑病者、便温酒服㆓方寸匕㆒。……〉、度嶂散一剤〈注略〉、……屠蘇一剤〈屠蘇酒治㆓悪気温疫㆒、辟㆓邪風毒気㆒。……〉、千瘡

萬病膏一剤、……

とあるように、無病息災を願って屠蘇・白散を薬酒として飲む、宮中での正月行事「供二御薬一儀」にのっとっている。日記では、二十九日の夜、「ある者」が白散を船屋形に挿んでおいたところ、風に吹かれて海に落ち、元日に飲めなくなってしまった。船旅の一行にとっては、新年を迎えるにあたって、あれこれ不如意である上にこの始末で、まことに寂しい年の始めであった。

ところで、「ある者」は、なぜ「白散」を「船屋形」に挿んでおいたりしたのであろうか。風の吹くような所に軽量の薬品である白散を挿んでおけば、吹き飛ばされる可能性は予想できるはずであり、愚かな行為と言わざるを得ない。しかし、この行いには何らかの理由があるのではないだろうか。たんに愚行とばかりは言えない、それなりの背景があるように思われる。そこで、本章では、当時の正月行事である「供二御薬一儀」のあり方に即しつつ、この行為の理由を考えてみたい。

二

「ある者」が白散を船屋形に差し挟んだことに触れている、最近の注釈書の見解を一瞥しておく。

○夜の間とて——どうせ明日は元日で、すぐに使ふのだからと、しまはなかつたのである。
　風に吹きならさせて海に入れて——……自分が好きで海に投げこんだわけではないから、こんな表現を取つて、
　暗にだらしない挟みかたをした者を難じたのである。
（小西甚一『土佐日記評解』）

○さしはさめりければ——前夜に、翌日の元日に使おうと思ってはさんでおいたのである。
（松村誠一『土佐日記』〈日本古典文学全集〉）

○船屋形に挿しはさめりければ……――廿七日の「船屋形の塵も散り」に対応。

こちらは「ある者」の愚行で白散が吹き飛んだ。（長谷川政春『土佐日記』〈新日本古典文学大系〉）

評解・全集は、元日に使うために白散を挿んでいたと考えているが、元日に使うものをなぜ船屋形に挿む必要があるのだろうか。その訳は明らかにしておきたいところである。また、「だらしない挟みかた」（評解）だったのであろうし、「愚行」（新大系）と評されても致し方ないが、そう考えるだけではなく、もう一歩踏み込んで検討するべきではあるまいか。「ある者」には何らかの意図があったのだろう。それを探る必要がある。

そもそも元日に屠蘇や白散を酒とともに服用する行事は、中国から伝来して宮廷に取り入れられ、徐々に官人たちにも普及したのであった。(2)そして、貫之ら地方にいる人々までもが恒例として服用するに到るのである。不可思議ともいうべき「ある者」の行為を理解するために、まずこの正月行事について記す儀式書を、一わたり見ておく。

まず、『延喜式』（巻三十七・典薬寮・元日御薬）から始める。

右起二十一月下旬一、尽二十二月下旬一。依レ例造備。所レ須雑物、十月十五日申レ省。省申レ官下二符所司一、十一月上旬請備。其雑物数、随レ時増減。造レ薬官人已下、使部已上、各賜二潔衣一〈注略〉、限二廿八日一給二酒食一。其元日供二奉御薬一尚薬一人〈注略〉、女孺五人、釆女二人、賜二潔衣一。各絁一疋、綿二屯〈其色随二御生気一。……〉。十二月晦日卯一刻、宮内省幷寮、共候二延政門之外一。闈司奏訖、寮官人率二薬生等一、昇二御薬案一、相共入置二庭中版南一、共以レ次退出。省奏訖、更入昇レ案退却。即付二尚薬一。但屠蘇者、官人将《ヒキキテ》二薬生一、同日午時、封漬二御井一、令二主水司守一。元日寅一刻、官人率二薬生一、就レ井出レ薬。即省輔一人幷寮官人等、持レ薬共入進置。即用二銀鎗子一、煖二屠蘇酒一〈注略〉。尚薬執二御盞一、率二女孺一昇レ殿、令二薬司童女〈注略〉先嘗一。然後供御。次白散・度嶂散。

三朝而畢〈中宮、東宮准之〉。即賜レ禄。……。

冒頭の「右」は、「供二御薬一儀」で用いる薬草・机・容器の分量・個数等を指している。以下、十月から元日の儀式までの準備の次第、担当者、屠蘇の製法、供御等を詳細に記している。このうち製法について述べておく。大晦日の「午時」に袋に入れた屠蘇を宮中の井戸に漬け、元日の「寅一刻」にそれを取り出し、「銀鎗子」（なべ）で酒とともに暖めて出来上がりとなる。そして、「殿」へ運び入れ、「薬司童女」が「嘗」めてから「供御」となる。後述するように、特別な意義をもつ儀式であるために、細かい製法や次第の説明となるのである。引用の終わりに「三朝而畢」とあるように、この儀式は元日から三日間行う。先行する儀式書には、「二三日亦同」（『内裏式』中・十二月進二御薬一式）、「三日而畢」（『儀式』巻十・進二御薬一儀）とあり、後続の『西宮記』（恒例第一・正月・供二御薬一事）にも「三ケ日如レ此」とある。なお、同書（巻三十九・内膳司・諸節供御）の「正月三節」に、

　蘿蔔・味醤漬瓜・糟漬瓜・鹿宍・猪宍・押鮎・煮塩鮎・瓷盤七口・高案一脚〈長三尺五寸、広一尺七寸、高四尺〉

　　右従二元日一至二于三日一供之

とあり、元日から三日にかけて、右のような食物を供することが定められている。これは、後に触れる、『西宮記』に記す歯固の儀に用いる。

次に丹波康頼の医方書『医心方』（巻十四・避二傷寒病一方）を見ておく。

　玉箱方云、屠蘇酒、治二悪気温疫一方

　白朮・桔梗・蜀椒・桂心・大黄・烏頭・柭楔・防風〈各二分〉凡八細切、緋袋盛、以二十二月晦日日中一、懸二沈井中一。勿レ令レ至レ泥。正月朔旦、出レ薬置二三升温酒中一。屠蘇之向二東戸一、飲之各三合。先従二小児一起《ハジメヨ》。一人服之、一家無レ病、一家飲之、一里无レ恙《ツツガ》。飲レ薬三朝、還置二井中一。仍《シキリテ》レ歳飲之、累代無レ患。

　葛氏方云、老君神明白散、避二温疫一方

　白朮二両・桔梗二両半・烏頭一両・附子一両・細辛二両、凡五物擣篩。歳旦以二温酒一服二五分匕一。一家有レ薬、則一里無レ病。帯二是薬散一、以行二所経過一、病気皆消。若他人有二得レ病者一、便温酒服二一方寸匕一。

これによれば、屠蘇は、八種類の薬草を所定の分量に細かく切って（『延喜式』にも薬名とその量を記しているが、屠蘇を作るには、どの薬草をどれだけ混ぜ合わせるかまでは述べていない。白散・度嶂散・千瘡萬病膏もこの点は同じ）、「絣袋」に入れることが分かる。白散は、五種類の薬草を「搗篩」すなわち搗《つ》いて細かく砕いたものを篩《ふるい》にかけて作り、これを温かい酒とともに服用するとある。この薬の場合、製法は複雑でもないので、さきの『延喜式』には特に説明がないのであろう。

次に『内裏式』を取り上げる。

晦日中務省率二内薬司一、宮内省率二典薬寮一、持二御薬及人給《ひとだまひ》薬机一、候二延政門外一。……中務先進就レ版奏云、中務省申久、内薬司乃供奉礼留元日乃御薬、人賜御薬進良久乎申給久止申。次宮内奏曰、宮内省申久、典薬寮乃仕奉礼留人給白散、又殖薬様《ためし》進良久乎申給久止申〈並無二勅答一〉。訖罷。内薬更参入、持レ薬付二内侍所一〈医生不レ足者、内豎相持〉、内薬便受二屠蘇一漬二御井一。元日平旦、就二内侍一取レ机、盛二屠蘇一。入二左近衛陣側一、安二置庭中一退出。尚薬供御、先賜二少年一、訖内薬司進挙レ机進二内侍一。二三日亦同。……（中・十二月進二御薬一式）

十二月の晦日、中務省が内薬司を、宮内省が典薬寮を率いて内裏に入るところから次第が記される。屠蘇は内薬司、白散は典薬司が製造することになっている。屠蘇は井戸に漬けるなど、すでに特別な製法となっているが、白散についてのそれは記載がない。

次は『儀式』。

十一月下旬、内薬司始合二御薬一、廿八箇日畢。十二月典薬寮造二人給料白散一。下旬中務省随二内薬司申一、少輔已上一人与二内薬正等一監視、薬成侍医嘗之。然後封之。写二本方一之後、具注二年月日監薬者姓名一。前二晦日一付二内侍一進奏〈餌薬之日、侍医先嘗、次内薬正嘗。次中務卿嘗、然後進御〉（巻十・進二御薬一儀）

と、十一月下旬からの薬の製造・保管等を付加するほか、十二月晦日に井戸に漬けた屠蘇を「主水司《もひとりのつかさ》」に守らせるとしている。また、元日の供御の直前、「尚薬執二御盞一、率二女孺一升殿、令二薬司童女〈殿上所レ定〉先嘗一」と、「薬司童女」に飲ませることなどを新たに記している。『延喜式』になると、十月からの準備がさらに付け加えられており、『内裏式』から『儀式』、そして『延喜式』へと、漸次詳細に規定されていく過程が窺える。

次に、『土左日記』成立以降の儀式書を見ておく。『西宮記』に記す新たな規定に触れておく。

十一月中旬、依二陰陽寮勘申一、預点二仰更衣典侍并近習女房等一、令三択二進年歯符合者一。仰二内蔵寮一、令レ進二薬子装束料一。

は、儀式に奉仕する女性らの選定についての取り決めで、「薬子《くすりこ》」(3)のほか、「采女」「薬女官」(4)「陪膳女蔵人」「陪膳女房」などが、この後の記述に見える。「薬子」は、『儀式』にあった毒味役の「薬司童女」に同じ。「晦日、蔵人差二後取《シンドリ》一、押二北方柱一〈四位五位六位依二日次一、闕時不レ依レ位〉」の「後取」は、天皇が飲み残した「御薬」を飲む役の蔵人で、十二月晦日にその姓名を掲示することになっている。(5)晦日に儀式の場である清涼殿に「御屏風」を立てたり、元日の朝に「幔」を「射場」にめぐらせるのも新しい。また、屠蘇を漬ける「御井」を、「在二豊楽院西、典薬巽一」と、場所を初めて明らかにしている。さらに、「供御」に奉仕する人々や天皇の動きを決めているのも、従前の儀式書にはなかった。たとえば、天皇は二度御薬を飲んだ後、

主上起二昼御座《ヒノオマシ》一、入レ自二夜御殿南戸一、当二東戸一令レ立給〈塗籠東方戸内也。但向二御生気方一〉。陪膳女房取二御酒一、通レ従二東廂御障子一、参二御在所一供之、帰レ従二本道一。給二後取者一如レ前。次主上又従二本道一、帰二着昼御座一。

と、昼御座から夜御殿の東戸へ移動して、もう一度御薬を飲み、そのあと昼御座へ戻るとあるなど、細かく決めている。『延喜式』のところで触れた「歯固」は、本書では、一連の「供二御薬一事」に組み込まれ、天皇が「御薬」を飲む前に、「内膳供二御歯固一」とある。「歯固」は、「歯」つまり齢を固める意で、長寿を願って行う。「大根(6)・苽・串刺・押鮎・焼鳥」などを天皇に供すると記す。また、引用する、「進物所《シンモツドコロ》例云、正月元日早朝、供二奉屠蘇

御膳一事、猪宍二盤〈一鮮、一焼〉、押鮎一盤〈切盛置二頭二串一〉、煮塩鮎一盤〈同切置二頭二串一〉。御器者度二於内膳一。瓷盤四口」に見える食物は、先に引いた『延喜式』（内膳司）のそれとほとんどが一致する。『土左日記』の元日の条には、「芋茎・荒布も、歯固めもなし。かうやうの物なき国なり。求めしもおかず。ただ押鮎の口をのみぞ吸ふ」とあって、屠蘇・白散の服用とともに「歯固め」が見えるのは、『延喜式』『西宮記』に対応している。

最後に、『江家次第』（巻一・正月甲・供二御薬一）を簡単に見ておく。内容は、『西宮記』と大きく異なるのではないものの、いっそう詳しい決まりを記している。ただ、「次供二一献一〈屠蘇散也。……〉」「次供二二献一〈神明白散也。……〉」「次供二三献一〈度嶂散也……〉」と、一献ごとに飲む薬を定めているのと、三献の時に天皇が移動しないのとは、『西宮記』と相違する。

以上の儀式書や医方書によって、屠蘇・白散の製法処方や、「供二御薬一事」の準備から供御に到るまでの次第を一瞥した。時代が下るにつれて行事の中身が徐々に変化し、細かな点にまで規定を設けているのとともに、屠蘇の供御など、中心にあって動かないものもあるということが分かる。しかし、これではまだ『土左日記』の「ある者」が「白散」を船屋形に挿んだ行為を、理解する手掛かりとするには到らない。儀式の準備や供御の次第を追うだけでは、「ある者」の行為の意味は見えてこないということである。視点を変えて、行為の根底にあるこの行事の意義にまで検討を及ぼす必要があろう。そこで、次に当面の問題について言及する近世の注釈書、富士谷御杖の『土佐日記燈』（巻之一）を見る。

三

御杖（一七六八―一八二三）の『土佐日記燈』は、文化十四（一八一七）年に成立。管見では、近世の他の注釈書が「ある者」のよって来たるところに言及しないのに対して、多言を費やして独自の見解を述べており、注目に値する。論述の主要な部分を引いておく。

ア、夜のまとてとは、前に引けるかことく、除夜は絳袋にもりて井戸にかけおくならひなれと、もとより舟中井あるへくもなく、絳袋とてもなければ、くすしのおくれるなから、舟やかたにさしはさみおきたるをいふなり。物のうちにもとりをさめおくへき事なれと、井中にかけむかはりにと思ひて挟めるなるへし。……さはかりくすしか志ふかくておくりたる白散なるを、風のあらきに舟やかたに挟めりしは、そのをのこの失なれは、にくむへき事なから、井中にかくるかはりに、せめてほかにおきてむとてしつるわさなれは、いたくにくみもせられさるなる心なるへし。されはこのをのこを(にカ)よくみたる詞もなきにこそ……

イ、海にいれてといふ、いれといふ詞も、ともに此をのこかしわさなるよしをおもはせたるにて、まへにいへるかことく、もとうみにいれむとて、風のふくにはさみおくしれ人もあらし。ひたふるに、井にかくるかはりをせむとおもへるよりのわさなるへけれは、とかむへきにはあらねと、くすしか志をむなしくし、せめてけふのほきくさをうしなひたるは、なほこのをのこ、麁漏なるをおもはせたる詞なりとしるへし。

ア「前に引けるかことく」は、「江次第巻一供御薬」(『江次第』は『江家次第』のこと)の「同日〈十二月卅日〉以屠蘇漬御井〈以緋絹袋盛〉」を指す。これを承けて、御薬すなわち屠蘇を井戸に漬けておくかわりに、船屋形に挿んだと見なしている。船中のことであるので、井戸はあるはずもなく、「絳袋」(『医心方』(巻十四・避二傷寒病一方)には「緋袋」、『江家次第』(巻一・正月甲・供二御薬一)には「緋絹袋」とある)もないので、[7]やむを得ずこのような代替措置をとったのであろうと考えている。イ「もとうみにいれむとて、風のふくにはさみおくしれ人もあらし」「とかむへきにはあらねと」と、「ある者」の意図を忖度して、結果としては屠蘇を紛失してしまったことを弁護している。貫之一行の船中での生活は何かと不如意であったに違いなく、例年のような迎春は望むべくもなかったと想像できよう。そんな中で、できる限り陸地にいる時と同じように、屠蘇・白散を飲もうとした「ある者」の措置は、御杖の説くところにもとづけば、説明がつくように思われる。「ある者」は、「夜の間とて」船屋形に白散を挿んでいる。これは、『延喜式』などの儀式書に、御薬は十二月晦日の午時から元日の寅一刻まで御井に漬けるとあることと対応し、「ある者」が内裏での儀式に準じようとした姿勢を窺わせる。むろん、通常の行事とは中身が異なるものの、船中での苦肉の策と理解してよかろう。それでは、なぜ井戸に漬ける代わりとして「船屋形」に「さしはさ」んだりしたのであろうか。また、屠蘇とは別の処方をする白散を「さしはさ」んだのはなぜであろうか。残念ながら、『土佐日記燈』はそこまでは言及していない。そこで、次に御杖の説を補足して、その説の妥当性を検証してみることとする。それは、ひいては「ある者」の行為の所以を明らかにしうると考えるからである。

四

まず、「屠蘇」「白散」を井戸に漬けるかわりとして――「白散」は本来井戸に漬けるものではない――、「ある者」が「船屋形」に「さしはさ」んだ理由を、当時の正月行事の意義を概観しながら考えてみたい。ところで、この問題を考えるに際しては、屠蘇を井戸に漬ける目的を明らかにしなければならない。これについては、すでに山中裕氏が、「この屠蘇を井戸につるす理由については春の象徴である青陽の気を水ぎわにつるしておいて屠蘇に浸しめらせようとする意図のもとにはじまったものである」[8]と述べておられ、示唆に富む。以下に述べるところは、この意見を承けてのことである。

始めに、その発想が、日本の年中行事に影響を及ぼしている、『礼記』（月令）の「孟春之月」の条を見ておく。

孟春之月、……東風解レ凍、蟄虫始振《ウゴキ》、魚上レ氷、獺祭レ魚、鴻雁来。天子居二青陽左个一、乗二鸞路一、駕二倉龍一、載《タテ》二青旂《セイキヲ》一、衣二青衣一、服二倉玉一、食二麦与一レ羊。其器疏以達。是月也、……立春之日、天子親《ミヅカラ》帥《ヒキヰ》二三公九卿諸侯大夫一、以迎二春於東郊一。

これは、天子を中心とした春の気を迎え入れる行事であり、五行説が根底にある。春の方位は東であり、「東風」が吹いてきて「凍」を「解」かし(9)、動物たちが活動を始める。春の色は青であるから、天子は「青陽」殿に起居し、「鸞路」（青塗りの車。鄭玄注「鸞路有《ハ》虞氏之車。有二鸞和之節一。而飾之以レ青。取二其名一耳《ノミ》。春言レ鸞、冬夏言レ色。互文」）に乗り、「倉龍」（青い馬。「倉」は蒼に同じ）に引かせ、「青旂」（青い旗）を立て、「青衣」を着、「倉玉」（青い玉）を腰に佩びる。そして、「立春之日」、天子は百官を率いて「東郊」で「春」を迎える（鄭玄注「迎《ハ》レ春、祭二蒼帝霊威一仰二於東郊之兆一也」）こととなる。

日本ではこのままを受け入れたのではないが、正月行事にはこの発想が随所に現れている。主な正月行事において、春の気をどのように取り入れようとしていたかを見ておきたい。

立春日、主水司献二立春水一事

居二折敷一二本各二坏一。於二朝餉《アサガレヒ》方一、向二生気方一飲二御之一。女房称二之若水一。江帥次第云、飲二御若水一之時有レ咒。万歳不変水、急々如律令云々（『年中行事秘抄』『年中行事抄』。「江帥次第」は、『江家次第』）

日もはかなく過ぎて、十二月晦日になりぬれば、世の中の家々、高き短きそそきみちたり。若宮の御年のまさらせたまふべきいそぎも思し召すに、夜の程よろづかはりたるもをかしう、あらたまの年よりも若宮の御ありさまこそ、いみじううつくしうおはしませ。若水していつしか御湯殿まゐる（『栄花物語』・若水。万寿三（一〇二六）年の新春。「若宮」は章子内親王）

天皇が新春の気を含む「若水」を飲んで、邪気を攘おうとするのであり、「若水」を使って若宮の健やかな成長を願ったのである。

上子日、内蔵司供二若菜一事

金谷云、正月七日、以二七種菜一作レ羹食之、令三人無二万病一。

十節云、採二七種一作レ羹嘗味何《イカニ》、是除二邪気一之術也。

同云、正月子日、登レ岳《ヲカニ》遙望二四方一、得二陰陽静気一。触二其目一除二憂悩一之術也（『年中行事抄』。「金谷」は『金谷園記』、「十節」は『十節記』または『十節録』）

予亦嘗聞二于故老一、曰、上陽子日、野遊厭《フサグト》レ老。其事如何、其儀如何。倚二松樹一以摩レ腰、習二風霜之難レ犯也。和二菜羹一而啜レ口、期二気味之克《ヨク》調一也（『菅家文草』巻六・431、「扈二従雲林院一、不レ勝二感歎一、聊叙レ所レ観」序。『本朝文粋』巻九・235。「倚二松樹一以摩レ腰」以下は、『和漢朗詠集』巻上・29・子日にも収む）

植物を育む春の気を、「若菜」「七種菜」の「羹」を食べることで取り入れ、身体の気を整え、「邪気」を「除」こうとしている。また、「岳」に登って四方を遠望して、春の「静気」を受ければ、「憂悩」を「除」くと考えていた。

白馬事

十節云、馬性以レ白為レ本。天有二白龍一、地有二白馬一。是日見二白馬一、即年中邪気、遠去不レ来。

帝皇世紀曰、高辛氏之子、以二正月七日一、恒登レ崗《ヲカニ》。命二青衣人一、令レ列二青馬七疋一。調二青陽之気一。馬者主《ツカサドリ》レ陽、青者主レ春。崗者万物之始、人主之居。七者七耀之清徴、陽気之温始也（『年中行事秘抄』）

「白馬」を牽き、それを見ることで邪気を遠ざけようとしている。『帝皇世紀』にある「青衣」「青馬」「青陽」の青は、五行説の春の色であり、春の気に通じる。

人日事

荊云、呂氏俗例云、其初七日、楚人取二南北二山之土一、以作二人像一頭一、令レ向二正南一、建二立庭中一、集二宴其側一。却レ陰起レ陽。即以二人北一為二冬気一、拒二陰気之禍一、以二人南一為二春気一、招二陽気之祜《サイハヒヲ》一。故名云二人日一也

（『年中行事秘抄』。「荊」は『荊楚歳時記』）

土人形を作って、庭中に南と北に向かって置き、北向きの人形で冬の「陰気」のもたらす「禍」を拒み、南向きの人形で春の「陽気」の「祜」を招き入れるのである。

十五日、主水司献御粥事

月旧記云、天平勝宝五年正月四日勘奏云、黄帝伐蚩尤《シイウ》之時、以此日伐斬之。其首者上為天狗也、其身者伏而成蛇霊也。是以風俗此日亥時、煮大小豆粥、而為天狗、祭於庭中案上、則其粥上凝時取、東向再拝、長跪服之。服者終年無疫気也（『年中行事秘抄』。「天平勝宝五年」は七五三年）

春の来る方位である東を拝して「粥」を食べることで、「疫気」から逃れられると考えている。

右に挙げた五つの正月行事の意義は、春の気を迎えて取り入れることによって、邪気を除き無病長寿を願う点にあると言ってよい。これらの正月行事に共通している発想は、「供御薬儀」においても窺うことが可能である。さきに引いた『延喜式』（巻三十七・典薬寮・元日御薬）によれば、十二月晦日に儀式に用いる薬草・机・容器等が、「卯一刻」に「延政門」を通って内裏へ搬入される。時刻の「卯」は方位では東に当たり、「延政門」は内裏の東門である。これは、東方から春がやってくるのに擬えている。これ以後の儀式の根幹をなすあたりを、『江家次第』（巻一・正月甲・供御薬）から抜き出して検討してみる。

平旦、天皇御東廂。……内膳自右青瑣門、供御歯固具。盛青瓷。……次供一献〈屠蘇散也……〉。……次供御酒盞〈於青瑣門下付女官。女官取到第三間御几帳下、女官和合於御酒〉。……主上起座、入自夜御殿南戸、当塗籠東方戸立給。陪膳女房、取御酒盞〈入御酒〉、通自東廂御障子、参御前供之〈注略〉。主上帰自本道〈本方云、入三升温酒、向東戸飲之、各三合〉。次召後取。其人出自殿上上戸、経簀子敷、自第二間入著座〈不正座云々。六位、第三日著青色火色参進云云〉。

と、天皇はまず清涼殿の「東廂」で歯固を行う。内膳司が「右青瑣門」から歯固の具を「青瓷」に盛ってやって来る。酒盃は「青瑣門下」で女官に渡す。ここに見える「青」は春の色である。御薬の供御では、天皇は「塗籠東方戸」に向かって立ち、「東廂御障子」を通って参上する女房を待ち受ける。また、この儀の三日目に後取《しんどり》役となる六位蔵人は、「青色」の衣装を着る。これら一連の儀式は、東方から来る春の気を、天皇が東に向かってその身に受けるというところに主眼があって、すでに引いた『礼記』（月令）における、春の気を迎える発想に通じている。これは、先に見た正月行事と軌を一にする。屠蘇・白散などを服用するのは、薬効に期待するのはもとより、春の気を取り込むことによって、辟邪・無病長生をはかろうとするものである。「供二御薬一儀」に限らず、毎年の正月行事を繰り返すうちに、当時の人々には、意識するしないにかかわらず、徐々にその意義が定着したであろう。

　これら正月行事、中でも「供二御薬一儀」の意義について、『土左日記』の「ある者」には、どの程度の理解があったのかは分からないが、陽春の気を取り入れることにその主眼があることは、曖昧ではあってもある程度察していたのであろう。そこから類推してみると、屠蘇・白散を服用する行事本来のあり方からは外れるものの、海上の外気に触れさせることで、とりあえず新春の気を取り込もうとしたのであろう。「ある者」が「船屋形」に薬を「さしはさ」んだのは、このように理解するべきではあるまいか。だとすれば、富士谷御杖の見解は支持できる。

五

　残った問題点、屠蘇とは処方の異なる白散を、「ある者」は、なぜ「船屋形」に「さしはさ」んで風に曝したのかを考えておきたい。その前に、もう一つ御杖の所説を取り上げておきたい。その上で残りの問題点について考えることとする。

屠蘇白散は……蒿溪云、延喜式には、屠蘇と白散をわけられたれと、こゝは一種なへし。元日の所に、白散を風にとられたる事をいひて、屠蘇の事なしといへり（廿九日「蒿渓」は伴蒿蹊）

白散を云々、前にいへるかことく、即これ屠蘇なり（元日）

屠蘇と白散とは「一種」であると言う。日記には、「船屋形」に「さしはさ」んだのは「白散」と書いてあるにもかかわらず、なぜこう考えるのかを検討しておきたい。

日記には、白散を吹き飛ばされたあと、「芋茎、荒布も、歯固もなし」とあって、例年の正月ならあるはずの物が何もないと思わせているし、「押鮎の口をのみぞ吸ふ」という口吻は、屠蘇はすでになく、白散と一緒に風に吹かれて海に落ちたことを暗示していると考えられよう。

また、後世の史料であるが、

施薬院謀
　東大寺
奉レ供白散一具
白散一升
屠蘇一升
右依レ例奉レ供如レ件
　仁安二年十二月日　主典藤井
　　　　　　　　　知院事判官百済
使兼侍医丹波朝臣
（『平安遺文』三四四五号）

によれば、東大寺に供える「白散一具」の内訳に、白散と屠蘇がそれぞれ「一升」とあって、「白散一具」で白散と屠蘇とを合わせた呼称となっている。こういう例から類推してみると、日記の「白散」は、白散および屠蘇のことと考えられる。御杖の言うところにも首肯できよう。

儀式書によれば、屠蘇と白散の処法は明らかに異なっているが、それはあくまでも内裏での取り決めであって、「ある者」の処方についての知識は儀式書のとおりであったとは限らない。

不レ須《モチヰ》三多勧二屠蘇酒一、其奈《イカニセム》二家君白髪新一（『菅家文草』巻四・280、「元日戯二諸小郎一」。仁和五〈八八九〉年、讃岐国での作）

合掌観音念、屠蘇不レ把レ盃（『菅家後集』・494、「歳日感懐」。延喜二〈九〇二〉年、大宰府での作）

は、屠蘇の地方への普及を示しており、一般にはその取り扱い方がよく知られていたのであろう。「夜の間とて、船屋形にさしはさめりければ」と、「ある者」が夜間薬を挿んでいるのは、「但屠蘇者、官人将二薬生一、同日午時、封漬二御井一、令三主水司守一。元日寅一刻、官人率二薬生一、就レ井出レ薬」（『延喜式』巻三十七・典薬寮・元日御薬）とある屠蘇の処方とその考え方が符合しており、この点は思い合わせることができる。また、内裏でもなく、都から遠く離れた地での服用であってみれば、儀式書の定めに則る必要はなく、その場に応じた処方によって、白散を「船屋形」に「さしはさ」んだまでのことと推測できる。新春の風に曝す製法は、この儀式の意義を象徴する重要な準備段階であり、欠くべからざる作業だったのである。これも、「ある者」の行為の意味を考える上では、重要な点である。

六

正月元日から三日にかけて薬酒を飲む行事の変遷[10]は、『土左日記』の成立までは、次のように辿れよう。

四年春正月丙午朔、大学寮諸学生・陰陽寮・外薬寮・及舎衛《サヱ》女・堕羅《タラ》女・百済王善光・新羅仕丁等、捧㆓薬及珍異等物㆒進。（『日本書紀』・天武天皇四〈六七五〉年）

は、「供㆓御薬㆒儀」の先蹤と見なされる。「薬」の内容は記していないが、屠蘇・白散・度嶂散などがそれに当たるのであろう。

供㆓御薬㆒〈正月元・二・三、弘仁年中始之〉（『江家次第』）

此薬の儀式は五十二代嵯峨天皇弘仁年中にはじめらる（一条兼良『公事根源』巻上・供㆓御薬㆒）

は、嵯峨天皇の弘仁期に儀式が始まったことを説く。天武天皇四年の記事以降、何らかの形でこの儀式を行っていたことは、あとに挙げる伊勢神宮の儀式帳によって推測できる。したがって、弘仁期に儀式が整備再編成されたということなのであろう。儀式の創始を弘仁期と述べるのは、「十二月進㆓御薬㆒式」が弘仁十二（八二一）年撰定の『内裏式』（中・十二月進㆓御薬㆒式）に記されていることにもとづくのであろう。なお、宮廷における御薬の儀式の記録は、以後六国史には見えない。次に、

以㆓朔日卯時㆒、禰宜・内人・物忌等、皆悉参集、神宮拝奉。……次御酒殿拝奉。然即白散御酒供奉（『止由気宮儀式帳』・三節祭等幷年中行事月記事・正月例。『皇太神宮儀式帳』・年中行事幷月記事・正月例もほぼ同文。両書ともに延暦二十三〈八〇四〉年奏進の等由気太神宮、伊勢神宮の儀式・年中行事に関する書）

年首屠蘇・白散者、始㆑自㆓神代㆒、為㆓恒例事㆒。供㆓賀茂□松尾幷諸社㆒、自㆓十一月朔日㆒始之。是奉㆑祝㆓公家遐齢㆒之術、□令㆑保㆓人民寿算㆒之計也（『平安遺文』三四四一号、仁安二〈一一六七〉年十二月十日、清原友友・清原友季・丹波重成「典薬寮解」）

は、宮廷における屠蘇・白散の服用とは別に、神前に供せられることがかなり古くから行われていたことを示している。

また、あまり古い時代にまでは溯れないが、前掲の菅原道真の詩によって明らかなとおり、「御薬」の服用は地方にも伝播していた。これには、『土左日記』にも登場する、各国に置かれた「医師」たちが、普及に大きく貢献したことであろう。ただし、屠蘇や白散が飲めたのは、国守らごく限られた人々と考えねばならないだろう。かくて、中国伝来の「供㆓御薬㆒儀」は、宮廷や神前から徐々に幅広い階層・地域へと普及し、土佐の国の船中での出来事へと繋がって行くこととなるのである。

「ある者」の奇矯とも映る行為に注目して、その背景をさぐってみた。結果として、それは内裏での儀式に根差していることが推測できた。ただし有職故実を知悉した上での行動ではなく、儀式のあるべきの姿からは外れる部分を含んでいる。ともあれ、このように宮中で行事が一般に広まっていく一つのあり方を示す例として興味深い。

注

（1）『令義解』（巻一・職員令）に、「凡国博士・医師、国別各一人……」とあり、国ごとに「医師」が一人置かれていた。

（2）正月に屠蘇および薬酒を飲む行事については、
青木正兒「屠蘇考」（『青木正児全集』第八巻所収）
山中裕『平安朝の年中行事』一〇〇～一〇三ページ
李献璋「屠蘇飲習俗考」（『東洋史研究』第三四巻一号）
「日本における中国の民族的信仰」（金関丈夫博士古稀記念論集『日本民族と南方文化』所収）
中村喬「「屠蘇考」贅説」（『立命館文学』第三八六～三九〇号）
丸山裕美子「供御薬儀の成立——屠蘇を飲む習俗——」（『日本古代の医療制度』所収）
井上亘「供御薬立制史考証」（『日本古代の天皇と祭儀』所収）

などの研究がある。

(3)『枕草子』(えせものの所うるをり)に、その一つとして、「元三の薬子」(「元三」は正月三が日のこと)を挙げている。

(4)『紫式部日記』の寛弘七(一〇一〇)年正月元日の、御薬の儀に奉仕する女房たちの役割を記す中に、「くすりの女官にて、文室の博士、さかしだちさひらきゐたり」とある。

(5)『雲図抄』(正月)『江家次第』は、大晦日に掲示すると規定し、三日間の「後取」の姓名を掲示する書式を載せている。なお、『栄花物語』(ひかげのかづら)には、長和二(一〇一三)年正月の内裏の様子の一齣に、「殿上の方には、後取といひて、いとまさなうこちたきけはひども聞えたり」と見える。

(6)『枕草子』(えせものの所うるをり)には、歯固の儀に欠かせない品として、「正月の大根」を挙げている。

(7)「白散」を「船屋形」に「さしはさ」もうとすると、『医心方』(巻十四)には、「白散」は搗いて篩にかけて(搗篩)粉末にするとあるので、袋に入れていなければならない。「屠蘇」も細かく切ってあるので同様である。「医師」が持参した時、屠蘇と白散は、「絳袋」ではなかったかも知れないが、袋には入っていたはずである。

(8)注(2)山中氏著書一〇一ページ。

(9)平安時代の文学作品において、

春立ちける日よめる　紀貫之

袖ひちてむすびし水の凍れるを春立つけふの風や解くらむ(『古今集』巻一・2・春上)

池凍東頭風度解、窓梅北面雪封寒(『和漢朗詠集』巻上・2・立春、藤原篤茂)

などと、この考え方の受容が多く見られる。

(10)注(2)丸山氏論考が詳しく述べている。

2　武智麻呂伝の「釈奠文」

——本文批判と『王勃集』受容——

一

奈良時代に編纂された伝記の一つである『家伝』（『藤氏家伝』）の下巻は、藤原武智麻呂の五十八年の生涯を、左大臣に到るまでの官歴を辿りながら詳細に述べている。その人となりを、「不レ愛二財色一、不レ形《アラハサ》二喜怒一。忠信為レ主、仁義為レ行。言レ善无レ反二於己一、言レ悪无レ及二於人一。廉而不レ汙《ケガサ》、直而不レ枉」などと描き、官人としての実績を、「鎮二安国家一、存二恤黎庶一。……百姓家給人足、朝廷垂拱无レ為」と評する。藤原氏の伝記を、その家僧であったと思われる延慶がまとめているのであるから、全般に賛美の姿勢が貫かれているのは当然であろう。言わば自賛とも映る筆致に対して、客観性に乏しいと考える向きもある。かといって武智麻呂伝に資料としての価値が少ないかと言えばそうではない。たとえば、習宜《すげ》の別業に秋ごとに「文人才子」を集めて「文会」を催していたことは、他に所見がない。当時の文人たちの動向を伝えており、まことに貴重である。また、大納言に任じられた天平元（七二九）年当時の、「風流侍従」「宿儒」「文雅」ほか、各分野において活躍した人々の名前を挙げているのなども、文化面での知見を、『続日本紀』等以外から提供するものと言えよう。この伝記は、制約はあるものの、史料としての価値を認めるべきであり、今後十分に読まねばならない。文学作品として精読するべきであるのも言うまでもない。幸い日本思想大系『古代政治社会思想』（一九七九年三月）に注釈（大曾根章介校注）が備わり、そして沖森卓也・佐藤信・矢嶋泉『藤氏家伝 注釈と研究』（一九九九年五月）が出て、研究の足場は着実に固まってきた。ただ、注釈書の上梓を見て、研究の環境が整って来たとは言え、この作品が抱える種々の問題が直ちに解決したのではないと思う。むしろ潜在する課題が浮かび上がってきたと言うべきではないだろうか。そこで本章では、「武智麻呂伝」に引く「釈奠文」における本文の問題を取り上げ、本文校訂・文体・表現の典拠の視点から意見を述べ、さらには典拠となった漢籍の請来にまで及ぶこととする。

二

大宝四（七〇四）年三月に大学助となった藤原武智麻呂は、衰退していた大学寮の状況を打開するべく、「遂招二碩学一、講二説経史一」するなどの策を講じた。その結果たちまち、「庠序鬱起、遠近学者、雲集星列、諷誦之声、洋々盈レ耳」と、大学寮は勢いを得たという。このように若き日の目覚ましい活躍が語られる中、慶雲二（七〇五）年仲春の釈奠(1)を控えて、武智麻呂は宿儒刀利康嗣に対して次のように言う。「今釈奠日逼。願作レ文、祭二先師之霊一、垂二後生之則一」、孔子の霊を祭る「文」を作り、後生への範とせよと指示している。その康嗣が作成した「釈奠文」は次のとおり。


A惟某年月日朔丁、大学寮某姓名等、B彩以清酌蘋菜、敬祭故魯司寇孔宣父之霊。C惟公尼山降誕、斯将聖、

（抱千載之奇姿、値百王之弊運。（主昏時乱、礼廃楽崩。（帰斉去魯、厄陳囲匡、懐傷於下蔡。（門徒三千、達者七十、（敷洙泗兮忠孝、探唐虞兮徳義。（雅頌得所、衣冠従正。

豈謂（頽山難維、逝水不停、（梁歌早吟、楹奠奄設。嗚呼哀哉。今（聖朝魏魏、学校洋洋、（褒揚芳徳、鑽仰至道。D神而有霊、化惟尚饗。

（植垣節也「校訂・家伝下（武智麻呂伝）」、「続日本紀研究」第一三六号。底本は国会図書館本＝国本）

まず、「釈奠文」の構造について述べておく。冒頭の「惟」は発語の助字。「某年月日朔丁」は釈奠催行の日付。つづく「大学寮某姓名等」は釈奠の主催者。「彩以清酌蘋菜」は供物。「敬祭故魯司寇孔宣父之霊」はつつしんで孔子の霊を祭ることを言う。「惟公尼山降誕、斯将聖」から「嗚呼哀哉」までは、祭る対象である孔子の事績を述べている。最後に「今聖朝魏魏」以下で孔子への思いを語り、神霊に祭礼を受けてほしいと述べて結びとする。

『家伝』にいう「釈奠文」は、これは他に例を見ない文章の名称であり、この文章の形態・内容に対しては妥当ではないだろう。とはいえ、この呼び名が誤りだとも言いがたい。

ア、元嘉七年九月十四日、司徒御属領直兵令史統作城録事臨漳令亭侯朱林、具㆓豚醪之祭、敬薦㆓冥漠君之霊㆒。……追惟夫子、生㆑自㆓何代㆒。曜質幾年、潜霊幾載。為㆑寿為㆑夭、寧顕寧晦。……酒以㆓両壺㆒、牲以㆓特豚㆒。幽霊髣髴、歆㆓我犧樽㆒。嗚呼哀哉（『文選』巻六十、南朝宋の謝恵連「祭㆓古冢㆒文」）

イ、惟有宋五年月日、湘州刺史呉郡張邵、……乃遣㆓戸曹掾某㆒、敬祭㆓故楚三閭大夫屈君之霊㆒。……〈事績・人となり〉……（同、南朝宋の顔延之「祭㆓屈原㆒文」）

ウ、維宋孝建三年九月癸丑朔十九日辛未、王君以㆓山羞野酌㆒、敬祭㆓顔君之霊㆒、嗚呼哀哉。夫徳以㆑道樹、礼以㆑仁清。惟君之懿、早歳飛㆑声。……以㆑此忍㆑哀、敬陳㆓奠饋㆒。申㆑酌長懐、顧望歔欷。嗚呼哀哉（同、南朝宋の王僧達「祭㆓顔光禄㆒文」）

エ、維咸康三年、荊予州刺史都亭侯庾亮、敬告㆓孔聖明霊㆒。詩書煥㆓於唐虞㆒、憲章盛㆓於文武㆒。……公以㆓玄聖之霊㆒、応㆑感円通。……神其歆之、降鑒在㆑斯（『芸文類聚』巻三十八・釈奠、晋の庾亮「釈奠祭㆓孔子㆒文」）

オ、……神而有㆑霊、儻《モシ》垂尚饗（同・祭祀、晋の王珣「祭㆓徐聘士㆒文」）

などの祭文との文体や措辞・語句の一致や類似からすると、「釈奠祭文」とでも呼ぶべきであろう。また、この釈奠の折の祭文に題が付けられていたとすれば、あるいはエのように、「釈奠祭㆓孔子㆒文」とでもあったのではあるまいか。当時釈奠の際には、こうした祭文を孔子の絵像などの前で読み上げ、その霊に呼びかけていたことが想像できる。この祭文が儀礼の一端を伝えていると考えてよいだろう。また、同類の文章が現存しないだけに、康嗣の祭文は貴重であると言えよう。なおこの祭文は、我が国に現存する中では最も古いものである。

三

右の検討によって、「釈奠文」は祭文であることを確認した。次にこの点を念頭に置いて、「釈奠文」の本文について私見を述べる。傍線部Aから順次取り上げる。諸本の本文は次のとおり。

維（国本・高知県立図書館本＝高本）

雖（彰考館本＝彰本）

惟（群書類従本＝群本）

「雖」は誤りであるが、「維」「惟」は、右に引いたイ・ウ・エによって分かるようにどちらでもよい。発語の助字である。したがって底本（国本）の「維」はそのままでよく、他本を参看して改める必要はない。

◎*維某年月日朔丁
維《こ》れ某《それ》の年月日朔丁

次にBからCに到る箇所を取り上げる。諸本の本文はいずれも、

B以清酌蘋菜……C尼山降彩斯誕将聖

とある。ここを先行研究は、次のように訓んでいる（訓みのない場合もある）。

1、彩ルニ清酌蘋菜ヲ以テシ……惟ルニ公ハ尼山ニ降誕シタマヒ、斯《スナハ》チ将聖タリ（植垣節也「『家伝下』の本文批判」、「続日本紀研究」第一三六号）

2、尼山《ぢざん》彩《あや》を降し、斯《ここ》に将聖《しやうせい》誕《あ》れます（小島憲之『国風暗黒時代の文学 上』一七六ページ）

3、清酌蘋菜をもて……惟るに公尼山彩《あや》を降し、ここに将聖誕《あ》れます（大曾根章介校注「武智麻呂伝」）

4、清酌《せいしやく》蘋菜《ひんさい》を以《もち》て……惟《おもひみ》るに、公《こう》は尼山《ぢざん》彩《あや》を降《くだ》して誕《あ》れます。斯《ここ》に将聖《しやうせい》（沖森卓也・佐藤信・矢嶋泉『藤氏家伝 注釈と研究』）

このうち2以下の訓みはほぼ同じであるが、1のみは本文改変を行っているために他とは異なる。植垣氏は改変の理由を、「諸本の原型は「惟公尼山降彩誕斯将聖」となってゐて、まったく解読困難であるが、「彩」を前行二十二字前にさかのぼらせて「彩ルニ清酌蘋菜ヲ以テシ」とすれば落着く」と述べられる。底本の祖本は一行二十二字で書かれていて、「彩」はちょうどその左の行の同じ高さに誤って写されたと考えられたのである。このような例が底本には他にもあることを述べておられ、書写の際にはありうるのかとも思う。ただ、底本のままで読解しがたいかどうかを、まず検討しておく必要がある。

B「以清酌蘋菜」は、神霊への供物が何であるかを示した部分であり、他の祭文では、同内容の箇所を次のように記している。

ア、淵明以二少牢之奠一、俯而酹《ソソグ》之（『陶淵明集』巻七、「祭二程氏妹一文」）

イ、具位姓名、遣二某官一、以二清酌庶羞之饋一、敬祭二漅湖之霊一（『初学記』巻七・湖、隋の盧思道「祭二漅湖一文」）

ウ、長史劉某、謹以二清酌庶羞之奠一、敬祭二陸明府之霊一（『楊炯集』巻十、「為二梓州官属一、祭二陸郪県一文」）

通常、「以」の直前には、釈奠主催者の姓名・官名を記したあと、ア・イのように何も付けないか、付けたとしても、ウのように「謹」でうやうやしい気持ちを表すくらいである。「彩」を付した例は見出せない。ここは誤謬を想定して後文から「彩」を移してくる必要はなく、「彩」のないのが本来の形であったと見るべきであろう。

それでは、「彩」の位置が底本のままでよいとするなら、Cの「尼山降彩斯誕将聖」をどう訓むべきであろうか。この八文字は、本祭文が四字句を中心として構成するところから考えて、四・四と切るのがふさわしい。その上で、前句「尼山降彩」をどう解するかを検討してみたい。

「尼山」は、尼丘山のことであり、叔梁紇と顔氏の女がこの山に祈って孔子を儲けたとされる。

エ、伯夏生二叔梁紇一。紇与二顔氏女一、野合而生二孔子一。禱二於尼丘一得二孔子一（『史記』巻四十七・孔子世家）

このように偉大な人物が山岳の力によって生まれたというのは、次の『毛詩』の「崧高」以来多くの例がある。

オ、崧高《スウカウ》維岳、駿極《イタリ》二于天一。維嶽降レ神、生二甫及申一。維申及甫、維周之翰（『毛詩』大雅・蕩之什・「崧高」。毛伝「崧高貌《ハ》。山大而高曰レ崧。嶽《ハ》四嶽也。……駿《ハ》大、極《ハ》至也。嶽降二神霊和気一、以生二申甫之大功一。……翰《ハ》幹也」。鄭箋「申《ハ》伯也。甫《ハ》甫侯也。皆以二賢知一、入為二周之禎幹之臣一」）

カ、天垂二三台一、地応二五岳一。降生二我公一、応二鼎之足一（『芸文類聚』巻四十六・大尉、後漢の蔡邕「大尉李咸碑銘」）

キ、公命世挺生、応レ期間出。嵩華峻極、降二惟岳之上霊一（同・大保、周の王褒「太保呉武公尉遅綱碑銘」）

ク、惟岳降レ神、惟天所レ命（同巻三十八・釈奠、梁の元帝「釈奠祭二孔子一文」）

オは四嶽が神霊を「降」して周王朝の重臣申伯と甫侯が生まれたと詠じている。カ〜クも「崧高」を踏まえるなどして、山岳が神霊を「降」してその人物が誕生したと述べている——クは孔子の場合について言う——。本祭文もこれら近似した例をもととして作成しており、「尼山」が「彩」を「降」して孔子が生まれたと解するべきである。

それでは、「彩」を「降」すとはどういうことなのであろうか。オ〜クには見えない「彩」とは何であるのかを明らかにする必要がある。先行研究では、2〜4はともに「降彩」を「彩《あや》を降し（て）」と訓んでいる。ただ、2・3は「彩」がいかなる意であるかを説いていない。4は、「しるし・奇瑞」の意と注する。聖人孔子の出生をこう描くのは、一応筋は通るであろうが、「彩」を「あや」と訓んでこの意になろうとは思えない。ここは別の訓みと意があるのではあるまいか。次にこの「彩」の意を考えてみたい。

「彩」には、

ケ、既窮二巧於規摹一、何彩章之未レ殫《ツクサ》（『文選』巻十一、魏の何晏「景福殿賦」。呂延済注「彩章《ハ》文飾也」）

コ、光明熠爚《イフヤクトシテ》、文彩璘班《タリ》（同右）

と、あやの意に解せられるものがある。これであれば「彩を降す」となるが、孔子誕生との関連は見えてこない。

また「彩」には、

サ、彤彩之飾、徒《タダニ》何為乎（『文選』巻十一、後漢の王延寿「魯霊光殿賦」）

シ、庭樹発二紅彩一、閨草含二碧滋一（同巻三十一、梁の江淹「雑体詩三十首」ノ「張司空離情華」）

のように、色彩の意もある――サの呂延済注には「彩《ハ》光也」とあり、色彩か光彩か区別しがたい。観智院本『類聚名義抄』の訓には、「カケ・イロ・ヒカリ」がある――。この意に解したとしても、「彩を降す《いろ》」が何であるかは理解できない。もう一つ別の意の例を挙げよう。

ス、日下レ壁而沈レ彩、月上レ軒而飛レ光（『文選』巻十六、江淹「別賦」）

セ、如二彼随和一、発レ彩流レ潤（同巻五十七、晉の潘岳「夏侯常侍誄」）

ともに光彩と解せられる。これであれば、尼山が「彩を降《ひかり》」して孔子が生まれたことになる。「アヤ」「イロ」であるよりも、「ヒカリ」が降臨したという方が聖人孔子にはふさわしいだろう。先に祭文が参照にしたと考えて引いたオ～クのように、山岳が神霊を降してすぐれた人物が誕生したとする表現に近いと言えよう。

ただ、「彩《ひかり》を降す」と解するのがまず妥当だとしても、なぜ孔子が光に喩えられるのかが問われねばならない。

ソ、丕《オホイニシテ》二大徳一以宏覆、援《ヒキテ》二日月一而斉レ暉（『文選』巻六十、晉の陸機「弔二魏武帝一文」。李善注「楚辞曰、与二天地一兮比レ寿、与二日月一兮斉レ光」）

タ、日月在レ躬、隠之弥曜《カガヤク》（同巻四十七、晉の袁宏「三国名臣序賛」。李善注「荘子曰、孔子囲二於陳蔡之間一。太公往弔之曰、子意者《ハオモヒミルニ》、脩レ身以明レ汙《ケガレヲ》。昭昭乎如下掲二日月一而行上。故不レ免也」。劉良注「言二其明一也」）

チ、気蘊《アツメ》二風雲一、身負二日月一（同巻五十九、梁の沈約「斉故安陸昭王碑文」。李善注は右に同じ。李周翰注「身負二日月一、言二其明一也」）

ソでは、魏の文帝のような偉大な人物は、太陽や月の輝きに喩えられた。またタでは、魏の荀彧《じゅんいく》が、チでは斉の安陸昭王蕭緬が、太陽と月をその身に負うと称えられている。このように称賛を受け仰ぎ見られる傑出した人物と太陽・月との関連が、しばしば言及されるのである。しかもタ・チについては、ともに李善注が、その身に日月の輝きを担っていくかのようだと言われた孔子の故事（『荘子』・山木）を踏まえていると指摘している。この点は注目するべきであり、孔子と日月との結び付きはかなり認識されていたと見ねばならない。さらに例を挙げておく。

ツ、子貢曰、……他人之賢者《ハ》、丘陵也。猶可レ踰《コユ》也。仲尼日月也。無二得而踰一焉。人雖レ欲二自絶《タント》一、其何傷《ソコナハムヤ》二於日月一乎。多《マサニ》見二其不一レ知レ量也（『論語』・子張）

テ、仲尼日月、無二得踰一焉。脩之仰望、殆如レ此矣（『文選』巻四十、後漢の楊脩「答二臨淄侯一牋」）

においても、孔子はその隔絶した偉大さを「日月」に擬えられている。孔子の輝きが太陽と月に喩えられていることが明らかであり、その誕生を「彩《ひかり》を降す」と描くのも十分納得できよう。そして、

ト、明均二両曜一、不レ能レ遷二代謝之期一。……尼山降レ彩、泗浜騰レ気（『王子安集』巻十五、「益州夫子廟碑」。清の蔣清翊『王子安集註』、「初学記一、纂要云、日月謂二之両曜一」前二句は、碑銘の序）

では、孔子を太陽と月の輝きになぞらえて、「明らかなること両曜に均し」と表し、その上今問題としている祭文中の「尼山降レ彩」と同じ一句が見える[2]。右の『王子安集』とは初唐王勃の『王勃集』であり、この釈奠祭文作成

以前の伝来が確認でき、(3) 奈良時代の漢詩文や和歌における受容もすでに明らかにされている。(4) 後述するように、祭文の一句の直接の出典は、王勃の「益州夫子廟碑」――「夫子廟」は孔子をまつる廟所――ということができる。

以上述べてきたところによって、祭文B〜Cは、植垣氏「校訂・家伝下（武智麻呂伝）」が底本とする国会図書館本文のままでよいと見うる。また四字句を中心とした文章構成や、直接の出典と考えられる王勃の「益州夫子廟碑」にてらして、本文は次のように句切って訓むこととする。

◎以清酌蘋菜……尼山降彩*、誕斯将聖

清酌蘋菜を以て、……尼山彩《ひかり》を降し、斯の将聖誕《う》まる。

もう一つ祭文末尾のDを取り上げる。この箇所を国・高・群本は「神而有霊化惟尚饗」、彰本は上記諸本の「有」のない形に作る。先行研究は次のように句切り訓みを施している。

1、神而有霊、化惟尚饗（植垣、国本）

2、神而有二霊化一、惟尚饗《ウケヨ》（小島、群本）

3、神而霊化、惟尚饗――神《くす》しくして霊化《みたまめぐ》む。ただ尚《こひねがは》くは饗《う》けたまへ（大曾根、彰本）

4、神而有霊、化惟尚饗――神《くす》しくして霊《みたま》あらば、化《めぐ》みて、惟れ尚《こひねが》はくは饗《う》けたまへ（沖森・佐藤・矢嶋、国本）

どの本を底本とするかによって整定する本文は自ずから異なり、どう句切るかや訓み方によってもその指し示すところはさまざまである。とはいえこの種の文章の末尾には文体上の型がある。まず四字句を基調として構成するものである。

ア、神而有レ霊、儻垂尚饗（『芸文類聚』巻三十八・祭祀、晉の王珣「祭二徐聘士一文」）

イ、若其有レ霊、歆《ウケヨ》二茲薄酹一（『文苑英華』巻九七九・祭文、初唐陳子昂「為二建安王一祭二苗君一文」）

これら(5)によれば、底本の八文字は二分するのがまず妥当である。しかも祭文の最後に神霊に呼びかける表現も、右の例と類似しており、先行する同じ文体の形式を踏襲したと見てよい。

祭文末尾の一句は、饗饌を受けるように求める内容となっている。この四字句中の「化」を、沖森氏らのごとく「化《めぐ》みて」と訓むと、神霊に対して教化や利益を懇望していることになる。この訓みはそれなりに意味を持つようには思うが、中国の祭文において、末尾一句の第一字を「化」に作る例は見えない。

ウ、敢陳㆓薄酌㆒、以献㆓明霊㆒。嗚呼哀哉。伏惟尚饗（『文苑英華』巻九七九・祭文、初唐陳子昂「祭㆓黄州高府君㆒文」）

エ、今謹具㆓贈太常卿広州都督告身幷桂陽郡太夫人告身及玉帯金章紫衣各一幅㆒。伏惟尚饗（同巻九九一・祭文、初唐張九齢「祭㆓先㆒文」）

「化」に相当する箇所は、右に見るとおり、「伏」とあるのが普通である。「伏」であれば、神霊に対して祭礼を受けるようにと丁重に述べることになって、祭文一般のあり方にも適う。そうなると「化」では不自然である。ここは同じ文体での用例や字形の相似から判断して、「化」は「伏」の誤写と見るべきであろう。よって問題の二句の本文および訓みは、次のとおりとする。

◎神而有霊、*伏惟尚饗。

神にして霊有らば、伏して惟《おもひみ》るに尚《こひねが》はくは饗《う》けよ。

四

刀利康嗣がこの釈奠における祭文を作成しようとした時、その素材となったのはどのような典籍であったのかを考えてみたい。釈奠は、大学寮で孔子とその十哲を祭る儀式であるので、孔子やその弟子たちの言行を記した『論語』や、その事績を辿った『史記』の「孔子世家」は、その一つに数えるべきであろう。また、『文選』は当時における表現の重要な源泉であり、これも含めてよい。『芸文類聚』『初学記』などの類書も種々の詩文を多数収めており、大いに利用されていた。もとよりその頃伝来していた書物はまだまだあって、大学寮にあった康嗣には披見の機会があったはずである。これら様々な典籍を繙くならば、釈奠の祭文は作成可能であっただろう。たとえば次の二句は、『論語』や「孔子世家」の記述を基盤にして、その後に挙げる『文選』a・b・cの語句を繋ぎ合わせれば、十分書きうるだろう。

ア、抱㆓千載之奇姿㆒、値㆓百王之弊運㆒。

a、収㆓百世之闕文㆒、採㆓千載之遺韻㆒（巻十七、晋の陸機「文賦」）

b、惟西域之霊鳥兮、挺㆓自然之奇姿㆒（巻十三、後漢の禰衡「鸚鵡賦」）

c、百王之弊、斉季《スヱ》斯甚（巻三十六、梁の任昉「天監三年、策㆓秀才㆒文」）。李善注「班固漢書賛曰、漢承㆓百王之弊㆒」）

ただ、実際には右のような典籍を直接参看して作成したのではないようである。前節において、祭文中の「尼山降㆑彩」は、初唐王勃「益州夫子廟碑」の一句から得たと指摘した。この二句の場合も、類似点の多さからして、次に引く同じ碑銘の序の語句を直接の出典と考えることが出来るのである。

◎承㆓百王之丕運㆒、総㆓千聖之殊姿㆒

同様の例をもう一つ挙げておく。

イ、帰㆑斉去㆑魯、含㆓歎於衰周㆒、厄㆑陳囲㆑匡、傷㆓懐於下蔡㆒。

これは、孔子の行く手に降りかかる数々の苦難をまとめたものである。『論語』には、

d、子畏㆓於匡㆒。曰、匡人其如㆑予何（子罕）

e、子曰、従㆓我於陳蔡㆒者、皆不㆑及㆑門也（先進）

f、在㆑陳絶㆑糧、従者病、莫㆓能興《タツコト》㆒。……（衛霊公）

とあり、『史記』（孔子世家）には、

已而去レ魯、斥二乎斉一、逐二乎宋衛一、困二於陳蔡之間一。於レ是反レ魯。……其後頃之《シバラクシテ》魯乱、孔子適レ斉。……自二大賢之息一、周室既衰、礼楽缺有レ間。……将レ適レ陳過レ匡。顔刻為レ僕。以二其策一指之曰、昔吾入レ此、由二此缺一也。匡人聞之、以為二魯之陽虎一。陽虎嘗暴二匡人一。匡人於レ是遂止二孔子一。孔子状類二陽虎一。拘レ焉五日。……聞三孔子在二陳蔡之間一、楚使三人聘《ムカヘ》二孔子一。孔子将レ往二拝礼一。陳蔡大夫謀曰、孔子賢者。所二刺譏一皆中《アタラム》二諸侯之疾一。今者久留二陳蔡之間一。諸大夫所二設行一、皆非二仲尼之意一。今楚大国也。来聘二孔子一。孔子用《ラルレバ》二於楚一、則陳蔡用レ事大夫危矣。於レ是乃相与発二徒役一、囲二孔子於野一。不レ得レ行絶レ糧。従者病、莫二能興一。

と詳しく受難の模様を記している。これらの措辞を適宜利用すれば、イの四句は生まれるであろう。(6) しかし、この場合も同碑文の序の、

◎帰レ斉去レ魯、発二浩歎於衰周一、厄レ宋囲レ陳、奏二悲歌於下蔡一。

に直接依拠していることは間違いない。(7) 先に挙げた二例といい今の場合といい、本祭文と王勃の碑文との語句の一致は偶然ではない。そうなると、刀利康嗣の釈奠祭文全体と王勃の「益州夫子廟碑」とを比較してみる必要がある。

次に右のほかに関係があると認められる箇所を引く。

釈奠祭文	益州夫子廟碑
ウ、門徒三千、達者七十	三千弟子、攀二睿化一而升レ堂、七十門人、奉二洪規一而入レ室
エ、敷二洙泗兮忠孝一、探二唐虞兮徳義一	折二旋洙泗之間一、探二賾唐虞之際一
オ、雅頌得レ所、衣冠従レ正	従レ周定レ礼、憲章知二損益之源一、反レ魯裁レ時、雅頌得二絃歌之旨一
カ、逝水不レ停、楹奠奄設	奠レ楹興レ夕夢之災、負レ杖起レ晨歌之迹。……楹疑レ置レ奠、壁似レ蔵レ書

語句がこれほど一致することからすると、この釈奠の祭文作成に際して、王勃の「益州夫子廟碑」を利用したのは明らかである。祭文の文体をもととして、康嗣は他の典籍も参看しつつ、執筆に当たったはずである。ただ、作品中の孔子の事績に関する主要な部分は、直接王勃の碑文に依拠している。つまり釈奠の祭文に、孔子の事柄を多く盛り込もうとした時、その目的にかなう素材として「益州夫子廟碑」に着目したのである。その際、祭文と碑文との文体の相違は、特に問題にはならなかったようである。

五

「益州夫子廟碑」を収載する『王勃集』は、上代文学に大きい影響を与えており、『懐風藻』『万葉集』などにその跡をとどめている。またその受容の範囲は、一部の貴族や文人のみにとどまらず、下級官人層にまで広がっていた実態が明らかにされている(8)。今まで見てきた釈奠祭文における王勃碑文の影響は、もう一つの分野での摂取と言ってよい(9)。

正倉院に蔵する王勃詩序の旧鈔本一巻の巻末に、「慶雲四年七月廿六日」と記されていることから、この残巻の底本は大宝四（慶雲元〈七〇四〉）年に帰国した遣唐使がもたらしたと考えられている(10)。おそらく『王勃集』そのものがこの時我が国に伝来したのであろう。そうなると請来の翌年に当たる慶雲二年には、その中の一文を刀利康嗣が自らの釈奠祭文に取り入れたことになり、いち早い受容と言うことができる。藤原武智麻呂の依頼に応じるべく、康嗣は参看しうる典籍を求め、新来の『王勃集』を手にしたという経緯を想像してよいであろう。

『王勃集』が日本に伝えられるについては、初唐期における文学の動向を反映したと考えられている(11)。王勃は当時の人々の需めに応えて文章を作り、多くの報酬を得ていた――「潤筆」(12)と言う――のであった。

　翰林盛事云、王勃所㆑至、請託為㆑文、金帛豊積。人謂㆓心織筆耕㆒〈北里志〉（『雲仙雑記』巻之九、「心織筆耕」）。

『四部叢刊』続編・子部）

つまり、王勃の文名は生前から広まっていたのである。評判は、その没年から三十年も経っていない大宝二〜四年に渡った遣唐使の耳にも届いていたのであろう。それに没後編まれた『王勃集』はすでに流布していたに違いなく、遣唐使の目に留まる機会もあって、購うに到ったのではあるまいか。書籍を舶載する際には、時代——限定して言えば文人社会——の好尚といったものに影響を受けて選書する面もあっただろう。王勃の碑文が釈奠の祭文に影を落とすについては、康嗣が偶然『王勃集』を手にしたのかも知れないが、実はその背後にはそうなるだけの必然性は存したと見てよいと思う。

六

本章は、『家伝』についてのささやかな報告である。「武智麻呂伝」中の祭文本文のあるべき姿を検討してみた。文体の持つ特性から妥当な本文を導き出すことが、場合によっては可能である。また本文の典拠が明らかにできれば、それによって本来の本文を推測することもできる。右の方法によってすべての問題が解けるはずもないが、有効となる場合もあるように思う。『家伝』は古写本に恵まれていない。本文が信じるに足るか否かの判断は容易ではないが、右のような方法による考察を行えば、ある程度は確かめられるのではないだろうか。もとよりこの方法は十全ではない。典拠を求め得ない文章の方が多いであろう。典拠を探し当てて判断を下し得たとしても、その結果については検証を試みる必要がある。検証をいかに行うかは問題であるが、まずは文章の流れの中で、当該の箇所がどのように位置づけられるかを考えることが肝腎であろう。

奈良時代に日本に存した典籍は少なくはないだろう。その中から典拠と見るべき典籍を見つけるのは容易ではない。散逸してもはや披見のかなわぬ書籍もかなりの数に上るはずである。そうであっても、今手にしうる諸書からも見えてくるものがあるように思う。

本章は、「武智麻呂伝」の「釈奠文」本文にまつわる問題を中心に述べて来た。伝記の中に作者名とともに、その全文を引用しているのであるから、武智麻呂にとっても重要な一文だったのであろう。人物を考える上でも注目するべきであるように思う。おそらくは読誦したであろうこの祭文は儀礼のどのあたりで誰が読み、それがどのような意義を有したのであろうか。また、これ以後祭文制作は継承されたのか、いつまでつづいたのかなど、考えてみるべき課題は数多く残っていると思う。釈奠の歴史の中で検討する必要があるだろう。

釈奠は、平安時代においては、二・八月の上丁に大学寮で催す行事である。ここで取り上げた慶雲二年仲春の釈奠は、その行事の中身が、平安時代のそれとどれ位重なり、どれ位異なるのであろうか。[13] この行事の変遷を辿る上で、慶雲二年の釈奠のために作成された康嗣の祭文は重要な資料である。この行事の始発から三年後となるこの年の記録や祭文が、今後検討されることに期待したい。

注

（1）釈奠は、大学寮と国学で孔子やその弟子（十哲）をまつる儀式で、中国から伝来した。学令には、「凡大学国学、毎年春秋二仲之月上丁、釈㆓奠於先聖孔宣父㆒」（『令義解』巻三）と規定しており、毎年二月と八月の上丁の日に催していた。我が国での初見は、大宝元（七〇一）年二月（『続日本紀』、「丁巳、釈奠〈注、釈奠之礼、於㆑是始見矣〉」。「丁巳」は十四日。〈 〉内は割注）。弥永貞三「古代の釈奠について」（『日本古代の政治と史料』所収）、翠川文子「釈奠（二）――孔子像――」（「川村短期大学研究紀要」第十一号）などを参照。

（2）「尼山降㆑彩」の「降㆑彩」については、『王子安集』（巻十六）の「益州緜竹県武都山浄恵寺碑」序に、「法師玉函降㆑彩、金瓶探㆑色」とも見える。

（3）東野治之「『王勃集』と平城宮木簡」（『正倉院文書と木簡の研究』所収）参照。

（4）小島憲之『上代日本文学と中国文学 中』第五篇・第五章「萬葉集と中国文学との交流」、『同下』第六篇・第一章「懐風藻の詩」、『国風暗黒時代の文学 上』四七六〜四七八ページほか参照。

（5）文体は異なるが、『文選』（巻五十七）晋の潘岳「馬汧督誄」にも、「死而有レ霊、庶慰二冤魂一」と類似の例が見える。

（6）魏の李康「運命論」（『文選』巻五十三）の「以二仲尼之智一也、而屈二厄於陳蔡一」ほか、孔子の事績は諸書に記されている。これらも参照の範囲内にあるだろう。

（7）藤原萬里「仲秋釈奠」（『懐風藻』97）の「運冷時窮レ蔡、吾衰久歎レ周」の後句の典拠として、諸注は「子曰、甚矣、吾衰也。久矣、吾不三復夢見二周公一」（『論語』述而）を引き、自分が衰えて久しく周公を夢に見なくなったことを嘆くと解する。しかし、詩の「歎レ周」は、周王朝の衰退を嘆くとよむべきであり、この部分については、右の『論語』を指摘するだけでは十分ではない。ここは王勃「益州夫子廟碑」の「帰レ斉去レ魯、発二浩歎於衰周一、厄レ宋囲レ陳、奏二悲歌於下蔡一」も出典として挙げれば、詩の内容に添うだろう。詩中の対「蔡—周」がこの碑文にもあることを勘案すれば、可能性は高くなってこよう。

（8）注（3）論考参照。

（9）後藤昭雄「貞観三年東大寺大仏供養呪願文」（『成城文芸』第一四〇号）、「同（承前）」（『成城文芸』第一四一号）、「菅原是善の願文と王勃の文章」（『成城国文学』第三十四号）が、菅原是善が書いた呪願文と呪願に、王勃の散文の受容が見られると指摘している。

（10）注（3）論考参照。

（11）東野治之「『庾信集』と威奈大村墓誌」（『遣唐使と正倉院』所収）参照。

（12）「潤筆」については、青木正兒「支那の売文」（『江南春』）・「文苑腐談」。『青木正兒全集』第七巻、所収）、同「中華文人の生活」（『琴棊書画』。同所収）、佐伯富「士大夫と潤筆」（内田吟風博士頌寿記念会編『内田吟風博士頌寿記念東洋史論集』所収）参照。

（13）『続日本紀』文武天皇五（七〇一）年二月十四日条に、「丁巳、釈奠〈注、釈奠之礼、於レ是始見矣〉」と見える。

3　『伊勢物語』の三月尽

一

平安時代の承和年間（八三四―八四八）に、『白氏文集』がまとまって伝来する。[1]『文徳実録』の仁寿元（八五一）年九月二十六日条に記す藤原岳守の卒伝は、伝来の最も古い記録をとどめている。承和五年に、唐からの貨物を点検していて「元白詩筆」を見出し、仁明天皇に奏上したとある。この書は、元稹と白居易の詩文を集成したものであろう。大学寮に学んだ文人でもある岳守の目に留まり、詩文に造詣のある天皇にもたらされたことは、これから本格化する白詩受容のさきがけであり、注目に値する。

この後の主な伝来について述べておこう。留学僧円仁は、承和六年に、帰朝する第十七次遣唐使にこれまで集めた内典外典の移送を委託している。その目録『慈覚大師在唐送進録』（『大日本佛教全書』第九十五巻・目録部一）には、

杭越寄和詩幷序一帖　　任氏怨歌行一帖白居易　　攬楽天書一帖

を記している。さらに円仁が承和十四年に帰朝した時にもたらした典籍の目録『入唐新求聖教目録』（同前）には、

杭越唱和詩一巻　　白家詩集六巻　　杭越寄和詩集一巻

がある。これらは白居易の詩や友人らとの唱和をまとめた詩集などである。

そして、同じく渡唐僧恵萼が、(2)承和十四年に日本へ戻ってきた時に、白居易が蘇州南禅院に奉納した六十七巻本『白氏文集』を書写して将来している。これを転写した金沢文庫旧蔵本『白氏文集』の奥書には、

本云、会昌四年五月二日夜、奉二為日本国僧恵萼上人一写二此本一、且縁二忩々夜間睡夢一、用筆都不レ堪レ任、且宛二草本一了（巻三十三、天理図書館蔵本）

とある。このほか現存する他の巻の奥書によると、唐の会昌四年（承和十一年）三〜五月に諸人に書写・校勘させ、それを持ち帰ったことが分かる。(3)

この四件の資料のうち一番まとまっているのは、恵萼がもたらした六十七巻本の『白氏文集』である。その完本が伝えられたかどうかは定かではなく、この系統が平安時代に流布した伝本なのではないとのことである。(4)それはともかくとして、恵萼はなぜ一文人の大部な詩文集を必要としたのであろうか。恵萼はその時点ですでに一度渡唐した経験があり、唐の文化に通暁していたはずだが、個人の欲求にもとづくだけとは思えない。将来するに当たっては、人を雇って短期間に書写・校勘しており、大枚を費やしたことであろう。とうてい一僧侶の意思や資力のみでなしうる事業ではない。おそらく貴顕の命を受けて『白氏文集』の入手に努めたのであろうと思われる。そうなると、当時すでに白居易の詩文に多大の関心を払い、それをまとめて求めようとする人がいたということになる。それまでにわずかな詩文が何らかの形で徐々に伝わり、少しずつ都人の興味を喚起するという背景が、恵萼の将来にはあったのではないだろうか。

「与二元九一書」（『白氏文集』巻二十八・1486）は、白詩がよく口の端に上っていたことを書き記している。高霞寓という人物が倡妓を身請けしようとしたところ、その妓は、自分は「白学士長恨歌」が唱えるのでほかの妓女と一緒にするなと言って、身請けの金額をつり上げたという。また、長安から江西へ向かう道中、「士庶僧徒孀婦処女之口、毎毎有下詠二僕詩一者上」さまざまな階層の人々が自分の詩を口ずさんでいたとも書いている。友人元稹が書い

た「白氏長慶集序」（『元氏長慶集』巻五十一）には、

禁省観寺郵候牆壁之上無レ不レ書、王公妾婦牛童馬走之口無レ不レ道《イハ》。至三於繕写模勒、衒二売於市井一、或持レ之以交二酒茗一者《アリ》。処処皆是。

と、白居易の詩がいたるところに書きつけてあり、身分の上下を問わず口誦し、街ではその本が売買されていたという。さらに、「自二篇章一已来、未レ有二如レ是流伝之広者一」と、史上かつてないほど広範に流布していることを紹介している。このような唐における白詩の流行が入唐僧らに影響を与え、将来への意欲を醸成した状況は当然考えられる。また、平安京の貴人がすでにその魅力に惹かれ、まとめて入手しようとした可能性もあろう。典籍購入に要した費用がどれくらいかは不明だが、紙・筆・墨・書籍の貸借・人手等には、莫大な金額を支払ったことであろう。教養と財力のある貴顕でなければ、この依頼はなしえぬはずである。平安朝の白詩流行に到るには、承和期におけるまとまった伝来がなければならないが、伝来のためには白詩愛好の機運が少しずつ熟さねばならなかったと考えておきたい。

　白詩が平安朝文学に多大な影響を与えたことは、今さら述べるまでもない。ただ、承和期以降九世紀中頃までは、和歌・漢詩文等の文学作品があまり残っておらず、受容の様相が明らかではない[5]。貞観・元慶期（八五九―八八五）に到って、ようやく島田忠臣・菅原道真らの漢詩文における享受の模様がはっきりしてくるのである。和歌・物語についてもほぼ同じ頃の作品において、白詩を受容したものが見られるようになる。『伊勢物語』がその作品の一つであり、近年この方面からの研究が盛んになっている。『白氏文集』の語句・表現・詩想などが取り入れられていることについては、綿密な検討が行われており、作品の特質を明らかにする上でも有効であるように思われる。この物語の主人公とも言われる在原業平の学才とも絡んで、今後問題は多岐にわたって行くであろう。本章では、『伊勢物語』における、白詩受容の背景や様相および業平の学識等について検討を試みたい。

二

『伊勢物語』の八十段は、三月つごもりにまつわる一話である。

　昔、衰へたる家に、藤の花植ゑたる人あり。三月のつごもりに、その日雨そほ降るに、人のもとへ折りてたてまつらすとて詠める。

　　濡れつつぞしひて折りつる年の内に春はいくかもあらじと思へば

「三月のつごもり」は、三月の末頃の意。「濡れつつぞ」の歌は、『古今集』（巻二・133・春下）に業平の作として収載している。その詞書には、「やよひのつごもりの日」とあり、こちらは三月末日のこととしている。また、『古今集』の配列においても、春の終わりの日の歌群三首中に属しており、三月尽日の詠ということになる。この和歌について、金子彦二郎氏が典拠として、

　惆悵春帰留不レ得、紫藤花下漸黄昏（『白氏文集』巻十三・0631、「三月三十日、題二慈恩寺一」、『千載佳句』上・115・送春、『和漢朗詠集』巻上・52・三月尽）

を挙げている。[6] 金子氏はこれ以上の検討を加えておられないが、詩題は「三月三十日」、第一・二句は「慈恩春色今朝尽、尽日徘徊倚二寺門一」とあって、三月尽日に行く春を惜しむ思いがあること、「紫藤花下」と藤の花を詠み込んでいることが和歌と重なる。第八十段が惜春を詠じるこの白詩にもとづいているのは間違いない。三月尽日の風情を詩に詠じるのは白居易の独創であり、これが平安時代の文学に多大な影響を与えたことは改めて言うまでもない。[7]

　藤の花は、『万葉集』では、

妹が家に伊久里の社《もり》の藤の花今来む春も常かくし見む（巻十七・3952・大原高安）

十二日遊二覧布勢水海一、船二泊於多祜湾一、望二見藤花一、各述レ懐作歌四首

多祜の浦の底さへにほふ藤波をかざして行かむ見ぬ人のため（巻十九・4200・内蔵縄麻呂。「十二日」は、天平勝宝二年四月十二日）

とあるとおり、春および初夏の花として描かれていた。いっぽう日本の詩において藤の花は、あまり描かれることがなかった。取り上げたとしても、

嘯レ谷将《ト》レ孫語、攀レ藤共レ許親（『懐風藻』73、紀男人「扈二従吉野宮一」）

幽奇巌嶂吐二泉水一、老大杉松離《カク》二旧藤一（『文華秀麗集』巻中・73、嵯峨天皇「過二梵釈寺一」）

と、山中に蔓をはわせる植物として描かれるにとどまり、その花には注目していない。それに、「天台山道道何煩、藤葛因縁得二自存一」（『菅家文草』巻五・388、「劉阮遇二渓辺二女一詩」）のように、神仙境を象徴する植物ともなっていた。『万葉集』において藤の花が賞翫され惜しまれていたにもかかわらず、その美しさを詩に詠むには到らなかったのである。

白居易は、右に引いた慈恩寺での詩にあるとおり、過ぎ去る春を留めるすべなく、見送らざるを得ない。その思いを「惆悵」で表している。まずこの語に注目して、三月尽日の詩情を検討しておきたい。この語は嘆き悲しむの意で、戦国時代楚の宋玉「九弁」（『楚辞』、『文選』巻三十三）の「廓落兮羈旅而無二友生一、惆悵兮而私《ヒソカニ》自憐」（王逸注「後レ党失レ輩、惘愁毒也」「窃内念、已自閔傷也」）が古い例。追放の憂き目に遇った楚の屈原の、連れのいない孤独な旅を続ける悲嘆を表したことばである。

徘二徊桂宮一、惆二悵柏梁一（『文選』巻十、晋の潘岳「西征賦」。劉良注「言、尽《コトゴトク》已毀壊、故徘徊惆悵也」）

乖離即《ツケバ》二長衢一、惆悵盈二懐抱一（同巻二十、晋の孫楚「征西官属、送二於陟陽候一作詩」）

流離親友思、惆悵神不ㇾ泰（同巻二十八、晉の陸機「挽歌詩三首」ノ三。李周翰注「惆悵《ハ》痛恨也」）

宮殿の跡をさまよいながら往時をしのぶ、友との別れを悲しんで胸がいっぱいになる、人の死を悼んで嘆くなど、悲傷悲嘆を表す語である。その人にとって深刻で、痛切な響きを持っていることが分かるであろう。

白居易の詩にも頻出する語である。三月尽日の詩における例を検討しておく。

一春惆悵残三日、酔問㆓周郎㆒憶得無《イナヤ》。柳絮送ㇾ人鶯勧ㇾ酒、去年今日別㆓東都《ニ》㆒（巻五十四・2465、「三月二十八日、贈㆓周判官㆒」）

春は残りわずかであり、別れが迫っている。そこで自分（蘇州刺史）の部下である周元範に問いかける、一年前の今日洛陽に別れを告げたことを覚えているかと。都を離れて遠方へ来たことを嘆き悲しんでいるのである。

三月三十日、春帰日復暮。惆悵問㆓春風㆒、明朝応ㇾ不ㇾ住《トドマラ》。……唯有㆓老到来㆒、人間無㆓避処㆒。感ㇾ時良《マコトニ》為ㇾ已《ヤメリト》、独倚㆓池南樹㆒。今日送ㇾ春心、心如ㇾ別㆓親故㆒（巻十・0487、「送ㇾ春」）

三月尽日に春は去り、その夕暮れに白居易の感慨は極まる。先に引いた、「惆悵春帰留不ㇾ得、紫藤花下漸黄昏」（「三月三十日、題㆓慈恩寺㆒」）が想起されよう。悲傷を抱えて、春風に明日はもういないのだろうと問いかける。「惆悵」の背後には、この世にあっては逃れがたい老いがある。我が老いはいかんともしがたいと悄然となる。若さの象徴とも言うべき春が過ぎ去って、己の老いに思いを致さざるを得ないのであった。春を見送るのは、親族や友人と別れる辛さのようだと、哀切な別離に喩えている。

送㆓春帰㆒、三月尽日日暮時。……帝城送ㇾ春猶怏怏、天涯送ㇾ春能不ㇾ加㆓惆悵㆒。莫㆓惆悵㆒、送ㇾ春人。冗員無ㇾ替五年罷、応須㆓准擬㆒五送㆓潯陽春㆒。五年炎涼凡十変、又知此身健不ㇾ健。好去今年江上春、明年未ㇾ死還相見（巻十二・0592、「送㆓春帰㆒　元和十一年三月三十日作」）

三月尽日の日暮れ時に、帰り行く春を見送る。ここでも深い思いが夕刻に沸き上がる。都にいてさえ春を見送るのは「悢悢」として悲しい。ましてや「天涯」つまり江州にいては嘆き悲しみはいや増しに増す。ここで五回春を見送ることになるのだろう、私は健やかでいられるかどうか、来年私がまだ死んでいないならまた会おうと、三月尽日の悲しみを、左遷の地において、春に向かって訴えている。この地で五年間江州司馬という閑職に甘んじねばならないのだろうと見通している。そんな中での春との別れが、「惆悵」を倍加させるのであった。

　以上、語義を確認しながら、「惆悵」および三月尽日の詩に詠み込まれた「惆悵」の用法等を見た。いずれもその奥には、現状の辛苦にもとづく深刻な感情が横たわっていることが分かる。それは、都との別れであり、老いの到来であり、これからもつづく謫居での暮らしであり、どれも容易には超えられない問題ばかりであった。三月尽日という日がこういう感懐を呼び起こすのである。すでに引いた「三月三十日、題二慈恩寺一」における白居易の思いを振り返ってみると、慈恩寺において春を留め得ないことを、たんに「惆悵」しているだけにとどまるように見受ける。しかし、白居易の心には、わだかまる何らかの事情が伏在していたのであろう。ここではそれを言い表さなかっただけなのではあるまいか。それは、「惆悵」の諸例から明らかなように、嘆き悲しみを生み出す切実な問題であったと思うのである。白居易は、三月尽日に新たな詩情・風情を見出したことは間違いないが、それに浸るだけではなかったのである。[8] もちろん「惆悵」を伴わぬものの、背後に別れの悲しみ・老いの苦しみ・貶謫の辛さなどを抱える白詩もあり、その詩の方が多い。一例挙げておこう。

　一従三沢畔為二遷客一、両度江頭送二暮春一。白髪更添今日鬢、青衫不レ改去年身。百川未レ有二廻流水一、一老終無二却少人一。四十六時三月尽、送レ春争得レ不二慇懃一（巻十七・1022、「潯陽春三首」ノ「春去」）

江州に左遷されて二度春を見送ることになる。思うのは老い。白髪は増えるばかり、老いることはあっても若くなることはない。春を送るにも懇ろにならざるを得ない。この日に我が老いへの意識が深まるのである。春が行き過ぎるのは、我が身の春が過ぎ去ることでもあった。大半の三月尽の詩には現実の悲哀や辛苦・嘆きを背景に持っていると言えよう。そして、それまで潜んでいた思いが、この日に、春への愛惜とともに沸き上がって来て、多くの詩が生まれるのである。

これまで三月尽日の白詩には、惜春の詩情とともに白居易の悲哀・苦悩があることを述べてきた。じつはこれとともに、行く春への愛惜のみを詠む詩もある。

鞍馬夜紛紛、香街起二闇塵一。迴レ鞭招二飲妓一、分レ火送二帰人一。風月応レ堪レ惜、杯觴莫レ厭レ頻。明朝三月尽、不レ忍レ送二残春一（巻二十・1365「飲散夜帰、贈二諸客一」）

宴が終わって花街から酔客らが帰る慌ただしさと、間もなく終わる春を惜しんで、なおも酒を勧める白居易を描いている。「応レ堪レ惜」「不レ忍」と春への愛惜を再度述べ、他の客に共感を求めるかのようである。

雲樹玉泉寺、肩昇半日程。更無二人作一レ伴、祇《タダ》共レ酒同行。新葉千萬影、残鶯三両声。閑遊竟《ツヒニ》未レ足、春尽有二余情一（巻五十八・2835「独遊二玉泉寺一　三月三十日」）

大木の聳える玉泉寺には、早くも新緑が影を落とし鶯の鳴き声はまばらになっていて、夏の気配が漂う。一人のんびり遊んでも飽きることはなく、春が終わってもその風情はなお残っている。春の情趣を惜しむべく、緑溢れる玉泉寺を訪れて存分に味わおうとしたのである。

晩来林鳥語殷勤、似下惜二風光一説中向人上。遣《シメ》レ脱二破袍一労報レ暖、催レ沽《カフヲ》二美酒一敢辞レ貧。声声勧レ酔応須レ酔、一歳唯残半日春（巻六十四・3131「三月晦日、晩聞二鳥声一」）

暮れ方に鳥が鳴いていて、春の風光を惜しんで人に語りかけるかのよう。夏に向けて上着を脱げ、美酒をもとめよとも。これだけ勧めているのだからあと半日だけの春に酔うとしよう。残りわずかな春の風光に身を置き、存分に楽しもうという気持ちがよく現れている。去って行く春を惜しむ詩情を描き出すことに主眼がある。これらの詩には、春を愛惜する情趣のみがあると見てよかろう。三月尽日の詩には、すでに見た切実な悲傷や辛苦などを抱えた場合とこれを持たない場合とがあり、その幅の広さに注目しておきたい。

さらに業平とほぼ同じ時代およびやや下る頃の三月尽詩を見ておこう。まず島田忠臣（八二八—八九二）の詩。

鶯収二好語一樹凋粧、向レ老驚傷過二歳芳一。上寿難レ逢重二少日一、遅春不レ見再中光《ナルヲ》。……（『田氏家集』巻之上・31、「三月晦日、送レ春感題」）

鶯はよき声をやめて木の花が凋む三月晦日、老い行く我が身には春の過ぎるのは傷ましい。若き日々は帰らず、春が終われば春光を見ることはできない。過ぎ行く春に我が老いを重ね合わせる悲傷を描き出している。

次に菅原道真（八四五—九〇三）の詩を取り上げる。

春送二客行一客送レ春、傷懐四十二年人。思レ家涙落書斎旧、在レ路愁生野草新。……（『菅家文草』巻三・188、「中途送レ春」）

仁和二（八八六）年春、讃岐守として任地に赴く途次の作である。詩臣として天皇に仕えるのが務めと心得ている道真(9)にとって、地方官となるのは不本意であった。行く春に心を傷めるとともに、意に染まぬ勤務に向かう気の重さを描いている。家を思って泣き旅の憂愁をかみしめるのはその現れである。

風月能傷二旅客心一、就レ中春尽涙難レ禁。去年馬上行相送、今日雨降臥独吟。花鳥従レ迎二朱景一老、鬢毛何被二白霜侵一。無二人得レ意倶言咲一、恨殺茫々一水深（巻三・224、「春尽」）

仁和三年の詩。春が終わって風月は旅人道真の心を傷ましくする。夏の光を迎えて花鳥が老いるように、我が髪は白くなると、己の老いに触れる。この詩で注目するべきであるのは、孤独である。ひとり伏して春を送る詩を吟じ、ともに語らう人のいない悲しみを訴えている。都から離れて、心の通い合う家族や友人のいない辛さが、春の終わりに身に染みたのである。

我情多少与レ誰談、況換二風雲一感不レ堪。計二四年春一残日四、逢二三月尽一客居三。……（巻四・251、「四年三月廿六日作」）

仁和四年の詩。国守として三度目の三月尽日を迎えようとしていた。赴任以来、毎年三月尽の詩を詠じている。心の内を誰と語るのか、都の文人から外吏へと転じた辛さはいかんともしがたいと、ここでも孤独と本分ではない勤めに従事する苦悩がにじみ出る。春の終わりはこのような感慨を誘発したのであった。

この三首において、詩臣としての自負を持ちながら、意に反して讃岐国に転出しなければならなかった悲哀と語り合う人のいない孤独を抱えている。このいかんともしがたい苦悩を導き出したのは、三月尽日における春を惜しむ情感であった。ただ情趣としての惜春にひたるだけではなかったのである。これに対して、己の悲傷・苦悩を背後に持たない惜春のみを詠じる詩も詠んでいる。

送レ春不レ用レ動二舟車一、唯別二残鶯与一落花一。若使三韶光知二我意一、今宵旅宿在二詩家一（巻五・391、「送レ春」）。『和漢朗詠集』巻上・53 54・三月尽）

花心不レ得レ似二人心一、一落応レ難レ可二再尋一。珍重此春分散去、明年相二過旧園林一（同・392、「落花」）

自二初出レ谷被二人憐一、春色尽時自黙然。若有二遺音長不レ絶、明年可レ奏二早梅前一（同・397、「鶯」）

寛平七（八九五）年三月二十六日、東宮敦仁親王（後の醍醐天皇）のもとめに応じて十首を即詠した。その中の三首である。春の光を今夜は詩人の家に泊まらせたいと願い、これで会えなくなるけれど、散る花には来年もとの庭でまた咲いてくれと語りかけ、鶯には明年の早春梅の木の前で鳴けと求めている。いずれも行く春を惜しむ内容となっている。また応令の制約があるからなのだろう、どれも自分の悲しみや嘆きを託していない。愛惜に終始している。白詩にも同様の詩があることは前に述べた。道真の三月尽詩にも二とおりの詠み方があったのである。

三月尽日の詩を白居易と平安朝の詩人について見てきた。白詩の背後には春との別れの悲しみや老いの苦しみなど複雑な悲哀があった。また、行く春を風情として味わおうとするだけの詩もあり、惜春の情は多様である。三月尽日はそんな感懐を起こさせる日だったのである。平安朝における詩は、この詠風をよく受け継いでいたと言えよう。

三

三月尽詩の影響を受けたと思われる『伊勢物語』の諸段は、どのようにこの風情を描いたのであろうか。すでに引いた第八十段から見ておく。この段は、「衰へたる家」の人が雨に濡れながらも藤の花を折って、貴顕と思しき人物に奉呈したという一話を描いている。時あたかも「三月つごもり」で、「年の内に春はいくかも」ない。暮春の花である藤を惜しむ心が「衰へたる家」の人にはあり、それをある貴人と共有しようというのであろう。白詩の「三月三十日、題㆓慈恩寺㆒」と「三月のつごもり」、「紫藤花下漸黄昏」と「藤の花」など共通する語があり、何よりも行く春を惜しむ心が、白居易にも「衰へたる家」の人にもある。ただ、白詩に言う「惆悵春帰留不㆑得」、つまり帰って行く春を留め得ないことを「惆悵」する思いが、ここにはない。検討したように、「惆悵」は自己が抱える苦悩や悲傷を現した語であって、それは容易に解決しがたい問題について言うのであった。この白詩はどんな苦悩を内包していたかを示していない。そういったものはなかった可能性はある。なかったとしても、春が行くのを嘆く気持ちは痛切であったと見ねばならない。第八十段の人物には、そこまでの深刻な思いはない。先に示したとおり、白詩には、たんに惜春の情趣のみを詠むものがある。この類の詩の影響があるとも考えられようが、典拠にある「惆悵」が示す痛切な思いを受け入れるまでには到っていない。

次に同じ白詩を踏まえたと考えられる第九十一段を取り上げる。

昔、月日の行くをさへ嘆く男、三月つごもり方に、

惜しめども春の限りのけふの日の夕暮れにさへなりにけるかな

この段においても、白詩の「三月三十日、題㆓慈恩寺㆒」と「三月つごもり方」、詩題「三月三十日」・「慈恩春色今朝尽」と「春の限りのけふの日」、「紫藤花下漸黄昏」と「夕暮れ」などと、同様の語句や表現が見られる。ともに惜春の情が横溢している。詩情や語句の類似からして、この詩の受容は明らかであろう。ただ、第九十一段の男の嘆きは感傷にとどまり、詩の「惆悵」が内包する深刻な情感を盛り込むまでには到っていない。男は月日の経過をさえ嘆いていたとあるが、いかんともしがたい悲嘆や苦悩を抱えているかどうかは描いていない。白詩享受の観点から言えば、詩の輪郭は取り込んでいるが、肝心の詩情については取り込もうとしてはいないと言えよう。

第八十三段。水無瀬での狩を終えた惟喬親王を、「馬の頭なる翁」がその邸第へ送った。そして急いで帰途につこうとしたところ、親王が行かせなかったので、翁はたまらず、「枕とて草引き結ぶこともせじ秋の夜とだにたのまれなくに」と詠じる。そして、「時は三月《やよひ》のつごもりなりけり。親王《みこ》おほとのごもらで明かしたまうてけり」とつづく。折しも三月の末、行く春を惜しむ親王は、翁を引き留めてともに名残の春を味わおうとする。三月尽に、白居易が客に酒を勧めて帰さなかったのと似ている（巻五十四・2472、「春尽勧㆓客ニ酒ヲ㆒」の「嘗㆑酒留㆓閑客㆒、行茶使㆓小娃㆒」）。讃岐国にあって、惜春の情をともに語る人のいない寂しさを語った道真の状況を思い合わせたい。この段は親王と翁の交流の中に惜春の情を織りなしている。親王にとっては、翁が退出するのは春が帰って行くこととも映ったのであろう。通常、

三月三十日、春帰日復暮（『白氏文集』巻十・0487、「送㆑春」）

送㆓春帰㆒、三月尽日日暮時（同巻十二・0592、「送㆓春帰㆒元和十一年三月三十日作」）

春日暮往山館無、谷風迅《トク》却物色少（『新撰万葉集』巻下・272・春歌）

とあるように、春は日が暮れるとともに帰って行くものと理解され、詩に詠じられる。そしてこの時に惜春の思い

は極まるのである。親王の振る舞いは、詩に現れた惜春の詩情をより強調したかのようである。やや特異な惜別の表現は、物語独自の受け止め方と言えよう。ここでも惜春の情を学び取ってはいるが、白詩が背後に持っていた現実の悲傷や嘆きは見られない。

春との別れを惜しむ風情を描いていると思われる章段の四つ目を検討しておく。第七十七段である。田村の帝（文徳天皇）の女御多賀幾子がみまかって幾日か経って、安祥寺で法会を行った。その時に「右の馬の頭なりける翁」が和歌を詠じた。

山のみな移りてけふに会ふことは春の別れをとふとなるべし

一首は、山がみなここに移って出会うのは、女御との春の別れを惜しむためなのだろうの意。ここにある「春の別れ」を問題にしたい。次の例から分かるように、春末における春との別れの意である。

待ててふに止まらぬものと知りながらしひてぞ惜しき春の別れを（『寛平御時后宮歌合』32・春歌）

返し、衛門命婦

暮れはてて春の別れの近ければいくらのほども行かじとぞ思ふ（『伊勢集』116、伊勢の歌『四月一日宮にて』への返歌）

三月つごもりの日になりて、君達吹上の宮にて春惜しみたまふ。……「春を惜しむ」といふ題を書きて奉りたまふ。……

あるじの君

いつかまた会ふべき君にたぐへてぞ春の別れは惜しまるるかな

良佐

時の間に千たび会ふべき人よりは春の別れをまづは惜しまむ（『うつほ物語』・吹上の上）

この段の「春の別れ」のもとになったと思われる詩語に「春別」があるが、この語は、

坐歎青春別、逶迤碧水長（初唐宋之問「送三姚侍御出使二江東一」）

去年春別湘水頭、今年夏見青山曲《クマ》（中唐元稹「紫躑躅」）

煙郊春別遠、風磧暮程深（『白氏文集』巻十三・0651、「春送下盧秀才下第遊二太原一、謁中厳尚書上」）

などの唐詩によれば、春における人や花との別れの意である。平安朝でも、「春日別二原掾赴レ任」（『文華秀麗集』巻上・25、巨勢識人詩題）、「早春別二阿州伴掾赴レ任」（同巻上・28、紀末守詩題）、「春日留二別菅大夫一。探レ韻得レ春」（『田氏家集』巻之中・106詩題）は、春に人と別れたと述べている。「別時節候春云《ココニ》暮、為レ謁二慈親一辞二帝京一」（『文華秀麗集』巻上・20、嵯峨天皇「左兵衛佐藤是雄見《ラレ》レ授レ爵、之《ユキテ》二備州一謁レ親。因以賜レ詩」）は、「別れし時」が「春云に暮れ」だったとある。また、『千載佳句』（下・別離部）に「春別」の項目はあるが、「澹蕩和風催二去袖一、揺揚淑景照二離鐏一」（935、李許「送二舎弟一」）、「柳堤惜レ別春潮落、花榭留レ歓夜漏分」（938、許渾「別二李詡一」）などと、春に人と別れたことを詠じている。「春別」には春との別れの意はない。

歌語「春の別れ」は、過ぎ去る春との別れがその意味の中心であり、春における人との別れの意はない。第七十七段の場合もそのはずである。しかし、ここに女御多賀幾子との春の別れを重ねているために、詩語「春別」の意をも込め、異例の歌語となったのである(10)。

この段の歌は、三月尽日における春との別れとともに、亡くなった女御との別れを詠じている。春尽の日の悲傷を詩歌に描く中で、人との別れを何らかの形で取り上げることはあったが、それが人の死である例はほかにない。情趣の拡大解釈とも言えよう。元来惜春の情趣と死を悼む思いとは相容れないのであろう。『伊勢物語』以降もこの取り合わせは見られない。その意味でこの表現は特異である。

これまで検討してきたように、『伊勢物語』の三月つごもりを主要な題材とする章段では、行く春を惜しむ気分

が濃厚であった。また亡くなった人との別れを重ね合わせる段もあった。白居易以来惜春の情趣は、現実生活での苦悩や嘆きをその背景に持つのが普通である。その点この物語では、情趣を描くことに重点がある。白居易・島田忠臣・菅原道真が己の悲嘆や悩みを重ね合わせているのとは大きく異なる。春への愛惜に人の死を重ねるのも、その前後に例がなく珍しい。他の感懐を交えずに、三月尽日の情緒のみを描こうとする章段がある一方、人の死を重ね合わせる段があるなど、その受容の仕方は独特である。本章では物語における三月尽詩の受容のみを取り上げたが、他の表現や情趣についてはどうなのかも検討してみる必要はあるだろう。

四

物語の第八十段にあるとおり、在原業平は三月尽の詩情を和歌の表現に持ち込んでいる。しかも現存資料ではその最も早い歌人である。詩における表現を含めても一番早く受容したと言える。ただこれには、今見うる資料の範囲ではという条件を付けねばならない。

『三代実録』元慶四（八八〇）年五月二十八日に記すところによれば、業平は、「体貌閑麗、放縦不レ拘、略無二才学一、善作二倭歌一」と、漢学の才はなかったと評せられている。こう言われているが、そのとおりなのだろうか。ことにその白詩表現の受容については考えておくべきであろう。個人の資質だけではなく、当時の風潮も考慮に入れねばならない。しかし、白居易の詩文がまとまって伝来してしばらくの間は、どのように摂取したのかはあまり分からない。その伝来以降、業平の卒した元慶四年五月に到るまでの間、享受状況を推測しうると思われる一二の資料を取り上げて、業平の表現成立に到るまでの経緯について検討してみたい。

学問の家である菅原氏はその私塾である菅家廊下において、毎年八月十五夜に明月を愛でる宴を催し、主人と門人らが詩を賦している。その最も古い記録は、貞観六（八六四）年のもので、『菅家文草』（巻一・9）に、「八月十五夜、厳閤尚書、授㆓後漢書㆒畢、各詠㆑史、得㆓黄憲㆒」と題する詩と序を載せている。やがて道真の父是善が元慶四年八月に没したために、以後停廃を余儀なくされる。後年道真は往時を振り返り、「菅家故事世人知」（巻四・298、「八月十五日夜、思㆑旧有㆑感」）と自家の行事であったと述べている。この行事は、中唐白居易らの文学集団が創始しており、白詩の伝来がなければ知りえない。菅家における行事の開始がいつかなのかは不明だが、おそらく是善が企図して始めたのであろう。(11) このように白詩の影響を受けた行事やその折りの賦詩が、早くから始まっていたのである。こういう積み重ねが後年の宮廷での宴催行や詩歌詠作へと繋がるのである。記録に残っていない過去の営みを忘れるべきではない。

もう一例挙げよう。『古今集』（巻六・冬歌）の末尾には、

年の果てによめる　在原元方
あらたまの年の終はりになるごとに雪も我が身もふりまさりつつ（339）

歌奉れと仰せられし時に、よみて奉れる　紀貫之
行く年の惜しくもあるかなます鏡見る影さへにくれぬと思へば（342）

のような、年末・大晦日に己を顧みて老いの悲嘆を述べる歌がある。この二首以前に和歌での例はない。これは、白詩の、

歳暮紛多㆑思、天涯渺未㆑帰。老添㆓新甲子㆒、病減㆓旧容輝㆒（巻十八・1155、「除夜」）
老知㆓顔状改㆒、病覚㆓支体虚㆒。頭上毛髪短、口中牙歯疎。一落㆓老病界㆒、難㆑逃㆓生死墟㆒（巻五十一・2261、「和㆓微之詩二十二首㆒」ノ「和㆓除夜作㆒」）

などにもとづく表現である。また、同様の内容を詠じた詩が、『経国集』（巻十三）の除夜の詩群に、

生涯已見流年促、形影相随一老身（168、嵯峨上皇「除夜」）

預喜仙齢難㆓老歇㆒、還悲人事易㆓蹉跎㆒（170、滋野貞主「奉㆑和㆓除夜㆒」）

などとある。これも白詩の表現を摂取した結果だと言えそうである。詠作の時期が嵯峨天皇の退位から詩集の成立以前であり、白詩がまとまって伝来した期間以前の作品である。しかも白居易以前にはない独特の詩想であり、白詩以外にはその原拠を求めがたい(12)。この事例からも明らかなように、早くから白詩の享受があり、これが『古今集』冬歌の除夜嘆老歌を生み出すのである。目立たないが、すでに和歌以前に詩における学習の成果があったのである。

今は二例のみを取り上げたが、白詩に新たな表現・題材・詩想を見出そうとする動きは、早くからあったと言えよう。和歌における表現が最も古い例であったとしても、必ずしもいちばん古い受容の例とは限らない。まず漢詩文において摂取し、その試みに習熟し普及したところで、和歌の詠作に利用されたという経緯を想定してよいのではないだろうか。業平の三月尽の和歌についても同様に考えてよいであろう。

業平と同時代には、菅原是善・大江音人がいたし、都良香・島田忠臣がつづき、その晩年には道真が現れた。こういった文人たちの詩文に触れる機会はあっただろう。その中で新たな詩語・表現・題材・風趣を見出して啓発され、自作に取り入れた可能性がある。業平が公の文学だった詩文に無関心でいられたとは思えない。文人らの動向から刺激をこうむったのが、まず業平だったと決めないでもよい。歌人らはすでに、詩文の新たな表現や風情を活かそうと試みていたのではあるまいか。業平が白詩に親しんで、縦横に自作に用い、しかもそれが詩と和歌における最初の摂取であった可能性を否定するものではない。しかし、おそらく詩文での利用があって、和歌が受容する下地がさきにできていたと見るのが自然な流れであろう。こういう受容の順序を在原業平や『伊勢物語』についても想定しておくべきだと思う。

注

（1）白居易の詩文がはじめて日本に伝わったのがいつかは明らかではない。ただ、巨勢識人「奉レ和二春閨怨一」（『文華秀麗集』巻中・53）、小野岑守「奉レ和二春日作一」（『経国集』巻十一・93）には、有名な「長恨歌」（巻十二・0596）の受容が認められる。『文華秀麗集』の成立は弘仁九（八一八）年、岑守の詩が詠じられたのが弘仁十一年であるから、この頃までの伝来は確実である。元和元（八〇六）年の作である「長恨歌」は、唐の商人たちあたりがもたらし、やがて都の文人たちの間に普及したのであろうか。このほかにも白詩を取り入れた形跡が弘仁・天長期（八一〇―八三四）の詩に見える。それらは白詩のごく一部に過ぎず、詩文集としてまとまった形で将来したとは言えない。「長恨歌」や白詩の一部の弘仁・天長期における受容については、小島憲之『国風暗黒時代の文学　中(上)』六七五～六九八ページや、同氏の『文華秀麗集』の注釈書（日本古典文学大系）・『経国集』の注釈書（『国風暗黒時代の文学』）において触れている。

（2）恵萼については、橋本進吉「慧萼和尚年譜」（『伝記・典籍研究』所収）、鎌田茂雄「慧萼伝考――南宗禅の日本初伝――」（『松ヶ岡文庫研究年報』第一号）参照。

（3）白詩の伝来については、金子彦二郎『平安時代文学と白氏文集――道真の文学研究篇第一冊――』第二章　白氏文集渡来考・第三章　金沢文庫旧蔵白氏文集に関する研究、太田晶二郎「白氏詩文の渡来について」（『太田晶二郎著作集』第一冊、所収）、注（1）小島氏の前掲書に詳しい。

（4）太田次男『旧鈔本を中心とする白氏文集本文の研究　上』第一章序論・二、旧鈔本諸本・(2)わが国の白氏文集旧鈔本、同書第二章旧鈔本諸本の研究（上）・二、金沢文庫本白氏文集・(1)その概要、参照。

（5）注（1）小島氏前掲書六〇九～六七四ページには、小野篁・惟良春道の詩における白詩享受についての検討がある。ただ資料上の制約があって、当時の詩賦全般における状況を窺うことは困難である。

（6）金子彦二郎『平安時代文学と白氏文集――句題和歌・千載佳句研究篇――』第二句題和歌（大江千里集）の研究・第一章千里の句題和歌以前及び同時代の和歌と白氏文集・第一節　千里以前の諸歌人の和歌、参照。

（7）小島憲之「四季語を通して――「尽日」の誕生――」（『国風暗黒時代の文学　補篇』所収）、太田郁子「『和漢朗詠

集』の「三月尽」・「九月尽」」（「言語と文芸」第九十一号）、参照。

（8）白居易の三月尽詩については、平岡武夫「三月盡――白氏歳時記――」（『白居易――生涯と歳時記』所収）参照。この論考で、「三月盡は人におのれの老いをきわ立たしめる日であり、言葉であった。三月盡は、はじめに私が思うていたよりは遙かにきびしい、切實なひびきをもっていたようである」と述べられ、惜春の情趣にとどまらない白詩の詩境を明らかにしている。

（9）道真が「詩臣」をどのように捉えていたかについては、滝川幸司氏に「詩臣としての菅原道真」（『菅原道真論』所収）ほかの論考がある。

（10）山本登朗「「春別」と「春の別れ」――第七十七段の問題点――」（『伊勢物語の生成と展開』所収）参照。

（11）拙稿「菅原氏と年中行事――寒食・八月十五夜・九月尽――」（本書第一部・1）参照。

（12）拙稿「『古今集』の歳除歌と『白氏文集』」（本書第三部・9）参照。

4　老鶯と鶯の老い声

一

鶯は、漢詩や和歌では、春の始まりとともに鳴き出し、春の間鳴く鳥と了解されている。ところが実際には、夏になっても鳴いていることが多い。文学においてできあがった、季節と天象や動植物の生態などとの取り合わせが固定すると、その枠から外れた自然現象への違和感を、次のように提示することになる。

春鳴くゆゑこそはあらめ、「年たちかへる」(1)など、をかしきことに歌にも詩《ふみ》にも作るなるは。なほ春のうちに鳴かましかば、いかにをかしからまし。

これは、『枕草子』の「鳥は」の段における、鶯への不満とも言うべき見解である。これにつづいて、

鶯は、ふみなどにもめでたきものに作り、声よりはじめて、さま形も、さばかりあてにうつくしきほどよりは、九重の内に鳴かぬぞいとわろき(2)。……夏、秋の末まで老い声に鳴きて、虫食ひなど、ようもあらぬ者は、名を付けかへていふぞ、口惜しくくすしき心地する。

とあり、夏秋になっても老い声で鳴くことがあった(3)。この書き方からすると、季節を外れていつまでも老い声で鳴くのが、気に入らないのである(4)。

鶯の老い声は、『枕草子』にもう一度見える。賀茂の祭の翌日、斎王の紫野院への還御を見物する途中、ほとと

ぎすの鳴き声を聞こうとしたところ、

ほととぎすの、あまたさへあるにやと鳴き響かすは、いみじうめでたしと思ふに、鶯の、老いたる声して、かれに似せんとをしううち添へたるこそ、にくけれど、またをかしけれ（見物は）

ほととぎすの鳴き声に似せようと、老い声を添えていたのが、気に食わなかったが、おもしろかったとある。賀茂祭は四月中の酉に催す。季節は初夏で、鶯が鳴くと思っていた時期はすでに過ぎている。当時の人々は、季節の風物は、その埒内にあるのをよしとし、そこから外れていると、違和感を抱き不満を持ったのである。

この二度にわたる不満はさておき、鶯が鳴く時の「老い声」とはいったい何であろうか。「鳥は」の段の注には、

鶯のなきふるしたるこゑ也（北村季吟『枕草子春曙抄』）

老声なり。盛り過ぎたる声をいふ（金子元臣『枕草子評釈』）

いつまでも鳴くので年よりめいたと感じる声（日本古典文学全集　松尾聡・永井和子校注・訳）

長い期間鳴いたために、それまでとは異なる声に聞こえたと解しているようである。[5] 諸注は、どのような声であるかを述べているのだが、その典拠等については言及していない。鶯の「老い声」は、先行する漢詩文に例が多く、これが和文に取り込まれたのである。本章では、その典拠や表現のあり方を検討し、季節と表現の題材との関わりについて考えることとする。[6]

二

鶯の老い声の典拠と考えられるのは、漢詩文に見える「鶯老」または「老鶯」である。

樹花半落林鶯老、春宴宜ㇾ開春浅時（『田氏家集』巻之中・70、「残春宴集」。元慶五（八八一）年の作か）[7]

老鶯舌饒《ユタカニシテ》、語入二歌児之曲一、残花跗断《ウテナタエ》、影乱二舞人之衣一（『本朝文粋』巻九・262、紀長谷雄「後漢書竟宴、各詠レ史、得二龐公一」序。元慶六年の作）

殿庭之甚幽、咲三嵩山之逢二鶴駕一、風景之最好、嫌三曲水之老二鶯花一（『菅家文草』巻二・148、「早春内宴、侍二仁寿殿一、同賦三春娃無二気力一。応レ製」序。元慶九年の作）

花鳥従レ迎二朱景一老、鬢毛何被二白霜侵一（同巻三・224、「春尽」。仁和三〈八八七〉年、讃岐国での作）

花已凋零鶯又老、風光不三肯為レ人留一（同巻六・456、「三月三日、侍二朱雀院柏梁殿一、惜二残春一、各分二一字一。応二太上皇製一」。昌泰二〈八九九〉年の作）

現存資料の中で最も古いのは、島田忠臣・菅原道真・紀長谷雄ら九世紀末期の文人の詩文における例である。この人々より一、二世代前の菅原是善・大江音人らの作品は、残存するものがきわめて少なく、有無を確認できない。溯って奈良時代および平安時代初頭の詩文からも例は見出せない。また承和期（八三四―八四八）におけるそのまとまった伝来以降、詩歌を中心とする文学に多大な影響を及ぼした白居易の詩文にも、「鶯老」「老鶯」などの語はない。それ以前の中国の詩にも見当たらない。

用法について分析しておこう。この語は、おもに晩春三月の詩文に用いる。道真の第一例は、正月の内宴の詩であるが、三月の曲水の宴で鶯や花が老いているのは嫌だと言う。長谷雄の序は詠史詩に付せられており、ある季節の題材を取り上げているのではないが、引用部分には「残花」の蕚が絶えるとあるなど、晩春の模様に触れていると見てよい。三月三日から三月尽日まで、その登場する期間には幅がある。道真の第二例は、「鳥」が老いるのであって、鶯のこととは言わず、どういう鳥かは明らかではない。ただ三月に老いる鳥は、他の例からすると、鶯と考えてよいだろう。三月を取り上げた詩文では、ほかの鳥が老いるとは言わないからである。忠臣の詩では、「残春」には花が散り鶯が老いるので、宴は春浅い頃に催すべきであると述べている。落花とともに、鶯の老いは喜ばれなかったのである。道真の第一例では、鶯の老いは嫌われているし、その二例目の「春尽」の詩では、夏を迎えるとともに老い衰えるようであり、己の白髪を嘆く気持ちを詠じるなど、好ましからぬ現象だったのであろう。次の「惜二残春一」の詩では、留まらぬ「風光」とともに、愛惜の対象であった。紀長谷雄の詩序はやや異質である。「老鶯」は饒舌であり、子らの歌声に入っていったとある。老い声の良し悪しには触れていない。老鶯は、落花とともに晩春の風物であり、衰残を現していたためであろうか、歓迎されてはいなかった。『枕草子』のように、春が過ぎて啼く鶯を取り上げたものは見当たらない。道真の「春尽」詩には、「花鳥従レ迎二朱景一老」（「朱景」は夏の光(8)）とあるが、夏に入ってからの鶯を詠じているのではない。詩文では、所属するべき季節の枠外にある鶯を題材にすることはなかったようである。

九世紀末の「老鶯」は、ただ老いているとあるだけで、どこがどのように老いているのかが明らかにはなっていない。詩人たちには共通理解があったのかも知れないが、はっきりさせた例は見当たらない。次に老いの内容を詠じた詩歌を引く。

流鶯声老、落桜影軽（『本朝文粋』巻九・239、菅原文時「北堂文選竟宴、各詠レ句、得三遠念二賢士風一」序。天慶四〈九四一〉年の作）

林霧校レ声鶯不レ老、岸風論レ力柳猶強（『和漢朗詠集』巻下・729・老人、同「尚歯会」。安和二〈九六九〉年三月十三日の作(9)）

唱衰首戴二残花雪一、韻耄翎《ツバサ》帰二旧谷雲一（『新撰朗詠集』巻上・62・鶯、大江以言「流鶯歌曲老」）

これによれば鶯の老いとは、その鳴き声について言うことが分かる。(10)現存の詩歌においては、菅原文時が初めて詠じたようである。天慶四年の作であるから、十世紀の半ばには詠んでいたことになる。ただ、どのように鳴けば老いていると認め得るのかは示していない。春が始まって鶯が鳴き出した時はまだ幼く、次第に盛りの声へと向かい、暮春には老いるという順序があるということなのであろうか。行く春を惜しむ詩情がまずあるために、春とともに古巣へ帰る頃には、老いた声で鳴くような印象を持っていたのかも知れない。ともあれ、少なくとも晩春には老いたような声で鳴くと感じていたのだろう。このことを詠じた和歌がある。

三月つごもりに、和歌七首せしに
鶯の鳴く音に老いをくらぶればまだ初声のここちこそすれ（『大弐高遠集』158）

鶯と自分との老いを声で比べると、鶯の方が「初声」のように感じるとある。これは、先に引いた文時の尚歯会詩、「林霧校レ声鶯不レ老」を踏まえていると見てよい。詩の「校」は比べるの意であり[11]、「鶯不レ老」は、歌では鶯の鳴く音が「初声」に聞こえると、比較して詠んであらわしている。当時の人々は、初春の「初声」（初音）と晩春の老い声とは、その音色が異なるという感覚を持っていたらしい。藤原高遠（九四九―一〇一三）の和歌は詠作年次が明らかではなく、先の『枕草子』の「鳥は」「見物は」との先後は分からないが、「老鶯」を取り上げた歌としては最も古いようである。清少納言は、高遠と同様に漢詩文の知識をもとに、「老い声」に言及したのかも知れないし、高遠の和歌を踏まえた可能性もある。もちろん詩文・和歌両方の知見があったとも考えられよう。

このほかの詩文を引いておく。

余華之委レ地、黏《ネエ》二鳧舄於前庭之露一、老鶯之帰レ巣、占二兎裘於旧谷之雲一（『本朝文粋』巻八・220、紀斉名「三月尽同賦二林亭春已晩一、各分二一字一。応レ教」序）
風和過処多薫レ地、鳥老去程漫謝レ林（『本朝麗藻』巻上・28、藤原輔尹「花落春帰路」。寛弘二〈一〇〇五〉年三月二十九日の作）

これらからすると、老鶯は春が過ぎ去るのとともに帰って行くという理解が、平安時代の中期には出来ていることが分かる。こういった春の終わりと鶯との関連が固定すると、実際の自然現象において、鶯が夏に鳴いていると、清少納言のように違和感を覚えるのである。「鳥は」の段には、「夏、秋の末まで」とあって、春をかなり過ぎてからでも鳴いており、固定している枠を大幅に逸脱した状況には不満があったのである。

春以外の鶯を詩歌に取り上げるのは珍しい。『枕草子』の「鳥は」「見物は」や『蜻蛉日記』に見える季節はずれの鶯は数少ない例である。これがともに女性の作品であるのは注目するべきであろう。男性は「老鶯」という語によって、晩春及び三月尽の詩情を描いたが、この語を夏や秋の鶯にまでは及ぼさなかった。これは、「老鶯」を三月尽までに詠み込むものであるとする枠組があったからであり、漢詩文での規範を遵守する立場からは、逸脱は考えにくかったのであろう。夏になっても鳴いている鶯に違和感を抱いたとしても、表現するまでには到らなかったはずである。もとより和歌にも、鶯は春のものであるという規範は存した。すでに引いた『枕草子』に、

春鳴くゆゑこそはあらめ、「年たちかへる」など、をかしきことに歌にもふみにも作るなるは。なほ春の内に鳴かましかば、いかにをかしからまし（鳥は）

と述べるのは、その現れである。ただ、範疇を越える許容度は和歌の方が高かったらしい。また、女性の方が季節とのずれに敏感で、このずれを描こうとする意欲が強かったのであろうか。

文学における認識はどうあれ、実際の鶯は、暦どおり春の訪れとともに現れて、春の終わりとともに去っていくとは限らない。この鶯の生態を見て、『枕草子』の「鳥は」の段で、「夏、秋の末まで老い声に鳴」くことへの違和感や不満を述べ、「春鳴くゆゑこそはあらめ、……」つまり春に鳴いてこその鳥であると明言したのである。漢詩人たちが自作の中でなしえなかった発言である。随筆が思うままを記録しうる文学作品であったために、書き得たのであろう。定子とその女房たちには、詩歌の枠組にあまり縛られずに、発言し意見を書き記そうとする雰囲気を持っていたとも考えられようか。

三

『源氏物語』胡蝶巻の冒頭は、六条院の春の御殿における船楽の模様を描いている。

三月二十日あまりのころほひ、春の御前のありさま、常よりことに尽くしてにほふ花の色、鳥の声、ほかの里には、まだ古りぬにやとめづらしう見え聞こゆ。

春も終わりに近づいたというのに、紫の上が住む春の町は、花の色がいつにも増して盛りであり、鳥の声はまだ衰えぬのかと、ほかの町では聞いたのであった。「鳥の声」が「古る」とは、鳥の鳴き声が老い衰えるということであろう。暮春にその声が老いる鳥とは何か。物語は明示していないが、それとなく読者には伝えている。

右の引用につづいて、春の御殿では船楽を催して風情を愛でる遊びを詳述している。その最後に、光源氏と弟螢兵部卿宮が催馬楽「青柳」を唱う。その歌詞は次の通り。

青柳を　片糸によりて　や　おけや　鶯の　おけや　鶯の　縫ふといふ笠は　おけや　梅の花笠や

二人が青柳に鶯を取り合わせた歌を唱うのは、その時の景物に合うからである。「色を増したる柳枝を垂れたる」と、柳があった。これに対して、庭で鳴いていたのは鶯だったのであろう。つづいて「夜もすがら遊び明かしたまふ」音楽の遊びをつづけて夜が明けた。翌日は、里下がりしていた秋好中宮が催す、季御読経の初日であった。「朝ぼらけの鳥のさへづりを、中宮はもの隔ててねたう聞し召しけり」。里下がりしていた中宮は、身分ゆえたやすく出かけるわけにはいかず、隣接する春の御殿から聞こえてくる「鳥のさへづり」が羨ましかった。この「さへづり」は、人々の歌声の比喩であり、光源氏が「青柳」を唱ったことの比喩でもある。この歌詞からすると、この「鳥」は鶯でなければならない。

中宮が催す季御読経には、光源氏ら貴顕が参上し、紫上からは花を供えた。その一齣に、「鶯のうららかなる音に、鳥の楽はなやかに聞きわたされて」とある。秋の御殿でも鶯が鳴いている。六条院のあたりには、鶯が飛び交っていたのである。中宮から紫上に返礼の消息を送っている。そこには、「きのふは音に泣きぬべくこそは……」とあり、昨日の船楽が聴かれなかった悔しさを、声に出して鳴きたいほどだと述べる。これは、

わが園の梅のほつえに鶯の音に鳴きぬべき恋もするかな（『古今集』巻十一・498・恋一・よみ人しらず）

を引用している。「青柳」に見える鶯に引かれて、ここでもそれとなく鶯を描き出している。こういった表現を辿って行けば、胡蝶巻冒頭の「鳥の声」は、鶯の鳴き声と判断してよかろう。

春の町に繰り広げられる華やかな景物は、通常三月下旬の表す自然の様子とは異なる。この時季なら、花が散り、鶯が老い声で囀るはずである。しかしこの町は、盛りの春のただ中にある。

○こなたかなた霞みあひたる梢ども、錦を引き渡せるに、

（色を増したる柳、枝を垂れたる、

花もえもいはぬにほひを散らしたり。

（ほかには盛り過ぎたる桜も、今盛りにほほゑみ、

廊をめぐれる藤の色も、こまやかに開けゆきにけり。

○池の水に影をうつしたる山吹、岸よりこぼれていみじき盛りなり。

（水鳥どもの、つがひを離れず遊びつつ、細き枝ども食ひて飛びちがふ、

鴛鴦の波の綾に紋をまじへたるなど、

＊文頭の括弧は対をなしていることを示している。

庭と池の景物の対比を中心にしつつ、「ただ絵に描いたらむやうなり」、「ものの絵様にも描き取らまほしき」と、目もあやなる庭園の有様を描写している。桜と藤が同時に咲いているのはあり得ないが、ここでは可能になってい

る。秋好中宮の女房らが、「まことの知らぬ国に来たらむ心地して」と感じるのも無理はない。この「知らぬ国」とはどこなのかを考えてみたい。

1、（女房が）まことに斧の柄も朽たいつべう思ひつつ、日を暮らす。
2、亀の上の山もたづねじ船のうちに老いせぬ名をばここに残さむ
3、行く方も、帰らむ里も忘れぬべう、

1は、春の御殿の庭園に見ほれた秋好中宮の女房が、時の経つのを忘れたことを言う。これは、晉の王質が、山中の石室で童子の琴の音に聴き入って、気付くと斧の柄が腐っていたという故事を踏まえる（『郡国志』。『述異記』では囲碁を見ていたとする）。2は、中宮の女房の歌。蓬萊山を訪ねずとも仙境はここにあると、春の町を賛美している。「亀の上の山」は、巨大な亀の上にあるという蓬萊山（『列子』・湯問）。「船のうち」云々は、秦の始皇帝が不老不死の仙薬を求めて童男童女を蓬萊山へ向かわせたが、辿り着かぬまま皆船中で老いてしまったことを踏まえている（『白氏文集』巻三・0128、「海漫漫」）。3も女房らの春の町にいる夢見心地を喩えた表現。天台山に入って道に迷った劉晨・阮肇の故事を踏まえている（『蒙求』「劉阮天台」）。武陵の人が漁をしながら谷川に沿って行くうち、桃源郷に入り込んだ故事（晉の陶潜「桃花源記」）によるとも言う。これらはいずれも、神仙境へ迷い込み、または仙界を求めた人々の逸話にもとづいている。六条院の春の御殿にやって来た女房たちが、仙境に紛れ込んだような思いにとらわれたことを、繰り返し描いているのである。それによって、六条院は、仙界に比すべき空間であり、俗世からは隔たった異郷であると讃えているのである[12]。中宮の女房らが、春の御殿の景物を見て「知らぬ国」と感じたのは、これまで思い描いてきた仙境の様が、眼前に立ち現れたからなのであった。胡蝶巻は、冒頭から春の町の特異な景物を繰り出し、仙界を髣髴とさせる。「鳥の声、ほかの里には、まだ古りぬにや」も、仙界を示す表現の一環と捉えるべきであろう。

「鳥の声」の「まだ古りぬ」のは、どこにも見られない、他所に優越する点であった。鶯の老い声は、春の終わりを告げる一風物であるが、元来歓迎されていたのではない。

　樹花半落林鶯老、春宴宜レ開春浅時（『田氏家集』巻之中・70、「残春宴集」）

　風景之最好、嫌三曲水之老二鶯花一（『菅家文草』巻二・148、「早春内宴、侍二仁寿殿一、同賦三春娃無二気力一。応レ製」詩序）

島田忠臣の詩では、春の終わり頃に花が半ば散り鶯が老いるので、春の宴は春がまだ浅い頃に催すべきだと述べる。菅原道真の詩序には、今の風光はもっとも良い、曲水の宴の頃のように鶯と花がともに老いてしまうのは嫌だと言う。老鶯は喜ばしいことではなかったのである。

　花鳥従レ迎二朱景一老、鬢毛何被二白霜侵一（『菅家文草』巻三・224、「春尽」）

　唱哀首戴二残花雪一、韻耄翎帰二旧谷雲一（『新撰朗詠集』巻上・62・鶯、大江以言「流鶯歌曲老」）

花鳥の老いは、白髪が生えてくるのと同様うれしくはなかったろうし、己の老いを意識させ（道真）、その声が老いるのは衰えと感じていた（以言）。

　花已凋零鶯又老、風光不二肯為一レ人留一（『菅家文草』巻六・456、「三月三日、侍二朱雀院柏梁殿一、惜二残春一。各分二一字一。応二太上皇製一」）

　樹欲二枝空一鶯也《マタ》老、此情須レ附二一篇詩一（『屏風土代』、大江朝綱「惜二残春一」）

　林園自レ此皆添レ冷、花落霞消鳥老声（『侍臣詩合』、藤原資仲「詩境惜二春暮一」）

鶯の老い声は春の終わりを象徴しており、過ぎ行く春への愛惜を抱かせたのであった。

　その時期が来ているというのに、六条院の春の御殿では、鶯は老い声では鳴かない。必ずしも好まれたのではない老い声が聞こえない状況は、他の描写とともにこの空間の特異性を際だたせる役割を果たしている。直接鶯の老い声を描き出しているのではないが、読者にはそれと分かったのであろう。ほのめかすような示し方をしていても、十分了解できるくらいに老鶯はよく知られていたはずである。

四

『枕草子』『源氏物語』成立以降も、老鶯・老いの鶯・鶯の老い声はしばしば用いられる。漢詩文・仮名の散文のみならず、時を経るにしたがってさまざまな種類の文体に見られるようになる。それとともにこの語の使用が広範囲に及ぶ。その多岐にわたる使用例を一瞥しておきたい。

雨降。参二大内一、入レ夜退出。有二作文事一。題鶯ハ老欲レ帰レ谷（『御堂関白記』寛弘八〈一〇一一〉年三月十八日）[13]

一条院内裏における作文会で、老鶯を題材にしている。一条朝は文運隆盛の時期であると評してよい。その中でこの詩題が現れるのは、この詩語が宮廷に集う貴顕や文人らに普及定着していたことを意味するであろう。翌日には、「巳刻講レ詩退出」（『権記』）とあり、披講している。詩語「老鶯」がより浸透するのに役立った可能性があったと言えようか。

以後も老鶯は詩によく用いられる。これまで挙げた例以外を引いておく。

老歌華月方窮処、別語芳年已尽程（『侍臣詩合』、藤原師家「鶯啼春暮時」。永承六〈一〇五一〉年三月二十七日）

老鶯舌緩霞歌曲、虚牝耳忙水叩音（『中右記部類紙背漢詩』巻九、惟宗孝言「春日遊二長楽寺一即事」、『本朝無題詩』巻八・520。寛治二〈一〇八八〉年三月十三日）

沈湎難レ留斜日影、酣歌猶惜老鶯声（『中右記部類紙背漢詩』巻十、藤原永光「三月尽日、於二藤茂才文亭一、同賦二酔中唯送レ春」。元永二〈一一一九〉年三月二十九日）

山鶯声老僧園静、渓柳枝垂寺路滋（『本朝無題詩』巻十・713、藤原実光「遊㆓山寺㆒」）
古跡花残樵客思、□棲鶯老隠倫情（『猪熊関白記紙背詩懐紙』、源家俊「三月尽日、同賦㆓惜㆑春山路間㆒。各分㆓一字㆒」。
建仁三（一二〇三）年三月二十九日）

このように、平安時代後期を経て鎌倉時代初期に到っても用いられ、そのほとんどは鶯の老い声について詠じている。また、晩春とりわけ三月尽日における惜春の情に結びついており、その定着が見て取れる。詩における「老鶯」の浸透は、次のような例からも言えよう。

払㆑水柳花千万点、隔㆑楼鶯舌両三声　元
暮春鶯声老。故曰㆓両三声㆒（『和漢朗詠集私注』巻一・暮春）
老鶯〈残鶯、晩鶯、去鳥、去鴻〉（『文鳳抄』巻二・暮春）

前者は、元稹の詠じた「鶯舌両三声」を、「鶯声老」と解している。暮春に鳴く鶯なので、その声は老い声と考えたのであろう。晩春の鶯は「老鶯」と称するという[14]。また、後者の『文鳳抄』は、詩文作成の利便に供するべく、語彙とそれに関連する語を付して項目ごとに配列した、言わば類書である。「残鶯」「晩鶯」を挙げているのは、「老鶯」が晩春の鶯の呼称として定着していたからであろう。「去鳥」は、春を限りとして帰って行くことからこう言うのである。漢詩文に携わる者なら、常識として身に付けておくべき語だったのである。

和歌での例は、先に引いた藤原高遠詠以外にはあまりなく、鎌倉時代では、

十三番　右
花は散りぬ春の鶯声ふけて一むら竹に霞かかれり（『拾玉集』第二・1731・「百番歌合」・春）

春杜
鳴く音までなほ物うきは春を経て老いその森の鶯の声（『大納言為家集』226・上・春。『新千載集』1668・巻十六・

雑上）

などが見える。慈円の「ふけて」は「老けて」であり、「花は散りぬ」とあるので、時季は晩春と知られる。為家詠には「春を経て」とあるので、これも春の終わりでの老鶯を取り上げている。二首ともにその声について詠じており、従前の用法を継承している。漢詩文の知識を和歌に活かしたと言えよう。

中世以降、新たに生まれた分野の文学作品も、「老いの鶯」を取り入れて行く。

人さらに若きことなし、つひには老いの鶯の百囀《ももさへづ》りの春は来れども、昔に帰る秋はなし（関寺小町）

なにとやらんこの春は、年経《ふ》り増さる朽木桜、今年ばかりの花をだに、待ちもやせじと心弱き、老いの鶯逢ふことも、なみだにむせぶばかりなり（熊野）

謡曲においては、鶯の老いについて言いながら、主眼は人の老いを強調することにある。さらには若さが二度と戻って来ないことへの嘆きや、老いゆえに再会は期しがたいのではないかと思う悲哀を描き出すのに用いている。漢詩文が、老鶯とともに惜春の情を描いていた手法を、老いの嘆きに応用したということであろう。

連歌寄合集の『連珠合璧集』には、「鶯とあらば……老」「暮春の心ならば……老いの鶯」とあり、寄合の語に老いの鶯がみえる。実作例には、

うぐひすのこゑはのべにやおいぬらむ　梁心（『初瀬千句』）

うぐひすもおいぬるこゑはあはれにて　円秀（『落葉百韻』）

聞きなる宿の鶯声老いて　寛佐（『連歌十会集』。大阪市立大学森文庫蔵『連歌懐紙集』[15]所収）

などがある。鶯と老いの結びつきが、ごく当たり前のこととして詠まれていたのである。

連歌を承けてであろう、俳諧にもよく見える。

ある時、故翁の物語に、「此ほど白氏文集を見て、「老鶯」といひ、「病蚕」といへる此詞のおもしろければ、

鶯や竹の子藪に老いを啼く……」（『十論為弁抄』）

老鶯　此式ハ全ク新撰ナリ。然レドモ老鶯トハ本ヨリ漢家ノ詩ニ出テ、或ハ狂鶯トモ乱鶯トモ。総テ暮春ノ物ナレド、例ニ今式ノ加減ヨリ、残鶯ハ勿論ニテ、老鶯モ夏ノ名ト成サバ、鶯ニ老ノ感情アリテ、風雅ハ例ノ淋《サビ》敷味《シミ》ト云ハン。此名ハ衆議ニ拠ルベキナリ（『俳諧古今抄』巻三・夏之部）

『十論為弁抄』で、芭蕉は、『白氏文集』にある「老鶯」に興味を持ったと語っているが、現存の白詩にこの語はない。平安時代以降の詩歌や謡曲・連歌に、「老鶯」が用いられることは既に見たとおりであり、芭蕉の知識にあったと思われ、今さら「おもしろければ」と言うのは奇異の感がある。見たという白詩自体が興趣のある内容を含んでいたということであろうか。『俳諧古今抄』には、「老鶯」はおおよそ「暮春ノ物」であるが、夏の季語とすることもあるという。「老鶯」は「夏之部」に収載しているので、この書の跋文に記す享保十五（一七三〇）年の頃には、老いの鶯は夏の語として用いられていたのであろう。以後現在に到るまで「老いの鶯」は夏の季語となっている。

六

老鶯・老いの鶯は、何を典拠とするのであろうか。右に引いた『俳諧古今抄』には、「老鶯トハ本ヨリ漢家ノ詩ニ出テ」とある。ただ、さきに述べたとおり、中国の六朝・盛唐ころまでの詩語から、老鶯・鶯老は今のところ見出せない。平安時代の詩文に絶大な影響を与えた、中唐白居易の詩にもこの語はなく、

冉冉三月尽、晩鶯城上聞（巻八・0369、「南亭対レ酒送レ春」）

残鶯意思尽、新葉陰涼多（巻九・0414、「青龍寺早夏」）

黄鳥漸無レ声、朱桜新結レ実（巻五十二・3290、「三月三十日作」）

若待二春深一始同賞、鶯残花落却堪レ愁（巻六十七・3350、「早春憶レ遊二思黯南荘一、因寄二長句一」）

「晩鶯」「残鶯」はあり、それは過ぎ行く春を送る頃や夏の初めの詩に用いている。また、三月三十日にようやく啼かなくなるとも詠む。また、白居易と友人劉禹錫との聯句に、

鵲頂迎レ秋禿、鶯喉入レ夏瘖　禹錫（『劉禹錫集』外集第四、「楽天是月長斎、鄙夫此時愁臥。里閭非レ遠、雲霧難レ披。因以寄レ懐、遂為二聯句一。所レ期解レ悶、焉《イヅクンゾ》敢驚レ禅」）

とある。夏になって鶯は啼かなくなるという、共通した表現を有していたようである。同じく白居易の友人である元稹は、

咽レ霧山鶯啼尚少、穿レ沙蘆笋葉纔分(16)（『千載佳句』上・3・早春・「早春」、『和漢朗詠集』巻上・65・鶯）

と詠じている。前句は鶯の鳴き声がまだ「少《わか》い」の意であるので、この反対の鳴き声として、老いていると詠む表現があり得たと考えられる。(17)それでも「老鶯」「鶯老」は見出せない。

白居易やその友人たちが活躍した中唐以後には、次のような詩がある。

鶯花潜運レ老、栄楽漸成レ塵（杜牧「春懐」）

貧舎臥多消二永日一、故園鶯老懐二残春一（薛能「春日旅舎書レ懐」）

蘭眼擡《モタゲテ》レ露斜、鶯脣映レ花老（陸亀蒙「子夜四時歌」ノ「夏」）

曲檻柳濃鶯未レ老、小園花煖蝶初飛（羅隠「寄二前宣州竇常侍一」）

喧《カマビスシク》レ夢却嫌二鶯語老一、伴レ吟惟怕《オソル》二月輪沈一（李中「暮春有レ感、寄二宋維員外一」）

荏苒新鶯老、窮通亦自寛（貫休「寄二景判官兼《マタ》思州葉使君一」）

社過多二来燕一、花繁漸老鶯（斉己「春居寄二友生一」）

鶯声漸老柳飛時、狂風吹落猩猩血（同「紅薔薇花」）

残鶯何《ナンゾ》事不レ知レ秋、横二過幽林一尚独遊。老舌百般傾レ耳聴、深黄一点入レ煙流（李煜《りいく》「秋鶯」）

これらはまさに「老鶯」「鶯老」の先蹤であり、平安時代の詩人たちは晩唐以降の詩語を学んで取り入れたのである。鶯の老いがその鳴き声について言うことも、陸亀蒙・李中・斉己の詩に明らかである。李煜の例も同様であろう。陸亀蒙と李煜は、それぞれ夏と秋の鶯を詠んでいる。平安朝の詩文にはありえなかった領域へ、晩唐の詩人たちは、すでに踏み込んでいたのである。また、老鶯を嫌うと詠じているのは李中のみであり、暮春の鶯は歓迎されなかったのではなく、風物の一つとして詩に描かれたようである。それは、老鶯を主題とするのが、李煜の「秋鶯」のみであることからも窺える。秋の鶯は、あまりにも季節外れであるために、詩人の興味を呼び起こした特異な例と言えよう。晩唐の詩がいつどのように伝来したかを知るのは容易ではないが、唐人撰唐詩や別集などによって接したのであろうか。従前の白詩にない語に触れて、新たな感興を抱いたのであろう。鶯が晩春に向かって、声を変化させると感じていたとすれば、その声を「老」と表現していることに共感できたのではあるまいか。

七

九世紀後半に現れた詩語「老鶯」「鶯老」、これをもとにして生まれた和語「老いの鶯」「鶯の老い声」は、晩春の風物として文学作品の中に根付いていく。唐詩の場合は、多くの例を見るものの、「老鶯」が主題となることはまずなかった。それが平安朝の詩においては、暮春の鶯そのものを主題とするに到る。この違いは何に由来するのであろうか。鶯を、春の訪れを告げて啼き、春が終わるとともに去っていく、文字通り春の鳥と、詩歌において捉えたからに他ならないであろう。三月尽日で春が終わるとする暦日意識が文学において定着すると[18]、春の鳥である鶯は、暮春三月に老い声で啼き、その尽日で姿を消すと考えられるようになる。唐詩における把握とは異なる点である。平安朝での際だった特徴と言うべきであろう。

「老鶯」「鶯の老い声」は、歳時と緊密に結びついた語である。唐詩に由来するとは言え、その伝来以後、特異な性格を付与され、そして定着し長く用いられる。まことに珍しい語であることを指摘しておきたい。

注

（1）『拾遺集』（巻一・5・春）の、

延喜御時、月次御屏風に

あらたまの年たちかへる朝より待たるるものは鶯の声　素性法師

を引いている。

（2）『新撰朗詠集』（巻上・鶯）に、「宮鶯囀二暁光一」と題して、村上天皇（59・60）・藤原後生（61）の摘句を引き、菅原文時の詩句が『和漢朗詠集』（巻上・71・鶯）に見える。また村上天皇と文時との間でその詩の優劣についてやりとりがあり、よく知られた逸話（『江談抄』〈第五・57〉、『今昔物語集』〈巻二十四・26〉であったと思われる。清少納言はこれらの詩句や逸話を承知しているので、宮中で鶯の鳴かないことに不満があったのであろう。

（3）夏に鳴く鶯は、『蜻蛉日記』（巻中）の天禄元（九七〇）年六月に、「鶯ぞをりはへて鳴く」と記し、作者が、「鶯も期《ご》なきものとや思ふらむみなつきはてぬ音をぞ鳴くなる」と詠んでいる。まれな例である。

（4）鶯は、次に引く紀貫之詠のように、春が終われば鳴かないものだと考えられていたのであろう。

三月つごもり

行く春のたそがれ時になりぬれば鶯の音も暮れぬべらなり

春のけふ暮るるしるしは鶯の鳴かずなりぬる心なりけり

（『貫之集』428・429、「同じ年、宰相の中将屏風の歌三十二首」）

（5）「見物は」の段については、「野太い声で」（萩谷朴『枕草子解環』）の注がある。

（6）最近の鶯を詠じた詩歌の論考に、小山順子「鶯詠の変遷――夏鶯・冬鶯をめぐって」（鈴木健一編『鳥獣虫魚の文学史・鳥の巻』所収）がある。

（7）蔵中スミ「島田忠臣年譜覚え書」（小島憲之監修『田氏家集注 巻之上』所収）参照。おそらくは日本における「老鶯」の最も古い例。

（8）「朱景」の例には、菅原道真「叙意一百韻」（『菅家後集』484）の「荏苒青陽尽、清和朱景妍」がある。

（9）この尚歯会における垣下の一人であった坂合部以方も、「鶯老花飛春漸暮、争教二此会毎年同一」（『粟田左府尚歯会詩』、「暮春見二藤亜相山荘尚歯会一詩」）と詠んでいる。

（10）菅原道真が詠じる「行蔵万物不二蹉跎一、四月鶯声聴甚訛」（『菅家文草』巻四・252、「首夏聞レ鶯」）の「訛」は、老い声に関連するであろうか。

（11）観智院本『類聚名義抄』（佛下本）には、「挍（校）」の訓に「タクラブ」（比ぶの意）がある。

（12）田中幹子「『源氏物語』胡蝶巻の仙境表現――『本朝文粋』巻十詩序との関わり――」（『『和漢朗詠集』とその受容』所収）、山本真由子「大江千里の和歌序と源氏物語胡蝶巻――初期和歌序の様相と物語文学」（「国語国文」第八十三巻六号）参照。

（13）『権記』の同日条には、「内竪来告二召由一。可レ有二作文之事一云々。……仍入レ夜冒レ雨参入。題云、鶯老欲レ帰レ谷。以レ深為レ韻」とある。

（14）この中唐元稹の「鶯舌両三声」（『和漢朗詠集』巻上・45・暮春）は、鶯が晩春になって一声三声鳴くだけの意であって、私注のような老い声で鳴くとは解せない。この詩の題は、「過二襄陽楼一、呈二上府主厳司空一。楼在二江陵節度使宅北隅一」（『元稹集』巻十八。なお、「楼」を「林」に作る）。『千載佳句』（上・89・暮春）にも収む。

（15）本文は、伊藤正義「大阪市立大学森文庫蔵 連歌懐紙集――紹介と翻印――」（『神戸女子大学紀要 文学部篇』第二十七巻第1分冊）による。

（16）この詩句は、「早春尋二李校書一」（『元稹集』巻十八。なお、「咽」を「帯」に、「少」を「小」に作る。『全唐詩』巻四一三も同じ）による。

（17）『句題和歌』（1）は、「咽レ霧山鶯啼尚少」を題として、「山深みたちくる霧にむすればや啼く鶯の声のまれなる」と詠じている。ここでは「少」を「まれ（稀）なり」の意に解している。この意に対応して、鶯の声「老ゆ」という表現は導き出せないだろう。

（18）白居易が生み出した三月尽日の文学が、この暦日意識の背景にあるのは言うまでもない。すでに白詩を学んでいたために、老鶯についての規範ができたのである。平岡武夫「三月盡――白氏歳時記――」（『白居易――生涯と歳時記』所収）、小島憲之「四季語を通して――「尽日」の誕生――」（『国風暗黒時代の文学 補篇』所収）は、この方面の研究における先駆である。

5　花散里と『白氏文集』の納涼詩

一

『源氏物語』少女巻の末尾において六条院の完成を見る。その豪壮な邸宅は四町に分かれており、光源氏は、春の町（辰巳）に紫の上を、夏の町（丑寅）に花散里を、秋の町（未申）に秋好中宮を、冬の町（戌亥）に明石の君をそれぞれ配した。各町の庭園は、「もとありける池山をも、便なき所なるをば崩しかへて、水のおもむき山のおきてを改めて、さまざまに御方々の御願ひの心ばへを造らせたまへり」と、主人たちの希望を叶えて造ったとある。しかも望みに応えるべく、もとの池や山の形を改めて面目を一新している。個々の望みの強さが知られよう。また自己を表現し意思を示そうとしているようにも思う。その志向は女性たちの心性そのものであり、人物造型とも大きい関連を持っている。たとえば明石の君については、

西の町は、北面築《つ》き分けて、御倉町なり。隔ての垣に松の木しげく、雪をもてあそばむたよりによせたり。冬のはじめの朝霜むすぶべき菊の籬、われは顔なる柞原《ははそはら》、をさをさ名も知らぬ深山木どもの木深きなどを移し植ゑたり。

とあって、植生に重きを置いた庭造りとなっている。厳しい冬の雪に耐える強さを持つ松、また、初冬にあっても花を咲かせる菊は、明石の君の人格を反映していると見てよい[1]。各町の庭の有様は、その主人の人となりや人生を

知る手掛りともなろう。

春・夏・秋の町についても同様である。このうち、夏の町の庭園については次のように描いている。

> 北の東は、涼しげなる泉ありて、夏の蔭によれり。前近き前栽、呉竹、下風涼しかるべく、木高き森のやうなる木ども木深くおもしろく、山里めきて、卯の花の垣根ことさらにしわたして、昔おぼゆる花橘、撫子《なでしこ》、薔薇《さうび》、くたになどやうの、花のくさぐさを植ゑて、春秋の木草、その中にうちまぜたり。東面は、分けて馬場の大殿《おとど》つくり、埒《らち》結ひて、五月の御遊び所にて、水のほとりに菖蒲《さうぶ》植ゑしげらせて、向ひに御厩《みまや》して、世になき上馬《じやうめ》どもをととのへ立てさせたまへり。

花散里が住む東北の町の庭園は、「夏の蔭によれり」と主に夏季に蔭ができるように配慮しているとある。つまり京の蒸し暑さを凌ぎ涼しさを生み出すために、木蔭を作る工夫をしているのである。前栽には呉竹を植え、また森のような高い木々があった。「下風涼しかるべく」とあることから分かるとおり、殿庭に涼しい風を生み出そうとしたのである。「涼しげなる泉」「水のほとり」と泉や水が配せられており、これも涼しさを生み出すために大きい役割を果したのであろう。作庭の意図がどこにあるのかがよく分かる。「涼し」の語を二度も用いるところにもその構想が現れていると言えよう。

庭に泉や水を配し、呉竹・高い木々などを植えて山里のような風情にし、涼を呼ぼうとする。この庭を造ることにはどんな意味があったのだろうか。日本の家の造りようは夏を旨とするべき事とは、古来言われるところであり(2)、家屋を囲む庭についてもそれは言えるであろう。平安時代のどの庭園であっても、等しく配慮されていた点であるのは当然だが、花散里の場合は、とりわけ重要な意味が付与されていたと思う。庭の有様から浮かび上がってくる花散里の心性・人となりについて考えてみたい。

二

物語作者は、この池を穿ち竹や木々を植えた花散里の庭園を、どのようにして発想したのであろうか。その先蹤を、白居易が老境に入って営んだ居宅の庭に求めたい。生涯に幾度も住居を替えた白居易は、晩年になって洛陽の履道里に満足すべき家屋と庭園を持つに到る。その邸宅の結構と暮らしを、「池上篇 幷序」（巻六十・2928）において次のように述べている。まず序を取り上げる。

(1)都城風土水木之勝、在二東南偏一。東南之勝、在二履道里一。里之勝、在二西北隅一。西閈北垣第一第、即白氏叟楽天退老之地、地《ハ》方十七畝、屋室三之一、水五之一、竹九之一、而島樹橋道閒《マジル》之。

東都洛陽の勝地である履道里に居を構え、そこを退隠の地としたという。十七畝の地所のうち池と竹林がかなりの部分を占めている。池と竹の景観が広がる爽やかな眺めであったに違いない。

大和三年夏、楽天始得下請レ為二太子賓客一、分二秩於洛下一、息中躬於池上上。

大和三（八二九）年の夏に太子賓客として洛陽に分司して、この池の畔に住み、我が身を休めたのであった。時に五十八歳。

毎レ至二池風春、池月秋、水香蓮開之旦、露清鶴唳之夕一、払二楊石一、挙二陳酒一、援《トリ》二崔琴一、弾二姜秋思一、頹然自適、不レ知二其他一。

池の畔での折々の遊びは、我が思いに適い、ほかのことは忘れてしまうのであった。世間から隔絶した、自ら構築した小自然における日々の営みが、悠々たる感慨をもたらしたのである。庭園の風物と対峙するというのではなく、

凡三任所レ得、四人所レ与、洎《オヨビ》吾不才身、今率《オホムネ》為二池中物一矣。

これまでの任地で得た物、親しい人たちがくれたもの、加えてこの「不才の身」である私までが、この池の中のものになったと言っており、自然の中に溶け込んでいると感じていたのである。

　次に詩に触れておく。

　十畝之宅、五畝之園。有㆓水一池㆒、有㆓竹千竿㆒。

序と同様、冒頭に庭の結構を描く。景観の中心となるのは池とそれをめぐる竹である。「千竿」はその多さを現している。密生して竹林をなしていたのである。「識㆑分知㆑足、外無㆑求焉」分を弁え足るを知り、外に求める物はないという澹然たる心境にあったという。「皆吾所㆑好、尽在㆓吾前㆒」眼前の庭には好む物が悉くあり、満足すべき状況であった。「時飲㆓一杯㆒、或吟㆓一篇㆒」自分は酒を飲んだり詩を吟じたりで、「妻孥熙熙、鶏犬閑閑」妻子は楽しそうで、鶏や犬はのんびりしている。

　優哉游哉、吾将㆑終㆓老乎其間㆒。

は、感慨を述べる一篇の結び。池の畔での暮らしは、「優游」(3)たる境地をもたらし、ここで老いを終えようと思うと述べる。好みを反映した閑居に身をおいて、自適の暮らしを得たのであった。そして、生涯を閉じるまで履道里邸において、閑適の生活を送ったのである。

　白居易の庭の池と竹は、その邸宅での閑適の象徴であった(4)。

(2)新昌小院松当㆑戸、履道幽居竹遶㆑池。莫㆑道《イフコト》両都空有㆑宅、林泉風月是家資（巻五十三・2386、「吾廬」。「新昌」は長安にある白居易の居宅）

(3)非㆑荘非㆑宅非㆓蘭若㆒、竹樹池亭十畝余。非㆑道非㆑僧非㆓俗吏㆒、褐裘烏帽閉㆑門居（巻六十四・3114、「池上閑吟二首」ノ二）

(4)欲㆑知㆓住処東城下㆒、遶㆑竹泉声是白家（巻六十九・3582、「招㆓山僧㆒」）

⑵私の所は履道里のひっそりとした住まいで、竹が池を囲んでおり、その林泉風月が資産である。⑶わが家は、別荘でも居宅でも寺院でもない、竹と池亭のあるところだ、私は道士でも僧侶でも役人でもなく、隠者として暮らしている。⑷竹の周囲を泉の音が巡っているのが我が家であると、庭園のたたずまいが邸宅を代表していると述べている。白居易が、いかにこの住居の竹と池を重視していたかが分かるであろう。この住まいを自分の象徴と見なしていたことが明らかである。

　白居易は理想とする家屋と庭園を手に入れて、閑適の暮らしを満喫した。心身ともに穏やかな境涯を得たのである。季節の移ろいの中にあって、快適な生活を享受したようである。そのうちの夏の庭にあってどのように過ごしたかを見ておこう。白居易の夏の庭は、花散里の庭園と相通じる点があると考えられるからである。

　夏の暑さは人々を苦しめたようであり、白居易も難儀をしていた。たとえば、次の詩にそれがよく現れている。

　旱久炎気盛、中ㇾ人若二燔焼一。清風隠二何処一、草樹不二動揺一。何以避二暑気一、無ㇾ如《シクハ》ㇾ出二塵囂一。行行都門外、佛閣正岧嶤（巻一・0013、「月夜登ㇾ閣避ㇾ暑詩」）

　人人避ㇾ暑走如ㇾ狂、独有二禅師不ㇾ出ㇾ房。可《ハタシテ》是禅房無二熱到一、但能心静即身涼（巻十五・0852、「苦ㇾ熱題二恒寂師禅室一」）

　前者は、日照りがつづいて熱気が人を焼くかのよう、風は何処に隠れたのか草木は揺れない、こうなったら俗世から逃れるほかなく、城門を出て仏寺へ向かう。後者は、人々は暑さを避けようとやっきになる、ところが恒寂禅師だけは自室を出ない、禅室には暑さが来ないのか、さにあらず、心が静寂であれば体は涼しいものだ、といった内容である。暑熱の苦しみと涼を求める姿を描いている。このような夏季の苦痛を、毎年味わっていたのである。少しでも涼しいところを訪ねる以外には有効な手立てはほとんどなかったのである。恒寂禅師の心の静謐など望むべくもなかったに違いない。

ところが、白居易は暑気を払いのける空間を、履道里の邸内に造り出したのである。以下庭園での納涼のさまを取り上げる。もとより夏の暑さ対策のみを目的に家屋と庭を造作したのではないだろう。四季折々の風物を楽しみ、日々身心を寛げ安逸な暮らしを営むことを目的としたはずである。まず閑適の生活を念頭に置いていたのであろう。閑居として造り上げた庭は、夏を過ごしやすくする環境にもなったのである。

池とその周辺は涼を呼ぶ場所であった。

(5)緑竹挂レ衣涼処歇《イコヒ》、清風展レ簟困時眠。……林下水辺無二厭《アク》日一、便堪レ終レ老豈論レ年（巻五十七・2735、「池上即事」）

竹に衣を掛けて涼をとり、爽やかな風に吹かれて眠る、この林と水辺に飽くことはなく、老いを終えられるだろう。

(6)落景墻西塵土紅、伴レ僧閑坐竹泉東。緑蘿潭上不レ見レ日、白石灘辺長有レ風（巻六十九・3583、「夏日与二閑禅師一林下避レ暑」）

陽が西に落ちて竹と泉の東に腰を下ろす。池の畔には陽が差さず、浅瀬の辺りにはいつまでも風が渡る。避暑には打って付けであった。

(7)風清泉冷竹脩脩、三伏炎天涼似レ秋。……料得此身終レ老処、只応三林下与二灘頭一（巻六十九・3588、「池畔逐レ涼」）

風は清らかで泉は冷たく竹は音を立てている、酷熱の下にあっても秋のような涼しさ、この林とせせらぎの地で我が老いを終えられよう。ここでも自邸を終焉の地との考えを示している。竹林が外気を冷やして風を生み、池の上を吹き渡る。暑い夏の日にも、この庭園には清涼な空気が生まれ、猛暑が覆う巷とは隔絶した空間となっている。のんびりした穏やかな時を過ごし、白居易の心情に静謐をもたらしたのである。

この住居は、東都洛陽にあるとは言え、踵を接する城内の街区とは趣を異にしている。右の(6)にある「落景墻西塵土紅」は、洛陽の南東に位置する履道里の白邸から見て、西の市街地の砂埃が夕陽に照らされて浮かび上がる光景である。いかにも暑苦しい。この「塵土」と白邸の清涼との相違が際立っている。

(8)窓間睡足休二高枕一、水畔閑来上二小船一。棹遣二禿頭奴子撥一、茶教二纖手侍児煎一。門前便是紅塵地、林外無レ非二赤日天一。誰信好風清簟上、更無二一事一但翛然《イウゼン》（巻六十六・3265、「池上逐レ涼二首」ノ一）

池の畔の涼しさや、煩いのないゆったりとして気ままな暮らしと、門前の塵埃や林のむこうの燃えるような日差しとを対比するこの詩もまた同じである。自邸がいかに俗塵と隔絶しているかを鮮やかに描き出している。俗を辞去した生活が白居易を静穏な心境へと導いたのである。俗との隔たりも詩によく現れている。たとえば、

(9)晴空星月落二池塘一、澄鮮浄緑表裏光。露簟清瑩迎レ夜滑、風襟蕭灑先レ秋涼。無二人驚処一野禽下、新睡覚時幽草香。但問塵埃能去否《ルヤイナヤ》、濯レ纓何必向二滄浪一（巻五十二・2298、「池上夜境」）

夜空の光が注ぎ、涼しい風が吹き、鳥は人に驚かない、草の香がかおる、この庭園の池の畔を、世俗からは切り離された清澄な空間と捉えている。第四句の早くも涼風が漂うというのも、邸外との相違を際立たせる。尾聯では、俗世間とは無縁なこの場に身を置いて、塵垢を洗い流したのかと自問し、塵を洗い出そうとするなら、わざわざ滄浪へ行くまでもなく、ここにおれば十分だと、この庭園が清らかな脱俗の地であることを強調する(5)。ここに描く夏の夜の涼しさは、俗との隔たりを示す表象の一つである。

俗事との決別を望めば、官吏としての勤めから遠ざかることになる。かといって白居易は隠遁生活にどっぷり浸かっていたのではなく、長く官人であり続けた。履道里邸に住んでいた間、太子賓客分司東都・太子少傅分司東都などの任に就いていた。ただし名誉職であり、実際の業務はほとんど無かったようである。俸給が得られる上に自由で気ままな暮らしが保証されており、望む生活を手に入れることができたのである。生計に苦労せず、世俗や官僚としての煩わしさから解放された、隠逸とも言いうる日々を享受したのであった。したがって、履道里邸での生

活には、役人としての職務への意欲・気概は見られない。

⑽七月一日天、秋生二履道里一。閑居見二清景一、高興従レ此始。林間暑雨歇《ヤミ》、池上涼風起。橋竹碧鮮鮮、岸莎青靡靡。蒼然古盤石、清浅平流水。何言二中門前一、便是深山裏。……平生所レ好物、今日多在レ此。此外更何思、市朝心已矣《ヤミヌ》（巻六十三・3038、「七月一日作」）

⑾西渓風生竹森森、南潭萍開水沈沈。叢翠万竿湘岸色、空碧一泊松江心。……菟裘不レ聞レ有二泉沼一、西河亦恐レ無二雲林一。豈如《シカムヤ》白翁退老地、樹高竹密池塘深。……眼前尽日更無レ客、膝上此時唯有レ琴。洛陽冠蓋自相索《モトメ》、誰肯来レ此同抽レ簪（巻六十三・3035、「池上作〈西渓・南潭、皆池中勝処〉」）

⑿青苔池上銷二残暑一、緑樹陰前逐二晩涼一。軽屐単衣薄紗帽、浅池平岸庳藤床。簪纓怪レ我情何薄、泉石諳レ君味甚長。徧《アマネク》問二交親一為二老計一、多言宜レ静不レ宜レ忙（巻六十六・3264、「池上逐レ涼二首」ノ一）

⑽では、七月一日になって履道里は秋となり、この閑居で清らかな景色を見ていると、興趣が涌いてくる。雨が止んで池の畔には涼風が吹き渡り、雨に洗われて橋と竹は青さを際立たせ、水辺の草は輝いている。蒼然たる巌を清らかな水が流れている。秋が始まったばかりの我が池水と園林を描き、これこそ深山とまで言う。そして、己の好む物の多くはここにあるので、もう求める物などなく、世間での名利つまり官吏としての出世を望む気持ちは失せている[6]と述べている。⑾では、まず鬱蒼とした竹林の青さとそこに起こる風、そして淵の深さと浮き草を描く。叢竹と池水が庭園の象徴であることを明示しているかのようである。「叢翠万竿湘岸色」は、舜の死を悼む二妃の涙が竹を染め、妃は死後湘水の神になったという故事を踏まえる。

張華博物志、舜死、二妃涙下、染レ竹即斑。妃死為二湘水神一。故曰二湘妃竹一（『初学記』巻二十八・竹）

楚柳腰肢嚲《タレ》、湘筠涕涙滂（巻五十六・2652、「酬二鄭侍御多レ雨春空過詩一三十韻」）

また、この住まいを、春秋時代の魯の国で隠公が隠居しようとした所や、春秋時代の子夏がいた場所に比して、同じ退隠の地とは言え、我が邸宅に勝ろうかと誇らしげである。

羽父請レ殺二桓公一、将三以求二大宰一。公曰、為二其少一故也。吾将レ授之矣、使レ営二菟裘一、吾将レ老焉（『春秋左氏伝』・隠公十一年冬十月）

可レ憐終レ老地、此是我菟裘（巻六十四・3084、「重修二香山寺一畢、題二二十二韻一以紀之」）

卜商、字《ハ》子夏、少二孔子一四十四歳。……孔子既没。子夏居二西河一教授、為二魏文侯師一（『史記』巻六十七・仲尼弟子列伝）

樹木・叢竹・池水は、白居易退老の場として相応しかったのである。そして末尾に、洛陽は高い官職（冠蓋）を求める人たちの集まる地ではあるが、この「池上」に来てともに退官しよう（抽簪）とする人はおらぬかと、呼びかけている。⑿では、池の畔の苔や木々の陰は涼しく、下駄を履いて単衣と紗帽のくつろいだ格好で、池のあたりや藤棚を歩いて涼をとる。私は役人としての意識（簪纓）(7)が何と乏しいのかと思うし、この庭の泉石の風情を甚だ好んでいる。友人らに老後をどう過ごすかを聞くと、静かなるべく忙しかるべからずとのこと。自邸の庭園で納涼の風情を味わうにつけ、心の静謐・安逸が生まれ、官吏としての思いは失せるのであった。納涼によって得られる感覚は、脱俗・世塵からの逃避を促している。束縛・しがらみのない、のんびりとして落ち着いた、今のこの閑居における暮らしは、世俗や官僚社会での日々とは対極にあったのである。

納涼によって得られる心境も白詩のしばしば描くところである。酷暑を凌ぎ爽涼を身に受けることだけで、詩に詠じる感覚が生まれるのでもないだろう。満足すべき邸宅と園林・池沼を手に入れて住み、名誉職とは言え高官としての俸禄を受け取り、齷齪働くのでもなく閑居を満喫する、これら様々な境涯を重ね合わせたところから生まれたのである。

⒀何処堪レ避レ暑、林間背レ日楼。何処好レ追レ涼、池上随レ風舟。日高飢始食、食竟飽還遊。遊罷睡一覚、覚来茶一

甌。眼明見二青山一、耳醒聞二碧流一。脱レ襪閑濯レ足、解レ巾快搔レ頭。如レ此来幾時、已過六七秋。従レ心至二百骸一、無レ不二自由一。拙退是其分、栄耀非レ所レ求。雖レ被二世間笑一、終無二身外憂一。……（巻六十三・3036、「何処堪レ避レ暑」）

涼むには、林間にある陽を背にした楼の中や、池上の風に吹かれる舟の上がよい。日が高くなってようやく食い、食い飽きて遊び、遊んで睡り目覚め、目覚めて茶を一杯。青い山を見、碧流の音を聞き、足袋を脱いで足を洗い、頭巾を取って頭を搔く。こういう暮らしも六七年、心身ともに己《おの》がままにならぬことはない。わたしが退隠するのは分相応、栄耀は欲しない。世間が笑おうとも憂いなどないと言う。気の向くままの放埒な暮らし、自由でないものはない。欲なく憂いなし。納涼のうちに抱いた感懐である。

洛陽履道里の白居易邸における閑適の暮らしぶりを、庭の池と竹を描いた詩、特に夏季の避暑納涼を詠じる作を中心に見てきた。酷暑と土埃の外界からは隔絶した邸内の爽涼感は、心の平安・落ち着きをもたらした。夏の暑さ（洛中）と涼しさ（白邸）との大きな違いは、快適さを際立てる。喧噪の巷・官界の煩わしさと、苑地の静謐・叢竹木々や流水の起こす清音との著しい相違は、閑居の味わいを鮮やかに示している。権力闘争や出世争いに明け暮れることなどない、清浄な空間の創出であった。白居易は、満ち足りた思いでここを終《つい》の住処と定めたはずである。

三

履道里邸の庭園についてはさらに取り上げるべきことがあろうが、『源氏物語』の花散里との関わりにおいて問題となる点は一応挙げた。次に平安漢詩文に見える、池・竹・樹木などを詠み込んだ避暑・納涼[8]の詩を挙げて、その特色や内容・表現などについて検討してみよう。

納涼儲弐南池裏、尽洗㆓煩襟㆒碧水湾（『凌雲集』7、嵯峨天皇「夏日皇太弟南池」）

池際追㆑涼依㆓竹影㆒、巌間避㆑暑隠㆓松帷㆒（『文華秀麗集』巻上・10、巨勢識人「嵯峨院納涼。探㆓得帰字㆒。応㆑製」）

と、平安初期から、納涼・避暑を詠み込む詩が現れる。納涼の場は、「水国追㆑涼到、乗㆑舟泛㆓大湖㆒」（『文華秀麗集』巻上・8、嵯峨天皇「夏日臨㆓泛大湖㆒」）のような湖（ここでは琵琶湖）を除けば、洛中及びその近郊にある庭園である。そこでの納涼の詩は、ほとんどが、嵯峨天皇と付き従う東宮大伴親王（後の淳和天皇）や臣下の作である。

避㆑暑時来間院裏、池亭一把《トル》釣魚竿。……暫対㆓清泉㆒滌㆓煩慮㆒、況乎寂寞日成㆑歓（『凌雲集』10、嵯峨天皇「夏日左大将軍藤冬嗣閑居院」）

此院由来人事少、況乎水竹毎成㆑閑。……避㆑景追㆑風長松下、提㆑琴搗《ツク》㆑茗老梧間。知貪㆓鸞駕忘㆑囂処㆒、日落㆓西山㆒不㆑解㆑還（『文華秀麗集』巻上・9、大伴親王「夏日左大将軍藤原朝臣閑院納涼。探㆓得閑字㆒。応㆑製」）

君王倦㆑熱来㆓茲地㆒、茲地清閑人事稀。池際追㆑涼依㆓竹影㆒、巌間避㆑暑隠㆓松帷㆒。……山院幽深無㆑所㆑有、唯余朝暮泉声飛（同・10、巨勢識人「嵯峨院納涼。探㆓得帰字㆒。応㆑製」）

暑さを避け涼を求めうるのは当たり前として、それ以外の特徴に、静けさ、のどけさがある。また人と関わる煩わしさがなく、日頃の煩わしさを洗い流す地として描いている。しばし外界の暑さを忘れ、のんびりしたひと時を過ごしたのである。これら世俗から隔絶した空間を生み出すのは、庭の池・泉・松竹などであった。

次に、九世紀末に活躍した、島田忠臣と菅原道真の詩を取り上げる。

未㆑須《モチヰ》㆔遠㆑跡放《ホシキママニスルヲ》㆓山遊㆒、何必虚㆑心狎㆓海鷗㆒(9)（『田氏家集』巻之下・134、「池上追㆑涼」）

涼をとるには、わざわざ山へ出掛けたり、虚心になって鷗と戯れたりする必要はない、この池の畔で十分だと主張する。また、池と「梅霖半夏竹風秋」によって涼が得られると述べている。忠臣は自邸に池を掘り、竹を植えていたのである。これは白居易の履道里邸と同じであり、白詩から学んだのであろう。(10) 右に見た平安初期の詩では、嵯峨天皇や官人らが涼を求めて出遊した時の作であるのに対して、忠臣の詩は個人の邸宅での納涼を描いたものである。この点においても白居易の影響がある。[11]

赤日炎天憤懣盈、黄昏勝地始陶《トラカス》レ情。……煩襟解散憑二恩沢一、不三敢崎嶇趁二逐名一（同・152、「池榭消レ暑」）

この詩は、勝地で納涼した時のものであり、自邸で詠じたのではないだろう。うだるような暑さが、「池榭」のある「勝地」での納涼で和らいだ、つらい暑熱が吹き飛ぶのだから、遮二無二に名利を求めることなどない。結びの理屈に無理があるが、暑さが消えて世俗での名利を欲しなくなるのは、白居易が述べるところであり、ここにもその影響を認めることができる。

道真の讃岐守時代に納涼の詩がある。

避レ暑閑亭上、消レ憂客恨中。骨寒南岸水、心刷北窓風。……此時何悶事、官満未レ成レ功（『菅家文草』巻四・296、「納涼小宴」）

「閑亭」は、水辺にあったらしい。ここでの納涼の小宴によって、都を離れて讃岐の国にある憂愁を消し、吹き来る風は心を清めたとある。涼しさは鬱屈した心を落ち着かせたようである。ただ、国守としての治績をあげていないことがつらいとも言う。涼しさによって心の穏やかさを得たものの、地方官吏としての業績へのこだわりが蟠っている。ここでの納涼は、俗情を取り除き、否定する心境を生み出していない。白詩の描こうとした俗との懸隔やのどかな心もちにはほど遠い。

さらに時代が下って、平安中期にも納涼の詩がある。

幸入二蓬莱一近二聖明一、遂レ涼避レ暑石泉清。五更眠覚巌風冷、三伏汗収岸雨晴（『江吏部集』巻上、「夏夜守二庚申一、侍二清涼殿一、同賦三避レ暑対二水石一。[12]応レ製」）

長保元（九九九）年六月九日の庚申における大江匡衡の作。庚申は清涼殿で行っているので、「水石」はその東庭を流れる御溝水と敷設した岩であろう。したがって白居易が求めた閑適などとは結び付きそうにない。殿舎殿庭での納涼を描くのみである。詩の末尾は応製詩らしく、「千秋渓体今移得、長備二天臨一頌二太平一」と、天子の来臨を待って太平を讃えようと結んでいる(13)。同じ頃に藤原行成が詠じた納涼詩「涼風撤二蒸暑一」(『行成詩稿』)も、省試詩(14)であるために、納涼がもたらす個人の感懐や自適にまでは触れない。

何因蒸暑撤、便是為レ風涼。君子徘徊処、庶人往反場。飄々消二苦熱一、颯々退二炎光一。施擬二仁恩遍一、吹如二聖徳昌一。……識二不レ鳴レ条意一、堯年楽未レ央(15)。

句題詩であるため、題にまつわる表現・故事等を列挙する必要がある。そして、暑さが去った涼しさを「仁恩」「聖徳」に喩えたりもする。述懐するべき末尾では、天下の太平をことほぐ仕儀となる。この詩も、納涼のもたらす閑適等の感懐に触れていない。詠作の場の制約があるのはもとより、そのような心境を描こうとする姿勢はなかったのである。

平安朝の納涼詩は、白詩の受容が盛んであった割には、閑適にまで踏み込んだ内容に乏しい。白居易のように、池沼と竹叢や樹木を持つ広壮な住居に暮らして、穏やかで悠々とした境涯を得た文人のまずなかったことが、詩に反映したのであろうか。俗と隔絶した空間を所持するのは容易ではない。白邸での生活に思いを馳せ憧憬を懐いたとしても、実感するところまでは行かなかったことが想像できよう。

四

夏の町の庭園の結構から、主人である花散里の心性を探るべく、これまで納涼の詩について考えてきた。池や叢竹・木々のもたらす爽涼や、それが心情に与えるものなどが花散里という人物に投影していると推測したからである。次にこれらと『源氏物語』の描写とを比較して、夏の町の庭園と花散里についての考えを述べたい。まず冒頭に引いた少女巻に描く、花散里が住む町の庭園が持つ意義について考えたい。

「涼しげなる泉ありて」「水のほとりに菖蒲植ゑしげらせて」と、遣水・泉を配している。「泉」と「水」との関係を述べていないが、湧き出た水や河川から引いた水が池に流れ込んでいるのであろう。「前近き前栽、呉竹」は、おそらく寝殿の正面に「呉竹」を植えているということであろう。主人の住む殿舎に向き合う形で、庭には「呉竹」があった。主の象徴として、庭の中では目立ったのではないか。池はその背後に穿たれていただろうか、竹の青さと池の水面が爽やかな印象を与えていたのだと思う。遣水・池と竹の景観は、さきに白詩を挙げて述べたとおり、履道里邸の庭園を象徴するものでもあった。また、「木高き森のやうなる木ども木深くおもしろく、山里めきて」ともある夏の町は、先に見た白詩に見える「林下」「林間」「林泉」「林外」などの語や、(10)「便是深山裏」・(11)「樹高竹密池塘深」と描く光景と重なる。そして、

涼しげなる泉ありて、夏の蔭によれり。前近き前栽、呉竹、下風涼しかるべく、木高き森のやうなる木ども木深くおもしろく、

と、涼しさを求めた庭造りを強調している。庭園の池・竹・樹木が生み出す涼しさ、納涼の模様は、白居易が詩に描くところであった。

物語には、花散里が住む夏の町における納涼の模様を描いていない。夏の暑さを凌ぐための工夫を庭園に凝らしたものの、それを物語の一齣として利用するには到らなかった。ただ、六条院の四つの町は、それぞれの特徴を庭園の植生によって示しているのであるから、その情景や作庭の意図は、町の主人である花散里の性格や物語における位置づけなどを反映していると見てよいであろう。白詩によれば、納涼がもたらすものは、爽やかな感覚や静謐・落ち着き・安寧などであった。ひいては世俗からは離れた空間や、名利とは無縁の恬淡な生活に繋がる。平安

朝詩においても、爽涼は喧噪・煩わしい人事からの隔絶、脱俗の空間を生み出していた。

花散里は、これといった係累を持たず、光源氏の庇護を支えに暮らしている。権勢を欲するでもなく、源氏を独占しようと愛憎劇を繰り広げるのでもない。反対に誰かに翻弄されるような立場にもなかった。まことに淡泊な人柄でもある。御方々の六条院への移転に当たって、秋好中宮は一斉に移動する騒がしさを避けて日延べしたのに対して、「例のおいらかにけしきばまぬ花散里ぞ、その夜、添ひて移ろひたまふ」（少女）と、いつものとおり素直に源氏の意向を受け入れたとある。螢巻には、五月五日の催しが夏の町の馬場であった。その夜、光源氏は寝所を異にするのを心苦しく思うが、花散里は、「おほかた何やかやともそばみ聞こえたまはで」と、そもそも嫉妬などせぬのだとある。淡々としているのである。光源氏は、「朝夕の隔てあるやうなれど、かくて見たてまつるは心やすくこそあれ」と語る。こうして会えるのを心安らぐことだと感謝し、花散里の美質を言挙げする。感情に起伏がなく穏やかで落ち着いた人柄であり、人に安心感を与えるのは、白居易が履道里邸の庭園から得た平穏や安逸に通じるものがあろう。権力・利得に絡むことなく、俗事との関わりから縁遠い姿は、白居易が自分の邸宅から手に入れた境涯に重なるのではあるまいか。

このような花散里像は、六条院での暮らしから始まるのではない。明石から京へ戻って来た光源氏は、しばらく訪れていなかった花散里のことを思い起こす。その時の源氏の思いは、「今めかしう心にくきさまにそばみ恨みたまふべきならねば、心安げなり」（澪標）とあり、訪問がないといって拗ねたり恨んだりするはずもないと気楽であった。また、二条東院での暮らしを描く中に、「ただ御心ざまのおいらかにこめきて、かばかりの宿世なりける身にこそあらめと思ひなしつつ、ありがたきまで後ろやすくのどかにものしたまへば」（薄雲）とある。花散里は、心もちが鷹揚で、自らの宿運をこのようなものと見極めており、源氏には安心できるのんびりした様子であると言う。さきに見た花散里の人となりは、すでに描かれていたと考えてよいであろう。

　このような姿ははじめて物語に登場した花散里巻で、早くも描かれていると見てよい。賢木巻の終わりに、光源氏と朧月夜の密会を知った弘徽殿大后は激怒するや、この時とばかり源氏の放逐を企てる。こうして源氏は追い詰められることになった。須磨巻の冒頭では、官位を剝奪されていよいよ進退窮まった源氏は、須磨への退去を決意している。緊迫した流れの中に挟まれた花散里巻において、光源氏は花散里のもとを訪う。その住まいは、「人目少なく静かにておはするありさま」と人影が少なく静寂であり(2)「履道幽居竹遶レ池」、(10)「閑居見二清景一」、(11)「眼前尽日更無レ客」など）、「いとど木高き影ども木暗く見えわたりて」と庭の高い木立があった(11)「樹高竹密池塘深」）。白居易の閑居と通じる面があろう。時あたかも涼を求める「五月雨」の頃であった。邸に住む麗景殿女御と妹三の君（花散里）は、桐壺院亡き後源氏の庇護によって暮らしており、権力争いや利害得失とは縁がない。そこは世間との交流も少ない、ひっそりした佇まいの邸であった。華やかな貴族社会とは対極にあるとともに、反面煩わしい俗事・人事からは隔たった空間であったに違いない。源氏は我が身に危機が迫る状況にあって、不安や緊張の日々を過ごしてきたはずである。一時の安らぎを欲したことであろう。また、これから立ち向かわねばならない苦難を前に、慰撫を求めて静謐で安らかな邸宅を訪れたのであった(16)。

　花散里巻の前半は、花散里の邸へ向かう途中、以前逢ったことのある中川の女と歌の贈答をし、拒絶に会うという内容である。女の邸内は「掻き合はせ賑はしく弾きなすなり」であった。その直後に訪れる花散里の住まいが持つ静寂とは異なる。呼びかけても、女は源氏の長い途絶えを恨んでまことにつれない。一方、久しぶりにやってきても、花散里は、「憎げなく、我も人も情けを交はしつつ過ぐしたまふなりけり」と、憎んだりはせず情を交わすのであった。簡潔な描写でありながら、心穏やかで安らぎを覚える人柄を思わせる。緊迫の中にあった源氏は静謐・安穏を得たのではあるまいか。

五

花散里の人となりは、少女巻に描く六条院夏の町の庭園に現れており、納涼・避暑を念頭に置いた遣水・池や竹・木々を中心とした作庭に顕著である。花散里・須磨巻に見える邸の庭園についても同様であろう。酷暑を凌ぐための環境は、涼しさのみならず穏やかで心安らぐ花散里の人柄に繋がる。爽涼によって得られる感覚は俗情とは無縁であり、喧噪・人事の煩わしさからは隔たっている。これも権勢や愛憎とは疎遠な、花散里の境涯・心境そのものである。このような花散里の姿は、白居易が洛陽の履道里邸において過ごし、閑適の暮らしを営んだ中から生まれた詩にもとづいている。とりわけ納涼詠が与えた影響は大きかったと言えよう。詩の内容のみならず、白居易の暮らし・生き方・境涯は、花散里のそれと重なるところが多い。なお、平安朝の詩にも納涼・避暑の詩がある。涼しさがもたらす静けさ穏やかさは描いているが、名利を欲せず、俗事の煩雑さから距離を置く境涯に及んでいない。現実に白居易のような閑適生活を体験しなかったからであろうか。それにしても物語の作者は、白居易の納涼詩の特質を味得していたと言えるのではあるまいか。

注

（1）明石の君の人物造型は、松の特性と深い関わりをもっている。この点を、新間一美「「松」の神性と源氏物語」（『源氏物語の構想と漢詩文』所収）が詳細に論じている。

（2）たとえば『徒然草』（第五十五段）には、「家の作りやうは夏をむねとすべし。冬はいかなる所にも住まる。暑きころわろき住居は堪へがたきことなり。深き水は涼しげなし。浅くて流れたる、遙かに涼し。……」とあり、住居は夏向きであるべきだと言う。

（3）「優游」は、「優哉游哉、聊以永レ日」（『文選』巻十七、後漢の傅毅「舞賦」。李善注「家語、孔子歌曰、優哉游哉、聊以卒レ歳」）、「散秩優游老、閑居浄潔貧」（『白氏文集』巻七十一・3617「昨日復今辰」）などから分かるように、ゆったりのんびりした暮らしを現す語として用いることが多い。

（4）白居易の閑適生活や庭園の池沼・竹林については、西村富美子「白居易の《閑適》——履道里を中心として——」（『愛媛大学法文学部論集 文学科編』第二十三号）、中西文紀子「白楽天の〝竹〟イメージについての考察」（『お茶の水女子大学中国文学会報』第九号）、埋田重夫『白居易研究 閑適の詩想』（二〇〇六年・汲古書院）所収の諸論考、二宮美那子「白居易「池上篇幷序」論——あわせて自適の空間を定義する幾つかの表現について」（『中国文学報』第七十三冊）の諸論考を参照した。このうち西村氏は、白居易の「閑居」の語を詩題に含むものが履道里での作に多いことから、閑居の「主要地」はこの地の住まいであったとされた。本章はこの見解を踏まえて、もっぱらこの時期の詩を、竹と池をめぐる閑居を検討する上での対象とする。

（5）『楚辞』（漁父）で漁父が歌う、「滄浪之水清兮、可三以濯二吾纓一、滄浪之水濁兮、可三以濯二吾足一」（『孟子』・離婁章句上、『文選』（巻三十三）の戦国時代楚の屈原「漁父」にも見える）を踏まえている。王逸注は、歌の第一句については「喩二世昭明一」、第二句には「沐浴陞《ノボル》レ朝《ニ》」、『文選』の劉良注は両句について、「清喩二明時一、可下以修二飾冠纓一而仕上也」と述べており、明時であれば朝仕しようというのであり、白居易が脱俗の意で用いているのとは異なる。白居易の言うところは、歌の第三・四句と重なっている。王逸注には、「喩二世昏闇一」（第三句）、「宜二隠遁一也」（第四句）、『文選』の張銑注には「濁喩二乱世一、可二以抗レ足遠去一」とある。

（6）「朝市」の例には、「焉《イヅクンゾ》　独三川《ハ》為二世朝市一」（『文選』巻四、晉の左思「蜀都賦」。劉淵林注「張儀曰、争レ名者於レ朝、争レ利者於レ市。今三川周室天下之朝市也」）がある。「三川」は都洛陽のことで、その「朝市」は名利を争い求める場であるという（『戦国策』・秦策）。白居易には、「大隠住二朝市一、小隠入二丘樊一。丘樊太《ハナハダ》　冷落、朝市太囂諠」（『白氏文集』巻五十二・2277、「中隠」）。「小隠隠二陵藪一、大隠隠二朝市一」（『文選』巻二十二、晉の王康琚「反招隠詩」にもとづく表現）がある。同じ意の語に「市朝」があり、「名利心既忘、市朝夢亦尽」（巻七・0238、「宿二簡寂観一」）、

「適情処処皆安楽、大抵園林勝二市朝一」（巻六十五・3221「諭二親友一」）と用いている。

（7）「簪纓」の「簪」は冠を止めるかんざし、「纓」は冠を結ぶ紐。二字で役人の意。白居易には、「忽従二風雨一別、遂被二簪纓縛一」（『白氏文集』巻十一・0532、「寄二王質夫一」）、「少年賓旅非二吾輩一、晩歳簪纓束二我身一」（同巻五十四・2457、「郡中閑独。寄二微之一、兼寄二崔湖州一」）などの例があり、「簪纓」は自分を拘束するものであるという意識があったようである。

（8）平安文学における納涼の詩歌については、渡辺秀夫『平安朝文学と漢文世界』第一篇・第四章・（Ⅱ）紀貫之の和歌と漢詩材・《納涼》、三木雅博「雨後の爽涼――白氏文集詩句の改変と新しい自然詠の誕生――」（『平安詩歌の展開と中国文学』所収）、岩井宏子「納涼詠の生成――新歌材の受容と展開――」・「平安前期の納涼詩の世界」・「島田忠臣における納涼詩」（いずれも『古今的表現の成立と展開』所収）などの論考がある。

（9）「何必虚レ心狎二海鷗一」は、「列子曰、海上之人好レ鷗者、毎旦之《ユキ》二海上一、従二鷗鳥一遊。鷗鳥之至者、百数而不レ止。其父曰、吾聞鷗鳥皆従レ汝好。取来吾玩之。明日之レ海、鷗鳥舞而不レ下」（『芸文類聚』巻九十二・鷗）にもとづいている。菅原道真にも、「鷗鳥従二将天性一狎、鱸魚妄被二土風羞《ススメ》一」（『菅家文草』巻四・266、「江上晩秋」）などがある。

（10）島田忠臣の詠竹詩については、後藤昭雄「嶋田忠臣論断章」（『平安朝文人志』所収）参照。

（11）注（8）に引いた、岩井氏の論考「島田忠臣における納涼詩」に指摘がある。

（12）『御堂関白記』の同日条に、「内有二御庚申一。有二作文管絃一。女方入二菓子紙等一」、『日本紀略』には、「有下守二三尸一之御遊上」とある。

（13）尾聯の前句はその意を取りがたい。この詩の解釈については、木戸裕子「江吏部集試注（十六）」（『文献探究』第三十八号）参照。

（14）『権記』（長保五年七月二日）には、「今日省試云々。題涼風撤《ハ》二蒸暑一〈題中取レ韻、百字成レ篇〉」とある。

（15）この二句の前句は、「論衡曰、儒者論二太平瑞応一、皆言五日一風、風不レ鳴レ条」（『芸文類聚』巻一・風）と、『論衡』〈是応〉が原拠であり、後句は、「佩服董草駐二容色一、舜日堯年歓無レ極」（『芸文類聚』巻四十二・歌、梁の沈約「春白紵歌」。『楽府詩集』巻五十六）、「嘉辰令月歓無レ極、万歳千秋楽未レ央」（『和漢朗詠集』巻下・773・祝、謝偃）などにもとづく。二句は、天下の太平と聖代に巡り合った喜びを歌っている。

(16) 光源氏が須磨へ退去する前に花散里邸を訪れた時には、「池広く山木深きわたり」(須磨)と、池と山(築山)の深い木立があることを描いている。当時の庭園としては通常のものではあるのだが、花散里・少女巻とともに庭園の特徴が一貫しているようである。これは、花散里像を示すための手法であるように見受ける。

6　『更級日記』の七夕歌

一

治安二（一〇二二）年七月七日、十五歳の菅原孝標女は、「長恨歌」物語の借用をある人物に依頼する。前年都に上って来た「をばなる人」から、『源氏物語』や他の物語を贈られて読み耽り、十分堪能したはずであったが、物語への興味はなお持ちつづけていたのであった。むしろいっそう旺盛であったのかもしれない。その七月七日を、『更級日記』は次のように記している。

世の中に長恨歌といふ文を、物語に書きてあるところあんなりと聞くに、いみじくゆかしけれど、え言ひ寄らぬに、さるべきたよりを尋ねて、七月七日言ひやる。

契りけむ昔の今日のゆかしさに天の河波うち出でつるかな

返し、

たち出づる天の河辺のゆかしさにつねはゆゆしきことも忘れぬ

「長恨歌」は、言うまでもなく『白氏文集』の中の最もよく知られた詩の一つであり、白詩のうちいち早く日本に伝来した作品でもある。「長恨歌」物語は、「長恨歌」をもとにした物語と推測してよいのだろうが、断片すら残らず、他の所見も一切ない。孝標女がこの物語に対していかなる興味を抱いたかを窺うよすがはすでになく、その亡逸は惜しまれる。

日記作者が七月七日にこの物語の借覧を申し入れるのには、それなりの計算があった。「長恨歌」の一節には、「七月七日長生殿、夜半無レ人私語時。在レ天願作二比翼鳥一、在レ地願為二連理枝一」と、七月七日の夜玄宗皇帝と楊貴妃とが睦言を交わして、永遠の愛を誓う条りがある。ここを踏まえているのであり、時宜を得た依頼と言えよう。詩に描く七月七日の二人の誓いは、物語における根幹をなす部分を占めていたに違いない。それを日記の作者も承知していたのであろう。その上での七月七日における依頼だったのである。

孝標女は、直接所蔵者に申し入れることができず、つてを頼って七月七日に便りを送る。その中に右の歌を添えたのである。当然七夕に因んだ詠みぶりとなり、相手の「返し」もこれに応じた形を取る。この贈答歌を諸注は次のように解している。

○玉井幸助『更級日記新註』（一九二六年四月）

【ちぎりけむの歌】今日は、その昔玄宗皇帝と楊貴妃とが、互に深い心を契りかはした日であります。それをゆかしく思ひ出でますにつけても、御持ちになる楊貴妃の物語を拝見したいと思ひますので、かやうに打ち出して借用を願入れます。「あまの河波」は「うちいで」の序、しかも七夕に縁のある語。「うちいづ」とは申し出すこと。波のうつにかけて用ひた。

【たちいづるの歌】牽牛・織女の二星が天の川のほとりに立出でて逢ふといふこよひがゆかしく思はれますので、平素ならばいやな事でございますが、それも忘れて此の物語を御貸し申します。簡単にいへば、常ならおことわりをするのですが今夕のことですから御貸し申しますの意。物語を貸すのが真にいやなのではない。わざともつたいをつけたいひ方をするのが、おあいそである。「つねは」は、常ならばの意。

○新日本古典文学大系（吉岡曠校注、一九八九年十一月）

【ちぎりけむの歌】玄宗皇帝と楊貴妃とが変わらぬ愛を誓ったという、昔の今日のことが知りたいあまり、今宵彦星が織女に逢いに行く天の河のうち出づる河波ではありませんが、思い切って口に出して、ぶしつけなお願いを申し上げてしまったことです。

【たちいづるの歌】彦星と織女が立ち出て逢う今宵の天の河原の情景は、私も知りたく思いますので、あなたのお気持ちもわかります。長恨歌は不吉な話ですから、ふだんなら御遠慮するところですが、お貸しいたしましょう。

○小谷野純一『更級日記全評釈』（一九九六年九月）

【ちぎりけむの歌】（玄宗皇帝と楊貴妃が）約束し合ったといわれる昔の今日（七月七日のこと）が知りたさに、天の川波が迸り出るように（気持ちにまかせて、不躾にも拝借したい旨を）お願い申し上げたことです。

【たちいづるの歌】（今宵、牽牛と織女が）立ち出て（会う）天の川辺（の有様）が知りたさに、（物語の内容が）いつもは不吉なこと（として疎まれるものの、それ）も忘れました。（お貸し致します。）

この注のうち問題となるところを挙げておこう。孝標女詠の「うち出で」を天の河の波がうち出ると解し、打ち明ける・願い出るの意ともするのは、右の三者に共通する。また新大系は、「今宵彦星が織女に逢いに行く天の河のうち出づる河波」と述べており、牽牛の天漢渡河を前提とした解釈をしている。注目しておきたい。返しの某人詠の「たち出づる」は、孝標女の「うち出で」を承けている。この語については、右の諸注ともに彦星と織女が天の河のほとにり立ち出でて会う意としている。今取り上げた「うち出で」「たち出づる」の解釈は、玉井『新註』をはじめとして諸注――右の諸注以外も含む――ほとんど変わらず、通説と見なしてよい。しかし、二語の主体が何であるかを考えてみると、訂正を要するように感じる。

当然のことながら、孝標女と某人の贈答歌は七夕伝説を踏まえて詠んでおり、諸注もこれを承知して解釈している。ところで平安時代の七夕歌については、従来固定した理解が通用しており、そのためにあるべき読解がなされなかった嫌いがある。『更級日記』の七夕歌もまた同じ状況下にあるように見受ける。目下当時の七夕歌についての解釈は是正の傾向にあり、『更級日記』の場合も見直しが必要だと思う。本章は、最近の七夕歌に関する研究の成果を参酌しつつ、日記の二首の解釈を検討することとする。

二

平安時代の天漢渡河を詠じた和歌の解釈においては、その主体を牽牛と見る説が有力である。たとえば、

　七月六日、たなばたの心をよみける　　藤原兼輔朝臣

いつしかとまたく心をはぎにあげて天の河原を今日や渡らむ（『古今集』巻十九・1014・雑体）

について[1]、

○七月六日に七夕の趣旨を詠んだ歌（日本古典文学全集）
○七月六日に彦星の気持を詠んだ歌（松田武夫『新釈古今和歌集』）
○いつかいつかとはやる気持を、脛《すね》まで衣をまくりあげるようにまる出しにして、彦星は天の川を今日のうちにでも渡ろうとするのかね（新日本古典文学大系）
○七月六日、彦星の心情を詠んだ歌

「たなばたの心」＝「織女にかしつる糸の打ち延へて年の緒長く恋ひやわたらむ」（秋上・一八〇）のように、「たなばた」は織女のことを言うことが多いが、ここは「たなばたの天《あま》の門《と》渡る今宵さへ遠方人《をちかたびと》のつれなかるらむ」（『後撰集』秋上・二二八）、「たなばたの帰る朝《あした》の天の川舟も通はぬ浪も立たなむ」（同・秋上・二四八）の

ように、彦星のことを言っている。彦星の立場に立ってその心中を詠んだのである（片桐洋一『古今和歌集全評釈』）

など、多くの注釈書が牽牛の心を詠んだと解している。[2] つまり天の川を渡るのは牽牛と見ているのである。これに対して、詞書の「たなばた」を織女のこととし、織女が渡河すると解するのは、

積極的に「彦星」と解さねばならぬ理由もなく（むしろ、織女星と解すべき理由の方が多い）、素直に「織女星」と解すべきである（竹岡正夫『古今和歌集全評釈』）

くらいではなかろうか。[3] もう一例あげておく。

七月八日のあした　　兼輔朝臣

たなばたの帰る朝の天の川舟もかよはぬ浪も立たなん（『後撰集』巻五・248・秋上）

の解釈は、

○当歌では牽牛（彦星）のこと（木船重昭『後撰和歌集全釈』）

○たなばたの帰る朝の「たなばた」は、織女をいう場合が多いが、ここは舟で帰る牽牛のこと。中国では、織女が天の河を渡って逢いに来るのだが、日本では実生活通り、男が通っていく形になっているので、この「たなばた」は牽牛のこととなり、歌は織女の立場に立って詠んだということになる（片桐洋一・新日本古典文学大系）

○織女が帰る朝の天の河は、舟も通わないほどの波が立ってほしい（工藤重矩・和泉古典叢書）

と、帰り行く「たなばた」を牽牛と見る説の方が多く、[4] 和泉古典叢書のような織女説は珍しい。

七月七日の夜織女牽牛の二星が逢会するという伝説が、日本に伝来定着するについては、地上の男女の逢瀬と共通するために、容易に浸透したと言えよう。反面日中の習俗の違いを反映して、渡河の主体が双方異なっている。

中国で天漢を渡るのは、

続斉諧記曰、桂陽城武丁有二仙道一、謂二其弟一曰、七月七日、織女当レ渡レ河、諸仙悉還レ宮。弟問曰、織女何事渡レ河。答曰、織女暫詣二牽牛一。世人至レ今、云三織女嫁二牽牛一也（『芸文類聚』巻四・七月七日）

欲レ待二黄昏至一、含レ嬌渡二浅河一（同、梁の劉孝威「詠二織女一」）

喜《ブラクハ》逐二行人一至、愁《フラクハ》随二織女一帰（『李嶠百廿詠』・「鵲」）

曾随三織女渡二天河一、記得雲間第一歌（中唐劉禹錫「聴二旧宮中楽人穆氏唱歌一」）

今宵織女渡二天河一、朧月微雲一似レ羅（『新撰朗詠集』巻上・194・七夕、白。『白氏文集』には見えない）

のように織女であり、牽牛は常に待つ身である。いっぽう日本では、夜男が女のもとを訪れる妻問いの習俗があって、織女が天の河を渡るという中国での形態は受け入れられず、『万葉集』においては、

天の川棚橋渡せ織女のい渡らさむに棚橋渡せ（巻十・2081）

十年七月七日之夜、独仰二天漢一、聊述レ懐一首

織女し舟乗りすらしまそ鏡清き月夜に雲たち渡る

右一首、大伴宿禰家持作（巻十七・3900）

のようなわずかな例外を除けば、

天の川霧たち渡り彦星の梶の音聞ゆ夜のふけ行けば（『万葉集』巻十・2044）

この夕へ降り来る雨は彦星のはや漕ぐ舟の櫂の散りかも（同・2052）

と、彦星が織女のもとを訪れると詠む歌が多数を占めている。

『万葉集』に収める七夕をめぐる歌一三〇首余のうち、天漢渡河を詠む歌におけるこの大勢は顕著であり、後世の読者に強い印象を与えたらしい。平安時代以降の七夕歌を解釈する上で影響があったようである。先に見たよう

に、『古今集』の藤原兼輔詠の「天の河原」を渡る「たなばた」を彦星とする見解が、最近では多数を占めている。片桐洋一氏の『古今和歌集全評釈』は、『後撰集』の二首の「たなばた」は、天の河を渡ると詠んでいるので彦星であると説き、これをもとに兼輔詠の「たなばた」もまた彦星であるとされる。(5)はたして渡河する「たなばた」は彦星のことなのであろうか。ここは、男が女のもとへ通う奈良平安時代の婚姻形態や、『万葉集』における彦星の渡河を詠じた歌を前提とするのではなく、まず「たなばた」がどちらであるかを検討するのが先決であろう。

先に引いた『万葉集』2081・3900番歌の「織女」は「たなばた」と訓むべきである。和歌をすべて漢字で表記する『新撰万葉集』は、

まれに来て飽かず別るる〈織女〉はたち帰るべき路なからなむ（巻上・147・秋歌）

において、「たなばた」を「織女」と書き表している。また、「今宵織女渡二天河一」の題に対して、大江千里は、

ひととせにただ今宵こそたなばたの天の河原も渡るてふなれ（『句題和歌』38）

と詠むのであるから、「織女」は「たなばた」である。二十巻本『和名類聚抄』（巻一・天部）では、「織女」に対して、「兼名苑云、織女ハ牽牛ノ疋也」と説明し、その和訓に「太奈八太豆女」を与えている。一方「牽牛」に対しては、「爾雅註云、牽牛ハ一名河鼓(6)」と説き、和訓は「比古保之又以奴加比保之」とする。このように「織女」は「たなばた」であり、「たなばた」には「織女」を当てる。これに対して「たなばた」を「彦星」と解するべき例はなく、「彦星」を「たなばた」と訓むことはできない。天の川を渡るから「たなばた」は彦星だと言うべきではない。したがって、『古今集』の兼輔詠の「天の河原」を渡る「たなばた」は織女なのである。

『万葉集』における七夕の歌では、わずかな例外はあるが、天漢を渡るのは彦星であり、織女は待ち受ける側であった。中国での場合とは逆である。一方同時代の漢詩集『懐風藻』では、

霊姿理二雲鬢一、仙駕度二潢流一。窈窕鳴二衣玉一、玲瓏映二彩舟一（53、山田三方「七夕」）

仙期呈二織室一、神駕逐二河辺一。笑瞼飛花映、愁心燭処煎（76、百済和麻呂「七夕」）

と、車に乗って天の川を渡るのは織女である。「雲鬢」「衣玉」「織室」「笑瞼」などは、織女の特徴をよく表している。同じ主題を扱っても、和歌と漢詩とでは正反対の様相を呈している。漢詩は中国文化をそのまま取り入れ、和歌は在来の風習を受け継いでいるのである。和歌は外来の伝説を享受するにしても、そのすべてを許容するのではなく、従前の表現を温存したのであった。

平安時代に入ると、和歌における天漢渡河の詠み方は、後述のように変化している。かたや漢詩は、用例に乏しいが、大筋では『懐風藻』のように織女の渡河を詠んでいる。その中にあって、

毎レ秋玄宗契二七日一、一年一般《ヒトタビ》亘二黄河一。別日織女恋二仙人一、蓬萊楼閣好二裁縫一(7)（『新撰万葉集』巻下・342・秋歌）

は、玄宗皇帝が「黄河」(8)つまり天の川を渡ると詠む。この詩は一首全体が白居易「長恨歌」（『白氏文集』巻十二・596）を踏まえており、玄宗を牽牛、楊貴妃を織女になぞらえている。すなわち牽牛の渡河をここで詠み込んでいるのである。同集にはもう一首、「契りけむ心ぞつらき織女の年にひとたび逢ふは逢ふかは」（巻下・460・恋歌）に、

東嶺明月機《ハタヲ》照《スコト》盛、何織女相契《ルコト》一夜《ナル》。相見逢語且遅来、恨玄宗遠隔不レ見（461）

が付せられている。第三・四句「相見て逢ひ語らむとするも且つ来ること遅し、恨むらくは玄宗遠くして隔たり見えざること」は、玄宗の行為を述べている。牽牛に見立てた玄宗皇帝が織女を訪うのである。「長恨歌」及び陳鴻の「長恨歌伝」（『白氏文集』巻十二）は、ともに七夕の夜玄宗と楊貴妃が愛を誓う場面を描いてはいるが、(9)両星の逢会と結びついて玄宗が渡河する展開はない。この『新撰万葉集』における異聞——玄宗・楊貴妃の後日談——の創出は、平安詩人の想像力の産物である。奈良時代の詩ではありえなかった牽牛の渡河が、ここには現れている。『新撰万葉集』の詩は、序文に「綴二一絶之詩一、挿二数首之左一」（巻上）・「使三視レ歌興二レ詩」（巻下）とあるように、和歌との関連が緊密であるために、それまでの七夕歌の主流であった牽牛渡河に引かれた形で、男性である玄宗が天

の河を渡る内容が生まれたのであろうか。たまたま特異な経緯から詠出したからなのか、これ以降織女（楊貴妃）が牽牛（玄宗）の訪れを待ち受ける七夕の詩は見えない。

これ以後の天漢渡河を描いた詩文には次のようなものがある。

1、去衣曳レ浪霞応レ湿、行燭浸レ流月欲レ消（『和漢朗詠集』巻上・216・七夕、菅原文時。『和漢朗詠集私注』は、詩題を「七夕含レ媚渡二河橋一」に作る）

2、令二侍臣賦一レ詩。題云、織女渡二天河一（『日本紀略』応和二〈九六二〉年七月七日）

3、仙星増レ餝《カザリヲ》、綵雲為レ衣。装二居霧帳一、相二待鵲翅之南北一、襲二備霓裳一、只従二龍蹄之去留一（『本朝麗藻』巻上・52、大江以言「七夕於二秘書閣一、同賦二織女雲為一レ衣。応レ製」序。『本朝文粋』巻八・225）

4、雖レ知三巫女行二秋嶺一、豈妨三仙娥渡二夜河一（『本朝無題詩』巻三・192、藤原周光「遇レ雨聊述二鄙懐一」）

1の「去衣」は、牽牛のもとへ向かう時の織女の衣服。また詩題の「含レ媚」は織女の表情である。2は、村上天皇が臣下に詩を詠ませた記録。詩題に示すとおり、天の川を渡るのが織女の方であるのは常識だったのである。3の、身なりを整え、鵲が翼で天の川に橋を架けるのを待ちうけて、龍蹄（馬）に車を引かせて出発しようとするのも織女である。4の「仙娥」は仙女の意。月の比喩となる例があるものの、ここは織女のことと考えるべきであろう。そうであってこそ「渡二夜河一」との繋がりが自然となる。平安時代の天漢渡河を取り上げた詩は多くはないのだが、『新撰万葉集』での一首を特例とする外は、一貫して織女の渡河を詠じている。詩は中国伝来の文学であり、製作に当たってまず六朝及び唐の詩に範を仰ぐ以上、題材の扱い方が本家のそれと同じになるのは当然である。二星の聚会を現実の男女の逢瀬に合わせようとしないのは、詩の特性と言うべきであろう。平安朝における七夕詩のこの側面は、日本古来の文学である和歌に次第に浸潤して行く——中国の詩からの直接の影響も考えられるが(10)——。そのごく初期の例が先に引いた『古今集』『後撰集』の歌である。

平安朝の七夕歌に織女の渡河を詠むのは、右の二首の外、すでに見た、

まれに来て飽かず別るる織女はたち帰るべき路なからなむ（『新撰万葉集』巻上・147・秋歌）

ひととせにただ今宵こそたなばたの天の河原も渡るてふなれ（『句題和歌』38）

などを始めとして、以後頻繁に現れる。一方牽牛渡河の歌も詠まれていた。この牽牛と織女が天の川を渡る歌を総括して、吉川栄治氏は、「大局としては両者並び存すると見てよいであろう。漠然と考えられているほど、牽牛渡河という話型は平安和歌にあっては絶対的なものではないのである」と述べておられる。(11)『万葉集』の場合のように、渡河する主体の大多数が牽牛であるのとは異なって来ている。織女・牽牛の渡河を詠む歌が併存している状況には注目しておくべきである。次に渡河を描く和歌・物語等をあげてその様相を概観しておく。

○　七月彦星見るところ

天の川夜ふかく君は渡るとも人知れずとは思はざらなむ（『貫之集』108、「延喜十八年四月、東宮の御屏風八首」）

たなばた

夕月夜久しからぬを天の川はやくたなばた漕ぎ渡らなん（同442、「同じ年宰相の中将屏風の歌三十三首」、「同じ年」は天慶二（九三九）年か三年）

○　七月七日、女庭におりゐて七夕祭る。男来て透垣のもとに立てり

彦星を待つとはなしに何すとて天の川霧いそぎたつらん（『順集』285、「同年十二月のころほひ、宣旨にてたてまつる御屏風の歌」、「同年」は天元二〈九七九〉年）

○

櫓も楫も舟も通はぬ天の川たなばた渡るほどやいくひろ（同25）

七日、愛知川《えち》といふところに行き着きぬ。岸に仮屋つくりて下りたるに、ようさり月いとあかう波音高うてをかしきに、人は寝たるにひとり寝覚めて

彦星は天の河原に舟出しぬ旅の空にはたれを待たまし（『赤染衛門集』172）

七月七日

天の川はやく渡りね彦星の夜さへふけなば寝るほどもあらじ（『栄花物語』歌合、赤染衛門。長元六〈一〇三三〉年源倫子七十賀の屏風歌）

○世の人のなびきかしづきたてまつるさま、かく忍びたまへる道にも、いとことにいつくしきを見たまふにも、げに七夕ばかりにても、かかる彦星の光をこそ待ち出でめとおぼえたり（『源氏物語』総角）

こよなき人の御けはひを、「あはれこは何人ぞ。……この御ありさまかたちを見れば、七夕ばかりにても、かやうに見たてまつり通はむは、いといみじかるべきわざかな」と思ふにも（同東屋）

これは一歌人および一物語の中で、牽牛と織女の天漢渡河がともに描かれた例である。紀貫之の場合は、屏風絵の絵柄に制約を受ける――他の歌人についても同じ――のであるが、併存の結果混乱を来したようには見えない。貫之個人のみならず歌人たちや享受者は、矛盾なくこの事態を受け入れていたようであり、疑義が出たりはしなかったのではあるまいか。『源氏物語』の例の前者は、宇治の女房たちが宇治川を遊覧する匂宮の盛んな勢いを眺めやり、七夕の時だけでも「彦星の光」（匂宮）を織女のように待ち受けたいと思う場面である。後者は、匂宮の容姿を見た浮舟の母中将の君が感慨を漏らすところである。その「七夕ばかりにても」以下についての解釈には問題がある。たとえば新編日本古典文学全集は、「年に一度ぐらいの逢瀬であっても、こうしてお目にかかれるのだったら、まったくすばらしいことだろう」と現代語訳している。「見たてまつり通はむは」に対しては的確な訳を当てておらず、主語が曖昧になっている。この箇所の主語は、待遇表現のあり方――「思ふにも」には、敬語が付いていない――からして中将の君でなければならない。中将の君は、自分を織女、匂宮を彦星に見立てているのである。当時の和歌において、織女の渡河はふつうに詠まれているので、読者には、中将の君の思いは自然に受け入れられたに違いない。これまでの注釈書は、天の川を渡るのは彦星であるとする通念にとらわれているために、誤訳を生んだのであろう。(12)『源氏物語』において、渡河の主体は両様ある。作者が何らかの基準によって使い分けていたとは思えず、貫之の場合と同じく自然に描いていたと言えよう。

和歌において男性と女性とで相違があるかを見ておこう。女性の歌には、図柄に左右される屏風歌を除けば、

糸引かすとて

彦星の舟出しぬらん今日よりは風吹きたつな蜘蛛の糸すぢ（『和泉式部集』292）

彦星は天の河原に舟出しぬ旅の空にはたれを待たまし（『赤染衛門集』172）

などがあり、ともに彦星の渡河を詠んでいる。また同じく女性の、

小一条の院に、和歌十首人のもとに詠みしを見て、しのびて試みむと思ひしかども、まねぶべくもあらずこそ、

七月天の河に別る

ほどもなくたちや帰らむたなばたの霞の衣浪に引かれて（『相模集』22）

は、織女が天の河を渡って帰ると詠む。和歌ではないが、『枕草子』には、「賀茂の奥に、何崎とかや、たなばたの渡る橋にはあらで、にくき名ぞ聞こえし」（五月御精進のほど）ともある。一方男性の場合は、

櫓も楫も舟も通はぬ天の川たなばた渡るほどやいくひろ（『順集』25）

天の川水まさりつつ彦星は帰るあしたに浪や越ゆらん（『重之集』262）

などで明らかなように、どちらかに固定した描き方はしていない。渡河者を牽牛・織女のどちらにするかは、男女に差はない。

物語においてどうであるかも見ておく。

彦星にけふは我が身をなしてしが暮れなば天の河渡るべく（『平中物語』十三段）

君だち、御琴どもかき合はせて遊ばすほどに、彦星天の河渡るを見たまひて、式部卿の宮の御方

白露の置くと見し間に彦星の雲の舟にも乗りにけるかな（『うつほ物語』藤原の君）

藤英……中のおとどの東面なる竹の葉に書きつく、

彦星のあひ見て帰る暁も思ふ心の行かずもあるかな（同祭の使）

七月七日、たなばた祭れる家あり

雲もなく空すみわたる天の川いまや彦星舟渡すらむ（『落窪物語』巻三、女君の父七十賀の月並屏風の歌）

右はすべて彦星の渡河を詠んでいる。詠者は、『平中物語』や『うつほ物語』（祭の使）のような男性ばかりではなく、『うつほ物語』（藤原の君）のように女性の場合もあり、男女間に差はない。物語では、彦星の渡河を描くことが多いものの、さきの『源氏物語』では両星が天の河を渡ると考えており、物語全体から言えば、男星女星のどちらか一方だけが渡河者となると認識されているのではない。

これまで述べてきたように、平安朝の文学作品においては、牽牛・織女どちらの渡河もあった。一般の理解と思われる渡河者＝牽牛は、実例に即せば的確な把握とは言えない。牽牛が織女を待つ身になっている場合は少なくないのである。織女は、一年間牽牛の来訪を待ちつづけるだけではなく、一夜の逢瀬のために行動する女性としても描かれていたのである。むろん織女が完全に訪れる側と見なされていたのではないが、渡河者として描かれる表現の多いことは確認した。次には以上の七夕渡河を描く作品における様相を踏まえ、『更級日記』の七夕の贈答歌をどう解するべきかを検討する。

三

これまで述べてきた結果から明らかなように、『更級日記』の七夕における贈答歌を、牽牛の渡河だけを前提にして解釈するわけにはいかない。もちろんそうだと言って、直ちにこの二首が織女渡河を踏まえていると判断することにはならない。至当な解釈は、歌を適切に読んだ上で導き出さねばならないであろう。前節までの検討は、固定した観点から脱却して検討するべきことをを提起するための基礎作業であった。

日記の二首をどう解するべきかを述べよう。まず作者の歌、

契りけむ昔の今日のゆかしさに天の河波うち出でつるかな

の「うち出づ」を取り上げる。諸説は一致して、「うち出で」るのは天の川と解している。「天の河波うち出でつるかな」とあるので、文脈に沿う読みではあろうが、作者の心中を推測すると別の解釈が出て来るのではないだろうか。また彦星の渡河のみを念頭に置くと、諸説の解釈しかないだろう。

平安時代の七夕歌における「うち出づ」を詠み込んだ例は見出していない。和歌における「うち出づ」には、

女のもとにつかはしける　朝忠朝臣

白波のうち出づる浜の浜千鳥跡や尋ぬるしるべなるらん（『後撰集』巻十二・828・恋四）

近江なる打出の浜のうち出でつつ恨みやせまし人の心を（『拾遺集』巻十五・982・恋五）

思ひかね知らぬ磯辺にこと寄せてうち出づる波のかひもあらなん（『故侍中左金吾集』96）

などの例がある。これらは波がうち出るように心の中をうち明ける意であり、恋の歌によく見える。これよりすれば、日記作者としては物語借用を申し出る意を込めたことになると言えよう。諸注は主にこの方向で解釈している。

物語所有者としては、作者が恋情を告白したととる可能性があるだろう。「昔」の「契り」「うち出で」など、恋の歌に似つかわしい語を用いている。しかし、この解釈でよいのだろうか。作者からの思い切った申し入れは、恋歌にすり替えられてしまうかも知れない。贈られた側に作者の用件が何であったかは理解できただろうが、作者の言わんとするところは、七夕と結びついているのである。この点に思いをいたすべきであろう。

「うち出づ」には、さきのほかに次のような例がある。

逢坂をうち出でて見みれば近江の海白木綿花に波立ち渡る（『万葉集』巻十三・3238）

しはつ山ぶり

しはつ山うち出でてみればかさゆひの島漕ぎかくる棚無し小舟（『古今集』巻二十・1073・大歌所御歌）

妹が家の門田を見んとうち出でて衣白くて照れる月かも（『家持集』96。もとの歌である『万葉集』巻八・1596は、三・四句を「うち出来し心もしるく」に作る）

大隅薩摩のなかに、ひしかり野はいま近くとよみしに

春の田をうち出でて見れば秋問ひしかりのはいまだ散りてありけり（『檜垣嫗集』16）

人がある地点から別の所へ出かけて行く意として用いている。この諸例にもとづけば、作者の歌の「うち出で」るは、天の川の波ではなく、誰かが天の川の波を「うち出づ」ると読める。そもそも天の川の波がうち出るように物語借用を願い出るというのでは、依頼される側に作者の熱意懇請が十分に伝わらないであろう。ここで想起するべきであるのが七夕の織女渡河である。これが平安朝文学にふつうに見られるのは、さきに縷述したとおりである。今の「うち出づ」の主体は織女であってよく、牽牛のもとを訪うために織女が「天の河」のほとりを出発したと解するのがここでは妥当である。日記には、「長恨歌」の物語を「いみじくゆかしけれど、え言ひ寄らぬに」とあって、物語を所持する某人に申し出るには躊躇があった。その気持を何とか抑え、意を決して依頼に及んだ思い切り

を、「うち出づ」には込めているのだろう。作者は、一年待ち続けた織女が、年に一度の逢会をはたそうと天の河の波をうち出るように、物語の借用を申し出たのである。

これに対して、作者から和歌を贈られて物語の借用を請われた某人は、

たち出づる天の河辺のゆかしさにつねはゆゆしきことも忘れぬ

と返して承諾した。この中の「たち出づる」に、注意しておきたい。諸説はこの語を、牽牛と織女が立ち出て逢うと解している。この「たち出づる」は、作者の歌「うち出で」に対応しているが、逢うの意は「たち出づる」からは出て来ない。一首全体の内容や七夕伝説をもとにして、解釈を補完しているのである。そして、これも牽牛の渡河を前提として導いた理解である。しかし、ここで両星の逢会を補う必要があるのだろうか。和歌における「たち出づ」には次のような例がある。

人の娘のもとに忍びつつ通ひはべりけるを、親聞きつけていといたく言ひければ、帰りてつかはしける　貫之

風をいたみくゆる煙のたち出でてもなほこりずまの浦ぞ恋しき（『後撰集』巻十二・865・恋四）

下りたまふべしと聞きて、女御

秋霧のたち出でむ旅の空よりもいまはときくの露ぞこぼるる（『斎宮女御集』217）

正月六日夜

夜も明けばあしたの原にたち出でて雪の消え間に若菜摘みてむ（『源賢法眼集』6）

忍びたる男の、ほかに出で会へなど言ひはべりければ　新左衛門

春霞たち出でむことも思ほえぬ浅緑なる空のけしきに（『後拾遺集』巻十六・907・雑二）

いずれも、でかけて行く、出て行くの意であり、日記の返歌についても、この意で読み解くべきであろう。ではこの「たち出づる」の主体は何であろうか。この語は、作者の「うち出で」を承けて用いていると見なければならない。両語の意味は異なるものではない。そして、織女が牽牛のもとへ出発すると詠む詩には、

組幕縈《メグリテ》レ漢陳、龍駕凌レ霄《ソラヲ》発。（『玉台新詠』巻三、劉鑠「雑詩五首」ノ「詠二牛女一」。『初学記』巻四・七月七日）

仙車駐二七襄一、鳳駕出二天潢一。（同巻五、何遜「詠二七夕一」。『芸文類聚』『初学記』・七月七日）

などがあり、特に後者には織女の乗る車（「鳳駕」）が天の川（「天潢」）を「出」づとあり、口記と状況は同じである。この類いの詩も参照するなら、「たち出づる」のは織女と考えることができる。某人が作者の歌に応じて、織女が「立ち出づる」場所である「天の河辺」が「ゆかし」いというのは、織女への関心であり、作者への興味でもある。

「長恨歌」の物語は、おそらく楊貴妃の死が一つの山場であろうから、不吉な内容を含んでいるはずである。某人としては貸与を控えるべき作品であった。ところが作者はあたかも七月七日に、借用を申し入れたのである。つまり、「長恨歌」における主要な場面である、七夕の夜の玄宗皇帝と楊貴妃とのよく知られた「私語」、永遠の愛を誓う件を踏まえた機知に愛でて、某人は物語を貸すと返答したのである。

四

以上の検討をもとに、七夕の日に作者が送った「長恨歌」の物語借用依頼の歌と、それへの物語所持者からの返歌を次のように解する。

○「契りけむ」の歌――玄宗皇帝と楊貴妃が誓い合った昔の今日のことが知りたいので、織女が天の川を発つよ

うに物語借用のお願いを言い出す次第です。

○「たち出づる」の歌――織女が出発して行く今宵の天の川のほとりに心引かれますので（折も折七夕に依頼を言い出されるあなたに心引かれますので）、ふだんなら不吉と思う物語ですが、今日はそれを忘れてしまいました（お貸ししましょう）。

平安時代における七夕渡河の詩歌の内容を踏まえて、『更級日記』の七月七日の贈答歌を読み直し、新解を得た。天の川を渡るのは牽牛だけであるという固定した考えは、当時の作品を読む際には捨てるべきである。織女の渡河も念頭に置かねばならない。織女の渡河を詠んだと思われる歌は、すでに挙げた以外にもかなりあるのだが、それへの従前の解釈には、再考の余地があるように見受けるものがある。たとえば、

まれに逢ふと聞くたなばたも天の川渡らぬ年もあらじとぞ思ふ（『貫之集』670）

の「たなばた」を、牽牛または牽牛織女と解する注釈書がある。このような例は右の歌にとどまらない。今後適切な注釈が望まれる。本章は、『更級日記』の贈答歌についてそれを試みたものである

注

（1）この兼輔詠については、吉川栄治「平安朝七夕再説――『古今集』誹諧歌を起点として――」（和漢比較文学会編『古今集と漢文学』所収）に詳細な検討がある。

（2）日本古典文学全集は、「たなばたの心」を七夕祭の心と解しているようだが、この歌は織女牽牛二星の出会いについて詠んでいるのであり、ふさわしい解釈とは言いがたい。

（3）新日本古典文学大系は、先の引用につづけて、「七夕の詩のように織女星の動作とみればなお面白い」と述べており、織女渡河と解する可能性を示唆している。

（4）この歌の「たなばた」を牽牛とする説は、すでに中山美石《うまし》『後撰集新抄』（五）に、

さて此歌に、「たなばたのかへるあした」とあるは心得ず。かならず、ひこぼしのとこそあるべけれ。こはもと彦星も織女も、たなばたとよむ事と心得誤たる人の、写誤たるにもあるべし（分注は省略）

とある。

（5）片桐氏は後に、『歌枕歌ことば辞典 増訂版』（「たなばた」の項）において、

なお、「たなばたの帰る朝《あした》の天の川」（後撰集・秋上）「たなばたのと渡る舟」（新古今集・秋上）のように織女が天の川を渡るという把握も根強く続いていた。

と述べられた。

（6）二十巻本『和名類聚抄』は元和古活字那波道円本によったが、「河」は「何」に作る。『箋注和名類聚抄』の言うように「河」が正しく、那波本を改めた。

（7）この詩を付した歌は、「秋の野に玉とかかれる白露は鳴く秋虫の涙なりけり」であって、互いに何ら一致点がなく不審である。

（8）田中大士「黄河考――新撰万葉集漢詩の手法――」（『萬葉』第一一八号）参照。

（9）「長恨歌」には、仙界にいる楊貴妃を訪ねて来た方士との別れ際に、玄宗と自分だけが知る詞として、

七月七日長生殿、夜半無レ人私語時。在レ天願作二比翼鳥一、在レ地願為二連理枝一。

と語り、「長恨歌伝」は、同じ場面を、

昔天宝十載、侍レ輦避二暑驪山宮一。秋七月、牽牛織女相見之《ノミ》夕、……上凭レ肩而立、因仰レ天感二牛女事一、密相二誓心一。願世世為二夫婦一。言畢執レ手各嗚咽。此独君王知之耳。

と、描いている。

（10）小島憲之「漢語表現を知るために――漢詩と歌のかかわり」（『日本文学における漢語表現』所収）は、織女渡河の歌に注目し、平安時代の七夕歌における「詩的要素」への注意を喚起している。

（11）注（1）吉川氏前掲論文。

（12）東屋巻にはほかに、「この御ありさまを見るには、天の川を渡りても、かかる彦星の光をこそ待ちつけさせめ」と

ある。中将の君が薫の姿に感嘆する箇所である。新編日本古典文学全集は、「天の川」以下を、「天の川を渡って年に一度の訪れでも、こうした彦星の光を待ち迎えさせるようにしてやりたいものよ」と現代語訳している。ここでは織女の渡河が訳にあらわれている。

7　大江匡衡の八月十五夜の詩

一

寛弘二（一〇〇五）年八月、大江匡衡は近江国で病を養っていた[1]。あたかも十五夜、観月の折の思いを託した詩と序がある。いつもの年なら都の宮中で名月を愛でながら、貴族・文人とともに詩を詠じるはずなのにという思いが去来する一夜であった。まずこの作を引用する。

八月十五夜、江州野亭、対月言志　　八月十五夜、江州の野亭に、月に対《むか》ひて志を言ふ

去年八月十五夜、　　去年の八月十五夜、
営吏務以在尾州、　　吏務を営みて以て尾州に在り、
今年八月十五夜、　　今年の八月十五夜、
事湯薬以在江州。　　湯薬を事として以て江州に在り。
不見漢宮之月、　　漢宮の月を見ず、
不見梁園之月。　　梁園の月を見ず。
不聞鳳琴之声、　　鳳琴の声を聞かず、
不聞龍笛之声。　　龍笛の声を聞かず。

我雖仮風月之名、
於風月之席、
因縁猶浅明矣。
是風骨之鮫之令然也、
是月将之鴽之令然也。
定知、
翰林主人、
独歩於文場、
酔郷先生、
鷹揚於酒城。
於是、
性慵病侵、
官冷齢仄。
姓江翁望江楼亦有便、
員外郎遊外土亦無妨。
賚持者祖父養生方三巻、
坐臥巻舒、
相随者愚息起居郎一人、
晨昏左右。

我風月の名を、
風月の席に仮ると雖ども、
因縁猶ほ浅きこと明らかなり。
是れ風骨の鮫の然らしむるなり、
是れ月将の鴽の然らしむるなり。
定めて知りぬ、
翰林主人、
文場に独歩し、
酔郷先生、
酒城に鷹揚たらむ。
是に、
性慵《ものう》くして病侵し、
官冷《すさま》じくして齢仄《かた》むく。
姓江翁 江楼を望みて亦便り有り、
員外郎 外土に遊びて亦妨げ無し。
賚持《らいぢ》したる者は祖父が養生方三巻、
坐臥に巻舒し、
相随へる者は愚息起居郎一人、
晨昏に左右す。

纏宿霧而独居、　宿霧に纏はれて独り居り、
遙隔青雲之路、　遙かに青雲の路を隔てられ、
向明月而閑詠、　明月に向かひて閑かに詠み、
自為白雪之歌。　自から白雪の歌を為《つく》る。
嗟乎、　嗟乎《ああ》、
才智不玄々、　才智玄々ならず、
鬢髪為白々。　鬢髪白々為り。
身無余潤、　身に余潤無けれど、
不恥子貢之問病、　子貢の病を問ふに恥ぢず、
志在閑居、　志は閑居に在りて、
欲学陶潜之帰田。　陶潜の田に帰るを学ばむとす。
聊題翫月之篇句、　聊かに月を翫ぶ篇句を題し、
暫慰淩風之心情。　暫らく風を淩ぐ心情を慰めむ。
云爾。　云ふこと爾り。

賓客不来僮僕去、　賓客来らず 僮僕去り、
独看山月不堪秋。　独り山月を看て 秋に堪へず。
村童邑老莫軽我、　村童邑老 我を軽みすること莫かれ、
天禄帝師宰此州。　天禄の帝師 此の州に宰たりき。
（『江吏部集』巻上）

この詩と序にはすでに注釈(2)が備わっており、解釈を大きく修正する必要はないだろう。ただ、この夜の思いにつ

いては、さらに典拠を踏まえて検討する余地があるように思う。白居易と元稹の詩文を挙げながら考えてみたい。また、出典をめぐるもろもろの事柄についても述べてみたい。

二

匡衡は、前年の八月十五夜には国守として尾張国にあり、今年は病気療養のために近江国に滞在していた。この夜は、儒者・文人として、宮中での賦詩を勤めとすると自認している匡衡としては、不本意であったに違いない。宮廷で月を眺めることも管絃を聴くこともなかった。詩人としての名を風流韻事の席で得ているものの、宮廷の詩宴に侍せられず、因縁の浅さは明らかであると、無念さを述べている。文事に携わる者としては、観月の宴はその詩才を発揮する恰好の場であっただろう。さらに因縁の浅さの理由を、「是風骨之鮫之令レ然也、是月将之鴑之令レ然也」にあるという。「風骨」は、詩文の骨格。作品の根幹のことであろう。滋野貞主『経国集』序の「斉梁之時、風骨已喪、周隋之日、規矩不レ存」は、その一例。(3)「風骨」が「鮫」であるというのは、

其水虫、則有二……黿鼉鮫鱷一（『文選』巻四、後漢の張衡「南都賦」。李善注「山海経曰、鮫鯌《ハノ》属也。皮有二班文一而堅」）

躍龍騰蛇、鮫鯔琵琶（同巻五、晉の左思「呉都賦」。劉淵林注「異物志曰、……鮫魚出二合浦一、長二三尺、背上有レ甲、珠文堅強、可三以飾二刀一」）

と、「鮫」の皮が固いというところから、「風骨」が生硬である、ぎこちないなどの意に取るべきであろうか。(4)つづく対句の「月将」は、月を追うごとに進歩するの意。『毛詩』（周頌・閔予小子之什「敬之」）の「日就月将、学有三緝二熙于光明一」（毛伝「将行《ハ》也」）にもとづく。「鴑」は、『文選』（巻五十二）後漢の班彪「王命論」に「鴑蹇之乘、

不レ騁《ハセ》二千里之塗《ミチ》一」（李善注「広雅曰、駑駘《ハ》也。今謂二馬之下者一為レ駑」）とあって、のろい馬、下等の馬、のろいの意。つまり、自分の文章が拙く、その成長の鈍いことが因縁の浅い理由だと言う。そして、「翰林主人」は詩宴において独り見事な作品を物しているであろう、「酔郷先生」が酒宴で酒豪の名をほしいままにしているのだろうと、今まさに繰り広げられているはずの十五夜の宴に思いを巡らしているのである。この対句にある「独歩―鷹揚」の取り合わせは、魏の曹植「与二楊徳祖一書」（『文選』巻四十二）に「昔仲宣独二歩於漢南一、孔璋鷹二揚於河朔一」とある。「独歩」については、白居易の「劉白唱和集解」（『白氏文集』巻六十・2930）に見える「江南士女語二才子一者、多云二元白一、以二子之故一。使二僕不レ得二独歩於呉越間一、亦不幸也」や、これを本にした紀淑望「古今和歌序」（『本朝文粋』巻十一・342）の「有二先師柿本大夫者一。高振二神妙之思一。独歩二古今之間一」を踏まえている。もし詩宴に居合わせたなら、きっと詩人として勇名を馳せたであろうにと、矜持を潜めつつ悔しさを滲ませていると解してよかろう。

　このように都を離れた土地で十五夜の月を仰ぎながら、同じ月を眺めているであろう人々に思いを馳せるという作品の先行例は、白居易の「八月十五日夜、禁中独直、対レ月憶二元九一」（『白氏文集』巻十四・0724）に求めることが出来る。[5]

　銀台金闕夕沈沈、独宿相思在二翰林一。三五夜中新月色、二千里外故人心。渚宮東面煙波冷、浴殿西頭鐘漏深。猶恐清光不二同見一、江陵卑湿足《オホシ》二秋陰一（頷聯は、『千載佳句』上・251・八月十五夜、『和漢朗詠集』巻上・242・十五夜にも収む）

「独」り宮中の翰林院で宿直しながら十五夜の月を眺め、左遷されて「二千里」のかなた「江陵」にある友人元稹の心境を思いやっている。元稹は、宦官劉士元との事件で、非がないにもかかわらず罪に問われ、その上それまで官界の不正を弾劾してきたことへの反感が加わって、江陵府の士曹参軍に貶謫されていたのであった。ひょっとして湿潤な「江陵」では、都と同じような明るい月が見られないのではあるまいかと気遣っている。友のつらい孤独の日々や、官吏として長安にいられないもどかしさや苦しさを忖度しているのであろう。この詩の内容は、匡衡の十五夜の詩とちょうど逆である。隣国とは言え、都からは隔たった近江国にあって十五夜の月に対して、宮中の宴において月を見られないこと、そこで奏でているであろう管絃の音色が聞かれぬことを残念に思っている。「翰林主人」(6)が「独」り詩宴で文名をほしいままにしているであろうと、本来なら自分が受けるはずの詩人としての評価が得られない悔しさが現れている。活躍するべき場から遠ざかっている無念さを、描かずにはいられなかったのであろう。

都にいるか遠隔地にいるかの違いはあるが、白詩も匡衡の詩序も十五夜の月に向かって、友人または宮廷の模様を思いやっている。旅にある人や遠くの地にある人が故郷や恋人・友人を思う詩文は、中国・日本のどちらにも多いが、一方の場所が宮廷であり、その日が八月十五日であるものは古い時代にはない。匡衡は、白居易の八月十五日夜の詩から、大きい影響を受けているのである。

白居易の八月十五夜の詩には、ほかにも遠くへ思いを馳せるものがある。

八月十五日夜、聞二崔大員外翰林独直一、対レ酒翫レ月。因懐二禁中清景一、偶題二是詩一

秋月高懸空碧外、仙郎静翫禁闈間。歳中唯有二今宵好一、海内無レ如二此地閑一。皓色分明双闕牓、清光深到九門関。遙聞二独酔一還惆悵、不レ見三金波照二玉山一　（『白氏文集』巻十四・0737）

空高く懸かる今夜の月は、閑静な宮中で見るのが最もよく、鮮やかで清らかな光は宮殿の奥まで降り注いでいるであろうと想像している。「仙郎」は進士のことであり、「崔大員外」崔群を指す。独り翰林院で宿直をしているところだった。白居易は、月を賞しながら盃を傾けていると耳にして、その姿を思い浮かべる。尾聯は、崔群が独り酔いつぶれているのを目の当たりにできないのが残念だと結ぶ。「玉山」は、晋の嵆康が酒に酔ってその巨体が傾いた様は、山が崩れようとするかのようだと言われたことを踏まえている。(7)先に挙げた親友元稹の不遇を悲しむ詩

とは異なり、明るい笑いがこぼれてきそうである。とは言え、この詩も名月を介して知友の様子を思い浮かべている。

もう一首挙げておこう。

八月十五日夜、湓亭望レ月

昔年八月十五夜、曲江池畔杏園辺。今年八月十五夜、湓浦沙頭水館前。西北望レ郷何処是、東南見レ月幾廻円。
臨レ風一歎無二人会一、今年清光似二往年一（同巻十七・1069）

この詩では、「昔年」と「今年」の八月十五夜を対比している。「昔年」は長安城の東南部にある曲江のほとりに位置する「杏園」で月を眺め、「今年」は「湓亭」にある。「湓亭」は、江州の湓浦のほとりにある亭。白居易は江州司馬に左遷され、都からは遠く離れていた。月は都を思うよすがとなり、この地でいくたび満月を仰いだかと、過ぎた歳月に思いを致すのであった。そして、「一歎」なげき愁えたところで、誰も我が苦衷を察してはくれぬ（「会」は理解するの意）が、今宵の清らかな月光は往時と異なるところはないと結ぶ。その光は、どこでもいつでも変わりはないが、人の営みは変転してはかないと、対比のうちに我が身の境涯を慨嘆している。

白居易は、八月十五夜の月を眺めながら、この月を見ているであろう人に思いを馳せ、この月を愛でていた往時を回想した。月を仰ぎつつ場所と時を超えて思いを巡らせたのである。そもそも中唐以前に八月十五夜の月を賞翫する詩文はない。白居易及びその周辺の詩人らが詠作の始発となったと思しく、以後広範に普及したのである。程なく平安時代において白詩の受容が活発になり、その影響を受けた菅原氏の一門が、独自の催しとしてこの日に名月を詠じる慣習を創始するに到る。菅原道真が官界で活躍していた寛平九（八九七）年に、はじめて宮廷の行事に組み入れるようになり[8]、大江匡衡の頃には、宮廷のみならず貴顕の邸宅においても観月の宴を催していた。右の匡衡の詩序は、去年今年と宮廷での八月十五夜の宴に参加できない思いを綴っている。その頃観月の宴をどのように

実施していたかは詳細には分からないが、匡衡の詩によれば音楽を伴う詩宴を催していたことは明らかである。(9)

三

先に挙げたように、白居易は八月十五夜の月を仰ぎつつ遠くにいる人を思い、この月を眺めた往時を振り返る詩などをいくつか残した。そのうち最も知られているのは、言うまでもなく僻遠の地に左遷された友人元稹を気遣う、「八月十五日夜、禁中独直、対レ月憶二元九一」である（前引）。この詩の頷聯は人口に膾炙している。匡衡は、八月十五夜になればこの詩を諳んじながら月を眺め、詩想を廻らせたのではあるまいか。「八月十五夜、江州野亭、対レ月言レ志」の詩と序を製作する際においても、そうであったに違いない。次に匡衡の詩が白詩をどのように受容利用しているかを考えてみたい。

匡衡が近江国で療養しながら宮中の宴を思いやるのに対して、白居易は都の宮中にいて、左遷されて江陵にある元稹の様子に思いを馳せている。匡衡は都から遠ざかっており、白居易は都にあるというふうに、詩を詠じる側の居場所が逆になっている。遠くから都を思う詩と都から遠くを思う詩という相違がある。もっとも、離れた土地やその地の人への思いを詠じるところは共通している。また、匡衡は、「不レ見二漢宮之月一、不レ見二梁園之月一。不レ聞二鳳琴之声一、不レ聞二龍笛之声一」と、宮廷で月を見られないこと、そこで奏でる音楽が聴かれないことを述べ、「定知、翰林主人、独二歩於文場一、酔郷先生、鷹二揚於酒城一」と、そこで活躍しているであろう人の姿を想像している。そして、文人として宴に侍することのかなわぬ辛さを訴える。白詩では、湿気の多い江陵にいる元稹は明るい月が見られるのかと、遠方にいる友人の状況を気づかっている。逆境にある匡衡が都を思って苦渋をかみしめているのに対して、順境にある白居易が苦境に立つ元稹の衷情を察するという違いがある。白詩は、詩題に「禁中独直」とあって、独り月を眺めて友への思いを詠じている。一方匡衡は、詩序に「相随者愚息起居郎一人」息子挙周が付き添う（「起居郎」は内記の唐名）(10)とは言うものの、「纏㆓宿霧㆒而独居、遙隔㆓青雲之路㆒」、また詩には「賓客不㆑来僮僕去、独看㆓山月㆒不㆑堪㆑秋」と、独りでいる、独りで月を眺めていると述べている。

匡衡の詩序は、「去年八月十五夜、営㆓吏務㆒以在㆓尾州㆒」と十五夜の月を介して一年前を振り返っている。月は時間を超えて変わらぬ輝きを持っており、過去を思い起こすよすがとなる。このような追懐は白詩にはない。いつもならこの夜宮廷の宴に参加して詩を詠じるのにと、十五夜の月は、本来あるべき自分の役割を思い出させる契機ともなっている。さらには、「我雖㆑仮㆓風月之名㆒、於㆓風月之席㆒、因縁猶浅明矣」と、文名を得ながら十五夜の宴にいられない宿世の拙さにまで思いいたっている。官界で活躍している白居易とは逆の立場にある元稹の心境と重なると考えられよう。

詩人が都の宮廷にいるか遠く離れた地にいるかの相違があるものの、十五夜の月を仲立ちとして遠くを思いやる詩は、白居易から平安朝の匡衡へと受け継がれている。匡衡の詩と序は、白居易の「八月十五日夜、禁中独直、対㆑月憶㆓元九㆒」を踏まえて読むべきであろう。

匡衡の詩と序は白居易の詩に依るところがあると述べた上で、付け加えるべきことがある。白居易の詩に元稹が応じており、その背景・内容は匡衡の詩と重なるところがあるからである。この点を検討しておきたい。まずその詩を挙げる。

酬楽天八月十五夜、禁中独直、玩月見寄

楽天が八月十五夜、禁中に独り直して、月を玩ぶと寄せらるるに酬ゆ

一年秋半月偏深、　一年秋半ばにして　月偏へに深く、
況就煙宵極賞心。　況んや煙宵に就きて　賞心を極むるをや。

金鳳台前波漾漾、
玉鈎簾下影沈沈。
宴移明処清蘭路、
歌待新詞促翰林。
何意枚皐正承詔、
瞥然塵念到江陰。

金鳳台前　波漾漾として、
玉鈎簾下　影沈沈たらむ。
宴　明処に移して　蘭路を清め、
歌　新詞を待ちて　翰林を促さむ。
何の意ぞ　枚皐正に詔を承くるも、
瞥然たる塵念　江陰に到るとは。

（『元稹集』巻十七）

十五夜の月を愛でているとその輝きはいよいよ深まると始まる。「煙宵」は、元稹がいる靄がかかった江陵の夜であり、白居易の詩の結句「江陵卑湿足㆓秋陰㆒」を承けている。頷聯では、宮廷の殿舎の前には光が降り注ぎ、簾の下は光を浴びてひっそりしているのであろうと、白居易のいる宮廷の様子を想像している。そして、宮中での宴はより明るい場所に移り、翰林学士である白居易は、詩を詠じるように促されたことであろうという。皇帝の命令なのであろう、友のその晴れがましい姿を思い浮かべている。翻って尾聯では、「枚皐（臯）」[11]のような名誉をこうむる君が何でまた、「塵念」[12]——俗念・俗心の意。ここでは友人を案じる心——をここ江陵にまで示そうとするのかねと卑下している。もちろん友の厚情への感謝を込めている。

元稹の詩は、都から遠く離れた江陵で、宮廷での宴を思いやる。この状況は、匡衡が近江国から、宮中で繰り広げている十五夜の宴を想像するのと同じである。匡衡が「定知、翰林主人、独㆓歩於文場㆒」と思い浮かべるのは、元稹が、白居易が観月の宴で活躍しているであろうと詠じるのと重なる。匡衡が元稹の詩を知っていた可能性はあるだろう。[13]

四

白居易の「八月十五日夜、禁中独直、対レ月憶二元九一」を、『源氏物語』（須磨）で、須磨に退居した光源氏が、八月十五夜に都を思い出す場面に活かしていることは、周知のところである。次に白居易に加えて元稹の詩も視野に入れて、その箇所と匡衡の詩・序との関わりについて考えてみたい。

月のいとはなやかにさし出でたるに、今宵は十五夜なりけりと思し出でて、殿上の御遊び恋しく、所々ながめたまふらむかしと、思ひやりたまふにつけても、月の顔のみまもられたまふ。「二千里外故人心」と誦《ず》じたまへる、例の涙もとどめられず。入道の宮の、「霧や隔つる」とのたまはせしほどいはむ方なく恋しく、をりをりのこと思ひ出でたまふに、よよと泣かれたまふ。「夜更けはべりぬ」と聞こゆれど、なほ入りたまはず。

見るほどぞしばしなぐさむめぐりあはむ月の都は遙かなれども

その夜、上のいとなつかしう昔物語などしたまひし御さまの、院に似たてまつりたまへりしも、恋しく思ひ出で聞こえたまひて、「恩賜の御衣は今ここに在り」と誦じつつ入りたまひぬ。御衣はまことに身をはなたず、傍らに置きたまへり。

憂しとのみひとへにものは思ほえで左右にも濡るる袖かな

月の光が明るく降り注ぐところから、八月十五夜であることに思いいたり、まず清涼殿殿上の間で催されているはずの宴を恋しく思い、「所々」つまり都にいる女人らが月を見ているであろうと想像する。都にいれば、観月の宴に召されたであろう、または女人とともに月を愛でたであろうにと、思いを巡らしたに違いない。これは白詩における白居易と元稹の状況を入れ替えた形になっている。それを示すのが光源氏が口ずさむ白詩の第四句「二千里外故人心」である。「故人心」は「所々」の心に置き替えている。殿上の遊びに思いを馳せるところは、元稹の詩に描く、宮廷での月の輝きや白居易が活躍する宴の様子を想像するあたりや、匡衡の詩序で、宮廷の月を見られぬことや音楽を聴けないこと、賦詩・飲酒の有様を無念の思いを抱えながら思いやるあたりなどと重なっている。

さらに、「入道の宮」藤壺の歌や兄朱雀院との語らいを振り返るのは、月を眺めることが過去を追懐する契機となっているからである。月は、空間のみならず時間の隔たりを超えて、人や出来事を想起する契機となる。たとえば、

もろこしにて月を見てよめる　阿倍仲麻呂

天の原ふりさけみれば春日なる三笠の山に出でし月かも（『古今集』巻九・406・羇旅）

＊唐から帰国する前に見た月から、かつて三笠山に出ていた月を振り返る。

十五夜の月おもしろう静かなるに、昔のことかきつくし思し出でられて、しほたれさせたまふ（『源氏物語』・明石）

＊八月十五夜に、朱雀院、帰京した光源氏と対面、昔を回顧。

などがある。また、先に引いた白居易の「八月十五日夜、湓亭望レ月」（巻十七・1069）は、「今年」の月を媒介にして、「昔年」の月および当時の都での暮らしを思い起こしている。月だけではなくその頃の出来事や思いを追懐し、さらには己の現在の境涯や感懐との相違に感慨をおぼえているのである。

このあたりには、匡衡の詩序との類似点が見える。八月十五夜の月をきっかけとして、「去年」は尾張権守として勤め、「今年」は近江国で病を養う暮らしにあることに思い至り、さらには、「我雖レ仮二風月之名一、於二風月之席一、因縁猶浅明矣」と、文人としての八月十五夜詩宴への不参加が、心に重くのしかかってくるのであった。「不レ見二漢宮之月一、……不レ聞二龍笛之声一」「纒二宿霧一而独居、遙隔二青雲之路一」と、都にいられないことや孤独感など、共

通するところは多い。

須磨巻の光源氏の置かれた立場は、元稹・匡衡のそれとも重なっている。光源氏は政界での居場所をなくした上、官職を剝奪されてやむなく須磨へ退去する。元稹は事件や剛直な性格がわざわいして江陵へ左遷され、匡衡は近江国で病気を療養していたのであった。いずれもその背景は異なるが、不本意ながら都を離れざるを得なくなっている。都との隔絶が複雑な感懐を生んだのである。

匡衡の詩と序は、須磨巻との類似点が多い。まずともに、やむを得ず都から離れて孤独な暮らしをし、不遇を託つ点が背景にある。八月十五夜の月を見て、ともに宮廷で催しているであろう宴に思いを馳せ、その場にいられない無念をかみ締めている。また、月を契機として過去を振り返るところなども共通している。もとより紫式部が須磨巻を書くに当たって、匡衡の作品を利用したかどうかは定かではない。匡衡の詩と序が、詩宴での作ではなく独詠であることからしても、人に知られる可能性は低いと考えるべきであろう。もっとも他に匡衡の詩・序と同じような作品が見当たらないとは言え、当時白居易・元稹の八月十五夜の詩は受容されていたであろう。それに、自らの境涯に重ねて元白の詩を味わい、詩文創作での活用を試みた文人がほかにもいたのではないか。

五

大江匡衡は、「八月十五夜、江州野亭、対レ月言レ志」序を執筆するに当たって、白居易の「八月十五日夜、禁中独直、対レ月憶二元九一」を利用し、この白詩に和した元稹の「酬二楽天八月十五夜、禁中独直、玩レ月見レ寄一」をも踏まえていると見てよかろう。十五夜の月を介して、遠く離れた都と宮廷での宴やその場に集う人々を思い、そこにいられぬ不遇・孤独をかみ締めている。元稹の置かれた状況と心情、白居易の友への思いと、そして己の現状とを重ね合わせて、この序を綴ったのであろう。

ただ、それだけでこの作品が終わるのではなかった。序の「向二明月一而閑詠、自為二白雪之歌一」は、明るい十五夜の月に向かって「白雪之歌」を作ろうという。これは、戦国時代楚の宋玉「対二楚王問一」（『文選』巻四十五）にもとづいており、高尚な音楽の意である。意のままにならぬつらい境涯にあっても、高尚な詩を詠じて行こうとする意思の表明であろう。己の詩心を貫く姿勢を現している。また、「身無二余潤一、不レ恥二子貢之問一レ病」は、子貢が原憲の貧しさを見て、病んでおられることよと嘆いたところ、貧しさは病ではないと応じたことを踏まえている（『荘子』・譲王）。自分には貯えはないが、貧しい暮らしを恥じたりはしないと生き方への矜恃を示している。この二句と対をなす「志在二閑居一、欲レ学二陶潜之帰一レ田」は、晋の陶潜のように田園に戻ってのどかに暮らしたい[14]と、閑居への志向を述べている。さらに詩では、「村童邑老莫レ軽レ我、天禄帝師宰二此州一」と、村人に対して出自を誇っている。「天禄帝師」は、天禄年間に円融天皇の侍読であった大江斉光であり、匡衡の叔父。「宰二此州一」とは、近江守であったということ。身内の権威ある人物を挙げて侮るなかれと胸を張っている。これらは元白の詩を踏まえるだけでは作り得ない心境である。ただ、「白雪之歌」を詠じると言い、貧しさを恥じないという気概がありながら、村人に出自を誇る姿勢に矛盾はないだろうか。

近江の国での療養生活は間もなく終わる。『御堂関白記』の翌月の記事には、「参内、候宿。宿所ニ殿上人来作文。題ハ菊叢花未レ開」（三日）、「参内。内ニ行二平座事一。入レ夜作文。題菊是花聖賢」（九日）とあり、この二つの題による詩がともに『江吏部集』（巻下）に見える。匡衡は九月の初めには都に戻っていて、宮中での詩会に参加していたのである。病は間もなく回復したらしい。近江での詩はこの作のみであるが、独詠であるのでその複雑な胸中を窺うよすがとなろう。

注

(1) 匡衡が寛弘二年八月に近江国にいたことは、斎藤熙子「赤染衛門の周辺――平兼盛と大江匡衡――」（「文学語学」第九号）、今浜通隆・三浦加奈子「『江吏部集』全注釈(2)」（「並木の里」第五十六号）の考証によってすでに明らかである。同年七月十日に、御前での学生試の評定に加わり、二十一日には、匡衡が藤原公任のために執筆した辞状「為㆓四条大納言㆒、請㆑罷㆓中納言左衛門督㆒状」（『本朝文粋』巻五・141）が、献るや即日返却されている（以上『権記』による。ただ、辞状をいつ書いたかは分からない）。尾張国から帰洛して、同年七月に都にいたことは確認できる。その後程なくして近江国へ向かったのであろう。

(2) 柿村重松『本朝文粋註釈』（下巻。ただし『本朝文粋』巻八・211は序のみを収載）、木戸裕子「江吏部集試注（一）」（「文献探究」第三十六号）、今浜通隆・三浦加奈子「『江吏部集』全注釈(1)〜(4)」（「並木の里」第五十五〜五十八号）がある。なおこの詩序は、『江吏部集』の詩序中、唯一宴集における作ではない（後藤昭雄「平安朝漢文学史の輪郭――詩序を例として」、『平安朝漢文学史論考』所収）。また、この詩序に見られる表現の特質について検討した論考に、宋晗「大江匡衡「八月十五夜江州野亭対月言志」試論――都と辺土――」（「和漢比較文学」第五十八号）がある。

(3) 小島憲之『国風暗黒時代の文学 中(下)Ⅰ』（二一四七ページ）は、「風骨」を「作品の文意と表現する文辞とを合はせ」たものと解している。

(4) 注(2)の木戸氏の注は、「鮫」を諸本によって「鯁」に改め、『類聚名義抄』（僧下）の訓によって「あらきこと」と読み、「文章の骨格が粗雑なせいであり」と解する。今浜・三浦氏の注は、「「風骨」が鮫の軟骨のように軟らかであり、決して十分な硬さにめぐまれていないという意味になるだろう」つまり「文学的な才能が乏しいからなのであって」と解している。

(5) 月をながめながら、遠い故郷やその地の人々を思い、また過去を振り返る表現については、大谷雅夫「歌と詩のあいだ」（『歌と詩のあいだ　和漢比較文学論攷』所収）に言及がある。

(6) 「翰林主人」は、文章博士の唐名（『拾芥抄』中・官職唐名部）。当時は、藤原弘道と大江以言であった。弘道は、『御堂関白記』寛弘元年十一月二十九日に「文章博士弘道朝臣参」、『小右記』寛弘二年十一月十四日に「文章博士弘道献レ題。其詞云、冬日於二飛香舎一、聴三第一皇子初読二御注孝経一者《テヘリ》。序者文章博士以言」とあるので、寛弘二年八月に文章博士であったことは明らかである。以言も、『権記』長保四（一〇〇二）年三月十九日の「左大臣於二陣定一申二式部大輔・左大弁及文章博士弘道・以言……一」と右の『小右記』によって、この間は文章博士であったと考えてよい。

（7）『世説新語』（容止）には、「嵆康身長七尺八寸、……山公曰、嵆叔夜之為レ人也、巌巌若二孤松之独立一。其酔也、傀俄若二玉山之将一レ崩」とある。この故事は、『蒙求』（叔夜玉山）、『琱玉集』（巻十四・嗜酒篇）にも見える。

（8）菅原氏が催行した八月十五夜の観月の宴および詠詩については、拙稿「菅原氏の年中行事――寒食・八月十五夜・九月尽――」（本書第一部・1）において述べた。

（9）『栄花物語』（月の宴）に見える、康保三（九六六）年八月十五日（『日本紀略』は「閏八月十五日」とする）の宴は、前栽合が主眼で和歌の興を添えるという内容であり（萩谷朴『平安朝歌合大成』第巻二一・四六四ページ）、名月や管絃は、その風趣を盛り上げる役割を担ったということなのであろう。『源氏物語』の須磨巻では、光源氏が清涼殿殿上の間での音楽の遊びを恋しく思っている。同じく鈴虫巻の冷泉院御所における観月の宴は、院に促されて急に光源氏らが参上して始まったものであり、奏楽・賦詩・詠歌などを行っている。宴の内容としては、鈴虫巻のそれが宮中でも催されていたのであろうか。ただ、儀式書などにはこの宴の項目自体がなく、中身は随時決めていたのであろう。

（10）『拾芥抄』（中・官位唐名部）に、「内記〈著作郎、起居郎、起居舎人、柱下内史……〉」とある。挙周が内記であったことについては、『赤染衛門集』（205詞書）に、「挙周が蔵人望みしに、ならで内記になりしかば、左衛門の命婦のもとに、奏せよとおぼしくて」とあることから明らかである。その任官の年次は分からないが、蔵人にさせるべく、藤原挙直に藤原道長への周旋を依頼した、長保四（一〇〇二）年十一月の手紙が残っている（『本朝文粋』巻七・196「可レ被三上二啓挙周明春所望一事」）ので、おそらくこれ以降寛弘三年三月四日に蔵人に補せられる（『御堂関白記』同日条、『江吏部集』巻中・詩題「寛弘三年三月四日、聖上於二左相府東三条第一、被レ行二花宴一。……左丞相伝二勅語一曰、以二式部丞挙周一補二蔵人一。……」）。なお、挙周が式部少丞に任じられたのは、寛弘三年正月（『中古歌仙三十六人伝』）

までのある時点で、任じられていたのであろう。この間に寛弘二年八月があるので、「起居郎」（内記）は挙周で間違いなかろう。序において、挙周を「愚息」呼ぶのは、いまだ蔵人になれずにいる息子の不甲斐なさを嘆く故であろうか。なお、匡衡が挙周の任官のために奔走し、蔵人に補任せられたことを喜んだあたりについては、拙稿「大江匡衡「除夜作」とその周辺」（本書第三部・11）参照。

(11)「枚皋」は、漢の文人枚乗の子。乗の死後、上書して名乗りを上げたところ、皇帝は喜んで対面する。そして、「詔使レ賦二平楽館一」とその才が試みられ、それが評価されて任官した（『蒙求』・「枚皐詣闕」）。元稹は、白居易は枚皋と同じように賦詩を命じられる栄誉を得ていると想像したのである。

(12)「塵念」や同じ意の「塵心」の例には、

瞥然塵念、此際暫生（『白氏文集』巻二十八・1489、「与二微之一書」）

縦有二旧遊一君莫レ憶、塵心起即堕二人間一（同巻十九・1232、「憑閣老処、見下与二厳郎中一酬和詩上、因戯贈二絶句一」）

などがある。前者は元和十二（八一七）年の作であり、元和五年に詠じた元稹の詩を意識して用いたのかも知れない。

(13) 新間一美「元白・劉白の文学と源氏物語――交友と恋の表現について――」（『源氏物語と白居易の文学』所収）は、元稹の八月十五夜の詩が、須磨巻で光源氏が、「殿上の御遊び恋しく」と宮中の宴を思い出すところと似ていると指摘している。このような元稹詩の受容は、匡衡の場合にもあり得るであろう。

(14) 晉の陶潜の「帰去来」（『文選』巻四十五）・「帰二園田居一五首」などを踏まえている。

8 『源氏物語』の九月尽
――光源氏と空蟬の別れ――

一

中唐の詩人白居易が詠み始めた、三月尽日における惜春の情は、その詩文集舶載以降、平安時代のおもに漢詩と和歌に取り入れられ、新たな風趣を文学にもたらした。さらに日本における展開の特徴として、その詩情を九月尽日にも導入するという独自性を挙げることができる。これもまた平安文学に定着しており、『古今集』以降勅撰和歌集の秋歌の末尾に、「つごもり」「果て」の歌群を配列していること、藤原公任撰『和漢朗詠集』（巻上）の項目に、「九月尽」のある点などが、その見やすい例であろう。白詩からの三月尽詩受容、そして九月尽詩の形成については、すでに先学の論考があり(1)、著者もそれぞれについて述べたことがある(2)。

もとより三月尽日・九月尽日における、過ぎ行く季節を哀惜する情趣は、漢詩と和歌にのみ現れるのではなく、物語にも描かれている。詩歌ほどには受容の様相が明瞭ではない場合が多いからであろうか、これまではほとんど考察の対象になって来なかったようである。現在では、平岡武夫・小島憲之両氏の研究(3)が先駆となって、尽日の文学への言及が相次ぐようになった。これらは主に詩歌における語彙・表現・詩情に着目した論究である。今後は他分野の文学作品も研究対象となることであろう。

本章では、『源氏物語』の光源氏と空蟬との二度にわたる別れにおける、三月尽・九月尽の詩歌の表現や風趣の取り込みについて、白居易の三月尽詩の平安時代文学における享受を絡めて所見を述べてみたい。さらにこの検討を踏まえて、空蟬の人物造型について考えることとする。

二

帚木巻で、五月雨の頃、紀伊守の邸に方違えをして、伊予介の妻である空蟬と契った光源氏は、以後その姿を追い求める。しかし、頑強な拒否にあって思いを遂げぬまま、十月初め頃、空蟬は夫とともに任地へ向かって西下する。下向を描いているのは夕顔巻の末尾近くであり、某の院で急死した夕顔の四十九日の法要から間もない頃だった。物語は、空蟬の離洛に思いを馳せるほかない源氏の、空疎な一日を次のように描いている。

思へど、あやしう人には似ぬ心強さにてもふり離れぬるかな、と思ひつづけたまふ。今日ぞ冬立つ日なりけるもしるく、うちしぐれて、空のけしきいとあはれなり。ながめ暮らしたまひて、

過ぎにしもけふ別るるもふた道に行く方知らぬ秋の暮かな

なほかく人知れぬことは苦しかりけり、と思し知りぬらんかし（夕顔・二六九）(4)

この少し前に、「伊予介、神無月の朔日《ついたち》ごろに下る」（二六八）とある。また和歌によれば、「秋の暮」での別れであった。「ふり離れ」て行った空蟬に思いを致すのは、「冬立つ日」であった。源氏としては、空蟬は、過ぎ行く秋とともに、旅立ったと考えていたと見てよい。「朔日ごろ」は月の初め頃であり、十月のことであった。ここには、秋が終わったのは、九月尽日ではなく、十月初めにめぐって来た立冬だとする見方が現れている。これを、田中新一氏は、「「暦月流にいえば冬十月に入り、五、六日になっても、立冬までは秋（九月節）」という節月意識が揺曳している」と述べておられる(5)。白居易の三月尽詩は、春の終わりは三月末日であるとする暦月意識を背景にしてお

り、夕顔巻末における「節月意識」とは異なる。ただ、去り行く秋を惜しむ思いやそれにまつわる様々な感懐は、白居易の三月尽詩に端を発すると見てよい。物語の時点は十月の初め頃であるが、その時秋は帰って行ったのであり、源氏の胸中には惜秋の思いが色濃く表れている。ここには尽日詩の影響が著しい。

九月の末に秋が終わる、秋が行くと描くのは、漢詩文の表現に基づく。『源氏物語』以前では、

秋之云《ココニ》暮、唯菊独残。飲二於叢辺一、惜以賦之（『本朝文粋』巻十一・335、紀長谷雄「同二諸才子一、九月卅日、白菊叢辺命レ飲」序。元慶七〈八八三〉年）

惜レ秋秋不レ駐、思レ菊菊纔残。物与レ時相去、誰厭二徹レ夜看一（『菅家文草』巻五・381、「暮秋賦二秋尽翫レ菊。応レ令」。寛平六〈八九四〉年）

など、九世紀の終わり近くにまず現れる。これらは、白居易の、三月尽日に行く春を惜しむ心情を詠じた詩を活かして、過ぎ去る秋に持ち込んだものである。

三月三十日、春帰日復暮。惆悵問二春風一、明朝応レ不レ住。送レ春曲江上、眷眷東西顧。……今日送レ春心、心如レ別二親故一（『白氏文集』巻十・0487、「送レ春」）

惆悵春帰留不レ得、紫藤花下漸黄昏。（同巻十三・0631、「三月三十日、題二慈恩寺一」、『千載佳句』上・115・送春、『和漢朗詠集』巻上・52・三月尽）

以後も、九月尽日の詩は多い。

於二御殿一有二九月尽宴一。以三九月尽惜二残菊一為レ題。左大臣以下陪レ座。奏二糸竹一（『日本紀略』延喜二〈九〇二〉年九月二十八日）

法皇賦下遊二残菊花下一詩上（同・延喜七年九月三十日）

於二清涼殿前一翫レ菊。有二詩宴一。題云、籬菊有二残花一（同・延長四〈九二六〉年九月三十日）

これらは、詩題から分かるように、残菊がおもな題材であり、秋の終わりに衰え行く菊を詠じている。菅原道真が菅家廊下で創始した九月尽日の宴(6)（元慶七年、『菅家文草』巻二・128、「同二諸才子一。九月卅日、白菊叢辺命レ飲」）で、残菊を詠んで以来の慣習が色濃く反映していると見られよう。やがて残菊は九月尽日の詩の主要な題材ではなくなり、この日の詩には、もっぱら秋の終わりに抱く感慨を取り上げるに到る。

天皇幸二朱雀院一。……有二擬文章生試一。題云、高風送レ秋（『日本紀略』延喜十六年九月二十八日）

候レ内。有二作文事一。式部権大輔献レ題。云、送レ秋筆硯中。心韵。即題者献レ序（『権記』長保元〈九九九〉年九月三十日(7)。「式部権大輔」は大江匡衡）

参内。……有二大内作文事一。右衛門督・中宮権大夫・勘解由長官・左大弁等也。題秋過ハ如二流水一（『御堂関白記』寛弘元〈一〇〇四〉年閏九月二十九日）

依二物忌籠居一。従二夜前一作文講。下臈男共等七八人許。及二晩景一。題秋尽林叢老。以レ年為レ韻（同・寛弘七年十月一日）

秋は尽き、そして過ぎ行くものであり、いくら惜しんでも、人はなすすべなく見送るしかない。この点は、空蟬が「秋の暮」に「ふり離れ」て行き、源氏が「ながめ暮らし」たのと重なっている。二人の別れを描くにあたり、九月尽日の詩の表現を取り入れてその骨組みとしたと考えられよう。

三

「冬立つ日」における、九月尽日の詩との類似について述べる。「人には似ぬ心強さにてもふり離れぬるかな」（夕顔・一一六九）と、空蟬が伊予の国へ下って行くのを、無類の気丈さで私を捨てて去って行くと、源氏は評している。手の届かない西国への旅立ちは、秋が帰ってしまい、人にはいかんともしがたいのと同様である。

無情亦任他春去、不レ酔争得レ銷二日長一（『白氏文集』巻六十七・3360、「早夏暁興、贈二夢得一」）

前句の「無情」は、去ってしまった春の心を言い表している。そのつれなさは、「ふり離れ」た空蟬にも当てはまる。夕顔巻とは季節を異にするが、九月尽日の詩は三月尽日の詩を応用している。したがって、春尽を描いた詩にも目配りする必要がある。春を擬人化した表現をもここでは用いているのである。和歌に目を転じると、

九月つごもりの夜、風の吹くに

うちすてて別るる秋のつらき夜のいとど吹きそふ木枯らしの風（『中務集』252）

がある。九月尽日を境に、秋はためらいもなく立ち去ると感じられる。厳然たる時間の区切りを忠実に守る姿は、空蟬の毅然たる態度と似通うと映ったに違いあるまい。

伊予の国へ向かうのであるから、西への旅である。帰っていく秋も西へ向かうと考えられる。『礼記』（月令）には、

立秋之日、天子親《ミヅカラ》帥《ヒキヰ》二三公九卿諸侯大夫一、以迎二秋於西郊一。還《カヘリテ》反賞二軍師武人於朝一。

とあって、立秋に「西郊」で秋を迎えている。古来秋は西からやって来ると見たのである。白居易の詩の、

涼風従レ西至、草木日夜衰（『白氏文集』巻九・0432、「秋懐」）

も、秋の到来は西からと考えて詠じている。

貞観の御時、綾綺殿の前に、梅の木ありけり。西の方に差せりける枝のもみぢ始めたりけるを、上にさぶらふ男どものよみけるついでに、よめる　藤原勝臣

おなじ枝を分きて木の葉のうつろふは西こそ秋の始めなりけり（『古今集』巻五・255・秋下）

は、西が秋の始まりだと述べている。これらは秋の方位は西と考えるゆえの表現である。九月尽日に秋は西へ向かうと描く詩歌を見出していないが、帰るのもその方角であるとの観念を抱いていたはずである。

伊予介らは、「神無月の朔日ごろ」に下向した。そして源氏は空蟬を思う。「冬立つ日」のことであった。「うちしぐれて、空のけしきいとあはれなり」とある空模様を、「ながめ暮らしたまひて」（二六九）と物思いにふける一日であった。この様子は、行く春を見送る白居易のそれとよく似る。

慈恩春色今朝尽、尽日徘徊倚二寺門一（『白氏文集』巻十三・0631、「三月三十日、題二慈恩寺一」）

悵望慈恩三月尽、紫藤花落鳥関関（同巻十六・0990、「酬二元員外三月三十日慈恩寺相憶見一レ寄」、『千載佳句』上・117・送春、『和漢朗詠集』巻上・133・藤）

春の終わりを惜しみながら、終日慈恩寺をさまよい歩き、うれわしげに空を眺める姿を、源氏のこの挙措に取り込んでいる。『源氏物語』が書かれた時代に活躍した文人大江匡衡の詩にも、

遮レ路紫毫羇旅遠、解レ携墨沼悵望深（『江吏部集』巻上、「九月尽日、同賦二送レ秋筆硯中一。応レ製」）

とある。「悵望」は、源氏の心中とそれに伴う振る舞いを言い表した語とも言えよう。「悵」からは白詩の「惆悵」が思い浮かぶ。

三月三十日、春帰日復暮。惆悵問二春風一、明朝応レ不レ住（巻十・0487、「送レ春」）

惆悵春帰留不レ得、紫藤花下漸黄昏（巻十三・0631、「三月三十日、題二慈恩寺一」）

この行く春をうらみ嘆き、うれえる心情は、[8]自分を振り捨てて旅立った空蟬への複雑な思いと似通う。

源氏が「ながめ暮らし」て詠んだ歌に、「過ぎにしもけふ別るるも」とある。「過ぎにし」とは、某の院で急死し、四十九日の法事を終えたばかりの夕顔のことである。「けふ別るる」は、伊予へ下向した空蟬のことである。「別るる」は、むろん源氏と空蟬とのそれであるが、空蟬が西へ赴くのを、秋が西へ帰るのになぞらえているのであるか

ら、これについても、三月尽と九月尽の詩を参考にしていると考えられる。(9)

今日送レ春心、心如レ別二親故一（『白氏文集』巻十・0487、「送レ春」）
三月尽時頭白日、与レ春老別更依依（同巻五十三・2337、「柳絮」）
送レ春不レ用レ動二舟車一、唯別三残鶯与二落花一（『菅家文草』巻五・391、「送レ春」。『和漢朗詠集』巻下・53・三月尽）
「三月尽夜別二春帰一」（『和漢兼作集』巻三・389・春下、紀長谷雄詩題）

春との別れは、ただ季節の終わりを言うだけではない。人の心に、名残惜しさ、寂しさ、悲しさなどを抱かせたのである。とりわけ右の第一例は、春を送る心境を、「親故」（親族と友人）との別れのつらさに喩えている。源氏の場合とよく重なる。

同じ歌には、夕顔と空蝉は、「ふた道に行く」(10)とある。夕顔は西方浄土への「道」に向かい、空蝉は西国伊予への「道」を行くということである。二人はそれぞれの目的地へ赴くべく、「道」を辿るのである。当時は、春も秋も、「道」を行き帰ると考えられていた。(11)中国の詩の例は見出していないが、平安時代の詩歌にはよく詠まれている。

不レ置二関城一終可レ去、縦無二帰路一欲二妨行一（観智院本『作文大体』、紀斉名「秋未レ出二詩境一」）
遮レ路紫毫羇旅遠、解レ携墨沼悵望深（『江吏部集』巻上、「九月尽日、同賦二送レ秋筆硯中一。応レ製」）
春帰不レ駐惜難レ禁、花落紛紛雲路深（『本朝麗藻』巻上・27、藤原伊周「花落春帰路」）(12)
花落春帰共背レ心、更遮二行路一共相尋（同・28、藤原輔尹「同」）

去り行く秋を、その途上で阻もうとしたのである。惜秋の念が空しい企てを発想させるのである。伊周の「雲路」からは、路が雲に連なると想像していたとも見うる。帰るのなら、帰り道があると想像するのはもっともなことであろう。

尽日のあと、春・秋が「道」を経て帰って行くと詠じる和歌が、右の漢詩以前に存する。

春を惜しみてよめる　在原元方

惜しめどもとどまらなくに春霞帰る道にし立ちぬと思へば（『古今集』巻二・130・春下）

同じつごもりの日よめる　凡河内躬恒

道知らばたづねも行かむもみぢ葉を幣とたむけて秋は去にけり（同巻五・313・秋下。詞書の「同じ」は九月に同じ）

この「帰る道」「道」の典拠は明らかではないようである。さきの漢詩に詠み込んでいる「路」は、すでにあった和歌の表現を参照したということであろうか。ともに過ぎ行く季節を惜しむ感情を背景に、道を辿って帰るのだと想定したのである。これ以外にも、

あかずして過ぎ行く春にただちあらば今年ばかりのあとは避《よ》かなん（『興風集』23）

もみぢ葉に道はうもれてあともなしいづれよりかは秋は行くらん（『古今六帖』206・秋のはて）

秋はつる日山路ゆく

うち群れて散るもみぢ葉を尋ぬれば山路よりこそ秋は行きけれ（『公任集』129）

などとある。

源氏の歌には、「行く方知らぬ秋の暮かな」ともある。夕顔・空蟬がともに去り、同じ時に帰ってしまう秋は、どこへ向かうのかと問う。行方の知られぬ寂しさを詠んでいる。季節の行方を気にするのは、次の白詩にもとづくのであろう。

長恨春帰無二覓《モトムル》処一、不レ知転入二此中一来（巻十六・0969、「大林寺桃花」）

去ってしまい探しようのない春を、思いがけず山中の寺院で見つけたと詠じている。季節というのは、尋ねように

もその居場所が分からなかったのである。同種の詩は見出していないが、和歌には、

行く春の跡だにありと見ましかば野辺のまにまに尋《と》めましものを（『寛平御時后宮歌合』36）

同じつごもりの日よめる　凡河内躬恒

道知らばたづねも行かむもみぢ葉を幣とたむけて秋は去にけり（『古今集』巻五・313・秋下）

四月一日

いづこまで春は去ぬらん暮れはてて別れしほどは夜になりにき（『伊勢集』115）

九月晦のほどに、殿上人どももみぢ見むとて、ひむがし山の方にありきて　掃部助

さしてゆく方も知られず秋の野にとありければ　千古

もみぢを見つつとまる日なれば（『公忠集』38。「掃部助」は藤原公忠、「千古」は大江千古）

春の別れを惜しむ

はかなくも花のちりぢりまどふかな行くへも知らぬ春に遅れて（『忠見集』110）

などと、春・秋の行く先は分からない、分かっていれば尋ねたいと詠むものがある。源氏は尋ねようとまでは言わないが、秋がどことも知らぬ所へ行ってしまう寂しさを歌に託している。この思いを、夕顔・空蟬を失った悲しさに重ね合わせているのである。

空蟬は秋とともに西へと旅立った。光源氏にはそのように映っていた。惜秋の詩歌に用いる表現を駆使していることから、この別れが、秋との訣別に類するものと解せられる。その時に源氏の心中に去来した感懐も、秋が去る時に抱く愛惜と同様であると考えてよかろう。空蟬は、「あやしう人には似ぬ心強さにてもふり離れぬるかな」（夕

顔・二六九）と、源氏から、たぐいまれな意思の強さを評せられる女性であった。これ以前にも、

（源氏）「……世に知らぬ御心のつらさもあはれも、浅からぬ世の思ひ出は、さまざまめづらかなるべき例《ためし》かな」（帚木・一七九）

なほかのうれたき人の心をいみじく思す。いづくにはひ紛れて、かたくなしと思ひゐたらむ。かくしふねき人はありがたきものを、と思すにしも（空蟬・二〇〇）

さて、かの空蟬のあさましくつれなきを、この世の人には違ひて思すに（夕顔・二一八）

頑なに拒み通そうとする姿勢を、「めづらかなる」「ありがたき」「この世の人には違ひて」と、他に類を見ないほどであると驚いている。これは出会いの時から一貫しており、源氏の印象に変化はない。秋は、時が来れば、一顧だにせず帰ってしまう。人の愛惜に絆されてとどまることはあり得ない。こともなげに振り捨てて行く点は、両者に共通していると言えよう。

四

光源氏と空蟬はもう一度別れる。須磨・明石での退居を終えて、都への復帰を果たした源氏は、翌年、「御願はたし」（関屋・三四九）のために石山寺へ参詣する。一方空蟬は、夫に伴われて常陸国へ下っていた。その任期が満了して帰京する途次、逢坂の関で源氏と遭遇したのである。久しぶりの出会いである。ただ、昔のよしみで対面というわけにはいかない。「かの昔の小君、今は右衛門佐」（三五一）を通じて、源氏からの言葉は空蟬に届けられたが、それだけで二人は石山寺と都へと離れて行くほかなかった。これを二度目の別れとしておく。その時、「九月晦日《つごもり》」（三五〇）であった。

都へ入ろうとする空蟬は、逢坂の関から西へ向かう。秋がその終わりとともに西へ帰っていくのと同じである。夕顔巻で、空蟬が秋のように西へ向かったことが想起される。これが立冬をもって秋の終わりとしているのに対して、関屋巻では、「九月晦日」に秋は帰るとする、暦月にのっとった季節感が現れている。秋と同じ方向へ行ってしまう空蟬は、逢坂山を越えて行く。

　神奈備の山を過ぎて龍田川を渡りける時に、紅葉の流れける
　をよめる　　　　　　　　　　　　　　清原深養父
神奈備の山を過ぎ行く秋なれば龍田川にて幣は手向くる（『古今集』巻五・300・秋下）
　九月つごもり
もみぢ葉は別れを惜しみ秋風は今日や三室の山を越ゆらん（『貫之集』96・「延喜十七年の冬、中務の宮の御屏風の歌」）
　秋はつる日山路ゆく
うち群れて散るもみぢ葉を尋ぬれば山路よりこそ秋は行きけれ（『公任集』129）

和歌においては、秋は山を越えて帰って行くものと考えられていたのである。『古今集』の時代にはすでに詠じていた。しかし、漢詩文にはこのたぐいの表現は見られない。我が国で生まれた発想のようである。

　このように、空蟬は去り行く秋のように描かれている。逢坂の関での出会いの際、源氏は、「今日の御関迎へは、え思ひ棄てたまはじ」（三五〇）という言葉を贈っている。しかし、「おほぞうにてかひなし」あれこれ憚りが多くいかんともしがたい。この関に空蟬を留めて語らおうとしたが、その場の状況からは許されなかった。九月のつごもりに合わせたかのように、関を越えて西にある京へ向かう空蟬は、あたかも帰って行く秋である。また、逢坂の関で空蟬を引き留めようとしてもかなわぬ源氏は、関で秋を留めようとしてもできない、秋を惜しむ人と同じであ

る。

惜しめども立ちもとまらず行く春をなこしの関のせきもとめなむ（『亭子院歌合』36・紀貫之）

春のくれつ方

いそぐらん夏のさかひに関すゑてくれ行く春をとどめてしがな（『重之集』116）

白川に三月つごもりにおはして

惜しみにとさして来つれば逢坂の関にも春はとまらざりけり（『公任集』54）

これらは、行く春を惜しんで、何とか関で留めたいとする願望の現れた歌である。(13) 古来関によって人や物または心をとどめる（とどめない）と詠む和歌がある。

出でて行く道知らませば予め妹をとどめむ〈塞《せき》〉も置かましを（『万葉集』巻三・468・又家持作歌一首并短歌）

たきつ瀬のはやき心をなにしかも人目づつみの関とどむらん（『古今六帖』1707・たき）

逢坂の関に人のまかりたる所

うちはへて君しもすまじ逢坂の関に心をとどめつるかな（『元輔集』160、「小野宮の太政大臣七十賀、御屏風の歌」）

昔、堀川殿、石山より帰りたまひしに、走井にて詠ませたまひし

逢坂の関とは言へど走井の水をばえこそとどめざりけれ（『重之集』143）

この発想と過ぎ去る季節を惜しむ思いとが結びついて、関で季節を留めようとする歌が生まれたのである。

同様の表現は、同時代の漢詩文にもしばしば見られる。

留レ春不レ用二関城固一、花落随レ風鳥入レ雲（『和漢朗詠集』巻上・55・三月尽、尊敬）

縦以二崤函一(14)為レ固、難レ留二蕭瑟於雲衢一、縦令二孟賁而追一、何遮二爽籟於風境一（同・274・九月尽、源順。『本朝文粋』

巻八・226、「九月尽日、於二佛性院一惜レ秋」序）

この詩と詩序はともに、関によって守りを固めても、春と秋は留められないと述べている。同種の表現がこれ以降も現れる。

不レ置二関城一終可レ去、縦無二帰路一欲二妨行一（観智院本『作文大体』、紀斉名「秋末レ出二詩境一」）

尋二之於山郵一、則紫燕馳二雲関一兮不レ及、求二之於浪駅一、亦赤烏挂二風帆一而難レ追者也（『本朝文粋』巻八・220、紀斉名「三月尽、同賦二林亭春已晩一、各分二一字一、応レ教」序）

煙霞幾程、秦城万雉之[15]固豈隔、光陰不レ限、周王八駿之蹄難レ追（『本朝麗藻』巻上・3、源孝道「暮春於二白河一同賦二春色無二辺畔一詩一序）

いずれも関によって妨げようとしても、春も秋も帰ってしまうことを述べている。平安中期には、春と秋の終わり頃や三月・九月尽日の詩文に取り上げる題材として、定着していたと見てよい。この表現は、さきに引いた紀貫之の和歌にも、「行く春をなこしの関のせきもとめなむ」（『亭子院歌合』36）とあった。漢詩文は和歌に遅れてこれを取り入れている。後に和歌独自の表現の影響を蒙ったのであろうか[16]。『源氏物語』成立の頃は、和歌・漢詩文においてすでにこの表現が用いられているので、どちらからも摂取したことであろうし、作者は両方に着目していたはずである。

空蟬は、関という固めがあっても通り過ぎて行く。源氏が、「今日の御関迎へは、え思ひ棄てたまはじ」（三五〇）と、己の厚情を訴えて引き留めようとも、立ち止まることはないのである。過去の出来事がどうであれ、躊躇はない。その時になれば行ってしまう秋と、変わるところはないのである。

別れの時、空蟬は次の歌を詠む。

行くと来とせきとめがたき涙をや絶えぬ清水と人は見るらむ（三五一）

誰にも言えぬ、心の内に秘めた苦衷を独りかみしめている。「行く」は、東国常陸への下向、『来』は、都に戻ってくることと解するべきであろう。「せき」は、妨げ留める意と、その地逢坂の関の関を掛けている。塞《せ》くのは、我が「涙」であり、関を通って東へ向かう時も、西へ戻る時も留められないと詠じる。何故に流すのかと言えば、かつての源氏への秘めた思いに胸を詰まらせたのである。誰にも言えず、心の奥底を歌に託すのであった。「せきとめがたき」と詠じるのは、我が涙であり、源氏を目の前にして堰き止められなかったのであった。常陸介の妻である身には、源氏との対面はかなわない。秋は、関があっても留まらず西へと向かう。これと同じく空蟬もまた、逢坂の関で立ち止まることはない。関における空蟬は、胸中はどうあれ、語り掛けもせず、秋のごとくつれなく立ち去る人物として描かれているのである。

後日源氏は、次の消息を空蟬におくる。

一日は契り知られしを、さは思し知りけむや。

わくらばに行きあふみちをたのみしもなほかひなしやしほならぬ海

関守の、さもうらやましく、めざましかりしかな（関屋・三五二）

歌の「行きあふみち」は、空蟬とばったりと出会った道であり、それは近江路であった。空蟬の行く道は、西へ向かう秋の通る道でもある。この「みち」は、夕顔巻の「ふた道」で引いた詩歌に詠じる、春と秋の帰って行く道を踏まえている。つづく「たのみしも」は、「みち」での再会を頼みにするものの、の意。そして、「なほかひなし」は、やはり甲斐がない、頼みを掛けても対面の期待は空しいとなる。「あふみ」の海琵琶湖が淡水の海であることがその理由であった。「なほかひなし」である理由は、もう一つあるのではあるまいか。それは、空蟬が秋と同じだからである。関で留めようとしても、例年どおり過ぎ去ってしまうだけであった。秋の行く路次で邂逅したものの、秋のごときあなたをいかんともしがたいと、落胆を告げているとも解しうるであろう。関屋巻における二人の出会いと別れにおいても、三月尽と九月尽の詩歌における表現が駆使されていることが明らかである。ちょうど、空蟬は九月尽にためらいなく去り行く秋として、光源氏は、留めえず空しく秋を見送る人として、形象されているのである。

五

帚木巻で、光源氏は、方違えのために中川の紀伊守邸を訪れ、ちょうど来合わせていた、主人の父である伊予介の後妻空蟬と契った。すでに、「思ひあがれる気色に」（一七〇）と耳にしていた女性である。また桐壺帝からも、その父故衛門督に、「宮仕へに出し立てむ」（一七二）との意向があると聞かされていて、興味を持っていた。しかし、父亡き後は、老いた伊予介の後添いとなり、今は不遇を託つ身である。それでも誇り高さを保ちつづけていた。源氏が寝所へ忍び入った時も、「数ならぬ身ながらも」（一七七）、「いとかくうき身のほどの定まらぬ」（一七八）、「身のうさを嘆く」（一八〇）と、我が身の不運を嘆く言葉を繰り返しつつも、源氏の「いとたぐひなき御ありさま」（一七七）を知るにつけ、同調しようとはしない。「身のありさまを思ふに、いとつきなくまばゆき心地して」（一七九）と、源氏との境遇の隔たりを自覚するしかなかったのである。そこで空蟬のとった態度は、「すくよかに心づきなしとは見えたてまつるとも、さる方の言ふかひなきにて過ぐしてむと思ひて、つれなくのみもてなしたり」（一七七）と、拒絶の姿勢であった。源氏には、「人柄のたをやぎたる」（一七七）様子でありながら、「強き心をしひて加へたれば」（一七八）と頑強な構えと映ったし、「世に知らぬ御心のつらさ」（一七九）、「つれなき」（一七九）と言わずにはいられなかった。突然貴公子源氏が目の前に現れても、己の態度を変えることはないのである。

その後、なお気に掛かり忘れられない源氏は、空蟬の弟小君を側に置いて仲介役とするとともに、常に消息を送っていた。しかし、「ほのかなりし御けはひありさまは、げになべてにやはと、思ひ出できこえぬにはあらねど、をかしきさまを見えたてまつりても、何にかはなるべき、など思ひ返すなりけり」（一八四）と、源氏に心惹かれるものの、つらい結果になるであろうことを予測し、色よい対応は一切しない。そして、再度の紀伊守邸来訪となる。あらかじめ便りがあったものの、地方官の妻である空蟬は、源氏との立場の大きな隔たりを自覚するばかりである。「過ぎにし親の御けはひとまれる古里ながら、たまさかにも待ちつけたてまつらば」（一八六）と、もはや源氏を待ち受ける状況にはない我が身を思い知るほかなかったのである。空蟬は、自分の身の処し方として、「とてもかくても、今は言ふかひなき宿世なりければ、無心に心づきなくてやみなむと、思ひはてたり」（一八七）と、情を解さないいやな女に徹しよう決意する。ここに拒絶の姿勢を自ら作り上げ、今後これを貫き通そうとするのであった。源氏にとっては、「人に似ぬ心ざまの、なほ消えず立ちのぼれりけると、ねたく」「つれなき人」（一八八）と、意のままにならぬ気位の高い無情の人である。ただかえって、惹かれずにはいられない女性でもあったのである。

なおも空蟬が忘れがたい源氏は、小君に手引きさせて、またもその居所へ忍ぶ。しかし、気配を察知した空蟬は、小袿を残して逃れる。拒絶に遇って源氏は、またも痛手を被った。「あのつらき人」（一九九）、「かのうれたき人」（二〇〇）、「つれなき人」（二〇四）とは、かたくなに拒みつづける空蟬を評した言葉である。一顧だにせぬ冷淡無情の人物として、心に深く刻みつけたのである。

夕顔巻においても、空蟬は折々描かれる。「かの空蟬のあさましくつれなきを、この世の人には違ひて思すに」（夕顔・二一八）、「つれなき心はねたけれど」（二一九）、「つれなくねたきものの」（二二〇）とある。対する源氏は、冷たく突き放す態度を思わずにはいられない。空蟬は、完全に繋がりを断たぬ程度に、消息を送って来たりして思わせぶりではあるが、決して靡くような素振りは示さない。源氏との境遇の違いを弁え、身の程を自覚した上での揺るぎない対応は、賢明と言うべきであろう。しかし、若い源氏には、「つれなし」としか思えないのであった。

心の内に揺れや乱れを抱えているものの、空蟬の源氏への態度は一貫している。これは、さきに検討した、秋が過ぎ行くのと軌を一にする。空蟬が源氏のもとを立ち去るのと、相通じるものがあると言えよう。秋はその時が来れば、人にどれほど愛惜の念が深かろうと、逡巡することなく西へ向かって帰って行く。阻もうとしてもできるものではない。人への顧慮はまったくない。自然のこの冷徹な運行は安定している。空蟬は、源氏と契った時から、己の身の処し方を堅持して、拒否の姿勢を崩さない。しばしば「つれなし」の語で表現される源氏のねたましさは、この変わらない態度に起因する。源氏にとって空蟬は、無情に過ぎて行く時間の流れとも評せよう。それが最も鮮明に現れたのが、二度の別れの時であった。

白居易がはじめて描き出した、三月尽日における惜春にまつわる感懐は、平安時代に受け入れられ、さらにそれが九月尽日の惜秋の詩歌を生み出す。さらには、物語にまで取り入れられ、空蟬と源氏との別れを彩る。空蟬は、冷淡に拒絶を貫き、振り捨てて遠ざかる。こういう際だった特徴のある人物を造型する上で、白詩にはじまる三月尽・九月尽の詩歌が果たした役割は大きかったと言えるであろう。

注

（1）小島憲之「四季語を通して――「尽日」の誕生――」（『国風暗黒時代の文学 補篇』所収）、太田郁子「『和漢朗詠集』の「三月尽」・「九月尽」」（「言語と文芸」第九十一号）、周防朋子「平安朝文学にみられる「九月尽」詩について」（「甲南大学紀要 文学編」第一三八号）

（2）拙稿「『伊勢物語』の三月尽」（本書第三部・3）、「菅原氏と年中行事――寒食・八月十五夜・九月尽――」（本書第一部・1）、「菅原道真と九月尽日の宴」（本書第一部・4）。

（3）注（1）小島氏論考、平岡武夫「三月盡──白氏歳時記──」（『白居易──生涯と歳時記』所収）。

（4）『源氏物語』の本文は、日本古典文学全集所収のそれによる。引用の後に巻名とページ数を記す。以下同じ。

（5）田中新一「二通りの季節意識の存在」（『平安朝文学に見る二元的四季観』所収）

（6）注（2）拙稿「菅原道真と九月尽日の宴」参照。

（7）『江吏部集』（巻上）は、この時の序と詩を収載している。

（8）白詩では、行く春への感懐を、次のように詠じている。

明朝三月尽、不レ忍レ送二残春一（巻二十・1365、「飲散夜帰、贈二諸客一」）

留レ春春不レ住、春帰人寂寞（巻五十一・2240、「落花」）

臨レ風独長歎、此歎意非レ一（巻五十二・2290、「三月三十日作」）

三月尽時頭白日、与レ春老別更依依（巻五十三・2337、「柳絮」）

（9）夕顔の場合は、来世へ行く。そこは、四十九日の法要の折りに、施主である源氏が、「阿弥陀仏に譲りきこゆるよし」（夕顔・二六六）を願文に書かせており、その行先は、極楽浄土つまり西方だと、源氏は信じ念じたはずである。

（10）この「ふた道」を、新間一美氏は、白居易「秦中吟十首」の「議レ婚」（巻二・0075）に見える「両途」を置き換えた語であり、「貧家の女」（夕顔）と「富家の女」（空蟬）の歩んだ道であると述べておられる（「源氏物語の女性像と漢詩文──帚木三帖から末摘花・蓬生巻へ──」、『源氏物語と白居易の文学』所収）。

（11）移り行く季節は、旅人と見なされていた。この後触れるように、道を辿り、山を越え、関を通って旅をしたのである。新間一美「菅原道真の三月尽詩について──「送春」の表現──」（「女子大国文」第一四八号）参照。

（12）『御堂関白記』寛弘二年三月二十九日の条に、「巳時許帥来、於二弓場殿一射レ弓。従二未時一作文。題花落春帰路」とある。「帥」は、藤原伊周。

（13）季節を関で引き留めようとする和歌があるのに対して、季節は関を越えてやってくると詠む歌がある。

春は東より来たるといふ心をよみはべりける　源師賢朝臣

あづま路は勿来の関もあるものをいかでか春の越えて来つらん（『後拾遺集』巻一・3・春上）

立春日よみはべりける　　橘俊綱朝臣
逢坂の関をや春も越えつらん音羽の山の今日はかすめる（同4）
師賢詠は、関で季節を留めようとする歌の影響を受けているであろう。

(14) 順の詩序は「関」の語を用いていないが、「崤函」は、漢の賈誼「過秦論」（『文選』巻五十一）に、「秦孝公拠二殽函之固一、擁二雍州之地一」（李善注「韋昭曰、崤ハ謂二二崤一。函ハ函谷関也」。呂延済注「崤山ハ秦塞也。函谷ハ関名」）とあるとおり、この語で関を意味すると考えてよい。

(15) 「秦城万雉之固」は、万里の長城かと言う（本朝麗藻を読む会「『本朝麗藻』試注（一）」、「北陸古典研究」創刊号）。そうであれば関ではないが、往来を制限する働きを持つ点では同じであり、関と変わりはないと見ておく。

(16) すでに小野泰央「和歌から漢詩へ――『和漢朗詠集』「三月尽」所収「留春不用関城固」の解釈――」（『平安朝天暦期の文壇』所収）に指摘がある。

9　『古今集』の歳除歌と『白氏文集』

一

最初の勅撰和歌集である『古今集』は、歌を整然と配列している。たとえば四季の部立においては、季節の推移を基準にすえて、時間の微妙な流れにそった精密な内部構造をもっている。撰者の周到な構想にもとづいているのであろう。各季の冒頭は、春と秋は立春・立秋の歌群を配し、夏と冬は初夏と初冬の歌群を置いている。これに対して末尾は、いずれの季節も月の尽日（つごもり・晦日）つまり三・六・九・十二月の末日を詠じた歌群を配する。『古今集』において、季節の始めと終わりをどう理解していたかが窺えるようである。その各季の末尾に置く歌は次のとおり。

亭子院歌合に、春の果ての歌　躬恒
今日のみと春を思はぬ時だにも立つことやすき花のかげかは（巻二・134・春下）

水無月のつごもりの日よめる　躬恒
夏と秋と行きかふ空のかよひ路はかたへ涼しき風や吹くらむ（巻三・168・夏）

同じつごもりの日よめる　躬恒
道知らばたづねも行かむもみぢ葉を幣と手向けて秋は去《い》にけり（巻五・313・秋下。詞書の「同じ」は、前歌の

「長月」に同じ）

歌奉れと仰せられし時に、よみて奉れる　　紀貫之

行く年の惜しくもあるかなます鏡見る影さへにくれぬと思へば（巻六・342・冬）

春・秋はともに過ぎ行く季節を惜しむ感慨を詠み、冬は一年が終わるのを惜しむ内容である。夏のみは、季節の移り変わりへの哀惜を詠み込んでいない。また冬の場合は、年の暮れるのとともに我が身の衰老を詠んでいる。これは他の季節には見られない特徴である。冬の部立における、年の終わりの日つまり歳除（大晦日）の歌群五首には、ほかにも同想の歌がある。

年の果てによめる　　在原元方

あらたまの年の終はりになるごとに雪も我が身もふりまさりつつ（339）

「ふり」は、雪の「降り」であるとともに、我が身の「古り」でもあり、老い行く身をあらわす語である。『古今集』以前において、一年の終わる日に老いの感慨を取り上げた歌はないようである。『古今集』の時代に到って、歌人たちはこの新たな題材を獲得したのであるが、それにはどのような背景があるのだろうか。従前の和歌にはなかったこの表現が生まれるまでの経過を、漢詩受容の観点から辿ってみたい。(1)

二

歳除の詩は、隋代まではあまり詠まれていない。

歳序已云殫《ココニツキ》、春心不二自安一。……梅花応レ可レ折、倩《ココロミニ》為二雪中看一（梁の庾肩吾「歳尽」、『芸文類聚』巻四・冬。『初学記』巻四・歳除、詩題を「歳尽応レ令」に作る）

歓多情未レ極、賞至莫レ停レ杯。……簾開風入レ帳、燭尽炭成レ灰。勿レ疑鬢釵重、為レ待二暁光来一（『玉台新詠』巻八、徐君蒨《セン》「共二内人一夜坐守レ歳」）

故年随レ夜尽、初春逐レ暁生。方《マサニ》験《シル》従軍楽、飲至入二西京一（隋の薛道衡「歳窮応レ教」、『初学記』巻四・歳除）

いずれも一年が終わり新たな年を迎えようとする時を描いている。第二例などは、除夜に夜明かしする風習を詠み込んでおり、眠たげな様子はほほえましい。しかし、我が身の老いに触れた内容のものではない。第一・三例の詩題にある「応令」「応教」から分かるように、貴人の求めにこたえて詠んでいるので、中身が個人の老いに触れた内容にはなりにくい。この「応令」「応教」から察すると、除夜に何人かが集まって詩を詠む習わしが六朝以降には出来ていたと言える。この日の夜、眠らずに新年の朝を迎える守歳のなかに、詠詩が組み込まれていたのである。除夜に一年を振り返ってあれこれ思いをめぐらすうち、己の老いを思うことがあるのは自然だが、まだ詩に詠むには到っていない。

唐の時代に入って歳除の詩がどう詠まれているかを見ておく。隋代までの歳除の詩に比べて、唐詩においてはかなりの数に上る。

歳陰窮暮紀、献節啓二新芳一。冬尽今宵促《セマル》、年開明日長。氷消出レ鏡水、梅散入レ風香。対レ此歓終レ宴、傾レ壺待二曙光一（初唐太宗「守歳」、『初学記』巻四・歳除。『全唐詩』巻一では、詩題は「除夜」。この詩を「除夜」と称しておく）

臣下とともに守歳の宴を催して夜明けを待つ皇帝からは、旧年を終えて新年を迎える歓びが窺える。太宗には、ほかに「守歳」（右の「守歳」とは別）「於二太原一召二侍臣一賜レ宴守歳」がある。いずれも歳の終わりよりも新春に重点を置いた内容の詩であり、過ぎた一年への感懐を述べるのではなく、新たな年に踏み出そうとする姿勢を詠み込んでいる。世界を統治する皇帝にふさわしい詩であろう。したがって老いにはいささかも言及しない。

歳除の詩に取り上げる題材の一つに大儺がある。除夜の宮中において、隊列を作った方相氏や侲子らが、儺声を挙げ鼓を鳴らし、戈で楯を撃ちながら歩き、悪鬼疫癘を追い払う儀式である。[2]

殿上燈人争烈レ火、宮中侲子乱駆レ妖（初唐沈佺期「守歳応レ制」）

金吾除夜進二儺名一、画袴朱衣四隊行。院院焼レ燈如二白日一、沈香火底坐吹レ笙〈一作レ闘二音声一〉（中唐王建「宮詞一百首」）

儺声方去レ疫、酒色已迎レ春（中唐姚合「除夜二首」ノ二）

祝レ寿思二明聖一、駆レ儺看二鬼神一（晩唐薛能「除夜作」）

沈佺期の後句は、侲子が入り乱れて悪鬼を駆る模様を描いている。王建の結句（本文は『全唐詩』巻三〇二による）の一本「音声を闘はす」は、侲子らが、競い合うように鼓を打ち大声で叫んでいるのである。沈佺期の「殿上の燈人争ひて火を烈しくし」や王建の「院院に燈を焼きて白日の如し」は、明るくすることによって邪気を退けようとしたのである。盛唐張説「岳州守歳二首」（其二）の「桃枝堪レ辟レ悪、爆竹好レ驚レ眠」に見える、「桃枝」（桃の板で作った札）は魔よけであり、「爆竹」はその破裂音によって眠気を覚まし、あわせて辟邪としている。

除夜には、宮廷でも民間でも明るい燈火のもと、眠らずに元日の朝を迎えた。これが守歳である。先に引いた徐君蒨「共二内人一夜坐守レ歳」の「勿レ疑鬢釵重、為レ待二暁光来一」や、太宗皇帝「除夜」の「対レ此歓終レ宴、傾レ壺待二曙光一」は、その例。太宗の守歳は、宮廷で夜を徹して宴を開いている。その場でしばしば賦詩が行われ、守歳詩を生んだ。太宗「於二太原一召二侍臣一賜レ宴守歳」・初唐杜審言「守歳侍レ宴応レ制」・沈佺期「守歳応制」などがある。宮廷以外での宴は、

興尽聞二壺覆一、宵闌見二斗横一（初唐杜審言「除夜有レ懐」）

夜風吹二酔舞一、庭戸対二酣歌一（張説「岳州守歳二首」ノ一）

樽開柏葉酒、燈発九枝花。妙曲逢二盧女一、高才得二孟嘉一（盛唐張子容「除夜楽城逢二孟浩然一」）

などと描かれている。当時は、飲酒・音楽・踊り・詠詩を楽しみながらの年越しであった。

除夜は、旧年と新年のはざまにある。それと同時に、人々は冬から春へと移る分岐点とも捉えていた。太宗は、「寒辞去二冬雪一、暖帯入二春風一。階馥舒二梅素一、盤花巻二燭紅一」（「守歳」）と、冬の終わりと春の始まり、さらには春の景物を詠み込んでいる。太宗の「除夜」にも、「氷消出レ鏡水、梅散入レ風香」とある。

忽見厳冬尽、方《マサニ》知列宿春。夜将二寒色一去、年共二暁光一新（初唐駱賓王「西京守歳」）

氷池始泮《トカシ》レ緑、梅援還飄レ素。淑景方転延、朝朝自難レ度（中唐韋応物「除日」）

寒猶近レ北峭《キビシク》、風漸向レ東生（中唐姚合「除夜二首」ノ一、中唐盧仝にも同じ詩がある〈『全唐詩』巻三八九〉）

雪向二寅前一凍、花従二子後一春（晩唐韋荘「歳除対二王秀才作一」）

除夜は、厳しい寒さが去って、春の訪れを感じる時であった。氷が解け梅の花が咲くといった自然の変化も描かれている。一年が去って新年を迎える改まった心持ちが、詩に託されていると言えよう。

さきに引いた徐君蒨の「共二内人一夜坐守レ歳」（『玉台新詠』巻八）は、夫婦が除夜から元日の朝までをともに過ごす様子を描いている。また、中唐白居易の「三年除夜」は、

嗤嗤童稚戯、迢迢歳夜長。堂上書帳前、長幼合成レ行。以二我年最長一、次第来称《アグ》レ觴。……夫妻老相対、各坐二一縄床一（『白氏文集』巻六十九・3523）

白氏一家の老幼が一堂に会して、年越しをする和やかな団欒を、居易の視点から詠じている。このように除夜は、家族が集いともに楽しく過ごし、絆を深める時でもあった。一家にとって特別な意義を持つ除夜は、一人遠く離れた地にある者にとって、いつにもまして寂しさの募る時であった。

閒居寡言宴、独坐惨風塵。……耿耿他郷夕、無レ由レ展《アツクスルニ》二旧親一（初唐駱賓王「西京守歳」）

旅館寒燈独不レ眠、客心何事転悽然。故郷今夜思二千里一、霜鬢明朝又一年（盛唐高適「除夜作」）

旅館誰相問、寒燈独可レ親。一年将レ尽夜、萬里未レ帰人（中唐戴叔倫「除夜宿二石頭駅一」）

やむを得ず故郷を去って、年の改まる時を迎えねばならないわびしさは、共感できるだろう。旅する詩人には格好の題材だったはずである。

以上歳除の詩を概観した。宮廷行事や民間の風習、人々の時の推移に対する感懐など、さまざまな内容を盛り込んでいるが、盛唐までに詩人自身の老いを詠じることはまずなかった。年が改まって齢を一つ重ね、老いに思いを致すのは、誰にもあり得るはずだが、詩には取り上げられなかった。そこへ己の老いを持ち込んだのは、盛唐の杜甫であったように思われる。

四十明朝過、飛騰暮景斜。誰能更拘束、爛酔是生涯（「杜位宅守レ歳」[3]）

杜位は、従弟であり、時の権力者李林甫の女婿であった。右の引用の前に、杜位の守歳の宴に集まった人々が元日の宮廷行事に向かう様子を描いている。これに対して詩の後半には、四十歳になるというのにまだ官職を得ない苛立ちや憤りを詠む。「暮景」は、「促促薄二暮景一、亹亹鮮二克禁《ヨクトドムルコト》一」（『文選』巻二十八、晉の陸機「楽府十七首」ノ「予章行」）の李善注に、「景之薄レ暮、喩二人之将レ老也」とあるのによって、年老いるの意と解してよいであろう。そうであれば、歳除の詩に自分の老いを取り入れたことになる。もっとも、「飛騰」は、焦燥や憤慨のこもった語であるだろうし、つづく二句は誰にも縛られず酒に酔って生涯を送ろうと意気軒昂ではある。権勢を誇る従弟に比べて、四十になっても仕官の叶わぬ己への、やり場のない感情が満ちている。四十歳を老いとはとらえているが、さほど深刻なものとは受け取っていないのではあるまいか。それに杜甫の歳除における老いを詠む趣向は、同時代には見られない。歳除と老いの組み合わせの詩が広まるのは、中唐に入ってからである。

三

白居易には歳除の詩が多く、十二首を数える(4)。その内容は、右に見た詩と大きく変わるところはない。たとえば、

山雪晩猶在、淮氷晴欲レ開（『白氏文集』巻五十一・2225、「除日答三夢得同発二楚州一」）

は、冬と春のはざまにある風景を描いている。また、

感レ時思二弟妹一、不レ寐百憂生。萬里経年別、孤燈此夜情。病容非二旧日一、帰思逼二新正一。早晩重歓会、羇離各長成（同巻十三・0681、「除夜寄二弟妹一」）

守レ歳樽無レ酒、思レ郷涙満レ巾。……故園今夜裏、応レ念二未レ帰人一（同・0698、「客中守歳」）

は、ともに旅の途上で家族や故郷を思い、ひとり守歳の団欒に加われない侘びしさを詠んでいる。守歳と言えば、先にその一部を引いた、「三年除夜」（巻六十九・3523。「三年」は開成三〈八三八〉年）の、

晰晰燎火光、氳氳臘酒香。嗤嗤童稚戯、迢迢歳夜長。堂上書帳前、長幼合成レ行。以二我年最長一、次第来称《アゲ》レ觴。……夫妻老相対、各坐二一縄床一。

は、白居易を中心とした一家の、和やかな年越しが眼前に浮かぶようであり、ほほえましい。詩人の多くが取り上げる題材を、居易も詠み込んでいると言えよう。ただ次のように、しばしば自分の老いに言及しており、この点は従前の詩とは異なる際だった特徴である。

老度二江南歳一、春抛二渭北田一（巻十六・0958、「除夜」）

歳暮紛多レ思、天涯渺未レ帰。老添二新甲子一、病減二旧容輝一（巻十八・1155、「除夜」）

老知二顔状改一、病覚二支体虚一。頭上毛髪短、口中牙歯疎。一落二老病界一、難レ逃二生死墟一（巻五十二・2261、「和二

微之二詩二十二首」ノ「和二除夜作一」）

鬢毛不レ覚白毵毵、一事無レ成百不レ堪。……老校二於君一合二先退一、明年半百亦加レ三（巻五十三・2324、「除夜寄二微之一」）

三百六旬今夜尽、六十四年明日催。不レ用歎二身随レ日老一、亦須レ知二寿逐レ年来一（『白香山詩集』補遺巻上・3692、「除夜言レ懐、兼贈二張常侍一」）。白居易の「六十四年」は大和八〈八三四〉年）

翌日になれば一つ齢を重ねるのであるから、除夜に老いを意識するのは、当然と言えるだろう。まず気付くのは、いく度も容貌に触れていることである。「減二旧容輝一」（巻十八・1155）・「老知二顔状改一」（巻五十二・2261）、若いころに比べれば、外見の変化は明らかである。歳除は、我が姿がいつの間にか衰えていることを、自覚させられる日であった。ひいては「老病界に落ち」て「生死の墟」から「逃れ難」いことを思わざるを得ないのである（巻五十二・2261）。また、「一事無レ成百不レ堪」と、これまでの人生を顧みて、悔やみもしている（巻五十三・2324）。「除夜」（巻十八・1155）の尾聯にも、「明朝四十九、応三転悟二前非一」とある。歳除は、己を振り返る時でもあったのであろう。ただ、老年期の白居易は、穏やかな日々を送ったようであり、詩にもそれが現れている。さきの「三年除夜」からは、家族に囲まれたゆったりとした暮らしが映し出されていると見てよいだろう。「七十期漸近、萬縁心已忘。不三唯少二歓楽一、兼亦無二悲傷一」世事はもう心にはなく、歓楽は少ないながら悲しみもない。七十歳での静謐を、除夜に感じ取っていたのである。

衰翁歳除夜、対レ酒思悠然。……酔依二香枕一坐、慵傍二暖爐一眠。洛下閑来久、明朝是十年（巻六十六・3332、「歳除夜対レ酒」）

洛陽でののんびりとした年越しの一齣である。歳除の詩を見る限りでは、白居易に老いの嘆きはあまりなかったと言えよう。「不レ用歎二身随レ日老一、亦須レ知二寿逐レ年来一」（『白香山詩集』補遺巻上・3692、「除夜言レ懐、兼贈二張常侍一」）

と、老いの来るのを嘆かず、「寿」の到来と捉えるのは、人となりをよく現しているのではあるまいか。

改めて言えば、白居易の歳除の詩には、己の老いに触れたものが多い。それ以前には同様の詩がほとんどなく、また平安時代の活発な白詩受容からすると、冒頭に引いた『古今集』の歳除の歌は、白居易の歳除の詩にもとづくと推測してよいだろう。

四

これまでは中国の詩を取り上げてきた。次に平安時代初頭の詩文を中心に撰集した『経国集』（巻十三）に収載する、除夜の詩を見ておきたい。『古今集』歌人たちには、披見可能な詩文集だったろうし、広く知られていた詩であったとも考えられる。これも、さきの在原元方・紀貫之詠の典拠となりうるのかどうか、検討しておかねばならない。この歳除の詩は、嵯峨太上天皇の「除夜」（168）と、有智子内親王（169）・滋野貞主（170）・惟氏（171）の奉和詩、賀陽豊年の「東宮歳除応レ令」（172）、常光守の「守歳」（173）の六首。「太上天皇」は、『経国集』成立時における呼称。在位期間における作であれば、「太上天皇在祚」と注記を付す。[5] したがって注記のない「除夜」とその奉和詩は、譲位した弘仁十四（八二三）年から、本集が成立した天長四（八二七）年の前年までの作ということになる。また、豊年「東宮歳除応レ令」には「平城天皇在二東宮一」と注記を付しているので、安殿親王が東宮となった延暦四（七八五）年から、即位の前年である延暦二十四年までの作である。奉和詩と応令詩があることからすると、平安初頭には上皇と東宮の御所では、除夜の詩会が催されていたと考えられる。これは、唐の時代に、太宗皇帝「守歳」「除夜」「於二太原一召二侍臣一賜レ宴守レ歳」、高宗皇帝「守歳」、杜審言「歳夜安楽公主満月侍レ宴」「守歳侍レ宴応レ制」、沈佺期「守歳応レ制」などと、皇帝や公主の主催する宴があり――「守歳」「除夜」は宴での作とは限らないか――、そこで詩会も行われたことの影響を蒙っていると見てよいだろう。この夜の宴における詩会は、以後の記録からは見出していない。その意味で『経国集』の詩は珍重するべきである。光守は生没年等が不明であり、その「守歳」は、本集成立以前の作であることしか分からない。

詩の内容を述べておく。

新年欲レ到故年去、新故相連四気和（貞主）
日月其除歳欲レ遷、風雲乍改尚冬天（光守）

は、旧年が新年へと改まることを述べている。この推移は冬から春への変化でもあり、ほかにも次のように描いている。

山雪暮光寒気尽、庭梅暁色暖煙新（嵯峨）
暁燭半残星色尽、寒花独笑雪光余。陽林煙暖鳥声出、陰澗氷開泉響虚。故匣春衣終夜試、朝来可レ見柳条初
（有智子）
煙嵐向レ暖迎レ年色、山燭閑燃避レ世人（惟氏）

新年を目の前にして、わずかに現れた春の兆しを捉えている。また、春を迎えようとしていても、「雪停群嶺皎、風緊衆林穿」（豊年）と、雪と寒風が残りなお変わらない冬の風情を詠み込む場合もある。唐詩に見られた守歳の風習は、光守の「守歳」があるものの、その模様を写し出した詩句がない。「暁燭半残星色尽」（有智子）「衰容逐レ暁悛《アラタマル》」（豊年）と、「暁」を用いているが、一晩寝ずに暁を迎えたことを詠じているのではない。逆に、「欲レ眠不レ眠坐二除夜一」（嵯峨）と眠ろうとしたというのであるから、守歳の習慣はなかったと考えるべきである。また、歳除の日の宮廷行事である大儺（追儺）は、詩の題材にはなっていない。わずか六首で、平安初期におけるこの日の詩の全体像を窺うのは難しいが、唐詩の範囲を大きく逸脱するものではないとは言える。そういった概況以外に

この期の特徴として指摘できるのは、人の老いに言及している点であろう。

生涯已見流年促、形影相随一老身（嵯峨）
預喜仙齢難二老歇一、還悲人事易二蹉跎一（貞主）
泉石不レ知老将レ至、悠然徒任去来春（惟氏）
壮歯随レ霄《ヨヒ》変、衰容逐レ暁悛《アラタマル》[6]（豊年）
不レ看二明鏡一暗知レ老、況復慈親七十年（光守）

嵯峨上皇の詩に明らかなように、歳除は、流れるように過ぎ行く時間が我が身に迫り、老いを自覚させられる日であった。貞主が詠む老いは嵯峨上皇のそれであり、しかもなかなか老いなさらぬと喜びを述べている。奉和詩の詠み方をしており、上皇の下にあるという場に対応している。除夜には老いを感じさせられるものであるという理解が、前提としてあった上での表現である。若年の有智子内親王には取り入れにくい詩材であるが、他の五首中四首までが老いを詠み込んでいる。当時歳除の詩は、老いに触れるのが普通であるという常識が出来上がっていたかのようである。『古今集』成立以前に詠じられた歳除の詩に、老いに言及したものが散見するのであるから、これも歳除歌の表現の典拠と考えておくべきであろう。

それでは『経国集』（巻十三）所引の、除夜歳除における老いを詠じた詩は、何を典拠としたのであろうか。嵯峨上皇以前には、前引の杜甫「杜位宅守レ歳」があり、この影響を想起してもよい。ただ平安初期に杜詩の受容はほとんどなかったようである。杜甫のこの一首が伝わった形跡はなく、日本で後続の詩を生み出す可能性はまずない。盛唐の詩に同類のものは見出せず、ここからの影響もあろうとは思えない。そうなれば白詩の受容を考えるべきであろう。嵯峨上皇以下の「除夜」四首は、弘仁十四（八二三）年から天長四（八二七）年までの作であり、「客中守歳」（巻十三・0698、貞元十六〈八〇〇〉年の作）・「除夜」（巻十六・0958、元和十一〈八一六〉年の作）は、披見可能かも知れない。この時期での白詩摂取はほかにも例があり、(7) 除夜の詩についても受容は認めよいのではあるまいか。ところが、賀陽豊年「東宮歳除応レ令」は、延暦四（七八五）年から同二十四（八〇五）年までの間に詠まれており、白詩の影響はまずない。その「壮歯随レ霄変、衰容逐レ暁悛」を老いを取り上げたとは見ず、たんに身体の衰えや変化を描いたと解すれば、この詩自体を今の考察から除外することになる。見方によって解釈は異なるが、ここでは他の除夜守歳の詩と同じ発想を持つと捉える立場から、歳除における老いを詠じた作と考えておきたい。そうすると豊年の詩は、どのような典拠にもとづいているのであろうか。まもなく年が改まろうとする大晦日に己の老いを思うのは、自然な心のあり方であり、先行する詩に依拠しているとまで見る必要はないと言えなくもない。典拠を求め得ないのなら、このような理解があってもよいが、そこに到るまでに探しておくべき資料がある。

　老いを感じるのは、歳除の日だけではない。一年が終わろうとするのに伴って同じ感懐を持つものであったことが、唐詩から窺える。


臨レ此歳方晏、顧レ景詠二悲翁一（盛唐王維「奉レ寄二韋太守陟一」）

家貧寒未レ度、身老歳将レ除（同劉長卿「酬二包諫議佶見レ寄之什一」）

白髪催二年老一、青陽逼二歳除一（同孟浩然「歳暮帰二南山一」）

人皆欲レ得二年長少一、無レ那《イカントモスル》排レ門白髪催。一向破除愁不レ尽、百方回避老須レ来（中唐王建「歳晩自感」）

芳訊遠弥重、知音老更稀（同劉禹錫「酬二令狐相公歳暮遠懐見レ寄」）


いずれも年末が近づいて老いを思う詩である。(8) 一年が終わりに向かい時間の推移を感じる時、己の老いを詠む詩が詠まれたのであった。溯れば六朝においても同想の詩がある。


素顔斂《ヲサメ》二光潤一、白髪一已繁。濶哉《ウトキ》秦穆談、旅力豈未レ愆《ウシナハ》（晋の陶潜「歳暮和二張常侍一」）

飛光忽我遒《ツキムトス》、寧《ナンゾタダニ》止二歳云《ココニ》暮一。若蒙二西山薬一、頽齢儻《アルイハ》能度《ワタラム》（『文選』巻二十二、梁の沈約「宿二東園一」。李善注

「古董桃行曰、年命冉冉我遒。毛詩曰、歳聿云《ツヒニココニ》暮。……陸機応レ詔曰、悲二来日之苦《ハナハダ》短一、悵二頽年之方侵一」）

陶潜は、顔の光沢が失せて白髪が一気に増え、体力の衰えを知る。直接老いを言うのではないが、これは老いの自覚であるだろう。沈約の詩に対して、李善は晉の陸機の「頽年の方《まさ》に侵すを悵《なげ》く」を引いており、迫り来る老年への嘆きを読み取っている。右の六朝から唐に到る歳暮の詩は、老いに触れている。この点を歳除の詩に持ち込めば、豊年の詩が生まれる次第となる。『経国集』の他の歳除詩への影響もあるだろうか。老いをしばしば詠じていた歳暮の詩と歳除とが結び付けば、老いを詠み込んだ歳除の詩が生まれることとなる。

五

次に、これまで述べた老いに触れた歳除の詩を踏まえて、『古今集』の二首が蒙った表現の影響について検討したい。

あらたまの年の終はりになるごとに雪も我が身もふりまさりつつ（339・在原元方）

この歌については、渡辺秀夫氏が、

窮陰急景坐相催、壮歯韶顔去不レ回。旧病重因二年老一発、新愁多是夜長来（『白氏文集』巻十七・1053、「歳暮」）

歳暮皤然一老夫、十分流輩九分無（同巻六十八・3421、「病中詩十五首」ノ「歳暮呈二思黯相公皇甫朗之及夢得尚書一」）

の「漢詩文的表現」を有すると指摘しておられる。[9]歳暮に自分の老いを感じて詠じる点では、元方の歌と重なる。しかし、元方の詠は、「年の果てによめる」と詞書にあるように、歳除の日の作であり、特定の一日を詠んでいる。「歳暮」という幅のある期間とは異なる。ここは、除夜を題材とした、

老添二新甲子一、病減二旧容輝一（同巻十八・1155、「除夜」）

老知二顔状改一、病覚二支体虚一（同巻五十二・2261、「和二微之詩二十二首一」ノ「和二除夜作一」）

などを挙げればよいだろう。特に前者には、さらに齢（「甲子」）を重ね、かつての容貌が衰えていくとあり、歌の言うところとはきわめて近い。また、『経国集』（巻十三）の除夜詩群のうち、豊年の「壮歯随レ霄変、衰容逐レ暁悛」は、時間の推移に伴って、さかりの齢もうつろい、衰えた容貌はまた改まると詠んでいる。年の終わりになるたびに、自分は年をとって行くと歌う元方詠と重なる。

紀貫之の詠んだ巻六の巻末歌、

行く年の惜しくもあるかなます鏡見る影さへにくれぬと思へば（342）

は、行く年を惜しむとともに、己の老いを思い知ると詠んでいる。これは、

亭子院歌合に、春の果ての歌　躬恒

今日のみと春を思はぬ時だにもたつことやすき花のかげかは（巻二・134・春下）

同じつごもりの日よめる　躬恒

道知らばたづねも行かむもみぢ葉を幣と手向けて秋は去にけり（巻五・313・秋下）

と、春と秋の巻末歌において、過ぎ行く季節を惜しむ心情を込める点で軌を一にする。惜春・惜秋の歌は、白居易の惜春の詩を淵源とする。たとえば、

三月三十日、春帰日復暮。……今日送レ春心、心如レ別二親故一（『白氏文集』巻十・0487、「送レ春」）

惆悵春帰留不レ得、紫藤花下漸黄昏（同巻十三・0631、「三月三十日、題二慈恩寺一」）

晩来林鳥語殷勤、似下惜二風光一説向上人。……声声勧レ酔応須レ酔、一歳唯残半日春（同巻六十四・3131、「三月晦日、晩聞二鳥声一」）

などと惜春の情をいくたびも詠んでいる。この詩想を島田忠臣・菅原道真らが受け継ぎ、さらに和歌にまで取り入れて行くのである。そして、道真は、惜春の詩から発想して、唐詩にはなかった惜秋の詩を生み出すに到る。

惜レ秋秋不レ駐、思レ菊菊纔残（『菅家文草』巻五・381、「暮秋賦二秋尽翫レ菊。応レ令」）

非二啻《タダニ》惜レ花兼惜レ老、呑レ声莫レ道《イフコト》歳華闌《タケタリト》（同巻六・461、「九月尽日、題二残菊一。応二太上天皇製一」）

この詩想が『古今集』惜秋の歌へと繋がっていくのである。(10)去り行く季節を惜しむ心情を主題とする文学作品はその枠を広げ、過ぎ行く年を惜しむ歌を生み出した。白居易の惜春の詩は、平安朝において受容応用を繰り返し、貫之の「行く年の惜しくもあるかな」詠にまで展開したのである。

貫之が鏡に映る姿から我が老いを知ると詠むのは、すでに典拠の指摘がある。(11)

閑看二明鏡一坐二清晨一、多病姿容半老身（『白氏文集』巻十七・1103、「対鏡吟」）

鏡裏老来無二避処一、樽前愁至有二消時一（同巻五十六・2631、「鏡換レ盃」）

白髪鏡中慙レ易レ老、青山江上幾廻春（『千載佳句』上・529・老、元稹「春情多」）

これも出典として誤りではないが、大晦日における感懐を詠み込んでいるのではない。歳除の日に、鏡に映る自分の姿に老いを見出す詩は、白詩にはない。白詩享受の面からは、歳除に老いを詠じた詩と、鏡を見て我が老いを感じる詩を取り合わせれば、貫之の歌が出来よう。実際にもそうであったかと思われる。

白詩以外では、平安初期の除夜の詩からも影響を蒙ったようである。

不レ看二明鏡一暗知レ老、況復慈親七十年（『経国集』巻十三・173、常光守「守歳」）

この前句には、鏡を見ずともそれとなく己の老いは分かるとある。鏡に映った自分の姿から老いを感じる詩の例が、光守以前にあるのだろう。右の白詩を受容した可能性があるかもしれない。鏡に自分の姿を映しているのではないが、貫之の歌とはかなり内容が似通っている。典拠の一つに数えておくべきであろう。

右の『古今集』歳除歌二首の典拠は、表現内容の類似から白詩および平安初頭の詩に求められる。この場合それぞれの出典は一つではなく、同じ発想の諸詩と見なければならない。和歌への漢詩表現摂取は単純な経路を辿るとは限らず、出典は幅広いことが多い。

『古今集』（巻六）の冬歌末尾の歌群には、従前の和歌にはない歳除の歌を配置している。四季歌の立春から始まって、時間の流れにそった構造が確定した時、その最後に位置する歌群として選ばれたのが歳除の歌であった。歌集の構造に基づく精細な配列の一端が窺える。配列を構想するに当たっては、『白氏文集』の除夜・守歳の詩と『経国集』（巻十三）の除夜の詩群が、撰者らの念頭にあったと考えてよいだろう。

六

『古今集』四季歌の末尾に配する歌群については、新しい試みが行われている。まず歳除歌を取り入れることがそうである。また紀貫之の「行く年の惜しくもあるかな」（342）について言えば、『白氏文集』に見える三月尽日の惜春、それを応用した惜秋、さらには惜年の詩情を創出して、和歌に応用している。それ以前の詩には、「歌舞留二今夕一、猶言惜二旧年一」（盛唐張説「岳州守歳」）がある位であり、この詩によって末尾の歌を詠じたと見るよりも、旺盛な白詩受容によって生まれたと考えるべきであろう。また同歌の「見る影さへにくれぬと思へば」の「くれ」に、一年の暮と老い衰える人生の暮を掛けているのは、詩における、歳除つまり一年の最後の一日になったことと、その日に抱く己れが人生の終末に向かっている意識とを取り合わせて詠じた成果である。一年と人生、ともに終わりに近づいているという感懐を描いて四季歌の結びとしている。一年の終わりをどう捉えるかを模索して、これまでの和歌になかった表現を持ち込んだのであろう。

注

（1）歳除における文学作品を取り上げた論考には、木村正中「和歌とは何か——『蜻蛉日記』下巻末と『源氏物語』幻巻とを通して——」（「国語と国文学」第六十巻五号）および拙稿「大江匡衡「除夜作」とその周辺」（本書第三部・11）がある。

（2）『初学記』（巻四・歳除）に、「呂氏春秋季冬紀注曰、前歳一日、撃レ鼓駆二疫癘之鬼一、謂二之逐除一。亦曰レ儺」とある。

（3）この詩については、吉川幸次郎『杜甫詩注』（第二冊）五二二〜五二八ページ参照。

（4）平岡武夫「至除夜と歳除夜——白氏歳時記——」（『白居易——生涯と歳時記』所収）参照。

（5）『経国集』に見える、嵯峨上皇の天皇在位期間における詠であることを示す注記には、

「重陽節神泉苑、賦二秋可一レ哀一首　太上天皇〈在祚〉」（巻一・9）

「雑言奉レ和二擣衣引一一首〈太上天皇在祚〉　巨識人」（巻十三・151）

などがある。

（6）豊年のこの二句は、自身の老いを描いているようでもあるが、壮齢と衰貌が移り変わっていく様を詠んでいるだけであるとも解せられる。そうであれば老いにまで踏み込んでいないのかも知れない。ただ、「壮歯」「衰容」の変化を認めることが老いの自覚そのものと理解するならば、老いを詠じていると考えてよいだろう。

（7）早く「長恨歌」（巻十二・0596）の「鴛鴦瓦冷霜華重、翡翠衾寒誰与共。……七月七日長生殿、夜半無レ人私語時」を、

空床春夜無二人伴一、単寝寒衾誰共暖（『文華秀麗集』巻中・53、巨勢識人「奉レ和二春閨怨一」）

龍鳳長二楼影一、鴛鴦薄二瓦霜一（『経国集』巻十一・93、小野岑守「奉レ和二春日作一」）

が踏まえている。このほか『文華秀麗集』『経国集』の詩句に、白詩受容の形跡が認められる。小島憲之『文華秀麗集』（日本古典文学大系）・『国風暗黒時代の文学 中(下)Ⅰ』の注に指摘がある。識人の詩は、『文華秀麗集』の成立が弘仁九（八一八）年と考えられるので、それ以前の作である。岑守の詩は、奉和した嵯峨天皇の詩が弘仁十一年閏正月の作であり、岑守も同時の作である。これについては、拙稿「「閏月」の詩——年代推定と周辺の問題——」（『北

畠典生教授還暦記念 日本の佛教と文化』所収）参照。

（8）白居易の歳暮詩に老いを詠み込んだものには、

旧病重因二年老一発、新愁多待二夜長一来（巻十七・1053、「歳暮」）

栄華外物終須レ悟、老病傍人豈得レ知（巻五十七・2713、「戊申歳暮詠レ懐三首」ノ一）

眼随レ老減嫌二長夜一、体待レ陽舒望二早春一（巻六十八・3423、「病中詩十五首」ノ「歳暮病懐、贈二夢得一」）

などがある。

（9）渡辺秀夫「古今集にみる漢詩文的表現」（『平安朝文学と漢文世界』所収）。

（10）白居易の惜春の詩をいかに受容したかについては、小島憲之「四季語を通して――「尽日」の誕生――」（『国風暗黒時代の文学 補篇』所収）、太田郁子「『和漢朗詠集』の「三月尽」・「九月尽」」（「言語と文芸」第九十一号）、新間一美「菅原道真の三月尽詩について――「送春」の表現――」（「女子大国文」第一四八号）参照。なお、年中行事成立への関わりを述べた拙稿に、「菅原氏と年中行事――寒食・八月十五夜・九月尽――」（本書第一部・1）、「菅原道真と九月尽日の宴」（本書第一部・4）、「是善から道真へ――菅原氏の年中行事――」（本書第一部・2）がある。

（11）注（9）に同じ。

10 『躬恒集』の追儺歌

一

私家集は、ある歌人の詠歌を集めたものであり、一首一首にその時々の思いが込められている。ただ、その時々というのは、多くの場合年次を特定できない。歌人がいつ詠じた歌かを明らかにしないのは、記録しておく必要がなく、年紀などを書き込んでもあまり意味がないからであろう。大事なのは、その歌自体であり、こういう歌を詠んだという事実やその時の思いなのである。ただ、詠作年次を明らかにしておくことが意味を持つ場合もある。たとえば紀貫之は、

延喜五年二月、泉の大将四十賀屛風の歌、仰せごとにてこれを奉る（『貫之集』1・2）

延長四年九月、法皇の御六十賀、京極の御息所のつかうまつり給ふ時の御屛風の歌十一首（同188〜198）

承平五年九月、東三条のみこの、清和の七のみこの御息所の八十賀せらるる時屛風の歌（同320〜324）

など、貴顕から依頼を受けて賀の屛風歌を詠んだ場合などは、年月・賀を受ける人・依頼主などを書き込んでいる。歌人としての誇りを示すために、書きとめておくのであろうか。こういう記録は、ほかに史料としての側面も有している。右の三番目の詞書は、承平五（九三五）年九月に、「東三条のみこ」重明親王が、清和天皇の第七親王貞辰親王の母である御息所藤原佳珠子の八十の賀を祝うために設えた屛風のために、和歌を詠んだ記録である。藤原

佳珠子の八十の賀が承平五年に行われたことは、この詞書以外からは知りえない(1)。また佳珠子の生年が斉衡三（八五六）年であると分かるのも、この詞書があればこそである。このように私家集は、他の資料にはない情報を提供する場合がある。

　他の私家集も、さまざまな事実を伝えてくれる。貫之とともに『古今集』を編纂した凡河内躬恒の『躬恒集』にも、年紀を持つ歌が多い。歌集の冒頭を飾る、延喜三（九〇三）年十月、「女一のみこ」勧子内親王の裳着の折りの歌（1〜3）や、右の『貫之集』（1・2）にも見える、同五年二月の「泉の大将」藤原定国の四十の賀の屏風歌（4〜7）など、延喜年間の歌を大量に収載している。ここからも、多くの知識を得ることができる。その「同十六年九月二十二日……」（168詞書）には、「近江介」藤原兼輔から「消息」があって、明日宇多法皇の「石山御幸」があるので今日中に来るように言われて行き、法皇の琵琶湖舟遊に随行して、歌を詠んだことなどを記している。兼輔の奉仕の内容に触れているし、躬恒の動向も記しており、興味深い。もう一つ挙げておく。「延喜十八年八月十三日」に、「右大臣」藤原忠平が法華八講を催している。その時あたかも「仏法僧」が鳴き、「有㆑感」った躬恒が歌を詠んで忠平に奉り（181〜183）、返歌があった（184）とある。この出来事は、『日本紀略』にも記録されている。

　右大臣忠平、於㆓五条家㆒、限㆓五日十座㆒、講㆓説法華経㆒。仏法僧鳥来鳴㆓樹上㆒。令㆓文人詠㆒㆑詩。

史書は事実を記すのが主眼であるのに対して、和歌は法会に参加した人々の感懐をよく表しており、その場の雰囲気が知られる。和歌はたんに文学作品として存在するだけではなく、史料としての意義を持つ場合もあり、史実に関わった人々の心の襞を窺うよすがとなることもある。

『躬恒集』の右につづく歌は、次のとおり。

　同年つごもりの夜、儺《な》の陣を見て、

鬼すらも宮の内とて蓑笠を脱ぎてやこよひ人に見ゆらん（185）

「同年」は、延喜十八年。宮廷で行われた追儺が始まる前の一齣を詠じている。追儺を取り上げた和歌は多くはない上、この行事の中でも他に例のない場面を捉えた点で注目に値する。おそらく最も古い追儺の歌であろう。珍しい題材の歌という点で貴重であるとともに、この行事の重大な変化を知りうるという意味においても、価値のある資料である。本章ではこの歌を読み解くとともに、この行事の歴史における意義について考えてみたい(2)。

二

追儺とは、大晦日の夜宮中において、方相氏・侲子らおよび群臣が悪鬼を追い払う儀式である(3)。『続日本紀』の慶雲三（七〇六）年是年条の「天下諸国疫疾、百姓多死。始作二土牛一大儺」が史書における行事の初見。この時の「大儺」がどのような儀式であったのかは、記述がなく不明である。以後平安時代に到るまで、「大儺」についての記録はほとんどなく(4)、実態は明らかではない。文学作品の題材にもなっていない。もちろん儀式が実施されなかったのではなく、史書等に記録されなかっただけである。ただし、『内裏式』（中・十二月大儺式）『儀式』(5)（巻十・十二月大儺儀）などの儀式書は、儀式の詳細を記しており、その模様を知る手懸かりとなる。『内裏式』によれば、儀式のおおまかな次第は次のとおり。

1、夜、諸衛が所部を勒して諸門に集まり、近仗が紫宸殿の階下に集まる。
2、近衛将曹が近衛府の官人を率いて、承明門を開く。
3、闈司が桃弓・葦矢を紫宸殿にいる内侍に授け、それを女官に班給。
4、大舎人が門内への入場を請い、勅があって許され、侍従・内舎人・大舎人・陰陽師・斎郎・方相・侲子らが参入し、紫宸殿前の庭に列立。

5、陰陽師が斎郎を率いて奠祭する。
6、陰陽師が呪文を読む。
7、方相氏が儺声を発し、矛で楯を打つこと三度。群臣が和して叫びともに悪鬼を追い、内裏の四門外へ出る。
8、宮城門外でそれぞれ京職に引き継ぎ、京職は鼓譟して追い、郭外で止める。

この中の一部は文学作品にも見える。次にその作品のいくつかを挙げて、行事の中身と比較し、さらには躬恒が歌に取り上げた題材が、特異であることを明らかにする。

しはすのつごもりがたに、……つごもりの日になりて、儺などいふものこころみるを、まだ昼よりごほごほはたはたとするに、ひとり笑みせられてあるほどに（『蜻蛉日記』上巻・康保四〈九六七〉年）

月日はさながら、鬼やらひ来ぬるとあれば、あさましあさましと思ひ果つるもいみじきに、人は、童大人とも言はず、「儺やらふ儺やらふ」と騒ぎののしるを（同中巻・天禄二〈九七一〉年）

ともに悪鬼を追い払うために、大きな音をたてて騒ぐ様子を描いている。次第7の、「方相先作二儺声一、即以レ戈撃レ楯。如レ此三遍、群臣相承和呼、以逐二悪鬼一」に相当する。『儀式』では、「儺長称レ儺、小儺及分配人等、随即同称、遍駆二宮中一」とある。日記の「ごほごほはたはたとする」は、「以レ戈撃レ楯」のように、騒音を作っているのである。また、「儺やらふ儺やらふ」は、「作二儺声一」「称レ儺」に等しい。日記の記事は宮廷でのことではなく、作者が邸で行う恒例の催しである。このころ貴族の間でもこの行事は定着していたのである。[6]『源氏物語』に、

「儺やらふとて、犬君《いぬき》がこれをこぼちはべりにければ、つくろひはべるぞ」とて、いと大事とおぼいたり（紅葉賀）

年暮れぬと思すも心細きに、若宮の、「儺やらはんに、音高かるべきこと、何わざをせさせん」と、走り歩きたまふも、をかしき御ありさまを見ざらんことと、よろづに忍びがたし（幻）

とあるのも、ともに光源氏の私邸でのこと。紅葉賀巻は、幼い紫上の遊び相手犬君が、「儺やらふ」と言っていたとある。幻巻の場合も、幼い匂宮が、追儺のために大きい音を立てる工夫をするところを、いきいきと描いている。追儺は幼児にとって楽しい遊びだったのである。

幼子の遊びと言えば、『栄花物語』には、次のようなほほえましい件がある。

はかなく年も暮れぬれば、今の上、童におはしませば、つごもりの追儺に、殿上人振鼓などしてまゐらせたればば、上振り興ぜさせたまふもをかし（月の宴）

「今の上」は、円融天皇。「振鼓」も、音を立てて悪鬼を追い払うための道具であった。『雲図抄』（十二月・晦日追儺事）には、「行事蔵人、献二儺木振鼓等於台盤所一」とある。和歌にも、

九重の雲の上よりやらふ儺の音にともなふ振鼓かな（『久安百首』559・冬十首・藤原隆季）

がある。次第7の、紫宸殿の前庭での儺声に合わせて、振鼓で音を立てていたようである。『雲図抄』には「台盤所」に献るとあるので、殿庭で打ち鳴らすのではなく、紫宸殿もしくは清涼殿内で用いるのであろうか。

悪鬼を追うために用いる武具に「葦矢」がある。これを詠んだ和歌がある。

儺やらふを聞きて

なぞやかくやらひやりつる年ならん葦の弓矢の引きもとどめで（『肥後集』129）

「葦矢」は、『内裏式』には、儀式の始まる前のこととして、「闈司二人、各持二桃弓・葦矢一、昇レ自二南階一授二内侍一、即班二給女官一」とあり、女官に配給している。また「中務省率二侍従・内舎人・大舎人等一。各持二桃弓・葦矢一」は、中務省が追儺に参加する職員（「儺人」）を率いて紫宸殿の前庭に参入する時に、「桃弓・葦矢」を携えていたことを記している。これを用いて鬼を追い払うのである。歌は、次第の7の一齣を詠じている。後に触れる、方相氏が先頭に立って疫鬼を追う立場から、疫鬼として追われる側に転じた結果、

刻限南殿事了、儺王率二侲子一入二仙華門一、経二東庭一出二瀧口戸一。侍臣於二孫庇一射之〈女官献二葦弓箭一〉逐電。下二格子一儺之（『雲図抄』・晦日追儺事）

上卿以下、随二方相後一度二御前一、出レ自二瀧口戸一。殿上人於二長橋内一射二方相一（『江家次第』巻十一・追儺）

のように、侍臣らに射掛けられることとなる。その時の弓矢は、『雲図抄』によれば「葦弓箭」であり、『江家次第』の場合も同じであろう。肥後の歌は、追儺の弓射を詠じた珍しい例である。

『蜻蛉日記』には、もう一つ追儺の行事を描く箇所がある。

暮れ果つる日にはなりにけり。……京のはてなれば、夜いたう更けてぞ叩き来なる（天延二〈九七四〉年）

日記末尾である。夜更けに「叩き来」るというのは、次第8の、京職が「鼓譟而逐、至二郭外一而止」（『内裏式』）に相当し、悪鬼を駆る一行が、家の門を叩きながら都の中を廻るのである。あるいは民間でこのような風習ができていたとも考えられようか(7)。ただ、作者の邸は京中の外れにあるために、門戸を叩きに来るのが夜更けになったと考えれば、京職たちが来たことになろう。

宮中で行う場合と民間とでは、次第や規模等に差異があるだろうが、大音声を立てて疫鬼を追い払う点は変わらない。「儺やらふ」と叫び、大きい音を出すのは、行事の根幹をなす部分である。悪鬼を追う一団が都の家々を廻って門を叩くのも、追儺終盤の重要な催しであり、一年の終わりを実感させたことであろう。『蜻蛉日記』の掉尾に取り上げるにふさわしい行事と言えよう。ちなみに、この日記の中巻の末尾にも、「鬼やらひ来ぬる」「儺やらふ儺やらふと騒ぎののしる」（天禄二年）と追儺を配するのは、この行事が年の終わりを意識させることを、作者が十分承知していたからであろう。

いっぽう躬恒の歌は、儀式が始まる前に、従事する人々が集まっているところを描いている。儀式の主要な場面を題材としたのではない。また、他に例のない場面を取り上げた歌なのである。儀式の内容・次第に即しながら、歌が何を描いているのかを考えてみたい。

三

躬恒歌の詞書「儺の陣」の「儺」は、鬼を打って追い払うこと。観智院本『類聚名義抄』(佛上)には、「ヲニヤライ《フ》、タ、ヤラフ、ナ」の訓がある。中国におけるこの儀式を描いた、『文選』(巻三)後漢の張衡「東京賦」には「卒歳大儺、殴二除群厲一」とあり、その薛綜注には、「儺逐ハ二疫鬼一」とある。また、「侲子萬童、丹首玄製」に対する李善注には、「続漢書曰、大儺謂ハレ逐レ疫」と見える。「陣」は、ここでは追儺に登場する人々が集まり整列している状態、集まっている場所の意である。その場所は、『儀式』に「中務輔・丞・録、率二史生・省掌等一、列二承明門外東庭一」、『延喜式』(巻十二・大舎人寮)に「当日戌刻、官人率二追儺舎人等一、候二承明門外一」とあるように、中務省の職員が集まる内裏の南門承明門外であろうか。というのは、鬼を追う役である「儺人」たちの長つまり「儺長」は、中務省の職員である「大舎人」だからである。または、「中務省率二侍従・内舎人・大舎人等一。各持二桃弓・葦矢一」(『内裏式』)、「于レ時儺人入而列立」(『儀式』)とあるように、紫宸殿の前庭であろうか。『貞信公記抄』延喜八・九・十年の大晦日の条には、それぞれ「参二儺陣一」「候レ陣」「参二儺陣一」、『延喜式』の中務省式には、「凡親王以下次侍従以上、闕二追儺陣一者、不レ預二元日節録一」、「凡供二奉十二月大祓一之公卿者、不レ可三更責二儺陣之不参一」などと見える。これらはおそらく紫宸殿の前庭であろう。いずれにしてもこの詞書は、儀式に臨む前の人々の様子を見て述べているのである。

和歌には、「鬼」までもが、宮中では「蓑笠」を脱いで姿をあらわしていると詠んでいる。この「鬼」は、方相氏であり、「仮面黄金四目、玄衣朱裳」を身につけ、戈と楯を左右に持って現れる(『内裏式』)。方相氏は他を威圧するいでたちであり、「鬼」と呼ぶにふさわしい(8)。「蓑笠」はその衣裳の比喩としてこう呼んでいる。

「鬼」すなわち方相氏が身につける衣服を「蓑笠」であると詠むのは、次のような背景が考えられるであろう。そもそも鬼は、

四声字苑云、鬼、居偉反〈和名於《ハ》爾〉。或説云、隠字〈音於《ハ》尓《ノ》訛也〉、鬼物隠而不㆑欲㆑顕㆑形。故俗呼曰㆑隠也。人死魂神也（二十巻本『和名類聚抄』巻二・鬼神部）

のように、姿を現さぬものと考えられていた。いっぽう「蓑笠」を身につければ、姿を隠すことができると信じられていた。

忍びたる人のもとに遣はしける　　平公誠

隠れ蓑隠れ笠をも得てしがな来たりと人に知られざるべく（『拾遺集』巻十八・1192・雑賀）

今は昔、西天竺に龍樹菩薩と申す聖人在《ましま》しけり。初め俗に在しける時には、……俗三人有りて、語らひ合せて隠形の薬を造る。……隠蓑と云ふらむ物の様に形を隠して、人見る事無し（『今昔物語集』巻四・24）

人の身には、隠れ蓑と申す物こそよき宝にてはべりぬべけれ。食物着る物ほしくは、心にまかせて取りてんず。人のかくして言はんことをも聞きてんず。またゆかしからん人の隠れんをも見てんず。……昔より隠れ蓑・打ち出の小槌持ちたるといふ人聞こえ侍らず。隠れ蓑の少将と申す物語もあらまし事を造りてはべるなり（『宝物集』巻一）

蓑や笠の働きはこれで明らかであろう。鬼は実際に身に纏っていた。

皇太子奉㆑徙㆓天皇喪㆒、還至㆓磐瀬宮㆒。是夕於㆓朝倉山上㆒有㆑鬼、著㆓大笠㆒、臨㆓視喪儀㆒（『日本書紀』斉明天皇七年）

には、「大笠」を着て現れたとある。

「汝らは鬼にてあるか」と云へば、「昔は鬼なりしか、今は末になりて、鬼持つなる隠れ蓑・隠れ笠・うちでの履・しづむ履といふものどもも、今はなければ、他国へ渡ることもせず。それに随つて武き心も無し」と申す

（『保元物語』下・「為朝鬼島に渡る事」）

によれば、鬼は姿を消すために蓑笠を着ていたことが分かる。挙げた例は殆ど躬恒より時代が下るものであるが、これが平安時代を通じて当時の人々が抱いてた、鬼についての考え方であろう(9)。

方相氏はいかにも「鬼」と呼ぶにふさわしい姿であるが、元来方相氏は「鬼」ではなかった。さきに見たとおり、「儺」とは疫鬼を追い駆逐することであり、その中心の役目を担ったのが方相氏であった。躬恒の歌は方相氏を「鬼」と呼び、「宮の内とて蓑笠を脱ぎて」と、鬼は宮中にいるというので蓑笠を脱いでいると詠んでいる。「宮の内」とは、内裏の中である。そうであれば、ここでは先に見たとおり、紫宸殿の前庭あるいは承明門外であろうが、あまり厳密である必要はない。承明門外あたりを含めても問題はないだろう。いちおうこの場を紫宸殿の前庭とするとして、ここでは鬼は蓑笠すなわち方相氏の衣裳を脱いでいるのであろうか。『内裏式』には、中務省が侍従・内舎人・大舎人を率いて承明門内に参入し、そのあと大舎人長が方相として衣装を身につけ、侲子・群臣らとともに殿庭に列立するので、承明門内に入ったところではまだ仮面や衣装は着けていない。『儀式』によれば、衣装を身につけるのは、陰陽師が祭文を読み終わってからである。儺声を発する直前まで、方相氏は「仮面黄金四目、玄衣朱裳」を身につけていないのである。

歌の、鬼が「人に見ゆらん」と詠じるのは、「蓑笠」を「脱」いでいたからである。鬼は元来姿を隠していた。隠れているのは蓑笠を着ていたからである。躬恒は目の前の方相氏を見ながら、鬼と呼んでいる。今方相氏がまだ身に付けずに携えている仮面や玄衣朱裳を、姿を隠すための蓑笠に見立てている。「蓑笠を脱ぎてやこよひ人に見ゆらん」と、かつて鬼を追う側にいた方相氏が、鬼となって追われる側に転じた現象を眼前にして、奇異に感じて

いるのである。おそらく躬恒は洒落てこのような詠み方をしたのであろう。「鬼すらも宮の内とて」は、鬼が姿を現している理由を示している。眼前の不思議な現象をまだ素直に受け入れられないでいるのだろう。そうすると、方相氏が鬼と見なされてから、あまり時間が経っていない頃の印象が、躬恒の和歌にたまたま現れたということなのかも知れない。方相氏が鬼を追っていたのはそれほど遠い時代の出来事ではなかったようである。

四

追儺は奈良平安時代を通じて長く行われて来た、大晦日の行事である。疫鬼を追放する儀式の趣旨は保持されたのであるが、年月の経過とともに、儀式の中身にはいくつか変化したところがあった。その中で躬恒の歌との関わりから注目するべきであるのは、すでに大きく変化していた方相氏の役割である。変化後の様相を描いた躬恒の歌にはどのような意義があるのか考えてみたい。

方相氏は、「即以レ戈撃レ楯、如レ此三遍、群臣相承和呼、以逐二悪鬼一」（『内裏式』）とあるように、大きい音を立てながら「悪鬼」を追う役を担っていた。また、「儺長称レ儺、小儺及分配人等、随即同称、遍駆二宮中一」（『儀式』）の「儺」は、「儺やらふ」であり、疫鬼を追い払うかけ声である。方相氏が発するこの声から鬼を追い始め、「小儺」である侲子と群臣が付き従って宮中の隅々まで追い、「出レ自二十二門一付二京職一」（同）宮城の「十二門」を出て「京職」に引き継いだところで役目を終える。『儀式』に引く、陰陽師が読む「祭文」に、疫鬼に日本の域外へ出て行くように求め、さもなくば「大儺公小儺公」が「五兵」を使って追い掛け、「刑殺」すると脅している。これも方相氏（大儺公）が鬼を逐うことを示している。ところが、方相氏の立場が変わってしまう。この変化を初めて示したのが、次の『清涼記』（『政事要略』巻二十九・追儺事、所引）『西宮記』（恒例第三・十二月・追儺事）である。

次方相一人、侲子廿人、共入列二立殿庭一。陰陽寮陰陽師、率二斎郎一執二祭具一、入レ自二月華門一奠祭。陰陽師読二呪文一〈古跪読、今立読〉。

方相参入、立二版南三丈一。王卿以下列二南庭一。陰陽寮下部八人、給二方相ニ饗ヲ一。同寮官人一人、立レ版読二宣命一。

方相氏が紫宸殿の南庭に参入して、陰陽寮の「下部」から「饗」を受けている。「饗」は、『内裏式』に「陰陽師率二斎郎一奠祭」、『儀式』に「時刻陰陽寮共入、斎郎持二食薦一、敷二庭中一陳二祭物一」と種々の物を庭にならべ、日本の域外に退散させるために疫鬼に賜るのであった。この「饗」を方相氏に賜っているのは、方相氏を鬼と見なしているからである。また陰陽寮の官人が版位に立って宣命を読むのは、『内裏式』に「陰陽師跪読二呪文一」、『儀式』に「陰陽師進読二祭文一」とある、目に見えない悪鬼に対して「呪文」「祭文」を読み上げるのに相当する。そして、もとは「跪」いて読んでいたのが、ここでは起立に変っており、悪鬼を見下した態度が窺える。方相氏の立つ位置ももとは版位と決まっていたはずだが、南に「三丈」下がっている目の前の版位に立つ陰陽師から、悪鬼の扱いを受けて、日本の域外への退去を求められるのである。鬼を追い払う立場から、鬼として追われる側への大きな転換である。

『清涼記』『西宮記』は十世紀の中頃に成立しており、『儀式』の奏進から約八十年経っている。両書の間には『延喜式』があり、追儺についての各官署の職掌が定めてある。ここに方相氏の立場役割に何らかの変化があるかどうかを確認しておこう。

官人率二斎郎等一、候二承明門外一、即依二時刻一、共入二禁中一。斎郎持二食薦一安二庭中一、陳二祭物一。訖陰陽師進読二祭文一。

（巻十六・陰陽寮）

ここは陰陽寮の官人が紫宸殿の前庭に入って品々を並べ、祭文を読み上げるところである。方相氏に対して何らかの働きかけをするとは記していない。つづいて祭文の引用があり、その中で、疫鬼に対して、すみかを日本の四至の外に定めている、宝物や味物を与えるのでそこへ退去せよ、従わずに留まるなら、「大儺公小儺公」が「五兵」をつかって追いかけ「刑殺」すると脅している。「大儺公小儺公」は、方相氏と侲子であろうから、方相氏は疫鬼を追う側にあり、鬼とは見なされていないことが明らかである。

陰陽寮儺祭畢、親王已下、執二桃弓葦箭桃杖一、儺二出宮城四門一（巻十三・大舎人寮）

は、宮中での追儺が終わり疫鬼を追う一団が宮城外へ出るところである。のちには、

刻限南殿事了、儺王率二侲子一入二仙華門一、経二東庭一出二瀧口戸一。侍臣於二孫庇一射レ之、逐電。下二格子一儺之（『雲図抄』・追儺事）

方相経二明義・仙華門一、出二北廊戸一。上卿以下、随二方相後一、度二御前一、出レ自二瀧口戸一。殿上人於二長橋内一、射二方相一（『江家次第』巻十一・追儺）

のように、疫鬼としての方相氏が矢を射掛けられることになるの[10]だが、『延喜式』にはこのような規定はない。これらの記述によれば方相氏は悪鬼とは見なされておらず、鬼を追う側にある。さきの陰陽師が読み上げる祭文の内容によれば、方相氏が本来の役割を果たしていたことが分かる。ただ『延喜式』が当時の実態を反映しているかどうかは、にわかには判断できない。祭文は、『儀式』のそれを踏襲しており、伝統を重んじる立場から従前の文章を保持し、方相氏の変化に伴う改作をしなかった可能性もあろう。そもそも『延喜式』は儀式の内容・次第等を説明する書ではないので、実際に行う儀式の始終を詳細に記しているのではない。したがって内容の変化を映し出していないのがふつうである。この書の記述によって、儀式のどこが変わったのか変わっていないのかを判断するのは難しい。したがってこの書の記述の性格からすると、方相氏の変化が現れているかどうかを見極めるのは慎重であった方がよいと思う。

ただ儀式の呼称が変わったという点ははっきりしている。『延喜式』では「追儺」とあるのに対して、これ以前

に成立した『内裏式』『儀式』では「大儺」と呼ばれている。史書においてもこの変化が現れており、『三代実録』によれば、貞観十二（八七〇）年以降、呼称はそれ以前の「大儺」から「追儺」に統一される。(11)『儀式』と『延喜式』の間に一線を劃することができる。この呼称の変化は、方相氏が疫鬼として追われるに到った事態に相応する結果であると考えられている。(12)『儀式』成立から『延喜式』成立の間に、この儀式に大きい変革があったとすれば、その様相は『延喜式』に反映していてもよさそうである。しかし、資料上の制約があって、はっきりとは現れていない。大儺から追儺への呼称の変化は、必ずしも儀式の変化を示しているとは言えないであろう。しかも変化の様相を、呼称が変わった貞観十二年以降の史料類から見出すことは、今のところ出来ていない。(13)

延喜十八年の大晦日に躬恒が詠じた追儺の歌は、方相氏が鬼と見なされるというこの儀式の大きな変革を伝える重要な資料である。儀式の変容を躬恒の歌がたまたま詠み込んだのである。方相氏の変化を明確に捉えた最も古い資料と言ってよかろう。躬恒としては、現れるはずのない鬼を目の当たりにして、奇異な印象を抱きつつ、また微苦笑を込めて詠じたのかと想像される。

『躬恒集』に延喜十八年の作と記す歌群があり、その中の追儺の歌を手懸かりにして、この儀式の歩みについて考えてきた。通常歌集は詠作年次を記さないものであるが、年紀がありまた歌が儀式の様子を描いていたために、重要な知識を得ることができた。歌は歌人の心を託す文学作品であり、文藻を描いたものであるが、時として史料に匹敵する知見を提供する場合もある。躬恒が詠じた追儺の歌はその好例であろう。反対に追儺についてのさまざまな知見は、この一首の解釈を支えているとも言ってよい。儀式に関する知識がなければ、鬼についても蓑笠とは何かも、解釈しがたいのではあるまいか。ここでは文学と史学両両相俟ってこそ、妥当な理解が得られると言うべきであろう。

五

最後に追儺の儀式の問題点を指摘しておきたい。躬恒の追儺の歌は、方相氏を疫鬼と見なした時代以降の儀式の一齣を詠じている。ここでは方相氏は、「蓑笠」を脱いで姿を現した「鬼」であった。もともと追う側であった方相氏が、悪鬼となって追われる側になったのだが、儀式が鬼を追い払う段階に到るまで、つまり詞書に言う「儺の陣」で整列するところまでは、方相氏は儺を行う侲子群臣らと行動をともにする。いわば対立する者同士が一緒にいるのだが、一般にはこの状態に特に違和感はなかったらしく、『清涼記』『西宮記』『北山抄』『江家次第』には、このあたりの儀式の変更は見られない。方相氏はこのあと衣裳を纏い、盾を矛で撃ち儺声を発しながら宮廷を巡る。その後ろには侲子群臣らが従う。元来「儺声」を揚げて矛で楯を撃つのは、疫鬼を駆逐するためであった。にもかかわらず、鬼となった方相氏が一団の先頭を切ってこれをするというのは、奇妙なことである。鬼が鬼を駆るために大音声を発するはずはないのだが、儀式書によればそう映ってしまう。あるいは悪鬼が猛威を振い人を苦しめる状態を表現しているのだろうか。それを侲子群臣が儺声を挙げながら追いかけていると考えれば、いちおう矛盾はなくなる。ただこう理解してよいかどうかは分からないが、儀式書などからは方相氏の奇妙な行動を解消しようとした形跡は窺えない。鬼となった方相氏が儺声を挙げて宮中を巡り、それを侲子・群臣達が儺声を「相承」けて「和」しつつ追う様子は、方相氏が鬼を追う側であった頃と外見上は変化がないはずである。『内裏式』には、「方相先作二儺声一、即以レ戈撃レ楯。如レ此三遍。群臣相承和呼、以逐二悪鬼一」とあって、方相氏が先頭に立って悪鬼を逐う形になっているのに対して、『清涼記』では、『内裏式』の「以逐二悪鬼一」に相当する箇所が「追之」と方相氏を逐う形に変わっている。なるほど方相氏の役割の変化は儀式書の規定に反映しているのだが、これで鬼である方相氏を駆逐しているように見えるのだろうか。過去の儀式との区別がないように思える。当時は別段問題とはならなかったのであろうか。

方相氏の役割が大きく変わってからの様子を、躬恒の歌はたまたま取り上げた。この延喜十八年の紫宸殿の前庭での儀式で、方相氏は追われる側にいたはずであるが、これを見た人々には、方相氏が鬼と感じられたであろうか。今となってはそれを知るすべはないが、儀式の模様は何らかの形でこの変化に対応していたのかもしれない。

注

(1) 藤原佳珠子の八十の賀は、『伊勢集』(141詞書)に、「七宮御息所八十の賀、おとどのせさせたまひし御屛風の和歌」とある。「七宮御息所」は藤原佳珠子であり、この「おとど」は佳珠子の弟藤原忠平。

(2) 『躬恒集』の注釈書には、和歌文学大系『貫之集 躬恒集 友則集 忠岑集』(『躬恒集』の著者は平沢竜介氏)、私家集注釈叢刊『躬恒集注釈』(藤岡忠美・徳原茂実氏)がある。

(3) 追儺については、山中裕『平安朝の年中行事』二六二〜二七三ページ、小町谷照彦「追儺」(山中裕・今井源衛編『年中行事の文芸学』所収)、榎村寛之「儺の祭の特質について」(『律令天皇制祭祀の研究』所収)、大日向克己「大晦日の儺」(『古代国家と年中行事』所収)、三宅和朗「古代大儺儀の史的考察」(『古代国家の神祇と祭祀』所収)などを参照。

(4) 『類聚国史』(巻七十四・大儺)によれば、慶雲三年の次の記事は、斉衡元(八五四)年。つづいて天安二(八五八)年から仁和二(八八六)年まで毎年の実施が知られる。『権記』長保三(一〇〇一)年閏十二月二十九日には、

追儺事止。天応・延暦例也。件年之例、国史不レ可レ随。外記無二記文一。而右中弁朝経朝臣許問。曰、延暦九年外記記文、具載二此由一。以レ彼被レ行也。

とあり、閏十二月二十二日に東三条院藤原詮子が崩御したために、天応元(七八一)年十二月二十三日の光仁太上天皇崩御と延暦八(七八九)年十二月二十八日の皇太后高野新笠崩御にともなって追儺を停止した先例にしたがって、

その年の追儺を止めたとある。ただ藤原朝経に尋ねたところ、延暦九年の外記記文によれば、実施しているとの回答があったという。なお、『政事要略』（巻二十九・追儺事）には、

延暦九年記文云、未二御葬送一。仍止二大祓一。又不レ追レ鬼者。朝議以為有二喪解除一者。世俗所為以レ此論之、大祓何妨。仍不レ停二其事一。進二御麻一事、伝二授内侍一、進二於御所一。不レ用二常儀式一。

とあり、大儺は実施していない。外記記文の内容は、『権記』と『政事要略』とでは相違があるらしい。ともあれ右の特殊な記事からすると、奈良時代の末頃、追儺が年中行事として行われていたことが類推できる。

（5）　本章で取り上げる儀式書・故実書の奏進年次およびおおよその成立時期を、『平安時代史事典』の記述をもとにあげておく。

『内裏式』―弘仁十二（八二一）年奏進
『儀式』―貞観十五（八七三）年から十九年の間に成立
『延喜式』―延長五（九二七）年奏進
『清涼記』―天暦元（九四七）年前後に成立
『西宮記』―天徳・応和年間（九五七～六四）に原形成立
『北山抄』―長和年間（一〇一二～一七）前後数年間に根幹成立
『江家次第』―天永二（一一一一）年頃に成立

（6）　『政事要略』（巻二十九・追儺事）には、長保三（一〇〇一）年閏十二月二十二日に東三条院藤原詮子の崩御と葬送に伴って、追儺を停止したと記し、さらに次のような注記を加えている。

雖二御送葬了一、依二近日一被レ停歟。爰《ココニ》散位従四位下安倍朝臣晴明来偁。不レ可レ有二追儺一之由、私宅行二此事一之間、京中響共以追儺。其事宛如二恒例一。晴明陰陽達者也。

安倍晴明の言によれば、追儺は実施するべきではないが、私宅では行われており京中にその音が響いたという。また、藤原宗忠の『中右記』（嘉承二〈一一〇七〉年）には、「宮中上下衆人、追儺如レ常。京中人家、相追之声遠。及二子刻許一退出」とある。これらによれば、「京中」で民間の追儺が行われていたことが分かる。

(7) 『徒然草』(第十九段)に、

追儺より四方拝につづくこそ、おもしろけれ。つごもりの夜はいたう暗きに、松どもともして、夜中すぐるまで人の門叩き走り歩きて、何ごとにかあらむ、ことごとしくののしりて、足を空にまどふが、あかつきよりさすが音なくなりぬるこそ、年の名残も心細けれ。

とあるのは、追儺の一環として京中の人々が人家の門を叩いて廻る風習である。平安時代以降の習わしを継承しているのであろうか。

(8) すでに注(3)の榎村氏論考と『躬恒集注釈』は、歌の「鬼」は方相氏であると理解している。

(9) 『枕草子』(淑景舎、東宮に参りたまふほど)では、定子の妹原子の御膳の様子をこっそりのぞき込んでいた少納言は、隔てとなっていた屏風が押し開かれたために姿が見られ、「隠れ蓑を取られたる心地」、つまり姿が露わになった鬼のようだったと記している。鬼が隠れ蓑を着るとどうなると考えていたかを伝える一話である。

(10) 方相氏が矢を射掛けられる記録上の初見は、『春記』の次の記事である。

亥四尅許、有㆓追儺事㆒。予等於㆓御前㆒射之〈用㆓葦弓箭㆒〉(長暦二〈一〇三八〉年十二月二十九日条。「射之」は、方相氏を射ることであろう)

(11) 嵐義人「儺儀改称年代考」(『国学院大学日本文化研究所紀要』第四十六輯)参照。

(12) もとより方相氏についてだけでなく、儀式全般にわたってさまざまな面での変化があったと指摘されている。注(3)の諸論考参照。

(13) この儀式の呼称が「追儺」となってから、「大儺」という呼び名は完全に姿を消したのではない。わずかに、

大儺旧典相伝久、萬戸千門暫禁ㇾ眠(『江吏部集』巻上、「除夜作」)

大儺礼畢及㆓深夜㆒、一歳光陰惜不ㇾ能(『本朝無題詩』巻五、藤原敦光「除夜独吟」)

と、詩には見られる。右の「大」はともに平仄とは関係のない位置にあるので、「追」であってもかまわないのだが、そうはしていない。文学作品であるから、先に引いた後漢の張衡「東京賦」以来の用語を受け継ぐ意識があったのだろう。なお右の『江吏部集』の詩については、拙稿「大江匡衡「除夜作」とその周辺」(本書第三部・11)参照。

11　大江匡衡「除夜作」とその周辺

一

一条朝の鴻儒大江匡衡（九五二―一〇一二）の漢詩集『江吏部集』が今に伝えられている。上・中・下三巻に分け、さらにその内部を項目によって細かく分類しており、厳密な構成となっている。各詩は匡衡にとっての人生そのものであり、折々の動静感慨が映し出されている。史書や古記録等と突き合わせてみれば、匡衡の事績や詩心はもとより、周辺の人々の動向やその時代の情勢までが明らかになって来る。(1)従前詩人匡衡についての専論は多いとは言えなかった。ただ、しかるべき読解を経た詩文の数が徐々に増えつつある状況にある。(2)ともかく今は作品の一つ一つを丹念に読まねばならないことは間違いない。本章は、かようなことを念頭に置きつつ、匡衡の詩「除夜作」を取り上げて訓読解釈し、そのうえで作品の周辺にある問題について検討を試みようとするものである。

二

まず詩の本文と訓読文を挙げ、詩題および詩の二句ごとに注を施す。『江吏部集』の底本は『群書類従』（巻一三二）とし、内閣文庫・静嘉堂文庫・神宮文庫・島原松平文庫・川口文庫本等によって校合した本文をあげる。なお諸本には底本を改めるべき異文はなかった。

除夜作
大儺旧典久相伝
萬戸千門暫禁眠
想像挙周陪殿上
対燈愚叟感流年
（『江吏部集』巻上・四時部）

除夜の作
大儺《たいな》の旧典　久しく相伝はり、
萬戸千門　暫く眠りを禁じたり。
想像《おもひや》る　挙周《たかちか》　殿上に陪《はべ》るを、
燈に対《むか》ひて　愚叟《ぐそう》　流年に感ず。

詩題注

「除夜」は、大晦日の夜。または旧年を除き去る夜の意。旧年を送り新年を迎える夜である。唐代以降に見られる語で、詩題での例には、初唐太宗「除夜」・盛唐高適「除夜作」・中唐白居易「三年除夜」（『白氏文集』巻六十九・3523）ほかがある。また平安時代においても、嵯峨天皇「除夜」（『経国集』巻十三・168）・菅原道真「旅亭除夜」（『菅家文草』巻三・213）などがある。(3)

詩注

初めの二句は、除夜の行事である大儺と守歳を詠む。

大儺の旧典久しく相伝はり、萬戸千門暫く眠りを禁じたり（第一・二句）

前句の「大儺」は、除夜に行う悪疫を追い払うための儀式、追儺、鬼やらい。

卒歳大儺、毆二除群厲一（『文選』巻三、後漢の張衡「東京賦」）。薛綜注「儺逐二疫鬼一」。李善注「漢旧儀曰、昔顓頊氏之有二三子一。已而為二疫鬼一。……於レ是以二歳十二月一、使下方相氏蒙二虎皮一、黄金四目、玄衣丹裳、執レ戈持レ盾、帥《ヒキヰテ》二百隷及童子一而時儺、以索《ツクシテ》二室中一而毆《ウタ》中疫鬼上也」）

また、同じ「東京賦」の「侲子萬童、丹首玄製」に対する李善注にも、「続漢書曰、大儺謂レ逐レ疫」とある。日本におけるこの行事の初見は、『続日本紀』慶雲三（七〇六）年の「是年天下諸国疫疾、百姓多死、始作二土牛一大儺」である。ただしこの記事には日付がなく、歳除に行ったかどうかは明らかではない。この語は、「卅日辛亥、大二祓於朱雀門前一、幷大儺如二常儀一」（『三代実録』貞観元〈八五九〉年）・「吏部記、延長二年十二月晦日、大儺」（『政事要略』巻二十九・晦日追儺事、所引。「延長二年」は九二四年）と見られるが、匡衡の時代には「追儺」を用いるのが普通であった。

秉燭参内、亥時追儺（『小右記』永観二〈九八四〉年）

子一剋追儺、行事蔵人実房（『権記』長保元〈九九九〉年）

亥尅追儺（『御堂関白記』寛弘元〈一〇〇四〉年）

「旧典」は、古い典礼、古来のしきたり。晉の陸機「五等論」（『文選』巻五十四）の「境土踰溢、不レ遵二旧典一」（李善注「尚書曰、旧典時式《コレノツトレ》」、傍訓は慶安版による）は、その一例。この句は、除夜の儀式大儺を古くから行ってきたことを言う。

後句の「萬戸千門」は、宮城にある数多くの殿舎と門、あまたの建物。

張二千門一而立二萬戸一、順二陰陽一以開闔（『文選』巻一、後漢の班固「西都賦」。李善注「漢書曰、建章宮度《ワタリテツクリ》為二千門万戸一、前殿度高《クス》二未央《ヨリ》一」）

閈庭詭異、門千戸萬（同巻二、後漢の張衡「西京賦」）

夫凌雲概日、由余之所レ未レ窺、千門万戸、張衡之所二曾賦一（陳の徐陵『玉台新詠』序）

右の例からすると、都の家屋や街中の門全般について言う語なのではなく、大内裏及び内裏のそれを指すと考えるべきであろう。つづく「暫禁レ眠」は、大晦日の夜は眠らずに新年を迎える風習のことであり、守歳と言う。

歓多情未レ極、賞至莫レ停レ杯。……簾開風入レ帳、燭尽炭成レ灰。勿レ疑鬢釵重、為レ待二暁光来一（『玉台新詠』巻八、徐君蒨「共二内人一夜坐守レ歳」）

が、古い例である。酒を飲むなどして、家族で団欒の時を過ごしながら、元日の夜明けを待ったのである。このほかには、

対レ此歓終レ宴、傾レ壺待二曙光一（初唐太宗「除夜」）

守レ歳多然レ燭、通レ宵莫レ掩レ扉（盛唐丁仙芝「京中守歳」）

火銷燈尽天明後、便是平頭六十人（『白氏文集』巻五十八・2873、「除夜」）

などがある。中国ではこのように定着していたのだが、平安時代にこの風習はなかったようである。たとえば『枕草子』（すさまじきもの）には、「師走のつごもりの夜、寝起きて浴ぶる湯は、腹立たしうさへぞおぼゆる」とあって、明らかに眠っている。また『紫式部日記』は、寛弘五（一〇〇八）年大晦日の追儺が終わって式部が局にいると、「弁の内侍来て物語して臥したまへり」と記している。これらに拠れば、匡衡の詩に詠じる、大晦日に睡眠を禁じる風習は実際にはなかったと考えざるを得ない[4]。ここは、唐詩などから得た中国における行事についての知識を、自作に取り入れたと見るべきであろう。二句は、「大儺を行う古くからのしきたりは長く伝わっている、宮廷の数多くの門や殿舎では大晦日の夜眠ることが禁じられている」の意。

後の二句は、我が子の殿上での勤務と老いの身に迫る時の流れに思いを致す。

想像る 挙周 殿上に陪るを、 燈に対ひて 愚叟 流年に感ず（第三・四句）

前句の「想像」は、思い浮かべる、おもいえがく。

想像崑山姿、緬邈区中縁（『文選』巻二十六、南朝宋の謝霊運「登二江中孤嶼一」。李善注「楚辞曰、思二旧故一而想像」）

推量蓂影薄、想像桂枝疎（『菅家文草』巻三・193、「新月二十韻」）

は、その例。「挙周」は、匡衡の次男。『江吏部集』には再三あらわれる。「殿上」は、ここでは儀式の場である紫宸殿であり、その殿舎の内をいう。「陪二殿上一」は、挙周が除夜に行われる追儺に六位蔵人として勤めることを言う。蔵人に補せられたのは、寛弘三年三月四日に催された、藤原道長の東三条第での花宴においてである。『御堂関白記』の同日の条には、「召二匡衡朝臣一、賜レ題仰二可レ献レ序由一。……取二文台一、講文講書。序宜作出。仍序者男挙周、被レ補二蔵人一了」とあり、匡衡が詩序を「宜しく作り出し」た功によって、一条天皇の勅が下ったのであった。これによって、本詩の詠作時は寛弘三年以降の除夜であると分かる。

後句の「愚叟」は、おろかな老人。匡衡が自分自身をこのように言う。『白氏文集』（巻六十三・3005）「洛陽有二愚叟一」の「洛陽有二愚叟一、白黒無二分別一」は、その例。前句における若い挙周の晴れがましい殿上での活躍に対して、我が老いを描き出している。なお、「対レ燈」と燈火のもとで老いに思いを致す例には、『白氏文集』（巻六十四・3072）「感二旧詩巻一」の「夜深吟罷一長吁、老涙燈前湿二白鬚一」がある。「流年」は、水の流れるように過ぎ行く歳月。

共知欲レ老流年急、且喜新正仮日頻（『白氏文集』巻二十・1387、「歳仮内命レ酒、贈二周判官蕭協律一」）

蟬声未レ発前、已自感二流年一（中唐劉禹錫「答三白刑部聞二新蟬一」）

水無二反《カヘル》夕一流年涙、花豈重春暮歯粧（『和漢朗詠集』巻下・728・老人、菅原文時「尚歯会」）

などがあり、第四句と同じく「老い」と結び付いた例も見える。二句は、「除夜の殿上において蔵人の挙周はお勤めをしていることであろう、一方おろかな老人の私は燈火のもとで速やかな時の流れに感慨を覚えている」の意。

詩注を以上として、次に第三・四句に関連する問題について述べることとする。

三

大江匡衡が「除夜作」を詠じた時、次男の挙周は「陪二殿上一」つまり昇殿を許されていた。いまだ若年と思しき挙周が昇殿するには、家格からすると六位蔵人である（『蔵人補任』）[5]。先に述べたように、蔵人に補せられたのは、寛弘三年三月四日の東三条第での花宴における一条天皇の勅語によってであった。この慶事に感激して、匡衡は早速よろこびの詩を東三条第の書閣に書き付けている。

寛弘三年三月四日、聖上於二左相府東三条第一、被レ行二花宴一。余為二序者一兼講レ詩。講レ詩之間、左丞相伝二勅語一曰、以二式部丞挙周一補二蔵人一者《テヘリ》。風月以来、未三嘗聞二此例一、時人栄之。不レ堪二感躍一、書レ懐題二于相府書閣壁上一。

今年両度慰二心緒一、愚息遇レ恩之至哉。正月除書為二李部一、暮春花宴上二蓬莱一。……江家眉目有レ時開（『江吏部集』巻中・人倫部）

すでに引いた『御堂関白記』よりも詳しく状況を記している。匡衡は作文会の序者であっただけではなく講師でもあったこと、披講の最中に左大臣藤原道長が勅語を伝えたこと、人々が栄誉を称賛したことなどが、別途知られる。詩題中の語「風月」は、詩を賦す風流の遊びの意。その作文の功（『御堂関白記』、「序宜作出」）によって序者の子（「愚息」）が任官する例[6]など前代未聞であると述べている。このことは詩の結句「江家眉目有レ時開」に繋がる。紀伝道大江氏の面目躍如たるものがあったのである。匡衡は歓喜を、この時のみならず、折に触れて詠み込んでいる。翌寛弘四年九月二十三日の道長第における作文会で[7]、

春花栄耀去年序〈東三条花宴献レ序。講席之間、愚息挙周補二侍中一、父子拝舞〉、秋月清吟今夜詩（『江吏部集』

巻上、「秋日東閣林亭即事。応レ教」）

と誇らしげに詠い上げている。「春花栄耀」は、自注に説くとおり、挙周が「侍中」つまり蔵人（『拾芥抄』中本・官位唐名部）に補せられたこと。「序」は、「栄耀」のもととなった、自ら作成した作文会での詩序。なお自注の「父子拝舞」は、蔵人任官への謝意をあらわしたもので、先に引いた資料には見られなかった。さらに晩年に生涯を顧みて詠じた「述懐古調詩一百韻」（『江吏部集』巻中）にも、「暮春花宴序、愚息珥《サシハサメリ》二貂蟬一」とある。前句は、寛弘三年三月の花宴のおいて栄誉を受ける元になった詩序のこと。後句の「珥二貂蟬一」は、晋の左思「詠史八首」ノ二（『文選』巻二十一）の「金張籍《ヨリ》二旧業一、七葉珥二漢貂一」（李善注「珥《ハ》挿也。董巴輿服志曰、侍中中常侍冠《ノハ》、武弁貂尾《ヲ》為レ飾」）にもとづく。李善注によれば、「侍中」は冠に貂尾を飾りとして挿んでおり、貂尾を挿んでいる官人は侍中ということになる。そして侍中は蔵人の唐名であるから、「珥二貂蟬一」は、蔵人であること、蔵人就任の意となる。父としても江家の将来にとっても慶賀するべきこととしてこの一句を詠み込んだのである。

匡衡の詩序作成の功によって息子の挙周が蔵人に補せられた慶事には、それなりの背景があった。『続本朝往生伝』の大江挙周の伝には次のように記している。(8)

射鵠之後、東三条行幸之日、作文為二序者一、深催二叡感一。五位蔵人雅通、依二本家子孫賞一、叙二四位一之替、被レ補二侍中一。文道炳然之光花也。

寛弘三年三月四日の一条天皇東三条第行幸の折、道長の妻源倫子の「本家子孫」に賞があり、五位蔵人の源雅通が四位に叙せられた。それに伴って挙周が蔵人になれたというのである。『御堂関白記』の同日条にも、

其後召二右大臣一、賜二家女家子家司爵級《ニ》一。大臣召二頼　一、仰下叙二従三位一由上。頼　従二高渡殿西階一下二西廊一、於二中間一拝舞、従二右近陣方一出、於二宿所一、我着レ衣。家子等奏レ慶、被レ免二殿上一。家女奏云、停レ賜二加階一、賜二右近少将雅通加階《ニ》一者《テヘリ》。被レ仰云、加階有二本意一給。雅通別賜二之四位一。奏レ慶次《ツイデニ》、被レ免二殿上一。

と、「家女」つまり倫子の奏請に応じて、雅通は従四位下に叙せられたのである。なお、倫子は自らの加階を断って、替わりに雅通に加階するよう依頼したのだが、天皇は、「本意有り」として倫子にはもとのとおり昇叙させて正二位とし、雅通には別途従四位下を与えている。雅通がこの昇叙によって蔵人を辞した。その欠員を補うために挙周が新たに任じられたのである。これによれば、一条天皇が詩序の出来映えに感じ入ったことだけで挙周が蔵人になったとは言えなくなる。もう一つ次のような資料もある。

　大江維時卿、以㆓親父千古侍読之功㆒、為㆓侍中㆒、同挙周朝臣、以㆓親父匡衡侍読之労㆒、為㆓侍中㆒（『本朝続文粋』巻六、藤原明衡「請㆘殊蒙㆓鴻恩㆒、依㆓先父敦信殿下侍読功、明衡献策幷式部少輔労㆒、被㆖叙㆓一階㆒状」）

明衡が加階を請う申文の中に、父の功労によって子息が「侍中」となった前例をあげており、挙周の侍中（蔵人）就任は父匡衡の「侍読之労」[9]のたまものと述べている。親が積み上げてきた功労によって子の任官に便宜が図られるのは別段珍しくはない。挙周の場合は儒家が蓄えた家産のたまものなのである。先の欠員に伴う補充や、この「侍読之労」についても、匡衡は一切自分の詩文には書きとめない。表向き花宴という晴の場で自らの詩序が評価され、その功によって挙周が蔵人によって補せられたことが大事だったのであり、その栄誉を喧伝しようとつとめたのである。

　挙周の蔵人任官に向けて、匡衡は早くから運動を行っていた。これには一般に申文を朝廷に提出するのが手段の一つであり、その外にも政界の有力者への働きかけをしていた。後者の例である藤原挙直宛書状「可ㇾ被㆓上㆒啓挙周明春所望㆒事」（『本朝文粋』巻七・196）を取り上げる。ここでは、「延喜則曾祖父伊予権守千古朝臣、為㆓侍読㆒之間、以㆓男秀才維時㆒、挙㆓補蔵人㆒」以下、「天暦」「円融御宇」における大江家の例を挙げ、それぞれ祖父・叔父が侍読をつとめている間に一門の子弟が蔵人に補せられたと述べ、人事における江家の伝統を強調している。さらに自分が侍読であるうちに息男挙周は秀才となって対策及第したと説く。そして、「以㆓毛詩荘子史記文選㆒、奉ㇾ授㆓天子二」と侍読としてのつとめを果たしている実績を踏まえて、挙周が蔵人に補せられるよう、藤原道長に働きかけてほしいと挙直に依頼している。書状の日付は長保四（一〇〇二）年十一月十四日であり、この後寛弘三年三月に到るまで、挙周のための猟官運動はつづいていた。このような動きはほかにもまだあったに違いなく、あらゆる手段を息子のためひいては家職のために講じていたと思われる。(10)

他の方策として、神への祈請というのもあった。長徳四（九九八）年十二月九日(11)に熱田宮で挙周の蔵人就任を祈願した折の祭文、「熱田宮祈二請男挙周明春侍中所望一状」が『朝野群載』（巻三）に収められている。文中の「秀才蔵人之濫觴、起レ自二江家一、始レ自二延喜一」や、大江千古らが代々天皇の侍読をつとめた功でその子が蔵人となった伝統を述べる件りなどは、先に引いた藤原挙直に周旋を依頼した書状とほぼ同文であり――匡衡の安易な文章作成の一端をうかがわせる――、挙周が蔵人になる必然性を主張している。(12)

匡衡は息男能公に学問料を給せられるよう求めた奏状、「請下被レ給二穀倉院学問料一、令上継二六代業《ヲ》一男蔭孫無位能公一状」（『本朝文粋』巻六・174、長保四年五月）において次のように述べている。菅原大江の両家は、済々たる門人を輩出してきた実績がある。よって門業を伝える者は、「不レ論二才不才一、不レ拘二年歯一」つまり才の有無や年齢に関係なく学問料を給せられて来た。またたとえ豊かな才を持った者、文藻に巧みな者がいようとも、「累代者見《ラレ》レ重、起家者見レ軽明矣」累代の大江家は優遇されている。これらの前例にならって是非とも学問料を能公に与え、儒業を継がせてほしいと請うている。儒業における他氏への優越を強調する点に注意するべきであろう。右のように言葉を尽くすところからは、かえって学問料を支給されることの難しさがよく現れている。何ら苦労のないまま自然に道が開けているような容易な事態ではなかったことが、匡衡の奏状から読みとれよう。この点は官職を得ようとする時も同様であり、匡衡腐心の一端は先に見たとおりである。(13)学問の家を受け継いでも、儒官を世襲できるとは限らないのだろう。それだけに挙周が蔵人に補せられて、儒業継承の目途が立った喜び安堵感は、譬えようもなかったに違いない。この時の気持を次の和歌に託している。

　子を蔵人になして侍り、南殿の桜を人々よみしに、この上の
　うれしきことよりほかにのみなん、この頃さらにおぼえ侍ら
　ずとて

花折らむ心もそらになりにけり子を思ふ道におもひ乱れて（『匡衡集』73）

和歌と漢詩文との違いがあるのだろうか、ここには今まで述べてきた自家への誇りや将来が約束されたことへの安心感は影を潜め、我が子への愛情が主題となっている。

寛弘三年三月に挙周は蔵人となり、その年以降のいずれかの除夜に出仕して勤めを行った。その様子を父の匡衡は、「想像挙周陪二殿上一」（第三句）と思い浮かべている。六位蔵人である挙周はいかなる職務を担ったのであろうか。儀式書などには追儺（大儺）の内容を詳細に記しているが[14]、蔵人の役割についてはほとんど記載がない。わずかに記しているものを見ておこう。

晦日差二定殿上・蔵人所追儺一事

……

南殿　仁寿殿

已上蔵人所依レ員分配。午時、已上押レ壁知之

康保三年　月　（『西宮記』恒例第三・十二月・追儺事）

中務省以二分配文一、付二内侍所一〈近代不レ然〉、蔵人押二分配於小壁一〈殿上西戸南腋、其高与二立人一等〉（『江家次第』巻十一・十二月・追儺）

とあって、紫宸殿と仁寿殿での蔵人所の員数に応じた任務の分担が掲示され、また蔵人は中務省から来た「分配

文」を殿上の小壁に掲示することを規定している。おそらく両者は同じ内容を定めているのであろう。ただ勤めの中身は分からない。「分配」は儀式当日に参仕する人々を前もって定めておくことであり、「分配文」はそれを記した書類。『雲図抄』（十二月・晦日追儺事）には、「分配文」の書式を載せている。

儺長称レ儺、小儺及分配人等、随即同称、遍駆二宮中一（『儀式』巻十・十二月大儺儀）

其分配、闈別参議以上二人、侍従十人……大舎人五人（『延喜式』巻十二・中務省）

中務丞進二分配簡一〈毎レ門一枚、惣四枚。王卿已下、分二配四門一〉（『西宮記』）

分配人々、従二方相後一、度《ワタリテ》二御前一而出（『北山抄』巻二・追儺事）

同日夜、追儺、亥一剋御二南殿一、事畢還御。殿上侍臣分二配殿内幷四角一〈侍臣分配、当日早朝定之。但所雑色等、相二分紫宸仁寿両殿一、追儺之〉（『蔵人式』逸文、『撰集秘記』十二月・追儺事）

からは、蔵人が儀式に関与した様子は窺えない。『江家次第』には、「振鼓儺木儺法師等種種事〈自有二故実一〉、殿上人候二御座方一讙呼〈……雲図云、行事蔵人、献二儺木振鼓等於台盤所一……〉」とあり、「殿上人」として天皇の側にいて、方相氏の儺声に合わせて「讙呼」大声で叫んでいたのかも知れない。注の「雲図」は前引の『雲図抄』であり、それによれば「行事蔵人」は、台盤所に儺木・振鼓など儀式に使用する用具を献じている。この任に当たった可能性はあるだろう。『江家次第』がどの程度匡衡の時代の儀式の内容を伝えているかは明らかではないが、時を経ても大きい変化はなかったと考えてよいなら、右の記事は挙周の勤務内容を知るささやかなよすがとはなろう。

匡衡は挙周の公事における活躍を「想像《おもひや》」りつつ、息子が大江家の将来を託するまでに成長した喜びに浸っていた。挙周は寛弘三年に蔵人に補せられたのであるから、この「除夜作」は同年以降の大晦日に詠じたことになる。ただ匡衡が喜びを噛みしめる詩は、寛弘三年であってこそ意味がある。四年以降であれば喜びはすでにいくぶんか落ち着いており、詠作意欲は湧きにくいのではないだろうか。もとより確たる根拠は得がたいが、この詩は寛弘三年大晦日の作と見ておきたい。

四

「除夜作」が寛弘三年に詠じられたとすると、匡衡はその時五十五歳[15]。当時としては老境にあったと言ってよい。詩の第四句「愚叟」は、自分の年齢を踏まえた語である。年が改まろうとする時に、我が子挙周の宮廷での活躍と対比させて、老いの感懐を描き出している。除夜は、旧年と新年との接点に当たり、時間の推移を最も思い知る時である。己の老いに気付かされる時でもあった。匡衡が「除夜作」を詠むについては、時の節目である除夜にいることを契機として詩句が口をついて出てきたのかもしれない。ただ、匡衡以前の詩にも除夜における老いの感慨を題材とした作品が見られるので、たまたま詠み出したのではないだろう。過去の表現に倣っているのである。匡衡までのこの表現の流れを辿り、その中で「除夜作」の第四句を位置づけてみたい。なお、除夜の詩の変遷およびこの日に老いの感慨を詠じる詩歌については、すでに検討した[16]ので、ここでは概略を述べるに留める。

中国における大晦日を題材とした詩は、

歳序已云殫《ココニツキ》、春心不㆓自安㆒。聊開柏葉酒、試奠五辛盤。……梅花応可㆑折、倩《ココロミニ》為㆓雪中看㆒（梁の庾肩吾「歳尽」、『芸文類聚』巻四・冬。『初学記』巻四・歳除は、詩題を「歳尽応㆑令」に作る）

などがあるものの、隋代まではあまりなく、老いの思いを詠じたものは見当たらない。初唐に入ると歳除の詩が一気に増えてくる。それは、宮廷における、

歳陰窮暮紀、献節啓㆓新芳㆒。冬尽今宵促、年開明日長。氷消出㆑鏡水、梅散入㆑風香。対㆑此歓終㆑宴、傾㆑壺待㆓曙光㆒（太宗皇帝「守歳」、『初学記』巻四・歳除。『全唐詩』巻一は、詩題を「除夜」に作る）

のような守歳の宴の盛行が原因かと思われる。皇帝のもと群臣が居並ぶ宴席で、数多の詩が作られたのである。その先鞭をつけたのは、おそらく太宗皇帝であったろう。ただ場の制約が働くからか、老いを盛り込んだ例は見出せない。盛唐に入って、歳除詩は初唐よりもその数を増す。老いを詠み込むか否かの点については、それ以前と比べて若干の変化が見られる。盛唐杜甫の作に、「四十明朝過、飛騰暮景斜」（「杜位宅守歳」）がある。後句の「暮景」の例には、晉の陸機「楽府十七首」の「予章行」（『文選』巻二十八）に「促促薄二暮景一、亹亹《ビビ》鮮二克禁《ヨクトドムルコト》一」があり、「薄二暮景一」に対して李善は、「景之薄レ暮、喩二人之将一レ老也」と注する。[17]これにもとづけば、杜甫の詩は、明くる日には四十の老いにさしかかろうとする時の気持を述べたことになる。除夜の詩に自分の老いを取り上げた例としては、おそらく最も古いであろう。ただ、この時期に同様の詩は見当たらず、杜甫の作は孤立しているようである。杜甫の詩想を継承するのは、次の中唐を待たねばならない。中唐の白居易には次の詩がある。

歳暮紛多レ思、天涯渺未レ帰。老添二新甲子一、病減二旧容輝一（『白氏文集』巻十八・1155、「除夜」）

翌日になれば老いに更に年齢が加わることへの実感を描いている。遠く離れた地にあって帰られぬ辛さが、よけいに老いを意識させているようである。この詩を始めとして、白居易には除夜における老いの感慨を詠んだ詩が数多くあり、この頃に定着したと言ってよい。この詩想は平安時代に伝来して受容され、やがて匡衡の「除夜作」第四句「対レ燈愚叟感二流年一」に影響を与えたようである。老境にあった匡衡が除夜の詩を詠もうとする時、『白氏文集』の歳除除夜の詩を脳裏に浮かべるのは、自然なことであったと思われる。

五

白詩受容の結果「除夜作」が詠まれたと見ることはまず認められようが、わが国では匡衡以前にもすでに歳除の詩がある。それらも「除夜作」に到るまでの表現の経緯を述べる上では、考察の範囲に含めねばならない。次に平安初頭期以降の歳除詩を一瞥し、匡衡「除夜作」への繋がりについて検討したい。

天長四（八二七）年成立の『経国集』（巻十三）には、除夜の詩が六首ある。このうち嵯峨上皇「除夜」とこれに和した有智子内親王ら三人の「奉レ和二除夜一」[18]には、次のような表現がある。

生涯已見流年促、形影相随一老身。（168、嵯峨上皇）

預喜仙齢難二老歇一、還悲人事易二蹉跎一（170、滋野貞主）

泉石不レ知老将レ至、悠然徒任去来春（171、惟氏）

右は、嵯峨天皇の譲位（弘仁十四〈八二三〉年）から『経国集』成立までにおける作。また、平城天皇の立太子（延暦四〈七八五〉年）から即位前年（延暦二十四〈八〇五〉年）までの間の作である、

壮歯随レ宵《ヨヒ》変、衰容逐レ暁悛（172、賀陽豊年「東宮歳除応レ令〈平城天皇在二東宮一〉」）

及び、製作年次不明の、

不レ看二明鏡一暗知レ老、況復慈親七十年（173、常光守「守歳」）

がある。この詩群から察すると、除夜歳除の詩を詠じ、そこに老いを何らかの形で盛り込むのは、平安初期の詩人たちには常識となっていたらしい。また皇太子時代の平城天皇や嵯峨上皇のもと、除夜には作文の場の存したことが知られ、そこで右の詩想が育まれたと推測できる。

『経国集』以降の歳除除夜の詩はあまり残っておらず、匡衡が「除夜作」を詠むまでは、『菅家文草』（巻三・213）「旅亭除夜」を見出すのみである。この詩は老いの思いを取り上げていない。『経国集』の時代である弘仁天長期を過ぎて、この日の詩に対する興味は薄れたのであろうか。なお、『古今集』（巻六・冬歌）の末尾には、歳除における老いを詠じた和歌を配する（注（16）拙稿参照）。

匡衡以前の歳除除夜の詩の概略は右のとおりであり、「除夜作」も数は少ないながら、その流れに沿って詠じたと見ることができる。詩の第四句についても同様であり、匡衡が己の老いに思い及ぶのも偶然ではなく、唐詩以降平安時代に到る積み重ねを踏まえて成り立っていると言えよう。

匡衡は息子挙周と対比して、我が老いを詠んでいる。言わば若さに対する老いである。歳除除夜の詩においてこのように老若が同座する例が白詩にある。

嗤嗤童稚戯、迢迢歳夜長。……七十期漸近、萬縁心已忘。不三唯少二歓楽一、兼亦無二悲傷一。……夫妻老相対、各坐二一縄床一（巻六十九・3523「三年除夜」）

白居易一家の除夜の平穏な様子を描いた詩である。「除夜作」とは趣を異にする面はあるが、はしゃぐ子供らと腰掛けに座った老夫婦との対比は、殿上の勤めに励む挙周とひっそりと佇む匡衡との対照と、共通しているのではないだろうか。この指摘にいくばくかの妥当性があるとすれば、老若の対比において匡衡の詩に白詩の影響があると見てよいだろう。ちなみに、匡衡と同時代の作品である『源氏物語』（幻）の末尾にある、次の一節を挙げておきたい。

年暮れぬと思すも心細きに、若宮の、「儺やらはんに、音高かるべきこと何わざをせさせん」と、走り歩きたまふも、をかしき御ありさまを見ざらんことよろづに忍びがたし。

もの思ふと過ぐる月日も知らぬ間に年も我が世も今日や尽きぬる

追儺に備えて快活に動き回る匂宮と、我が人生の終焉を思わずにはいられない光源氏との老幼の落差の背景には、この白詩「三年除夜」があるように思う。匡衡と紫式部とはともにこの詩を脳裏に浮かべていた可能性があるだろう。

六

寛弘三年大江匡衡の男挙周は、式部少丞・蔵人の官職を相次いで得た。この慶事は匡衡一人だけでなく、学問の家大江氏全体にとっても意味があった。匡衡の後継者が世に出たのであり、これで大江氏もまずは安泰と言えよう。匡衡にとって、寛弘三年は安堵の胸を撫で下ろした一年だったのである。この年の作と推測した「除夜作」は、喜びに沸いた一年のまとめの詩と評してよかろうか。詩の中の匡衡はその時どう過ごしていたのか。一年を振り返って、紀伝道の家を守るという、己に課した使命を果たした満足感に浸っていたのであろう。ただこの時すでに五十五歳の老境にある我が身を顧みて、依然として官位に恵まれない状況に暗澹たる気持もあったろう。己の学識を支えに、存分の働きをしてきたにしては、官界での処遇はあまりに厳しいとの慨嘆は少なからずあったに違いない[19]。この視点から詩の第四句を改めて読むと、燈下の匡衡に寂しさの影が滲み出ているようにも思われる。第三句の挙周が宮廷という光の当たる場所で勤めをこなしている姿と比較すると、その姿はより鮮明になって来るであろう。

注

（1）匡衡の伝記についてまず参照するべき研究として、大曾根章介「大江匡衡」（『大曾根章介 日本漢文学論集』第二巻、所収）と後藤昭雄『大江匡衡』（人物叢書）がある。

（2）『江吏部集』の注釈には、木戸裕子「江吏部集試注（一）」（「文献探求」第三十六号）～「同（十八）」（鹿児島県立大学「人文」第三十三号）〈継続中〉・今浜通隆・三浦加奈子「『江吏部集』全注釈（1）」（「並木の里」第55号）～「同（13）」（同第67号）〈継続中〉、『本朝麗藻』所収の詩と序の注釈には、本朝麗藻を読む会「『本朝麗藻』試注

（三）」（『北陸古典研究』第三号）・川口久雄・本朝麗藻を読む会編『本朝麗藻簡注』・今浜通隆『本朝麗藻全注釈 一二』（『江吏部集』巻中「述懐古調詩一百韻」の注釈も含む）、『本朝文粋』所収の作品の注釈については、柿村重松『本朝文粋註釈』（下）がある。

（3）除夜の行事については、中村喬「除夜」（『続中国の年中行事』所収）、同「除夜雑俗管見」（『中国歳時史の研究』所収）、平岡武夫「至除夜と歳除夜――白氏歳時記――」（『白居易――生涯と歳時記』所収）、山中裕『平安朝の年中行事』二六二～二七三ページ、小町谷照彦「追儺」（山中裕・今井源衛編『年中行事の文芸学』所収）などを参照した。

（4）平安時代の初頭の漢詩文集『経国集』（巻十三・173）には、常光守の「守歳」と題する詩があり、これをもってすればこの頃守歳の風習があったかのようである。詩には「日月其除《サリ》歳欲レ遷、風雲乍改尚冬天。不レ看二明鏡一暗知レ老、况復慈親七十年」とあり、年が改まる時を詠み込んではいるものの、先の六朝・唐詩に見える、朝の光を待ったり、夜通し眠らないなどといった、守歳の習わしを含んではいない。このことから直ちに守歳はなかったと断定するべきではないかも知れないが、光守の詩題以外にこの語が見当たらないことも勘案すると、当時守歳の風習はなかったと考えるのが妥当であろう。

（5）挙周は永承元（一〇四六）年没（『続本朝往生伝』）。生年は不明。

（6）詩の第四句の「上二蓬萊一」が挙周の蔵人任官を示している。「蓬萊」は神仙の山蓬萊山のことで、転じて宮廷・内裏さらに限定して殿上の意。そこに「上」るのは昇殿を意味する。

（7）『御堂関白記』『権記』の同日条に作文会開催を記す。

（8）「作文に序者と為りて」では、挙周が詩序を書いたことになる。先に引いた諸資料の記すように、この時は序者は匡衡であった。

（9）匡衡は、『江吏部集』（巻上）の「暮春応レ製」には、

遂使二春卿礼秩高一〈匡衡四十七、初聴二昇殿一、兼二侍読一。去年再預二加階一。稽古力也〉

「春卿」は、後漢の桓栄。明帝に侍講し、これに対して明帝は師礼をもって尊んだ。梁の任昉「為二范尚書一、

譲二吏部封侯一第一表」（『文選』巻三十八）に「或盛徳如二卓茂一、或師道如二桓栄一」（李善注「東観漢記曰、桓栄、字春卿。沛国人也。治二鷗陽尚書一、事二九江朱文剛一、窮二極師道一。賜二栄爵関内侯一」）とある。「礼秩高」は、このことを言う。匡衡は桓栄になぞらえて、侍読として尊重されていると顕示している。

とあり、長徳四（九九八）年に侍読となっている（『中古歌仙三十六人伝』には「（長徳）四年……十月廿三日昇殿」とある）。以後長く勤め、「頃年以二累年侍読之苗胤一、以二尚書一部十三巻・毛詩一部廿巻・文選一部六十巻、及礼記・文集一、侍二聖主御読一。……」（『江吏部集』巻中、詩題）と、多くの書を一条天皇に講じている。この詩には「夙夜九年為二侍読一」（「夙夜」は、朝早くから夜遅くまでの意）とあって、時に寛弘三年。また、『白氏文集』の侍読であることを述べる詩には、

若用二父功一応レ賞レ子、老栄欲レ擬昔桓栄（同巻中、「近日蒙二綸命一、点二文集七十巻一。……爰当今盛興二延喜天暦之故事一、匡衡独為二文集之侍読一。挙周未レ遇レ昇、欲レ罷不レ能、以レ詩慰レ意」）

と、自分の侍読の功によって挙周を昇殿させてほしい――六位蔵人に補せられたい――と詠じている。

(10)　挙周の母赤染衛門も、

挙周が蔵人のぞみしに、ならで内記になりしかば、左衛門の命婦のもとに、奏せよとおぼしくて

わが嘆く心のうちをしるしても見すべき人のなきぞ悲しき（『赤染衛門集』205）

と、蔵人就任を目指して左衛門の命婦に力添えを依頼している。

(11)　長徳四年十二月では、匡衡はまだ尾張権守になっていない。同文に「近日京上以前」とあるので、文章の制作は国守の任期が終わる長保元年十二月頃のことと考えられる（注（1）後藤氏前掲書一三五・一三六ページ）。

(12)　この祭文は、「爰挙周、明春受下可レ任二式部丞一之運上、依レ有二父子同官忌一、明春可レ辞二所レ帯式部権大輔一」と、翌春の式部少丞就任への希望を述べており、題との齟齬がある。また、祭文の題及び文体は、通常の祭文のそれとは言いがたく、『朝野群載』の「祭文」の項に収載するべき文ではないと思われる。この文の末尾に「匡衡自手讃二祭文一」とあるので、「祭文」に配せられたのであろうが、「讃二祭文一」という表現自体、他の祭文に所見がなく不可解である。

本書編纂時に何らかの錯誤があったのであろうか。先に引いた藤原挙直への書状との類似点も視野に入れて、検討する必要がある。

(13) 先に引いた長徳四年十二月の熱田宮への祈請の祭文には、明春式部権大輔を辞して挙周を式部丞に就けると言っている——実際には任官を果たしていない——。『中古歌仙三十六人伝』には、「寛弘三年正月日、辞二式部権大輔一、以二男挙周一任二少丞一」と、自分の官職を辞する代わりに、挙周に式部丞を得させている。その後寛弘五年正月には再び式部権大輔に任じられており、このことは「忝伝二祖父貽孫跡一、為レ子辞レ官任二本官一」(『江吏部集』巻中、「再除二吏部員外侍郎一、懐レ旧有レ感」)と詠じている。この自注には、「祖父納言為二天暦侍読一之時、辞二所レ帯式部大輔一、以二男蔵人斉光一、任二式部丞一。斉光叙二栄爵一之後、納言還二任式部大輔一。江家再有二此例一。故云」と記している。自家の前例や自分の実績実力を支えにしてこのような挙にでたのであろうが、大きい代償を払った上での成果と言わねばならない。還任がほぼ約束されていたからなし得ることだったのであろうか。官人が職を辞する替わりに子弟を任官させる制度・慣例については、酒井宏治「辞官申任の成立」(大山喬平教授退官記念会編『日本国家の史的特質 古代・中世』所収)参照。

(14) 儀式の中身については、本書第三部・10「『躬恒集』の追儺歌」において述べた。

(15) 長和元(一〇一二)年七月十六日に没した匡衡の享年を、『日本紀略』は六十一、『中古歌仙三十六人伝』は六十とする。このうち前者を採るべきことについては、注(1)大曾根氏の論文に言及がある。年齢はこれに基づいて算出した。

(16) 本書第三部・9「『古今集』の歳除歌と『白氏文集』」参照。

(17) 吉川幸次郎『杜甫詩注』(第二冊)は、この二句を「あすのあさは　四十の関所、いきりたつ　命の夕ぐれ」と口語訳している。

(18) これ以前に除夜での賦詩はない。嵯峨天皇は、太宗皇帝のもとでの歳除詩詠作に倣ったのではあるまいか。

(19) 注(1)大曾根氏の論文、後藤昭雄「大江匡衡——卿相を夢みた人——」(『平安朝文人志』所収)参照。

索引

凡例

一、本書の「人名」（《日本》と《中国》）「書名」「作品名」「和歌」について作成した。各索引は現代仮名遣の五十音順で配列している。ただし「和歌」については、歴史的仮名遣による。

一、「人名」（《日本》）・日本の「書名」は、おおむね通行の読みにしたがったが、私見による場合もある。

一、「人名」（《中国》）・中国の「書名」は音読みによる。

一、「作品名」は原則として音読みとした。「作品名」の後の括弧内に作者名を記した。なお、『毛詩』『蒙求』『新撰万葉集』（引用の第一句を掲げた）のように作者名が不明の場合は、収載する書名を括弧内に記した。なお次の作者は略称によって示した。

白居易—白　元稹—元　嵯峨天皇—嵯峨　島田忠臣—忠臣

菅原道真—道真　紀長谷雄—長谷雄　大江匡衡—匡衡

一、「和歌」は、上句を掲げてその後の括弧内に作者名を記した。作者不明の場合、『万葉集』『新撰万葉集』は「作者未詳」、それ以外は「よみ人知らず」と記した。紀貫之は「貫之」と略して示した。

人名索引

《日本》

あ行

た行

な行

は行

書名索引

あ行

か行

た行

な行

は行

ま行

作品名索引

あ行

か行

た行

な行

は行

ま行

や行

ら行

わ行

和歌索引

あ行

か 行

さ 行

た 行

な行

は行

ま行

や行

ら行

わ行

初出一覧

はじめに　書き下ろし

第一部　菅原氏と年中行事

1　菅原氏と年中行事──寒食・八月十五夜・九月尽──　「神女大国文」第十三号、二〇〇二年三月

＊原題「菅原氏と年中行事」

2　是善から道真へ──菅原氏の年中行事──　「神女大国文」第十五号、二〇〇四年三月

3　寛平期の年中行事の一面　「神女大国文」第二十九号、二〇一八年三月

4　菅原道真と九月尽日の宴　和漢比較文学会編『菅原道真論集』二〇〇三年二月、勉誠出版、所収

第二部　年中行事の変遷

1　子の日の行事の変遷　「神女大国文」第十七号、二〇〇六年三月

2　寛平期の三月三日の宴　「神女大国文」第十六号、二〇〇五年三月

3　五月五日とあやめ草　「神女大国文」第二十号、二〇〇九年三月

4　重陽節会の変遷──節会の詔勅・奏類をめぐって──　「平安文学研究」第七十八輯、一九八七年十二月・第七十九・八十輯、一九八八年十月

第三部　歳時と文学

1 『土左日記』の正月行事――「屠蘇・白散」をめぐって――　「神女大国文」第五号、一九九四年三月
2 武智麻呂伝の「釈奠文」――本文批判と『王勃集』受容――　「風土記研究」第二十五号、二〇〇〇年九月
3 『伊勢物語』の三月尽　山本登朗編『伊勢物語 虚構の成立』二〇〇八年十二月、竹林舎、所収
＊原題「白氏文集と伊勢物語」
4 老鶯と鶯の老い声　「神女大国文」第十九号、二〇〇八年三月
5 花散里と『白氏文集』の納涼詩　仁平道明編『源氏物語と白氏文集』二〇一二年五月、新典社、所収
6 『更級日記』の七夕歌　「神女大国文」第十二号、二〇〇一年三月
7 大江匡衡の八月十五夜の詩　「神女大国文」第二十四号、二〇一三年三月
8 『源氏物語』の九月尽――光源氏と空蟬の別れ――　白居易研究会編『白居易研究年報』第八号、二〇〇七年十月、勉誠出版、所収
9 『古今集』の歳除歌と『白氏文集』　白居易研究会編『白居易研究年報』第五号、二〇〇四年八月、勉誠出版、所収
10 『躬恒集』の追儺歌　「国文学論叢」（龍谷大学）第五十輯、二〇〇五年二月
11 大江匡衡「除夜作」とその周辺　「神女大国文」第十一号、二〇〇〇年三月

あとがき

本書が取り上げた問題に興味を持ったのは大学院に在籍していた頃であった。小島憲之先生の国語学演習に参加すると、『田氏家集』巻之下の一首が受講生に割り当てられ、漢詩に注を付ける発表が課せられた。何回か担当したその中で、なぜか「寒食」「重陽」などの年中行事を詠じた詩を発表することが多かったと記憶する。『文選』『白香山詩集』『菅家文草』等々から語彙や表現の用例を集めるのに汲汲とするうちに、年中行事と文学とのかかわりに関心を持つようになった。そうなると参照するべきであるのは、山中裕氏の『平安朝の年中行事』ということになる。繰り返し繙いたものであった。そのうち問題点を見出すようになって論文を発表し、かなり長い年月を経て本書のような形になったという次第である。

お二方の研究に接することがなければ、この分野に取り組むことはなかったはずである。学問を生涯の大事と考えることもなかったと思う。小島先生からは、正確な漢詩文読解およびこれをもととした研究について学んだ。貫いてこられた手法、とりわけ徹底した用例の収集と、そこから帰納する解釈のあり方は、文献研究の始まりであり辿り着くべき最終地点であると思う。国文学者の目指すべき方向を示して来られたのだと考えている。ただし正直なところ、自分がどれほど適切な用例を見出し、確かな解釈ができたかは、まだまだ心もとなく、依然として道は険しい状況にある。かつて先生から、そんな小さいことばかりしていないでもっと大きい問題に取り組みなさいと、お叱りを頂戴したことがあった。これもまだ乗り越えていない課題として残っている。

山中氏は、平安時代の年中行事の意義や特質を平易に説いておられ、ご著書や論考には惹かれた。氏は言うまでもなく著名な史家であったが、文学への造詣が深く、文学研究への示唆に充ちた見解を述べて来られた。文学研究と歴史研究とは截然と区分するべきではなく、互いに重なる部分に意義を見出し、相補うべきであることを教えていただいたと思っている。何度か直接お話を伺う機会に恵まれ、そのたびに研究の歩みや抱負を語られるとともに、平安時代の年中行事や藤原道長の研究について、ご教示をいただいた。貴重な経験であった。

そもそも平安文学への興味を持つようになったきっかけは、学部・大学院で指導してくださった中川浩文先生の影響である。先生は国語学者であったが、国語学と文学とを別々のものと考えるようなことはなさらなかった。文学研究への関心をお持ちであり、文学・語学に亙る論文を多数書いておられた――かつての国語学者はどなたもこうであった――。授業における本文解釈に妥協はなく、厳しい指導であった。その姿勢は今も範とするべきであると考えている。叶わなかったが、拙文をお目に掛けたら、「まだ読めてませんなあ」とおっしゃったのではないかと思う。

私は平安文学を専攻して来た。『古今集』や『枕草子』『源氏物語』など主要な作品を読むことが多く、関連する拙文をいくつか書いてきたが、主要な研究分野は漢文学である。仮名文学作品についての論文を書いたとは言え、その内容は漢詩文との関わりが中心である。そしてその中身は、中国文学の日本における受容の問題であり、平安時代における漢文学の展開や表現などについてである。明治時代以降――ことに昨今――の国文学研究は、自国で千数百年間にもわたって育んできた漢文学に背を向け、仮名文中心の文学を対象として研究するようになってきた。漢文学が日本文学史の記述から姿を消したのではないものの、片隅に追いやられている。学校教育においても同様であり、たとえば勅撰漢詩集・五山文学・頼山陽を、教科書に取り上げることはまずない。研究者の中でも漢文学を敬して遠ざける人はかなりいる。この状況では、正しい文学史を描き出すことも、日本文学の特質を伝えることもできないのではないか。これまで漢文学が日本の文学において、長く主要な位置を占めていたことを知り伝えることは、大きい課題だと思う。日本の文化においても同様であろう。

本書で取り上げた資料の多くは、中国・日本の漢詩漢文である。その中には史書・儀式書等も含む。それらを取り上げるのは、年中行事そのものや文学とのかかわりを考えようとする時、まず漢詩文の資料を読まねばならないからである。ただ昨今、当たり前のように漢詩漢文を読む雰囲気が、日本文学研究の分野には乏しい——日本文学の周辺分野ではどうであろうか——。この点に危惧をおぼえるのは、私だけではないはずである。壁があると感じられるのであろうか。十全な文学研究を志向するのなら憂うべき事態である。かつて国文学者は、等しく漢文学の学識を身に付けていた。その上漢文学は、仏教・歴史・美術・芸能等々の人文学を学ぶ上での素養でもある。この重要な点をないがしろにしていると、日本文学研究自体が先細りしてしまうに違いない。じつはかなり進行していると言わねばならないのではあるまいか。その淵源は、まず過去の中国・日本が育んできた文化への興味・関心が、社会全体から失われているところにあると言えよう。さらには、国語教育に占める漢文分野の比重の低さも問題であろう。いつのころからか、ほとんどの学生が、中学高校でごくわずかな時間しか漢文の授業を受けなくなったのである。その原因は、ほとんどの大学で、受験の国語問題から漢文を排除していることにあるのだろう。出題されるか否かで、漢文教育の扱いが変わるというのは、まことに寂しい。日本の文化にとっても嘆かわしい事態である。実は大学における日本語日本文学の教育にも問題がある。扱う教材のほとんどが和文・仮名文の作品・資料であり、漢文の占める比率はかなり低い。それにこれまでの日本文学史・日本語史も、漢詩文の分野に十分な目配りをした記述をして来なかったのではないだろうか。そうはっきりとは言えないまでも、取り上げる分量は多くはなかったはずである。昨今は、漢文はおろか文学全体が、学問研究としては軽んじられる傾向にある。実学重視の立場からは、生産性・効率化と縁のない分野と見られている。漢詩文軽視を云々している場合ではないのかもしれない。文学研究自体が危うくなっていると言うべきであろう。それでもあえて日本文学・国語教育における漢詩文の危機を訴えておきたい。筆者ごときがここで現状を憂慮したところで何かが打開できるような問題ではないが、自戒も含めて述べておきたい。漢詩文は、豊かな表現・細やかな心の機微・深い思想等々を内包している。自分自身が読み考え味わうとともに、その良さを多くの方に伝えたいと思う。

これまで自分の研究を一書にまとめてみる気はあまりなかった。ささやかな研究を集めてみても、どれほどのものでもあるまいと考えていた。そういう思いがあった上に、過去の論文を整理して本にするなどという作業が煩わしく感じられ、それなら興味ある問題に取り組む方がよいと考えたのである。ものぐさな性格のなせる業であろう。ところがありがたいことに、まとまりのない勉強をしている私を心配してくださる方が、まわりにたくさんいてくださる。職場をご一緒した伊藤正義・信多純一先生からは励ましがあり、そして諭され、やがてはお叱りに変わった。林田愼之助・前田富祺・阪口弘之先生からもお勧めがあった。また、勤務校以外の同学の方々からも、慫慂から叱責までさまざまなことばを掛けていただいたのを思い出す。この歳まで単著を出したことがないので、多くの方から厳しくも温かいことばがいただけたのであろうと、暢気なことを考えている。ともあれ感謝申し上げたい。

国文学の研究をこれまでやってこられたのは、両親や姉弟たちが私の我がままを許してくれたからである。長男として生まれた私を、いずれは跡継ぎにと考えていた両親への申し訳なさは今もある。やがては浄土で詫びねばならないが――極楽往生できるかどうかは心もとないが――、それまでは研究につとめたいと思う。

本書出版に至るまでには、和泉書院社長廣橋研三氏のお世話になった。お礼を申し上げたい。

二〇一八年八月

著　者

■著者紹介

北山円正（きたやま　みつまさ）
一九五三年　大阪府生まれ
龍谷大学大学院修了
大阪府立高校教諭を経て、現在、神戸女子大学文学部教授
著書　『新撰万葉集注釈』巻上（一）（二）、和泉書院、二〇〇五・二〇〇六年
『菅家文草注釈』文章篇　第一冊　巻七上、勉誠出版、二〇一四年
『平安後期歌書と漢文学――真名序・跋・歌会注釈――』、和泉書院、二〇一四年
いずれも共著

研究叢書504

平安朝の歳時と文学

二〇一八年一〇月三一日初版第一刷発行
（検印省略）

著者　北山円正
発行者　廣橋研三
印刷所　亜細亜印刷
製本所　渋谷文泉閣
発行所　有限会社　和泉書院

大阪市天王寺区上之宮町七－六
〒五四三－〇〇三七
電話　〇六－六七七一－一四六七
振替　〇〇九七〇－八－一五〇四三

ISBN978-4-7576-0890-0　C3395

――研究叢書――

491 古代文学言語の研究 糸井通浩著 一三〇〇〇円

492 「語り」言説の研究 糸井通浩著 一二〇〇〇円

493 源氏物語古注釈書の研究 『河海抄』を中心とした中世源氏学の諸相 松本大著 一一〇〇〇円

494 源氏物語論考 古筆・古注・表記 田坂憲二著 九〇〇〇円

495 近世初期俳諧の表記に関する研究 田中巳榮子著 一〇〇〇〇円

496 後嵯峨院時代の物語の研究 『石清水物語』『苔の衣』 関本真乃著 六五〇〇円

497 中世の戦乱と文学 松林靖明著 一三〇〇〇円

498 言語文化の中世 藤田保幸編 一〇〇〇〇円

499 形式語研究の現在 藤田保幸・山崎誠編 一三〇〇〇円

500 桑華蒙求の基礎的研究 本間洋一編著 一二五〇〇円

（価格は税別）